SARA OCHS

DAS PARADIES

HIER KANNST DU GLÜCKLICH WERDEN.
ODER STERBEN ...

THRILLER

Deutsch von Leo Strohm

blanvalet

Die Originalausgabe erschien 2023 unter dem Titel
»The Dive« bei Bantam,
ein Imprint von Transworld Publishers, London.

FSC www.fsc.org
MIX
Papier | Fördert
gute Waldnutzung
FSC® C014496

Penguin Random House Verlagsgruppe FSC® N001967

1. Auflage 2024

in der Penguin Random House Verlagsgruppe GmbH,
Neumarkter Straße 28, 81673 München
Redaktion: Gerhard Seidl
Umschlaggestaltung: www.buerosued.de
nach einer Originalvorlage von Penguin Random House UK
Umschlagdesign: Beci Kelly/TW
Umschlagmotive: Mr Dasenna / Shutterstock.com;
© Marco Bottigelli / Moment / Getty Images; iStock.com / PlanctonVideo
Illustration Karte: © Liane Paine
JaB · Herstellung: DiMo
Satz: satz-bau Leingärtner, Nabburg
Druck und Bindung: GGP Media GmbH, Pößneck
Printed in Germany

ISBN 978-3-7645-0858-6

Für Mom und Dad, die mir alles,
wirklich alles, ermöglicht haben.

PROLOG
FREITAGABEND

Irgendwo hinter mir wummern die Bässe im selben Takt wie das Blut in meinen Ohren. Ich drehe mich um und werfe einen Blick auf die Menschenansammlung, die ich gerade verlassen habe. Körper reiben sich aneinander, leuchtend grün und ekligsüß pink bemalt. Billiges Bier schäumt aus gold-grünen Flaschen, während ganze Freundeskreise sich gemeinsam über Fischgläser beugen, um an giftblauen Flüssigkeiten zu nippen. Weiter unten lässt eine Tänzerin unter dem Beifall einer beeindruckten – und schwer berauschten – Menge einen brennenden Hula-Hoop-Reifen kreisen.

Mit einem Mal wirkt das ganze Geschehen irgendwie verschwommen, als würde ich das alles von einem Ort außerhalb meines Körpers beobachten. Eine neongrelle Kakofonie der Farben, untermalt von einer Musik, die zu einem einzigen lang gezogenen Ton verschmolzen ist, so tief und so laut, dass er meine Rippen vibrieren lässt. Meine Muskeln fühlen sich unglaublich schwer an, und ich muss mich bewusst daran erinnern, zu atmen, als hätte mein Körper seine normalen Funktionen einfach vergessen. Vielleicht haben sie mir was in meinen Drink gemixt, damit sie es leichter haben. Oder reicht allein das, was ich weiß, schon aus, um mich so unzurechnungsfähig zu machen? Das Bewusstsein, dass die Zeit mir zwischen den Fingern zerrinnt?

Ich rufe den anderen etwas zu, flehe sie an, mir zu helfen. Aber es ist zwecklos. Der Lärm aus den Lautsprecherboxen wälzt sich wie eine Lawine den Strand entlang, reißt meine Stimme mit sich und trägt sie davon in die Stille.

Ich habe geglaubt, ich könnte alleine mit all dem fertig werden. Ich habe geglaubt, dass ich klüger bin als sie, dass ich den finsteren Mächten auf dieser Insel auf die Spur kommen kann. Dass ich sie daran hindern kann, noch mehr Menschen Schaden zuzufügen.

Aber ich habe mich geirrt.

Ich habe einen Fehler begangen. Ich habe dem falschen Menschen vertraut. Nach allem, was passiert war, hätte ich es besser wissen müssen.

Ich spüre eine Hand an meinem unteren Rücken. Die Berührung ist sanft, und ich weiß genau, wie das für einen Beobachter aussehen muss, selbst für jemanden, der sich ebenso weit von der Party entfernt hat wie wir. Zwei Partygäste, die die Tanzfläche hinter sich lassen, um die romantische Zweisamkeit des Mondlichts zu suchen. Das hat so wenig mit der Wirklichkeit zu tun, dass ich fast lächeln muss. Eine glucksende Euphorie, die sich beinahe nach draußen stiehlt.

Doch das tut sie nicht.

Weil ich genau weiß, was diese Handfläche bedeutet. Und ich spüre, was die anderen dort hinten am Strand nicht spüren. Die Spitze eines Messers, die sich zwischen meine Lendenwirbel bohrt.

Dicht an meinem Ohr höre ich eine Stimme. Sie klingt hart und kalt und wird durch die Musik nur wenig gedämpft.

»Los jetzt. Vorwärts.«

Ich blicke geradeaus auf das Meer, das sich bis zum Horizont erstreckt. Schwarze Wellen glitzern im Schein des Mondes, der rund und voll wie der Bauch einer Schwangeren am Himmel hängt. Ich habe diesen Anblick schon mehrfach genossen, seit ich hier gelandet bin, und jedes Mal war ich voller Ehrfurcht und Staunen. So etwas Schönes habe ich noch nie zuvor gesehen.

Ich gehorche und gehe weiter. Was habe ich schon für eine Wahl?

Das pulsierende Dröhnen der Bässe aus der Musikanlage der Bar wird mit jedem Schritt leiser, bis ich so weit entfernt bin, dass die Musik nicht viel mehr ist als eine Erinnerung. So weit entfernt von der Party liegt der Strand dunkel vor mir. Die Läden, die sich am Ufer entlangziehen, haben längst schon geschlossen. Das einzige Licht, abgesehen vom Mond, stammt von den vereinzelten Sternen am Himmel hoch über mir.

Als das Wasser über meine Zehen schwappt, werfe ich noch einmal einen Blick zurück. Die Menschen sind nur noch als kleine, verschwommene Flecken in der Ferne zu sehen. Trotzdem kann ich erkennen, wie sie ihre Körper aneinanderreiben. So viele sehnen sich verzweifelt nach Kontakt, nach Berührung, ganz egal, wie. Und trotz der fahrigen Bewegungen – ausgelöst durch die Drogen und den Alkohol –, mit denen sie einander betatschen, wohnt dem Ganzen eine gewisse Schönheit inne.

So lange schon spüre ich nichts als Kälte, trotz der feuchten Schwüle hier auf der Insel, die sich in den letzten Tagen als klebrige Schicht auf meine Haut gelegt hat. Hass wird ja oft als verzehrendes Feuer beschrieben, aber bei mir hatte er sich als eiskalter, harter Klumpen im Magen festgesetzt und ließ das Blut in meinen Adern erstarren. Ich konnte an nichts anderes denken als an Rache. In mir war ein nie gekannter Drang, anderen Schmerzen zuzufügen.

Aber jetzt, wo das Meer meine Knie umspült und ich die Menschen da hinten am Strand beobachte, wie sie im schimmernden Mondlicht tanzen, so weit entfernt vom Rest der Welt, jetzt kommt es mir so vor, als würde das Eis endlich schmelzen. Das alberne Glucksen von vorhin ist wieder da.

Ob sie sich auch so gefühlt hat, bevor sie das erleiden musste? Eine Wertschätzung für das Leben, die man erst am Ende empfindet.

Bevor ich länger darüber nachdenken kann, bleibe ich stehen, und aus der einen Handfläche in meinem Rücken werden zwei. Sie stoßen mich gewaltsam ins Wasser, mit dem Gesicht voran. Im Fallen schnappe ich nach Luft. Meine Stirn prallt auf einen der Steine, die den Meeresboden übersäen. Aber das reicht noch nicht. Die Hände legen sich kräftig um meinen Hals, drücken meinen Kopf unter Wasser. Beine umklammern meine Hüften und halten mich fest. Obwohl ich mich nach Kräften wehre, rührt sich die andere Person kaum. Ich reiße meine Arme nach oben, versuche, irgendetwas zu fassen zu bekommen, aber es kommt mir vor, als hätte man mich in eine schwere Decke eingewickelt. Schließlich bekommen meine Finger zwei Handgelenke zu fassen, und ich ziehe meine Fingernägel so kräftig, wie ich nur kann, durch das Fleisch. Aber das Wasser macht alles weich und ich hinterlasse fast keine Spuren.

Trotz des brennenden Salzwassers reiße ich die Augen auf. Kleine Fische huschen vorbei, weichen geschickt den Luftblasen aus, die zwischen meinen Lippen hervorbrechen. Es scheint sie allem Anschein nach nicht zu kümmern, dass gerade das Leben aus meiner Lunge entweicht.

Meine Hände erschlaffen und sinken gemächlich nach unten, als hätten meine Muskeln schneller als mein Gehirn begriffen, dass dieser Kampf vergeblich ist. Wieder rufe ich mir ihr Bild vor Augen, wie so oft, seitdem sie gegangen ist. Sie ist der Grund dafür, dass ich hier bin. Dafür, dass ich alles geopfert habe.

Ich denke an sie, als die Schönheit des Wassers allmählich zu Schwärze wird.

KAPITEL 1
VIERZEHN STUNDEN ZUVOR

CASS

Das Hotelzimmer riecht bereits nach Tod. Realistisch betrachtet, das ist mir klar, ist es zu früh dafür, da die Verwesung noch längst nicht eingesetzt hat. Trotzdem dringt mir der widerliche Gestank in die Nase. Eine zähe, feuchte Masse drückt sich durch die Risse in meinen Zehen, und die Zeit scheint stillzustehen, während ich beobachte, wie das Blut in die Teppichfasern eindringt. Jeder Tropfen enthält winzige Stückchen von mir, die noch lange, nachdem ich mich aufgelöst habe, bleiben werden.

Plötzlich taucht sein riesenhafter Körper vor mir auf. Und dann spüre ich das Gewicht in meiner Hand, die Festigkeit des Messers. Mein Blick huscht zu der Klinge. Das Licht der Lampe bescheint rostfarbene Spuren entlang der scharfen Schneide. Das ist Blut. Mein Blut.

Ich möchte innehalten, möchte verstehen, was hier gerade geschieht, möchte die Puzzleteile zu einem Ganzen zusammenfügen. Doch noch bevor ich das kann, schießt mein Arm nach vorne, als besäße er einen eigenen Willen, voller Wut und Verzweiflung. Und dann passiert es. Die Klinge bohrt sich in das Fleisch. Das befriedigende Gefühl des Kontakts.

Ich höre den Schrei, der aus meiner Lunge hervorbricht, als sei es der Schrei eines anderen Menschen.

»Pscht, pscht.«

Ich schlage die Hand vor den Mund und reiße die Lider auf. Dann starre ich in Logans Augen, mitten hinein in die Meereswellen seiner Regenbogenhaut.

»Cass, ich bin's. Du bist zu Hause. Alles in Ordnung«, beschwichtigt er mich.

Allmählich registriere ich Logans Hände auf meinen Wangen, seinen besorgten Blick, den tiefen Klang seiner Stimme mit dem schottischen Akzent. Ich atme tief durch die Nase. Vertrauter Salzwasserduft strömt durch meine Nasenlöcher. *Eins, zwei, ein – eins, zwei, aus.*

»Ein Albtraum?«

Ich merke, wie sich im hinteren Teil meines Schädels ein Schmerz zusammenbraut, und es dauert einen Moment, bis ich Logans Frage begriffen habe.

»Ich schätze mal, ja«, erwidere ich ein wenig uneindeutig. Er hat keine Ahnung, welches Grauen im ganzen ersten Jahr nach diesem Tag im Hotelzimmer Nacht für Nacht meine Träume heimgesucht hatte. Dass diese Erinnerung als Endlosschleife wieder und wieder durch meinen bewusstlosen Geist gespukt und mit jedem Mal düsterer und furchterregender geworden war. Als ich nach Koh Sang gekommen war, hatten die Träume für eine Weile aufgehört, aber in letzter Zeit, mit dem Näherrücken des dritten Jahrestages, kehrt mein Geist immer öfter zurück in dieses Hotelzimmer, und die Albträume sind auch wieder da, düsterer und realistischer als je zuvor.

»Was hast du denn geträumt?«, will er wissen.

Mein Herz klopft immer noch wild und ohne erkennbaren Rhythmus. Ich wische mir eine Schweißperle von der Stirn, zwinge mich, langsam zu atmen und wende die Regel an, die ich auch meinen Schülerinnen und Schülern beibringe. *Eins zwei, ein – eins, zwei, aus.* »Ich weiß nicht mehr«, antworte ich. Aber das ist gelogen.

Ich erschrecke, als mir klar wird, dass ich mit den Fingerspitzen der Linie über meinem Herzen folge, dort, wo meine rissige Haut weich und straff geworden ist. Logan glaubt, dies wäre die

Folge eines Autounfalls während meiner Collegezeit. Ein Splitter aus der Windschutzscheibe, der in meine Brust eingedrungen war. Ein Unfall, den ich zwar überlebt habe, der mich aber zur Vollwaise gemacht hat, der mir in einem einzigen Augenblick der Zerstörung meine beiden verbliebenen Angehörigen genommen hat. Er glaubt das, weil ich dafür gesorgt habe, dass er es glaubt.

Ich ziehe die Hand wieder weg, weil ich nicht mehr Aufmerksamkeit auf die Narbe lenken will als nötig.

Allmählich verschwindet die Besorgnis aus Logans Miene und macht dem für ihn so typischen schiefen Grinsen Platz: die Lippen leicht geöffnet, den einen Mundwinkel einen Tick höher gezogen als den anderen, ein Funkeln in den dunkelblauen Augen. Eine verirrte Lockensträhne hat sich aus seinem zerzausten Pferdeschwanz gelöst und streift sein Kinn. Der Anblick verursacht mir ein Kribbeln im Unterleib.

Er beugt sich dichter zu mir. »Na ja, ganz egal, was du gerade geträumt hast, es ist nicht in echt passiert. Aber dafür was anderes. Weißt du zufällig noch, was?« Sein Tonfall ist spielerisch.

Er führt meine linke Hand an seinen Mund, seine Lippen streifen meine Knöchel, und ich habe freie Sicht auf den goldenen Ring, der seit gestern Abend an meinem Ringfinger steckt.

Der Gedanke jagt mir immer noch Schauer den Rücken hinunter. *Er gehört mir. Ich gehöre ihm. Wir sind alles, was wir brauchen. Wir sind alles, was zählt.*

Mein Blick löst sich von seinem Gesicht und richtet sich auf seine tätowierte Brust. Dort liegt sein eigener Ring, den er in seine Halskette eingefädelt hat.

Ich denke an gestern Abend zurück und überlasse es meinen schönen Erinnerungen, die aus dem Albtraum verbliebene Panik zu verscheuchen. Unmittelbar nachdem Logan mir die kleine rote Schachtel mit meinem Ring entgegengestreckt hatte, hatte er einen zweiten Ring unter seinem T-Shirt hervorgeholt. Plötzlich schien die Zeit stillzustehen, und mein Gehirn stellte vorübergehend den Betrieb ein. Nichts ergab mehr einen Sinn, bis ich sah, wie er sich auf dem Vinylfußboden unserer Terrasse vor mir auf ein Knie sinken ließ. Er hatte den perfekten Zeitpunkt gewählt – genau in diesem Augenblick versank die Sonne als feuerroter Ball im Meer und ließ den Himmel in leuchtenden Pink- und Blautönen schillern.

Ich habe den Ring einen Augenblick lang festgehalten, bevor ich ihn mir an den Finger gesteckt habe.

»Schau dir die Innenseite an«, hat Logan mich gebeten. Dort, eingraviert in zarter Kursivschrift, standen unsere Worte. Die Worte, die wir uns jede Nacht vor dem Einschlafen und jedes Mal, wenn wir auseinandergehen, sagen. Unsere Version von *Ich liebe dich.*

»Wir zwei, für immer«, hatte ich mühsam hervorgepresst, weil meine Kehle unter dem Ansturm der Gefühle immer enger geworden war.

»Wir zwei, für immer«, hatte Logan erwidert. »Jetzt ist es offiziell.«

Das war der Augenblick, auf den ich seit meiner ersten Begegnung mit Logan vor zwei Jahren gewartet hatte. Ich hatte es sofort gewusst. Er würde mein Retter sein.

Logan hatte weitergesprochen, während mir Tränen in die Augen getreten waren. »Du bedeutest mir alles, Cass Morris. Als ich ein junger Kerl war, habe ich davon geträumt, jemanden zu finden, der so liebevoll und einfühlsam ist wie du. Jemanden, an den ich mich jederzeit wenden und dem ich jederzeit vertrauen kann. Ich kann es gar nicht glauben, dass ich dich gefunden habe. Ich muss der glücklichste Mensch der Welt sein.«

Ich konnte nicht anders, als zu nicken, während die Tränen alle Dämme brachen. Ich schluckte mehrfach und versuchte, diesen Augenblick voll und ganz zu genießen, versuchte, so zu tun, als wäre ich wirklich die herzensgute, schüchterne, ergebene Frau, in die er sich verliebt hatte, und nicht das Mädchen aus dem Hotelzimmer von vor drei Jahren, das sich an jeden klammern würde, nur um zu überleben.

Jetzt beuge ich mich auf unserem Bett nach vorne, sehne mich nach seinen Lippen auf meinen. Aber gerade als sie sich berühren, dröhnt ein Geräusch durch unser Schlafzimmer.

Bumm, bumm, bumm.

Ich merke, wie meine Muskeln sich verspannen.

»Da ist bloß jemand an der Tür«, sagt er und runzelt die Stirn. In seiner Bemerkung schwingt eine Frage mit.

»Natürlich«, entgegne ich hastig und hoffe, dass er nicht merkt, wie peinlich mir meine Reaktion ist. »Ich bin den Traum wohl immer noch nicht ganz los.«

Logan dreht sich um und schiebt die Beine über die Bettkante, als wollte er aufstehen.

»Nein, du bleibst schön hier«, befehle ich ihm. »Du gehst erst am Nachmittag zur Arbeit. Außerdem klingelt mein Wecker sowieso gleich. Wahrscheinlich ist das bloß Greta, die ein Verlobungsgeschenk vorbeibringen will. Du weißt ja, wie sie ist.«

Ich sehe bereits deutlich vor mir, wie sie vor der Tür steht. Gleich wird sie mich kräftig in die Arme schließen und lauthals verkünden, wie schwer es ihr gefallen ist, das Ganze so lange für sich zu behalten. Für einen Moment empfinde ich so etwas wie Mitleid mit ihr, weil sie vor Kurzem erst eine Trennung durchgemacht hat. Und weil Alice ihr und dem ganzen Leben, das sie sich auf dieser Insel aufgebaut hatten, einfach so den Rücken gekehrt hat, ohne Ankündigung oder irgendeine Erklärung. Aber ich schiebe das Mitleid gleich wieder beiseite. Heute Morgen wird gefeiert. Wenigstens einmal möchte ich einfach nur glücklich sein. Das habe ich mir verdient.

»Na, so was. Schon jetzt die beste Verlobte, die ich mir hätte wünschen können«, sagt Logan. Bei diesen Worten breitet sich eine wohlige Wärme in meinem Bauch aus, und ich drücke ihm einen sanften Kuss auf die lächelnden Lippen, bevor ich mir die Kleider schnappe, die zusammengeknüllt neben dem Bett liegen – Leidtragende des gestrigen Abends. Ich schlüpfe in Logans T-Shirt und halte dabei kurz inne, um durch unsere bodentiefen Schlafzimmerfenster zu schauen, die uns einen unverstellten Blick auf den funkelnden, mit Bergen gespickten Ozean ermöglichen.

Wie jedes Mal raubt mir die Schönheit dieses Anblicks auch jetzt den Atem. Vor einem Jahr haben wir das Haus hier bezogen, weil wir beide unsere bisherige Wohnsituation nicht mehr ertragen hatten. Logan hatte sich in Kumvit eine Wohnung mit Neil und Doug geteilt, und ich hatte in einem der Hotelzimmer gelebt, die Frederic für günstiges Geld an das Resortpersonal vermietet. Kaum hatten wir gesehen, dass das Haus zu verkaufen war, waren wir uns einig gewesen: Uns blieb gar nichts anderes übrig, als ein Angebot zu machen. So hoch oben am Berg, ganz in der Nähe des Ausgangspunktes für den Wanderweg zu den Klippen von Khrum Yai, stehen zwar nur ganz wenige Häuser, aber die Aussicht war das alles entscheidende Argument. Hier hatten wir die ganze Schönheit der Insel direkt vor Augen, wie im Schaufenster, als müssten wir lediglich zugreifen. Und in gewisser Weise ist es ja auch so. Koh Sang ist unser Zuhause. Es liegt im Golf von Thailand, weit genug entfernt von den vielen anderen Inseln, die von Rucksackreisenden überlaufen werden und dadurch ihren ganzen Charme verloren haben, so wie die benachbarten Koh Phangan oder Koh Samui.

Das Meer wirkt heute sehr friedlich. Das ist eine gute Nachricht angesichts der Tatsache, dass wir uns immer noch mitten in der Regenzeit befinden. Das Wetter ist jeden Tag aufs Neue ein Lotteriespiel. Doch die Sonne steht jetzt schon deutlich über dem Wasser und zieht gleichmäßig über den wolkenlosen Himmel.

Ich gehe durch unser Wohnzimmer und an der angrenzenden Küche vorbei. Bei jedem Schritt rechne ich mit einem erneuten Klopfen, aber Greta scheint aufgegeben zu haben. Oder sie hat mich bereits gehört.

Bei der Haustür angekommen, halte ich kurz inne und streiche mir die Haare glatt, damit ich nicht so aussehe, als wäre ich gerade aus dem Bett geklettert – was ich ja bin. Aber ich muss Greta die Wonnen der Verlobung ja nicht so dermaßen unter die Nase reiben. Ich mache die Tür auf und fange an zu lächeln, um dann bei Gretas Anblick freudige Überraschung vorzutäuschen.

Aber da ist niemand.

Ich trete nach draußen, und sofort legt sich die Luftfeuchtigkeit wie ein Film auf meine Haut. Ist Greta tatsächlich schon gegangen, weil sie geglaubt hat, dass wir nicht da sind? Ich blicke den steilen Hügel hinab, der in den belebten Teil der Insel führt. Wenn sie wieder weggefahren wäre, dann müsste ich jetzt zumindest ihr Motorrad sehen, aber die Straße ist leer.

Verwirrt lege ich die Stirn in Falten und überlege, während ich zurück ins Haus gehe, ob ich Greta eine Textnachricht schreiben soll. Da stoße ich mit dem Fuß gegen ein Hindernis. Es ist so klein, dass ich es beim Herauskommen einfach übersehen habe – ein normaler weißer Briefumschlag, und darauf steht mein Name, in eher kleinen Großbuchstaben – CASS. Die Handschrift kommt mir zwar nicht bekannt vor, aber das kann niemand anders als Greta gewesen sein.

So erklärt sich alles. Sie muss den Umschlag hier abgelegt haben und dann schnell wieder verschwunden sein, um uns nicht zu stören. Unwillkürlich fange ich schon wieder an zu lächeln.

Ich nehme den Umschlag mit ins Haus. Am Küchentisch bleibe ich stehen, um ihn zu öffnen. Er ist so leicht, dass er nur eine einfache Karte enthalten könnte, aber ich kenne Greta gut genug, um zu wissen, dass es wahrscheinlich ein bisschen mehr ist.

Tickets für eine Reise an irgendein unbekanntes Ziel vielleicht? Was Geschenke angeht, schießt sie manchmal ein bisschen übers Ziel hinaus.

Begierig reiße ich den Umschlag auf, ohne auf Logan zu warten. Ich bin ganz aufgeregt, weil ich ihn mit dem Inhalt überraschen will.

Dann stelle ich fest, dass nur ein einzelnes weißes Blatt Papier im Umschlag liegt. Neugierig falte ich es auseinander.

Und lasse es sofort wieder auf den Tisch fallen. Meine Finger fühlen sich an wie verbrannt. Instinktiv trete ich einen Schritt zurück, bringe Abstand zwischen mich und das auseinandergefaltete Blatt Papier. Mein Herz rast schneller, meine Gedanken überschlagen sich. Ich taumele ein paar Schritte und stütze mich an einem Stuhl ab.

Die ganze Zeit starre ich das Blatt Papier an, starre auf das Schwarz-Weiß-Foto einer jungen Frau, die mir mit großen Augen und wildem Blick entgegenstarrt. Die Schuldgefühle sind ihr deutlich anzusehen. Reporter und Fotografen stürmen von allen Seiten auf sie ein und machen sie zum Spielball eines gewaltigen Medienrummels.

Das Foto, es ist das einzige, befindet sich in der Mitte einer dicht beschriebenen Zeitungsseite.

An den oberen Rand hat jemand mit rotem Filzstift eine Notiz gekritzelt.

Ich weiß, wer du bist.

Unter dem Artikel mit dem Foto kommt noch mehr Handschriftliches.

Und bald werden es auch alle anderen wissen.

Ich merke, wie Galle in mir aufsteigt, während die Bedeutung dieser Worte sich schwer auf mich legt. Alles, was ich in den vergangenen zwei Jahren erreicht habe – meine neue Identität, mein neuer Verlobter, mein neues Leben –, das alles bricht nun über mir zusammen.

»War das Greta?«, höre ich Logan aus dem Schlafzimmer rufen.

Ich brauche mehrere Anläufe, bis ich antworten kann. Jedes Mal, wenn ich den Mund aufmache, bleiben mir die Worte in der Kehle stecken. Mir wird schwarz vor Augen, dann bin ich wieder in diesem Hotelzimmer. Das Messer in meiner Hand, mein Blut an der Klinge.

»Nein … da ist niemand«, würge ich schließlich hervor und kann nur beten, dass Logan nicht hört, wie viel Mühe mich diese Worte kosten. »Greta ist es wohl zu lang geworden.«

»Gut«, erwidert er. »Dann komm zurück ins Bett. Die Feierlichkeiten sind noch nicht zu Ende.«

Wie in Trance gehe ich los. In der Küche bleibe ich stehen, falte das Blatt Papier zusammen und stopfe es in unsere Kruschtschublade unter einen Stapel Imbiss-Speisekarten, damit Logan es nicht findet. Ich müsste es eigentlich vernichten. Aber es gibt einen Teil in mir, der es noch einmal sehen muss, später, mit klarerem Verstand. Um zu begreifen, wie das geschehen konnte.

Aber auch nachdem ich den Zettel nicht mehr sehen kann … die Worte darauf haben sich in mein Gedächtnis eingebrannt. *Ich weiß, wer du bist.* Und überall, wohin ich mich wende, sehe ich das Foto dieser jungen Frau vor mir.

Einer jungen Frau, die ich seit Jahren nicht mehr gesehen habe. Einer jungen Frau, deren Existenz ich sehr bewusst beendet habe.

Einer Version von mir selbst, die ich vor langer Zeit hinter mir gelassen habe.

KAPITEL 2

BROOKE

Ich ziehe den Cursor meines Laptops ein Stückchen nach innen und verkleinere den Umfang meines Oberschenkels auf perfekte Barbie-Maße. Vom Bildschirm starrt mir mein lächelndes Gesicht entgegen, während ich meinen Körper zu einer perfekt einstudierten Pose verrenke: den Arm ausgestreckt, damit er so schlank wie möglich wirkt, den Oberkörper ganz leicht von der Kamera weggedreht, den Bauch eingezogen.

Die Sinnlosigkeit meiner Bemühungen langweilt mich, und so lasse ich mich unter Seufzen an die Rückenlehne meines Stuhls sinken. Zwar sitzen noch ein paar andere Gäste im Tiki Palms herum, aber da die Frühstückswelle bereits abgeebbt ist und der Ansturm auf das Mittagessen noch nicht eingesetzt hat, geht es im offiziellen Open-Air-Restaurant des Koh-Sang-Tauchresorts – mit angeschlossener Strandbar – relativ beschaulich zu. Ich nippe wieder einmal an meinem Eiskaffee, an dem ich mich seit einer Stunde festhalte. Auch wenn hier alles sehr billig ist, habe ich keinen Baht für ein zweites Glas übrig.

Im Gegensatz zu den meisten anderen Gästen habe ich mir einen Platz in der Ecke des Restaurants ausgesucht, mit dem Rücken zum Meer. Nach zwei Wochen auf der Insel habe ich mich an den atemberaubenden Anblick des zartblauen Wassers gewöhnt, das in sanften Wellen auf den weißen Strand schwappt. Die Farben wirken übersättigt wie durch einen Instagram-Filter.

Also blicke ich lieber in Richtung Resort und beobachte das Kommen und Gehen der Gäste. Das ist sehr viel interessanter.

Die Ferienanlage schmiegt sich an eine Hügelflanke, wie die meisten anderen Gebäude entlang der zerklüfteten Inselküste auch. Von meinem Platz aus kann ich den Pfad sehen, der vom Strand steil nach oben zur Hauptstraße führt. Perfekt beschnittene Palmen und magentafarbene Blumenbeete umgeben die motelartigen Gebäude mit den Gästezimmern. An der einzigen größeren flachen Stelle befinden sich zwei Pools – einer zum entspannten Planschen und einer für das Tauchtraining. Dahinter durchschneidet eine der Hauptstraßen der Insel das Resort, das sich auf der anderen Straßenseite noch weiter ausbreitet. In der nördlichen Hälfte gibt es einen noch größeren Infinity-Pool, wo in aller Regel die Partys stattfinden, dazu einen Whirlpool, ein Fitnesscenter, ein Yogastudio und weitere Gästezimmer. Alles in allem nimmt die eineinhalb Kilometer lange bebaute Fläche ungefähr ein Viertel der Insel ein.

Ich sehe eine Tauchergruppe den steilen Pfad hinuntergehen. Sie haben ihre Flossen in der Hand und die Tauchermasken um die Handgelenke geschlungen. Offensichtlich wollen sie zum Tauchladen, der Hauptattraktion des Resorts. »Koh Sang: Taucherinsel mit Partyproblem« steht auf dem Rücken der T-Shirts, die man beim Empfang des Resorts kaufen kann. Mein Blick wandert weiter und bleibt bei einer schmächtigen Gestalt hängen, die der Gruppe in sechs, sieben Metern Entfernung folgt. Im Gegensatz zu den Tauchern hat sie nichts in der Hand. Sie ist zierlich, hat zarte Gesichtszüge und feines hellbraunes Haar.

Normalerweise würde ich sie nicht weiter beachten, aber jetzt sieht sie mir direkt ins Gesicht. Ich halte ihrem Blick eine Sekunde lang stand, bin mir sicher, dass sie sich gleich wieder abwenden wird, aber das macht sie nicht. Irgendwie kommt sie mir bekannt vor, erinnert mich an jemanden. Ich gehe im Geist eine Liste mit allen möglichen ehemaligen Bekanntschaften, Instagramkontakten und sogar Familienmitgliedern durch, aber ohne Erfolg.

Jetzt gibt es eigentlich nur noch eine Erklärung: Das ist eine Followerin, die unverhofft ihre Lieblings-Influencerin erkannt hat. Bis jetzt bin ich noch nicht oft von meinen Social-Media-Followern persönlich angesprochen worden, aber jedes Mal habe ich mich dabei unwohl gefühlt. Ich weiß, was sie von mir erwarten: die sprudelnde, gut gelaunte, etwas alberne Person, die ich auf meinen Social-Media-Kanälen unter @BrookeaTrip regelmäßig poste.

Aber mein real existierendes Ich ist nicht die lebendige Barbie, die sie alle erwarten. Leider hat Instagram noch keinen Lebensfilter entwickelt, mit dem ich meine unangenehmeren Seiten dauerhaft wegretuschieren kann.

Heute Morgen bin ich nicht in der Stimmung, mein @Brookea Trip-Lächeln aufzusetzen. In der Hoffnung, dass die näher kommende Frau den Hinweis versteht, wende ich den Blick ab und tue so, als würde ich mich auf meinen Laptop konzentrieren.

Es dauert nicht lange, dann halte ich es nicht mehr aus und hebe erneut den Kopf. Im Gegensatz zu den Tauchern, die nach rechts zum Tauchladen abgebogen sind, kommt sie immer näher und lässt mich nicht aus dem Blick. Meine innere Anspannung wächst, und ich balle unwillkürlich die Hände zu Fäusten.

»Ich dachte, ich bring dir mal eine kleine Auswahl mit.«

Ich zucke zusammen, weil die Stimme so dicht an meinem Ohr ertönt.

»Mein Gott!« Mein Puls fängt an zu rasen, dann drehe ich mich um. Erst jetzt wird mir klar, wer das ist. »Mann, ich hätte fast einen Herzinfarkt gekriegt«, schimpfe ich, kann jedoch das Lächeln nicht völlig aus meiner Stimme fernhalten.

»'tschuldigung!« Neil lässt ein albernes Grinsen sehen. »Ich wusste nicht, was du trinken willst, also dachte ich, ich lasse dich aussuchen.« Er deutet auf den Tisch, auf den er drei Getränke gestellt hat: eine grüne Flasche Chang-Bier, einen pinkfarbenen Cocktail mit Regenschirmchen und einen Smoothie.

Er ist groß und massig und hat mehr Ähnlichkeit mit einem Teddybären als mit den meisten Typen hier, die tagtäglich Stunden im Fitnessstudio verbringen, um ihre sorgfältig definierten Muskelpakete noch weiter zu verfeinern. Sein Gesicht ist mit Sommersprossen übersät, sogar auf seine Lippen haben sich ein paar kleine Pünktchen verirrt. Sein feuerrotes Haar klebt klatschnass an einer Seite seines Schädels. Ich sehe, wie sich am Ende einer Strähne ein Wassertropfen bildet und kurz darauf auf meinem Arm landet.

»'tschuldigung«, sagt Neil und kichert, als der Tropfen auf meine Haut klatscht. »Ich komm grade vom Tauchen.«

Das erklärt alles. Er hat seine Sachen wohl beim Tauchladen gelassen und das Restaurant vom Strand her betreten. Die junge Frau hat mich so in Beschlag genommen, dass ich ihn gar nicht gehört habe.

Die junge Frau.

Sofort drehe ich mich um und blicke in Richtung Resort, aber sie ist verschwunden. Merkwürdig. Ich hätte schwören können, dass sie mich ansprechen wollte. Ich schaue den Hügel hinauf und hinunter, suche sogar den Strand ab, aber ich kann sie nirgendwo entdecken. Sie ist wie vom Erdboden verschluckt.

»Ich hab dich hier oben sitzen sehen und dachte, dass du ein bisschen Gesellschaft gebrauchen könntest.« Neils dreister Flirtversuch holt mich in die Gegenwart zurück, und ich kann nichts machen, ich werde rot.

Wir haben uns in der letzten Woche kennengelernt, als Cass mich in die Frangipani-Bar abgeschleppt hat. Die Kneipe liegt ungefähr anderthalb Kilometer oberhalb des Strandes und wird hauptsächlich von den auf der Insel lebenden Ausländern frequentiert. Sie gehört Cass' Freund beziehungsweise ihrem Verlobten, wie ich aus der Textnachricht weiß, die sie mir gestern Abend noch geschickt hat. Jedenfalls hat Cass mir Neil als ihren Kollegen vorgestellt – er ist einer von insgesamt drei Tauchlehrern des Resorts. Als er mir die Hand gegeben und sich mit seinem englischen Akzent vorgestellt hat, habe ich ein Kribbeln in der Magengegend gespürt. Ich wollte es zwar ignorieren, aber mein Gesicht hat nicht mitgespielt. Jedes Mal, wenn er mich an diesem Abend angesehen hat, bin ich knallrot angelaufen. Er hat sich nicht nur durch sein Aussehen von den anderen unterschieden, sondern auch durch eine gewisse Selbstverständlichkeit, mit der er ganz er selbst war. Es war ihm vollkommen gleichgültig, was die anderen von ihm hielten, und diese Authentizität hat ihm eine Menge Charme verliehen.

Jeden meiner verstohlenen Blicke an diesem Abend hat er mit funkelnden Augen erwidert. Ich wollte mir meine geröteten Wangen nicht anmerken lassen und habe meine Aufregung mit dem Ärger über meine Naivität verdrängt. Schließlich wusste ich ziemlich gut, was Neil sieht, wenn er mich betrachtet. Das, was alle anderen Männer auch sehen: einen sportlichen Körper, ein perfekt geschminktes Gesicht – und absolut nichts dahinter. Eine Person, die plötzlich nicht mehr wunderschön ist, sondern zur Schreckschraube mutiert, sobald ein Typ merkt, dass sie tatsächlich etwas zu sagen hat. Ihr könnt mir glauben, ich habe die Kommentare auf meiner Instagram-Seite gelesen.

Seit diesem ersten Abend bin ich ihm mehrfach wieder begegnet, immer dann, wenn Cass mich zu einer Gruppenunternehmung mitgeschleppt hat: Karaoke im Tiki Palms oder ein Nachmittagspicknick mit Beachvolleyball am wundervoll leeren Lamphan Beach auf der anderen Seite der Insel, wohin die Touristen sich nie verirren.

Insgeheim hatte ich immer Angst vor diesen Treffen, aber ich hatte auch nie eine gute Ausrede, um die Einladung auszuschlagen. Ich hatte ja mitbekommen, wie die Permanenten – so bezeichnen sie sich selbst – miteinander umgingen. Sie waren eine so fest gefügte Gruppe, dass da kein Platz für sonst irgendjemanden zu sein schien. Cass tat, was sie konnte, um mich zu integrieren, aber irgendwann landete sie dann doch immer neben Logan und die beiden verloren sich in irgendwelchen romantischen Schwelgereien. Und jedes Mal wurde ich irgendwann an den Rand der Gruppe geschwemmt. Allein.

Aber dann war es immer Neil, der sich um mich kümmerte. Er nahm sich einen Stuhl und setzte sich neben mich, ob nun am Strand oder an einem Picknicktisch des Tiki Palms, und eröffnete das Gespräch mit einem seiner bescheuerten Flachwitze. Er gab mir das Gefühl, dazuzugehören. Es war, als wollte er mich wirklich kennenlernen, und zwar mein wahres Ich, nicht @BrookeaTrip. Dieses Gefühl hielt jedes Mal, nachdem wir auseinandergegangen waren, noch stundenlang an. Es war wie ein wohltuender Kater, der mich mit einer Wärme erfüllte, die es sonst hier nicht zu geben schien, trotz der glühenden Hitze auf Koh Sang.

Aber irgendwie fühlt sich dieser Augenblick jetzt – wir beide hier im Tiki Palms – anders an als die Male zuvor. Ohne Doug, der irgendwo in unserem Rücken Greta schmutzige Witze erzählt, und ohne Cass, die mir ein wissendes Lächeln nach dem anderen zuwirft und stumm mein Lob dafür einfordert, dass sie uns zusammengebracht hat. Einfach nur wir zwei. Neil und ich haben uns bis jetzt noch nie nur zu zweit gesehen, ohne die anderen Permanenten. Das Ganze hat etwas merkwürdig Intimes.

»Dir ist schon klar, dass es noch nicht mal zehn Uhr ist, oder? Also wohl kaum Happy Hour.« Ich zeige auf die Drinks, die Neil mitgebracht hat, und unterdrücke ein Lachen.

Er tut verwirrt. »Aber auf Koh Sang ist doch immer Happy Hour. Hat dir das noch niemand gesagt?«

Ich entscheide mich für den Smoothie, die unverfänglichste der drei Optionen. Dann versuche ich, das schnelle Pochen in meiner Brust zu ignorieren, als ich Neils sonnengewärmte Haut dicht neben mir spüre. Solche Gedanken sind genau die Art von Ablenkung, die ich mir im Augenblick nicht erlauben kann.

Ungerührt lässt er sich auf den Stuhl mir gegenüber gleiten und baut den Cocktail zusammen mit dem Bier vor sich auf. »Dann bleibt eben mehr für mich übrig«, meint er augenzwinkernd.

Er nimmt einen großen Schluck von dem Cocktail, sodass das Papierschirmchen an seiner frisch rasierten Wange scheuert. Ich muss unwillkürlich lächeln, weil dieser Mädchendrink in seiner riesigen, sommersprossigen Pranke so winzig aussieht.

»Hey«, sagt er, als er das bemerkt. »Wenn du demonstrieren willst, dass du dich mit deiner Männlichkeit wohlfühlst, dann geht nichts über einen pinkfarbenen Drink.«

Ich muss lachen und blicke in seine freundlichen Augen. Er lächelt mich an, und in seinen Augenwinkeln werden sommersprossige Fältchen sichtbar. Ich zwinge mich, den Blick zu senken.

»Mmmh.« Neil schmatzt genüsslich. »Spitzen-Cocktail, wie immer, Sengphet«, ruft er dem Barkeeper zu.

Sengphet, der anscheinend immer hinter der Bar steht und gleichzeitig als Wirt, Kellner und Tellerwäscher des Tiki Palms arbeitet, nickt und legt zum Zeichen des Dankes die Handflächen vor der Brust zusammen. Ich habe seit meiner Ankunft nur wenige Worte mit ihm gewechselt. In den ruhigeren Phasen zwischen Frühstück und Mittagessen hat er mir in gebrochenem Englisch erzählt, dass er nach Koh Sang gekommen ist, um seiner Familie in Laos Geld zu schicken und ihnen dort ein besseres Leben zu ermöglichen. Wir haben über seinen kleinen Sohn gesprochen, der gerade einmal drei Jahre alt ist, und dass Sengphet jedes Mal, wenn er einen Drink mit Bananen und Kokosnüssen mixt, an ihn denken muss, weil das seine Lieblingsspeisen sind. Oder darüber, wie sehr ihm das *Sepak Takraw* fehlt – anscheinend eine Mischung aus Volleyball und Fußball –, das er mit seinen Freunden und Cousins zu Hause immer gespielt hat. Mit breitem Lächeln und einem unfassbar liebenswerten Kichern stolpert er durch die neue Sprache, die er sich seit seiner Ankunft auf der Insel vor etlichen Monaten mühsam aneignet.

Einer der schnelleren Songs von Mumford & Sons dringt aus den Lautsprechern der Bar, ein Vorspiel für die wilden Club-Beats, die bei Sonnenuntergang einsetzen werden. Ich nehme einen großen Schluck von meinem Smoothie. Er schmeckt nach Papaya und Drachenfrucht und ist absolut köstlich.

»Und? Was hast du hier gemacht, bevor ich dich so rüde unterbrochen habe?«, will Neil wissen.

Ich muss wieder an die junge Frau von vorhin denken und lasse den Blick noch einmal durch das Restaurant schweifen, kann sie aber nirgendwo entdecken.

»Oh, nichts Besonderes. Bloß ein paar Fotos bearbeitet, damit ich sie auf TikTok einstellen kann. Von der Wanderung auf dem Khrum-Yai-Trail, die ich neulich mit Cass gemacht habe.«

»Ach«, erwidert er. »Cass hat dir den Khrum Yai gezeigt? Dann ist sie eine gute Fremdenführerin.« Ich nicke und verschweige ihm den wahren Grund dafür, dass ich sie gebeten habe, mir den Trail zu zeigen, den wahren Grund, warum ich den Gipfel sehen wollte. »Schön, dass ihr euch so gut versteht«, fährt er fort. »Du und Cass, meine ich.«

Ich lächele und muss an den Tag vor zwei Wochen zurückdenken, als ich sie kennengelernt habe. Es war mein erster Morgen auf der Insel. Sie saß ein paar Tische entfernt von dem Platz, an dem Neil und ich jetzt sitzen, mit kerzengeradem Rücken, in dieser typischen Ostküsten-Obere-Mittelschicht-Haltung, die ich in meiner Jugend immer so beneidet habe. Ich habe Sengphets Lächeln registriert, während er ihre Bestellung entgegengenommen hat, und die sanfte Berührung am Arm, mit der sie sich bei ihm bedankt hat.

»Du bist Amerikanerin, stimmt's?«, habe ich sie gefragt, nachdem Sengphet weggegangen war. Sie hat die Augen weit aufgerissen, als hätte ich ihr irgendeinen schlimmen Vorwurf gemacht. »Ich wollte nicht lauschen, ich habe nur gehört, wie du bestellt hast. Es ist doch seltsam, dass ich schon seit ein paar Tagen in Thailand bin, aber du die erste Amerikanerin bist, die mir begegnet.« Ich war selbst überrascht, wie sehr ich mich nach einer Reaktion gesehnt habe. Obwohl ich jahrelang problemlos ganz allein durch Osteuropa gereist war, fühlte Südostasien sich irgendwie sehr fremd an. So, dass ich mir seltsam isoliert vorkam.

Sie nickte freundlich, gab aber keine Antwort.

»Ich heiße Brooke«, nahm ich einen erneuten Anlauf.

»Cass«, erwiderte sie. Ihre Stimme war leise, und sie strahlte eine gewisse Schüchternheit aus, die ich als sehr erfrischend empfand. In letzter Zeit besteht meine Kommunikation überwiegend im Austausch aufgeregter Social-Media-Nachrichten mit irgendwelchen anderen extrovertierten Influencern oder wissbegierigen Followern.

»Woher in den Staaten kommst du?«, wollte ich wissen.

»New York.« Und kurz darauf: »Und du?«

»Westküste.«

Wenn meine unbeabsichtigt vage Antwort Cass neugierig gemacht hatte, dann ließ sie es sich nicht anmerken. Und sie hätte auch keinen Grund gehabt, anzunehmen, dass ich sie belogen hatte. Ich hatte Jahre damit zugebracht, meinen harten Kentucky-Akzent abzuschleifen, meine Konsonanten zu schärfen und die Vokale abzukürzen. Ich wollte meinen schweren Zungenschlag ebenso hinter mir lassen wie meine gesamte Kindheit und Jugend.

Dann fiel mir ihr schwarzes Poloshirt mit dem Logo des Koh-

Sang-Tauchresorts, dem einzigen Hotel auf der Insel, auf. »Du arbeitest hier?«

»Ja, ich bin Tauchlehrerin«, erwiderte sie und hatte dabei die Andeutung eines stolzen Lächelns auf den Lippen.

»Wow.« Ich war beeindruckt. »Das ist ja Wahnsinn. Ich kann mir das gar nicht vorstellen, so viel Zeit unter Wasser zu verbringen. Wie ist das denn? Macht es dich nicht nervös, dass da so vieles schiefgehen kann?«

Es war, als hätte ich einen Schalter umgelegt. Sie fing an zu erzählen, wie es war, sich selbst unter der Wasseroberfläche zu verlieren, fast wie eine Flucht. Je mehr sie sich öffnete, desto mehr verschwand ihre stille Schüchternheit. Stattdessen trat ihre Leidenschaft für das Tauchen immer mehr in den Vordergrund. Irgendwann habe ich mich dann zu ihr an den Tisch gesetzt, und wir haben uns weit über eine Stunde lang unterhalten. Dabei rührten wir das Essen vor unserer Nase kaum an. Sie erzählte mir, dass sie seit zwei Jahren auf Koh Sang lebte und eine Beziehung mit Logan hatte, einem anderen Permanenten, dem eine der Bars auf der Insel gehörte.

Sie hat mir auch etliche Fragen gestellt, wollte alles über die Werbekampagnen wissen, die ich für diverse osteuropäische Hotels angeleiert hatte, und wie ich @BrookeaTrip erschaffen hatte. Sie hat aufmerksam und ohne jede Wertung zugehört. Sie hat sich mit weit aufgerissenen Augen nach vorne gebeugt, als ich ihr von den Zerstörungen in Sarajevo berichtet habe, die, obwohl der Krieg bereits Jahrzehnte zurücklag, immer noch nicht beseitigt worden waren. Und als ich ihr erzählt habe, wie ich mich nach langem Zögern auf ein erstes Date mit einem Typen in Kroatien eingelassen hatte und dann in Erwartung eines netten Abendessens feststellen musste, dass er mich als Begleitung zur Hochzeit seiner Schwester mitgebracht hatte, ein Ereignis, für das ich viel zu schlecht angezogen und auf das ich vollkommen unvorbereitet gewesen war, da wäre sie beinahe an ihrem Smoothie erstickt.

Das ganze Gespräch, ihr Interesse, das alles fühlte sich einfach gut an. Es war eine Art weiblicher Verbindung, wie ich sie lange Zeit nicht gespürt hatte, ohne die allgegenwärtige Konkurrenz, die bei den oberflächlichen Instagramfreundschaften, die mich mit anderen Influencerinnen verbinden, an der Tagesordnung ist. Und ich war richtig enttäuscht, als Cass nach einer Stunde oder so wieder zurück in den Tauchladen musste. Doch wir versprachen, dass wir uns auf jeden Fall wiedersehen wollten, und das taten wir dann auch. Während der letzten zwei Wochen haben wir fast jeden Tag zusammen verbracht. Sie hat mich sehr schnell ihren Freunden vorgestellt und mich in das Leben, das sie sich hier aufgebaut hatte, eingeführt.

»Stimmt«, sage ich jetzt zu Neil. »Es ist ein großes Glück, dass ich sie kennengelernt habe.«

Neil nickt wissend, und wir sitzen schweigend eine Weile da. Ich rechne fest damit, dass die Stille peinlich wird, aber bis auf das nervöse Kribbeln in meiner Magengegend fühlt es sich erstaunlich angenehm an. Wir beobachten ein paar Rucksacktouristen, die sich auf dem Pfad hinab zum Strand gegenseitig einen Volleyball zuwerfen.

»Und wie gefällt es dir bis jetzt auf Koh Sang?«, erkundigt sich Neil schließlich.

»Es ist toll. Ich meine, es ist wunderschön, klar, und alle sind so nett hier.« Beides ist objektiv richtig.

»Sind wir nett genug, damit du länger hierbleibst?« Neil sieht mich aus seinen dunklen Augen an und hebt die Augenbrauen.

Darauf bin ich nicht vorbereitet, auch wenn ich das eigentlich sein müsste. Ich weiß, welche Antwort Neil hören möchte, welche er erwartet: dass ich mich ihm und den anderen Permanenten, die Koh Sang zu ihrem Zuhause gemacht haben, anschließen werde.

»Vielleicht«, sage ich schließlich und entscheide mich für die schmerzloseste Antwort, die mir einfällt. »Im Augenblick lebe ich nur von Woche zu Woche.«

Ich erwähne nicht, dass ich praktisch gar keine Wahl habe. Dass der einfache Flug nach Phuket und die Überfahrt nach Koh Sang mich fast meine ganzen Ersparnisse gekostet haben. Dass ich kaum genug übrig habe, um die beiden nächsten Wochen zu überstehen, von einer Weiterreise ganz zu schweigen.

Neil nickt. Es sieht so aus, als wollte er noch etwas sagen, aber ich lasse ihm keine Chance. »Und was hat dich hierhergeführt? Wie ist dir klar geworden, dass das der Ort ist, an dem du dich niederlassen willst?«

Neil trinkt noch einen Schluck, während er allem Anschein nach über meine Frage nachdenkt. Wie beiläufig fängt er an, mit den Armbändern zu spielen, die um meine beiden Handgelenke liegen. Manche bestehen aus Perlen, andere sind kaum mehr als ein Stückchen Schnur. Manche habe ich gekauft, andere habe ich geschenkt bekommen, meistens von Kindern. Alle stammen sie aus einem der vielen Orte, die ich bereist habe. Neil nimmt jedes Armband einzeln in die Hand. Seine Haut reibt sich an meiner. Damit habe ich nicht gerechnet, aber irgendwie fühlen sich seine Berührungen auch richtig an. Trotzdem ziehe ich meinen Arm wieder weg und tue so, als würde es mich so sehr am Rücken jucken, dass ich mich unbedingt kratzen muss.

»Ach, na ja, du weißt schon, die übliche Geschichte«, sagt er und tut so, als hätte er meine Zurückweisung gar nicht registriert. »Eine schwere Kindheit, Vater Alkoholiker, das ganze Programm. Kaum war ich mit der Schule fertig, bin ich auf Reisen gegangen und hab mir nie überlegt, irgendwo zu bleiben, bis ich hier gelandet bin. Dann hab ich das Tauchen entdeckt und mich irgendwie darin verliebt.«

Bei seinem letzten Wort schießt mir die Hitze in die Wangen.

»Irgendwas an diesem Ort hier hat sich einfach so richtig angefühlt. Ich kann gar nicht genau sagen, was es ist. Also habe ich mit Frederic gesprochen, und wir haben vereinbart, dass ich als Kellner hier im Tiki Palms arbeiten kann, um meine Taucherausbildung zu finanzieren. Und nachdem ich die Tauchlehrerlizenz hatte, hat er mich übernommen. Das ist jetzt etwa drei Jahre her.«

Er hat recht. Das *ist* die übliche Geschichte. So austauschbar, dass sie fast schon lächerlich ist. Trotzdem überkommt mich eine Woge des Mitgefühls. Mein Blick geht immer wieder zu seinen Fingern, die jetzt nicht mehr meine Haut berühren, sondern sein Glas umklammern. Ich bereue, dass ich mich ihm entzogen habe. Ich sehne mich nach menschlichen Berührungen. Besonders nach seinen. Nach dem Gefühl seiner Finger auf mir.

Nicht jetzt, sage ich mir. Das ist nicht der richtige Zeitpunkt und ganz bestimmt nicht der richtige Ort.

Er lacht leise vor sich hin. »Aber ich weiß, dass du nicht hier bist, um Tauchen zu lernen, Brooke. Ich glaube, du bist der erste Mensch, den ich treffe, der auf Thailands bekannteste Taucherinsel gekommen ist, ohne es zumindest mal ausprobieren zu wollen.« Er schüttelt ganz sachte den Kopf, als könnte er es nicht glauben.

Ich hatte ihm schon am Abend unserer ersten Begegnung gestanden, dass ich eine Abneigung gegen jede Art von Wassersport habe. Ich war noch nie der sportliche Typ. In meiner Jugend habe ich mich lieber mit einem Buch in meinem Zimmer verkrochen oder im Wohnzimmer heimlich CNN geschaut, anstatt mit den anderen Kindern aus unserer Wohnwagensiedlung eines dieser grässlichen Spiele zu spielen, die sie sich Woche für Woche ausgedacht haben. Und in Kentucky war Wassersport sowieso keine Option. Wir haben ja nicht einmal gewusst, dass Tauchen *überhaupt* ein Sport ist.

Außerdem habe ich noch nie verstanden, was so toll daran

sein soll, sich so weit unter die Wasseroberfläche zu begeben. Die Klaustrophobie, der Wasserdruck, die Abhängigkeit von einer Sauerstoffflasche und einem dünnen Schlauch, um überhaupt atmen zu können … das alles erfordert viel mehr Vertrauen, als ich jemals aufbringen könnte. Das gilt für irgendwelche technischen Geräte und für andere Menschen erst recht.

»Ich glaube immer noch, dass ich dich überzeugen könnte. Irgendwann mache ich noch eine Taucherin aus dir. Versprochen«, sagt Neil und prostet mir zu.

»Das hört sich viel eher nach einer Drohung an.« Ich krümme mich innerlich zusammen, weil meine Worte so kokett klingen.

»Aber was war es dann?« Neil lässt nicht locker. »Wenn nicht das Tauchen, was hat dich denn dann in diesen Teil der Welt verschlagen?«

»Na ja, ich bin jetzt schon eine ganze Weile unterwegs.« Wort für Wort folge ich meinem vorbereiteten Skript. »Und ohne einen Abstecher nach Thailand könnte ich mich wohl kaum als Weltreisende bezeichnen, oder?«

Er nickt, und sein Gesichtsausdruck drängt mich, weiter zu sprechen.

»Ich war ziemlich früh mit dem College fertig«, sage ich also. Das ist die beste Formulierung, die mir eingefallen ist, um nicht erwähnen zu müssen, dass ich nach wenigen Monaten bereits wieder aus dem Studium ausgestiegen bin. »Und ich wusste nicht so richtig, was ich mit meinem Leben anfangen sollte. Aber Reisen wollte ich schon immer. Angefangen habe ich mit Rucksacktouren durch Osteuropa. Da habe ich zwar den einen oder anderen Auftrag als freie Journalistin bekommen, aber letztendlich hat sich das nicht so gut entwickelt. Also habe ich ein Instagram-Profil angelegt, dann einen TikTok-Account, dann eine Webseite und dann ist das ganze Ding irgendwie durch die Decke gegangen …«

Ich verstumme und senke den Blick, während mich die Scham

überfällt, wie immer, wenn ich jemandem meine berufliche Karriere erklären soll. Ich mache mich auf Neils Erwiderung gefasst. Ein Augenrollen, ein verächtliches Schnauben vielleicht. Die typische Reaktion, sobald ich preisgebe, dass ich Influencerin bin – ein Beruf, der inzwischen ebenso viel Neid wie Verachtung hervorruft.

Aber Neil sitzt einfach nur da und gibt mehrere Sekunden lang keinen Ton von sich.

»Hmm«, sagt er schließlich. Seine Lippen verziehen sich zu einem Grinsen, und ich registriere zum ersten Mal das Grübchen auf seiner linken Wange.

»Hmm was?«, hake ich nach, während ein Lächeln an meinen Mundwinkeln zerrt.

»Ich weiß nicht, ob ich dir das glauben soll, Brooke.«

Mein Lächeln gefriert augenblicklich. Mein Magen ballt sich zusammen, und ich unterdrücke die aufkommende Panik. *Er weiß es. Er hat es rausgekriegt. Es ist vorbei.*

Doch das Funkeln in seinen Augen bremst mich.

»Ich habe das Gefühl, dass du mir nicht alles gesagt hast«, fährt er fort. »Eine kluge Frau wie du muss doch nach dem Studium jede Menge Optionen gehabt haben. Leute wie wir – Reisende, meine ich – benutzen das Reisen in der Regel, um etwas zu suchen oder um uns vor etwas zu verstecken. Also los, raus mit der Sprache. Wie ist das bei dir?«

Ich entspanne mich wieder und rede mir ein, dass meine Angst unbegründet war. Neil weiß nicht, warum ich wirklich hier bin. Er *kann* es nicht wissen.

»Ach, na ja, nichts weiter als die übliche Entdeckungsphase der Mittzwanziger. Reisen, um mich selbst zu finden, und so was. Unterwegs habe ich etliche andere Traveller getroffen, die alle von Koh Sang geschwärmt haben, und da war klar, dass ich hier vorbeischauen muss.« Um das Thema zu wechseln, hebe ich mein Glas, bedeute ihm, es mir nachzutun, und dann stoßen wir leise an.

Neil erwidert mein Lächeln, und wir nippen gleichzeitig an unseren Drinks. Genüsslich lasse ich zu, dass die klebrige Süße des Smoothies sich über die Bitterkeit meines Lebens legt.

KAPITEL 3

CASS

Ich weiß, wer du bist.

Diese Worte gehen mir schon den ganzen Morgen ununterbrochen durch den Kopf, seitdem ich auf unserer Eingangsterrasse den Briefumschlag aufgerissen habe. Ich habe daran gedacht, während Logan und ich uns geliebt haben und als ich mich anschließend voller Verzweiflung an ihn geklammert und mich gefragt habe, wie lange es wohl noch dauern würde, bis er die Wahrheit erfährt und mich nie wieder berühren will. Und auch jetzt denke ich daran, während ich mein Motorrad die gewundene Straße, die von unserem Haus wegführt, bergab lenke.

Zum hunderttausendsten Mal stelle ich mir die Frage, wer mich erkannt haben könnte. Ich bin dieses Mädchen nicht mehr. Die mausbraunen Haare habe ich blond gefärbt, und die vielen Sonnenstunden haben die Färbung noch intensiver gemacht. Auch meine blasse Haut ist deutlich gebräunter als damals. Die runde Brille habe ich gegen Kontaktlinsen ausgetauscht, und seit meiner Ankunft auf Koh Sang verwende ich nur noch meinen zweiten Vornamen. Das ist zwar nicht viel, aber es hat gereicht. Niemand rechnet damit, auf einer Insel mitten im Nirgendwo, wo Nachrichten aus der Außenwelt eine Seltenheit sind, dieses Mädchen anzutreffen. Und darum hat auch nie jemand genauer hingesehen.

Bis jetzt.

Ich biege ab und lenke mein Motorrad in die schmale Hauptstraße von Kumvit. Wenn unsere kleine Insel mit einigen hundert Einheimischen und einer Ferienanlage überhaupt so etwas wie ein städtisches Zentrum hat, dann liegt es hier. Ich komme an Gartenrestaurants mit Teakholz-Möbeln vorbei. Einheimische schieben die Rollgitter ihrer Souvenirgeschäfte nach oben, die allesamt die gleiche Auswahl an ärmellosen Shirts mit Thaibier-Logo, gefälschten Nikes und billigen Ray-Ban-Kopien anbieten. Am hinteren Ende gelangt man dann auf die Uferstraße, die einmal rund um die ganze Insel führt. Die Abstände zwischen den Geschäften und Restaurants werden immer größer, bis sie schließlich ganz verschwinden, bis auf der einen Seite nichts als wilder Dschungel und auf der anderen Seite nur noch die Schönheit des Pho Tau Beach existieren. Hölzerne Langheckboote liegen dicht gedrängt vor Taucherläden in improvisierten Häfen, und weiter draußen haben ein paar Stand-up-Paddler Mühe, das Gleichgewicht zu halten und nicht ins Wasser zu fallen. Am Ufer ragt eine gewaltige Palme fast im Neunziggradwinkel hinaus aufs Meer, sodass die Wipfel, die voller Kokosnüsse hängen, beinahe das Wasser berühren.

Am heutigen Morgen jedoch bin ich so unkonzentriert, dass ich die Schönheit nicht einmal wahrnehme. Ich muss herausfinden, von wem dieser Briefumschlag stammt, bevor der- oder diejenige seine oder ihre Drohung wahrmachen kann.

Wenige Minuten später gelange ich zu einer kleinen Asphaltbucht neben der Straße. Sie ist breit genug, dass man drei Motorräder darauf abstellen kann, eines für jeden der drei fest angestellten Mitarbeiter des Resorttauchladens.

Als ich absteige, bleibe ich kurz an der Sitzbank kleben, und mir wird wieder einmal auf schmerzhafte Weise bewusst, wie heiß die Tage hier sind. Zum Glück sind es nur wenige Schritte bis zum Eingang. Der Tauchladen besteht aus einer kleinen achteckigen Hütte und ist so etwas wie mein zweites Zuhause auf der Insel.

Aber noch während ich mich dem Eingang nähere, habe ich plötzlich das Gefühl, beobachtet zu werden. Ich bleibe stehen und drehe mich um, fest entschlossen, den Beobachter sofort zu entlarven. Doch bis auf einen vorbeifahrenden Lastwagen ist niemand zu sehen. Ich verharre etliche Sekunden, bis sich ein Schweißtropfen an meinem Haaransatz bildet, kann aber immer noch niemanden entdecken. Ich versuche, das ungute Gefühl wieder abzuschütteln, und betrete den Laden.

Als ich durch die Tür komme, schallt mir Dougs heller australischer Akzent entgegen. »Na, wenn das mal nicht die zukünftige Mrs. McMillan ist! Glückwunsch!«

Er kommt hinter dem kleinen Schreibtisch mit einem Stapel Klemmbrettern und einem veralteten Computer hervor und nimmt mich ungestüm in den Arm.

»Danke«, erwidere ich und klopfe ihm behutsam auf den Rücken. Meine Fingerspitzen streifen seine langen, verfilzten Haare.

Doug ist schon etliche Jahre vor mir nach Koh Sang gekommen. Über seine Vergangenheit weiß ich nur, dass er aus Melbourne stammt. Es ist so etwas wie ein ungeschriebenes Gesetz, dass wir so wenig wie möglich über unser Leben vor der Insel reden. Falls jemand etwas erzählen möchte, ist das kein Problem, aber niemand erwartet das. Was mir sehr gut in den Kram passt. Bei meiner Ankunft hat Doug noch als Tauchlehrer gearbeitet, aber in der Zwischenzeit hat Frederic, der Besitzer des Resorts, ihn zum Manager des Tauchladens befördert. Das bedeutet im Prinzip, dass Doug immer dann, wenn Frederic auf Geschäftsreise ist, so wie jetzt, als mein Babysitter fungiert.

»Ich freu mich schon auf heute Abend«, sagt er und reicht mir das oberste Klemmbrett vom Stapel. »Das wird eine hammergeile Verlobungsparty.«

Ich lächele, schlucke die aufsteigende Galle wieder hinunter und hoffe im Stillen, dass die Person, die mich entdeckt hat, sich nicht ausgerechnet den heutigen Abend ausgesucht hat, um mich zu entlarven. Ich gehe die Zettel auf dem Klemmbrett durch und zähle zusammen, wie viele Schüler ich heute habe.

»Nur vier?«, frage ich nach.

»Ja, genau. Auf Koh Phangan steigt heute Abend eine Vollmondparty. Da sind vier gar nicht so schlecht.«

Das stimmt. Einmal im Monat veranstaltet die Nachbarinsel eine riesige Strandparty, so ausschweifend, dass sie innerhalb der Rucksack-Community einen legendären Ruf genießt und sogar Gäste von den Nachbarinseln anlockt, auch von Koh Sang. Da die Umsätze in den letzten Monaten zurückgegangen sind, hat Frederic angefangen, ebenfalls Vollmondpartys zu veranstalten, mit allem Drum und Dran, einschließlich neongreller Körperbemalung, Fischglas-Cocktails, bestehend aus Säften und undefinierbaren Schnäpsen sowie Feuertänzern. Aber trotzdem sind sie kein Vergleich mit dem Original.

Ich müsste mich eigentlich ärgern. Weniger Schüler bedeuten weniger Trinkgeld. Stattdessen bin ich eher dankbar, vor allem, weil das dumpfe Pochen in meinem Kopf seit dem Morgen nur noch schlimmer geworden ist.

Ich nicke Doug zu und gehe mit dem Klemmbrett unter dem Arm nach draußen. Nach etwa fünfzig Metern erreiche ich den Strand und stoße auf den Pfad, der in den restlichen Teil des Resorts führt. Als ich einen Blick ins Tiki Palms werfe, sehe ich Brooke an einem der Tische am Rand sitzen. Ihr honigfarbenes Haar hängt, zu einem langen, strubbeligen Zopf geflochten, seitlich an ihrem Körper herab. Ihr gegenüber sitzt ein Mann, und als er sich bewegt, fällt die Sonne auf sein unverwechselbares rotes Haar. Neil.

Trotz allem merke ich, wie ich lächeln muss. Es ist kein Geheimnis, dass Neil sich in Brooke verknallt hat – so wie die meisten Männer auf der Insel –, und so, wie sie ihn gerade anlächelt, könnte es durchaus sein, dass es ihr mit ihm nicht viel anders geht.

Als ich Brooke vor zwei Wochen kennengelernt habe, war ich ziemlich eingeschüchtert. Sie war offen und charmant und wunderschön – alles Eigenschaften, die für eine Reise-Influencerin wahrscheinlich selbstverständlich sind, aber alles auch Eigenschaften, die ich nicht habe. Schon als sie mich im Tiki Palms angesprochen hat, war ihr Selbstbewusstsein unübersehbar gewesen. Sie war so offen, dass es mir vorkam, als würden wir uns schon seit Jahren kennen. Und tatsächlich strahlte sie eine Vertrautheit aus, die ich mir nicht erklären konnte.

Noch am gleichen Tag hatte ich mir, kaum zu Hause angekommen, ihren Instagram-Account – @BrookeaTrip – angeschaut. Schon nach dem ersten Klick wurde mein Bildschirm mit hochauflösenden Fotos von wunderschönen Bergen und Kopfsteinpflasterstraßen geflutet. Aber im Mittelpunkt stand selbstverständlich immer Brooke, die blauen Augen mit den dunklen Wimpern genau auf die Kamera gerichtet, der Körper kurvig und fest und immer in irgendein modisches – in aller Regel freizügiges – Outfit gekleidet, die langen Haare perfekt gestylt. Es kam mir irgendwie masochistisch vor, in ihren Reisefotos und Videos zu stöbern. Jedes einzelne war so perfekt gemacht, wie man es nur auf den sozialen Medien zu sehen bekommt, während ich in einem von Logans alten, verzogenen T-Shirts auf meiner Couch lag. Aber ich konnte nicht damit aufhören. Ich verzehrte mich nach ihrer Schönheit und den aussagekräftigen Bildunterschriften, die mit großem Selbstbewusstsein die Korruption und die autokratischen Machtverhältnisse in den verschiedenen Ländern, die sie bereist hatte, anprangerten. Sie äußerte ihre Meinung auf eine so selbstverständliche Art und Weise, von der ich nur träumen konnte.

Seither suche ich immer wieder ganz bewusst ihre Nähe. Ich genieße ihre Aufmerksamkeit in vollen Zügen und bin stolz, wenn wir zusammen gesehen werden. Das Gleiche empfinde ich, wenn ich neben Logan stehe und er mir den Arm um die Hüften legt. Es ist das Gefühl, etwas wert zu sein.

Jetzt hätte ich ihr am liebsten einen Gruß zugerufen, aber andererseits will ich die beiden auch nicht unterbrechen. Stattdessen haste ich den von sorgfältig gestutzten Büschen und magentafarbenen Blumen gesäumten Fußweg entlang, der hinauf zum Übungspool führt. Dort sehe ich schon meine Schüler dicht gedrängt neben ein paar Liegestühlen unter einem Sonnenschirm stehen.

Ich halte kurz inne, bevor ich zu ihnen gehe. Die Angst, die mich jedes Mal befällt, wenn ich mich einer neuen Gruppe vorstellen muss, ist heute stärker als sonst. Jetzt fühlt sich jeder Neuankömmling, jedes fremde Gesicht, an wie eine Bedrohung. Ist die Person, die mir diesen Zettel vor die Tür gelegt hat, womöglich in meinem Tauchkurs? Oder liegt sie am Strand und sonnt sich? Hängt sie gerade feiernd im Swimmingpool des Resorts ab?

Koh Sang ist nicht besonders groß. Aber es gibt hier jemanden, der mich zerstören will.

Ich hole tief Luft und versuche, all diese Gedanken zu verscheuchen, während ich auf die Gruppe zugehe.

»Guten Morgen alle miteinander«, rufe ich ihnen zu und hoffe, dass meine oft geübte, durchsetzungsstarke Lehrerinnenstimme sämtliches Zittern, das sich womöglich einschleichen könnte, einfach übertönt. »Ich heiße Cass und ich bin eure Tauchlehrerin. Zunächst einmal danke dafür, dass ihr euch für euren Schnuppertauchkurs das Koh-Sang-Tauchresort ausgesucht habt. Bis morgen Abend bringe ich euch alles bei, was ihr wissen müsst, um sicher und erfolgreich tauchen zu können. Und bis dahin habt ihr auch schon zwei Tauchgänge im offenen Meer absolviert.«

Ich ziehe mein Klemmbrett unter dem Arm hervor und halte es so, dass das leise Zittern meiner Hände nicht zu sehen ist. »Ich hake mal schnell die Teilnehmerliste ab, und dann kommen wir zu einer kurzen Vorstellungsrunde.«

Auf dem ersten Zettel stehen zwei Namen. »Ariel und Tamar Abramson.« Erwartungsvoll sehe ich das blasse Paar an, das direkt vor mir steht. Die beiden sind schätzungsweise Anfang dreißig und damit über dem Altersdurchschnitt unserer Kundschaft. Die Frau hat ihre schwarzen Haare auf Kinnhöhe glatt abgeschnitten und wirkt ein bisschen nervös. Der Mann, der neben ihr steht, weckt sofort meine Neugier. Er ist groß, sportlich und hat die Haare militärisch kurz geschoren. Seine Lippen sind fest zusammengepresst und er starrt mich mit hartem, kaltem Blick an. Er hat etwas Herrisches an sich, das ich nicht so recht zu fassen bekomme. Als ich seinen Namen ausspreche, gibt er keine Antwort, aber ich sehe, wie seine Schultern sich verspannen.

»Das sind wir«, sagt die Frau. Ihre Worte klingen abgehackt, und sie spricht mit einem schweren Akzent. »Ich bin Tamar. Ich bin mit meinem Mann Ariel hier.« Sie deutet auf ihn, doch er zeigt keine Reaktion. »Wir sind gestern angekommen. Wir leben in Tel Aviv.«

»Freut mich sehr.« Wieder schaue ich den Mann eine Sekunde länger an als nötig, bevor ich mir den nächsten Zettel auf meinem Klemmbrett vornehme. »Daniel Ayad…«

»Ja, genau«, unterbricht mich ein Typ mit einem schnodderigen Cockney-Akzent, noch bevor ich seinen Namen vollständig aussprechen kann. Er hat eine zweieinhalb Zentimeter lange pinkfarbene Narbe auf der Wange, die sich bei jedem seiner Worte auf und ab bewegt. Sein überheblicher Auftritt lässt mich sofort ruhiger werden. Ich bin schon mit Tausenden von seiner Sorte fertiggeworden. »Das bin ich. Daniel Ayadebo. Genau, ich komm' aus London. Ich bin mit der Schule fertig und mach ein Jahr Pause, und in Thailand geht's gleich richtig los. Ich bin so lange unterwegs, bis mir das Geld ausgeht. Bin gestern Abend angekommen, und ich find's geil.« Sein Blick wandert zu dem Mädchen, das neben ihm steht. Sie zeigt keine Reaktion.

Er sieht älter aus als die meisten anderen, die ein Brückenjahr einschieben, aber das lasse ich unkommentiert.

»Last but not least«, sage ich, während ich zu meinem letzten Zettel komme. »Lucy Dupin.«

Ich wende mich dem Mädchen neben Daniel zu. Sie reicht ihm kaum bis an den Bizeps. Die Haare hat sie nach oben gebunden und zum großen Teil unter einer hellpinken Baseballmütze versteckt. Nur ein paar lockige braune Strähnen ragen noch hervor. Sie erwidert meinen Blick und fixiert mich aus hellblauen Augen.

Ich schlucke und zwinge mich, das Klemmbrett ruhig zu halten und weiter zu lächeln.

Das ist sie. Sie lebt.

Ihr Name liegt mir sanft auf den Lippen, eine flüchtige Erinnerung. *Robin.*

Als ich sie das letzte Mal gesehen habe, also wirklich gesehen habe, da hat sie in diesem Hotelzimmer gelegen. Ihr zierlicher Körper wirkte winzig auf dem riesigen Bett, ihr Gesicht wie aus Porzellan gemeißelt und die großen blauen Augen weit geöffnet, während das Licht allmählich aus ihnen wich. Meine Schwester, aus dem Leben geschieden, für immer.

Die junge Frau, die jetzt vor mir steht, ist natürlich nicht Robin. Je genauer ich sie mir anschaue, desto offensichtlicher werden die Unterschiede. Robin war größer als dieses Mädchen, ihre Wangenknochen prominenter, ihre Haare ein bisschen dunkler und lockiger. Aber sie hatte die gleichen Augen. Diese großen blauen Rehaugen, die eine verblüffende Stärke verraten.

Trotzdem hätte ich am liebsten die Arme nach ihr ausgestreckt und sie berührt. Hätte zu gerne Robin in die Arme genommen. Aber das ist unmöglich. Robin liegt zwei Meter tief in der Erde eines Friedhofs im Bundesstaat New York, unter einem Grabstein, vor dem nie jemand stehen bleibt.

Ich habe keine Stimme mehr. Mein Gehirn liefert keine Worte, mit denen ich weiterreden könnte. Stattdessen befinde ich mich wieder in diesem Hotelzimmer und sehe Robin langsam verblassen, sehe das Leben aus ihrem Gesicht entweichen.

Zum Glück braucht das Mädchen keine zusätzliche Aufforderung. »Ich heiße Lucy, und ich mache auch ein Brückenjahr.«

Ihre Worte klingen selbstbewusst, ihre Stimme melodisch. Ich überfliege Lucys Anmeldung, bis ich zu der Spalte mit ihrem Heimatland komme. Australien. Ihr Akzent klingt irgendwie eintöniger als Dougs, also stammt sie wohl aus einer anderen Gegend als er.

»Sehr gut«, sage ich, räuspere mich kurz und hoffe, dass mein kurzzeitiger Aussetzer nicht allzu sehr aufgefallen ist. »Schön, euch kennenzulernen. Wir werden die kommenden beiden Tage zusammen verbringen, also seid nett zueinander. Wir beginnen mit ein paar Übungen im Pool, damit ihr euch mit der Ausrüstung und den Grundlagen für das Atmen unter Wasser vertraut machen könnt. Anschließend gehen wir in den Schulungsraum, wo es ein bisschen Theorie und etliche praktische Übungen geben wird. Morgen geht es dann richtig los, dann fangen wir an zu tauchen. Aber zuallererst möchte ich mit dem wichtigsten Thema dieses gesamten Kurses beginnen, und das heißt: Sicherheit.«

Ich überhöre Daniels Stöhnen. Die meisten dieser jungen – oder, wie Ariel und Tamar, nicht mehr ganz so jungen – Menschen würden die Sicherheitshinweise am liebsten überspringen und sich gleich mitten ins Vergnügen stürzen. Ihnen sind die Risiken egal, die automatisch damit verbunden sind, wenn man sich mehrere Meter unter der Wasseroberfläche befindet und mithilfe eines Schlauchs Luft aus einer Sauerstoffflasche einatmet.

Aber im Gegensatz zu ihnen weiß ich genau, wie nahe der Tod

dort ist, und dass er überall seine gespenstischen Fingerabdrücke hinterlässt. Ich weiß, wie wenig es braucht, um den schattenhaften Vorhang zwischen dieser Welt und der nächsten zu durchbrechen. Ein kaputter Atemregler, ein Messer, ein paar kleine weiße Pillen.

Ich gehe die vielen mit dem Tauchen verbundenen Risiken systematisch durch. Alles von dauerhaften Lungenschäden, weil man unter Wasser den Atem angehalten hat oder in Panik viel zu schnell aufgestiegen ist, über geplatzte Trommelfelle aufgrund eines fehlenden Druckausgleichs beim Abstieg bis hin zu der offensichtlichsten aller Gefahren: wenn einem in der Tiefe die Atemluft ausgeht. Ganz langsam und zögerlich beginne ich, mich zu entspannen. Ich vergesse die unangenehmen Überraschungen des Vormittags und komme in einen routinierten Flow, gewöhne mich an die Blicke meiner Schülerinnen und Schüler.

Unter einem heißen Schleier der Normalität vergehen die nächsten Stunden. Einführung in die Grundlagen des Tauchens im Schatten, anschließend Übungen und Testen der Ausrüstung im Pool, schließlich als krönender Abschluss ein paar Stunden im Schulungsraum im ersten Stock des Tiki Palms – physikalische Erläuterungen zu der Frage, wie Tauchen überhaupt funktionieren kann, flankiert von Unterrichtsmaterial und Quizfragen. Es scheint den Schülerinnen und Schülern weitgehend Spaß zu machen, zumindest fast allen. Nur Ariel starrt immer wieder einfach nur ins Nichts und wirkt sehr angespannt, als sei er jederzeit bereit, aufzuspringen und einfach davonzulaufen.

Als sich die Schwüle des Spätnachmittags schwer auf uns legt, lässt Daniel den Kopf auf die Tischplatte sinken und stöhnt dazu laut auf. »Ich dachte, das Brückenjahr ist dazu da, nicht mehr in irgendeinem Klassenzimmer zu hocken. Scheiße, das ist noch schlimmer als die Uni, oder nicht?«

Das ist mein Stichwort.

»Also gut, also gut. Ich schätze, wir können Schluss machen für heute. Morgen früh, Punkt acht Uhr, treffen wir uns vor dem Laden zu unserem ersten Tauchgang. Sorgt dafür, dass ihr rechtzeitig da seid. Wir können nicht warten, falls sich jemand verspätet.«

Daniel hat sein Buch bereits zugeschlagen und sich an Lucys Seite geschoben. Meine Worte sind für ihn nichts weiter als das Summen eines Moskitos. Mit großer Selbstverständlichkeit legt er ihr den Arm um die Schulter. Ich sehe, wie sich ihr Rücken sofort verspannt. Sie sind bereits losgegangen, da fällt mir noch etwas ein.

»Seid heute Abend vorsichtig mit dem Alkohol, Leute. Ich weiß, es ist Vollmond und alles, aber ein Kater ist eine denkbar schlechte Voraussetzung zum Tauchen.«

Daniel und Lucy haben schon die Hälfte der Treppe hinter sich gelassen, und ich kann nicht erkennen, ob sie mich überhaupt gehört haben. Dann bekomme ich mit, dass Tamar etwas auf Hebräisch zu Ariel sagt und anschließend auf die Toilette geht. Ich fange an, die Bücher und Stifte zusammenzuklauben. Dabei ist mir jederzeit bewusst, dass Ariel noch in der Nähe der Treppe herumsteht.

Alles passiert gleichzeitig.

Mit lautem Knall schlägt die Toilettentür zu. Ich muss unbedingt Bescheid sagen, dass irgendjemand das Ding repariert, sage ich mir, während ich gleichzeitig eine Veränderung in der Atmosphäre wahrnehme.

Ich richte mich auf. Schlagartig ist das Aufräumen vergessen, und ich blicke mich im Raum um. Er ist leer, alle sind weg. Alle bis auf Ariel.

Er strahlt eine eindringliche Anspannung aus, die während des Kurses nicht zu spüren war. All seine Muskeln sind gespannt, und selbst aus einigen Metern Entfernung kann ich sehen, dass er in kurzen, schnellen Zügen atmet. Er strahlt eine wahnsinnige Nervosität aus.

»Ariel.« Ich gehe hastig auf ihn zu, weil mir klar ist, dass da etwas nicht stimmt. »Was ist denn …«

Doch noch bevor ich meine Frage beenden kann, fängt er an zu reden.

»Hier ist es nicht sicher.«

Seine Stimme klingt kehlig, heiser, als hätte er seit Tagen nicht gesprochen. Was durchaus möglich ist, denn ich habe in all den Stunden, die hinter uns liegen, keinen einzigen Laut von ihm gehört. Seine Worte kriechen mir unter die Haut, umschlingen meine Blutgefäße, saugen die Feuchtigkeit aus meiner Kehle und versetzen meinen Puls in einen unregelmäßigen, eindringlichen Rhythmus.

»Ich … ich weiß nicht, was du meinst«, sage ich.

»Hier ist es nicht sicher«, wiederholt er. »Irgendetwas stimmt hier nicht. *Du* bist nicht sicher.«

Obwohl seine Stimme sehr leise ist, nehmen seine Worte den gesamten Platz im Raum ein. Seine grauen Augen sind glasig, trotzdem durchdringen mich seine Blicke nahezu.

Ich starre ihn an und weiß nicht, wie ich reagieren soll. Sein Gesicht ist noch blasser als zuvor und seine Warnung lässt panische Blitze durch meinen Brustkorb zucken.

Ich mache den Mund auf, möchte etwas sagen, da durchschneidet eine andere Stimme den Raum.

»Ariel!«

Tamar stürzt aus der Toilette. Kaum steht sie neben Ariel, legt sie ihm die Hände auf die Wangen und blickt ihm tief in die Augen. Sie wiederholt einen hebräischen Satz so lange, bis Ariel sich entspannt und ich fast zusehen kann, wie die Angst und die Nervosität von ihm abfallen. Seine Schultern hängen jetzt leicht nach unten und seine Augen haben ihren glasigen Schimmer verloren.

Ich sehe zu, wie sie ihn in die Arme nimmt, wie sein muskulöser

Körper sich an sie schmiegt. Mir wird klar, dass Tamar stärker sein muss, als ihre zierliche Gestalt vermuten lässt.

Irgendwann macht sie sich von ihm los. Ihre Stimme ist sanft und so leise, dass nur Ariel sie verstehen kann. Er macht sich auf den Weg zur Treppe, und Tamar dreht sich zu mir um.

»Es tut mir sehr leid, Miss Cass«, flüstert sie mir zu. Anscheinend soll Ariel sie nicht hören. »Meinem Mann geht es nicht so gut.« Sie wirft einen Blick über ihre Schulter hinweg zur Treppe.

Ich möchte mehr wissen, möchte verstehen, was es mit Ariels heftigem Stimmungsumschwung auf sich hat. Möchte verstehen, was seine Worte zu bedeuten haben. Aber es ist klar, dass Tamar bei ihm sein will. Die Verzweiflung in ihrem Blick ist nicht zu übersehen.

»Alles gut«, sage ich. Soll ich ihr vielleicht die Hand auf den Arm legen, als stärkende Geste? Doch bevor ich so weit bin, ist sie schon auf dem Weg zu ihrem Mann.

Ich bin allein mit den beiden Wörtern, die ich zu ihr gesagt habe. Und sie könnten gar nicht weiter von der Wahrheit entfernt sein.

Weil nämlich gar nichts gut ist. Ariels Worte fräsen sich durch meinen Kopf, immer und immer wieder. Als gespenstische Warnung.

Du bist nicht sicher.

KAPITEL 4

BROOKE

Die Sonne senkt sich allmählich dem Horizont entgegen und ich verlasse meine Unterkunft. Es ist ein einfaches Zimmer in den Coral-Bungalows. Frederic, der Besitzer des Resorts, hat es mir ein wenig widerwillig zu dem vergünstigten Mietpreis überlassen, den er auch seinen Angestellten abnimmt. Als Gegenleistung bewerbe ich das Resort mit ein paar Instagram-Posts. Ich will gerade den Pfad zur Straße hinaufgehen, wo ich mein Mietmotorrad abgestellt habe, da ertönt hinter mir ein Ruf, und ich bleibe ruckartig stehen.

»Hallo!«

Die Stimme kommt mir nicht bekannt vor und ich drehe mich um. Ich sehe, wer da gerufen hat, und halte unwillkürlich den Atem an. Es ist die junge Frau, die heute Morgen, als ich im Restaurant gesessen habe, auf mich zugekommen ist und wohl mit mir reden wollte. Die ich später dann in Cass' Tauchgruppe gesehen habe. Sie steht ganz in der Nähe meiner Tür, fast so als hätte sie auf mich gewartet.

»Äh, hallo«, sage ich. Es dauert nur einen Moment, bis ich meine Verblüffung überwunden habe und das falsche Lächeln aufsetze, das ich für meine @BrookeaTrip-Seiten reserviert habe.

»Brooke, stimmt's?«, sagt sie. Sie ist so dünn, dass der nächste starke Windstoß sie vermutlich einfach umwerfen wird, und aus ihren weit aufgerissenen Augen spricht derselbe hungrige Blick wie vorhin. Aber ihre Stimme klingt kräftiger, als ich erwartet habe, und dazu strahlt sie eine unaufdringliche Stärke aus.

Ich nicke abwartend. Jetzt bin ich mir sicher, dass sie ein neugieriger Instagram-Fan ist, die mich um ein Selfie bitten will. Sie hat extra gewartet, bis ich alleine bin, dann ist das Risiko einer Zurückweisung deutlich geringer. Doch die Frage, die sie mir als Nächstes stellt, trifft mich unvorbereitet und lässt mein Lächeln verschwinden. »Du bist erst seit zwei Wochen hier, stimmt's?«

»Ja, kann schon sein«, erwidere ich vorsichtig. »Ungefähr seit zwei Wochen.« Ich versuche, mich zu erinnern, was ich auf meinen verschiedenen Accounts veröffentlicht habe. Kurz nach meiner Ankunft habe ich auf TikTok die Fahrt mit dem Tuk-Tuk vom Fähranleger bis zum Resort gepostet. Aber trotzdem kommt es mir seltsam vor, dass diese junge Frau so genau weiß, wie lange ich schon hier bin.

Sie nickt. »Dann warst du also noch gar nicht hier, als die Touristin vom Khrum Yai abgestürzt ist, oder?«

Ich blinzele verdutzt. Ihre Frage deckt sich so gar nicht mit meinen Erwartungen. Ich hatte diese junge Frau für eine begeisterte Bewunderin gehalten, die mir einfach nur von meinen Social-Media-Profilen vorschwärmen wollte.

Natürlich hatte ich davon gehört. Wenige Tage vor meiner Ankunft war am Khrum Yai, dem höchsten Berg der Insel, eine junge Touristin abgestürzt. Sie war einundzwanzig Jahre alt gewesen, genau wie ich. In den wenigen Artikeln, die ich online gefunden hatte – und zwar nur, weil ich einen Google Alert mit dem Stichwort Koh Sang eingerichtet habe –, wurde berichtet, dass Jacinta – so lautete ihr Name – sich morgens allein auf den Weg zum Gipfel des Khrum Yai aufgemacht hatte und unterwegs in den Tod gestürzt war. Aus Gründen des Persönlichkeitsschutzes wurde nirgendwo ihr Nachname erwähnt, aber dafür gab es ein Foto von ihr. Ein rundliches, lächelndes Gesicht, umrahmt von kastanienbraunen Locken. Rund um ihre Nase tummelten sich zahlreiche Sommersprossen und sie war nicht geschminkt. Dadurch wirkte sie etliche Jahre jünger, als sie in Wirklichkeit gewesen war.

Die Polizei von Koh Sang ging von einem Unfall aus. Sie war zu dicht an der Klippenkante entlanggegangen. Vielleicht hatte sie sich vor irgendetwas erschreckt, vielleicht hatte sie auch einfach nur das Gleichgewicht verloren. Jedenfalls war sie über die Kante gestürzt und auf einem der tiefer liegenden Felsen aufgeschlagen.

Seit meiner Ankunft waren immer wieder Berichte über die Tote durch das Resort geschwappt, wenn auch nur hinter vorgehaltener Hand, wie eine Art Unterströmung. Ich hatte gehört, wie ein paar Angestellte auf Thai einige hastige Worte im Flüsterton gewechselt hatten. Aber ohne die deutlich erkennbaren Pausen jedes Mal, bevor sie mühsam Jacintas Namen aussprachen, hätte ich niemals mitbekommen, worüber sie sich unterhielten.

Woher weiß die junge Frau, die mich gerade angesprochen hat, was passiert ist? Jacintas Tod hatte in den internationalen Medien keine Beachtung gefunden. Hatte sie die Geschehnisse auf der Insel genauso aufmerksam verfolgt wie ich? Und wenn ja, warum?

»Nein«, entgegne ich nach einer kurzen Pause zurückhaltend. »Ich habe sie nicht gekannt. Warum fragst du?«

Sie holt tief Luft, als müsste sie sich ihre Antwort sehr genau überlegen. »Mir ist klar, dass das ganz schön heftig klingt, und ich weiß auch, dass du mich nicht kennst, aber ich glaube, dass ihr Tod kein Unfall war. Ich glaube, dass da mehr dahinter…«

Was immer sie mir noch sagen will, wird von einer lauten Stimme in meinem Rücken übertönt.

»Lucy!«

Wir drehen uns gleichzeitig um und sehen einen muskulösen Typen mit bloßem Oberkörper auf uns zustapfen. Er hat sich bereits neongrüne Farbe ins Gesicht geschmiert und wird von mehreren anderen Typen begleitet.

»Wir gehen noch ins Tiki Palms, Vorglühen, bevor die Party losgeht.« Er kommt näher, und es scheint ihm völlig egal zu sein, dass wir gerade mitten im Gespräch sind. Vielleicht merkt er es auch gar nicht. »Komm mit!«

Die junge Frau – sie heißt offensichtlich Lucy – will protestieren, aber er lässt sie gar nicht erst zu Wort kommen.

»Nein«, sagt der Typ. »Kommt nicht infrage. Du hast Urlaub. Du musst feiern, und ich ernenne mich hiermit zu deinem Partybeauftragten.« Mit aufgesetzter Förmlichkeit imitiert er einen Polizisten: »Madame, ich muss Sie bitten mitzukommen.«

Erst jetzt scheint er mich überhaupt zu bemerken und lässt ein Lächeln sehen, das bestimmt flirtend gemeint ist. Allerdings sieht er viel eher aus, als würde er unter einer üblen Verstopfung leiden. »Oh, hallo. Du bist natürlich auch herzlich eingeladen.«

»Kann nicht. Tut mir leid«, sage ich, obwohl es mir kein bisschen leidtut.

»Na ja, du weißt ja, wo wir sind, falls du deine Meinung noch ändern solltest«, erwidert er und zwinkert mir dabei zu. Und bevor ich überhaupt reagieren kann, legt er Lucy einen Arm um die Schultern und schiebt sie in Richtung des Fußwegs, während ich mit meinen vielen ungestellten Fragen zurückbleibe.

Was genau wollte Lucy eigentlich von mir? Was weiß sie über das Mädchen, das am Khrum Yai abgestürzt ist? Und woher? Und warum ich? Warum hat sie unter all den Menschen auf dieser Insel ausgerechnet *mich* angesprochen, um mir mitzuteilen, was sie weiß? Was immer das sein mag.

Ich sehe dem Trio auf seinem Weg zum Restaurant hinterher und überlege kurz, ob ich ihnen folgen soll, aber dann stelle ich mit einem schnellen Blick auf meine Armbanduhr fest, dass ich ohnehin schon zu spät dran bin. Kurz bevor ich mich auf den

Weg zu meinem Motorrad mache, dreht Lucy sich noch einmal zu mir um. In ihrem Blick liegt dieselbe Eindringlichkeit wie vorhin, so, als müsste sie eine schwierige Entscheidung treffen. Nachdem wir uns für einen Moment tief in die Augen geschaut haben, wendet sie sich ab, und ich starre ihr hinterher.

Als ich zu der Party stoße, ist die Sonne gerade untergegangen. Nur einzelne violette Streifen ziehen sich noch über den nächtlichen Himmel. Ich stelle mein Motorrad unter ein paar dicht stehenden Palmen am hinteren Ende des Hügels ab. Das Frangipani liegt zwar gar nicht so weit von den nächsten Wohnhäusern entfernt, aber man fühlt sich hier trotzdem vollkommen abgeschieden. Die Serpentinenstraße, die an der Bar vorbeiführt, schlängelt sich durch eine unbewohnbare Dschungellandschaft und wir sind mindestens anderthalb Kilometer von dem lebhaften Treiben in Kumvit und am Pho Tau Beach entfernt. Über uns bilden die Bäume ein dichtes Laubdach, das den Schall dämpft und eine Decke der Stille über die Umgebung breitet.

Nachdem ich den Motor ausgeschaltet habe, dringt das aufgeregte Stimmengewirr aus der Kneipe zu mir herüber. Sie ist kaum mehr als ein mit Maschendrahtzaun umgebenes Stück Brachland. An dem Zaun hat jemand ein Stück Holz mit einem handgemalten Pappschild befestigt, auf dem in grünen Blockbuchstaben »Frangipani-Bar« steht. Darunter ist eine ziemlich dilettantische Zeichnung einer Blume zu erkennen, die auf der Insel sehr weit verbreitet ist. Weiße Lichterketten werfen ein zauberhaftes Licht auf die Holzbühne in der hinteren Ecke und auf ein paar Picknicktische, die ohne erkennbare Ordnung aufgestellt worden sind. Zwischen den Lichterketten hängt ein großes weißes Schriftband mit der Aufschrift WIR GRATULIEREN CASS & LOGAN. Das Herzstück des ganzen Ensembles ist eine nach allen Seiten offene, mit Palmblättern gedeckte Hütte. Das Licht aus dem

Inneren spiegelt sich in einer ganzen Reihe Schnapsflaschen und von den Barhockern rund um den Tresen dringt Gelächter nach draußen.

Ich werde noch von der Dunkelheit verschluckt, darum stelle ich mein Motorrad ab und nehme mir etwas Zeit, um die Gruppe zu beobachten. Cass und Logan stehen hinter dem Tresen. Er hat ihr einen Arm um die Taille gelegt und sie schmiegt sich an ihn. Doug und Greta sitzen den beiden gegenüber auf zwei nebeneinanderstehenden Barhockern. Gretas eisblondes Haar schimmert im Schein der Lichterketten. Sie lacht herzhaft und hat den Kopf weit in den Nacken gelegt. Dann entdecke ich auch Neil. Er hat dieses typische alberne Grinsen im Gesicht und lehnt lässig am Tresen neben den beiden. Kaum habe ich ihn gesehen, empfinde ich eine plötzliche Erleichterung.

Aber dieses Mal kann ich das Kribbeln in meiner Magengegend nicht auf seinen Anblick schieben. Normalerweise macht es mir nichts aus, alleine auf eine Party zu gehen, aber bei dieser Gruppe ist das anders. Ihre Mitglieder scheinen einander ungewöhnlich nahe zu sein. Seit meiner Ankunft auf der Insel schleiche ich um sie herum. Cass und Neil habe ich anscheinend auf meine Seite gezogen, aber die anderen wirken immer noch irgendwie distanziert, als wollten sie niemanden in ihren Kreis aufnehmen, der nicht fest vorhat, dauerhaft auf der Insel zu bleiben. Und ich habe auch wahrgenommen, wie sie von den anderen Rucksackreisenden gesehen werden, nämlich wie ein exklusiver Club, zu dem sie zu gerne ebenfalls Zutritt gehabt hätten.

Ich schüttele meine Nervosität ab und richte mich auf, mache mir klar, dass ich jedes Recht habe, hier zu sein, und ignoriere verzweifelt die Stimme in meinem Hinterkopf, die mich eine Außenseiterin schimpft.

Fast im selben Moment höre ich Neils Stimme und werde von einer Woge der Erleichterung überrollt.

»Brooke! Komm doch her zu uns!«, ruft er mir zu, begleitet von einem breiten Lächeln.

Die anderen drehen die Köpfe in meine Richtung und wie aufs Stichwort kommt Cass mit schnellen Schritten auf mich zu.

»Herzlichen Glückwunsch!«, sage ich ein kleines bisschen zu laut, während sie mich in die Arme schließt.

»Vielen Dank, dass du gekommen bist«, raunt sie mir ins Ohr. Ihre Stimme klingt ein wenig höher als sonst. Sie riecht wie immer nach tropischen Blumen und einer undefinierbaren Süße, die vollkommen zu ihrer Persönlichkeit zu passen scheint. Ich lasse mich in ihre Arme sinken. Als sie sich von mir löst, stelle ich fest, dass ihre Augen ganz glasig sind. Wie viel sie wohl schon getrunken hat?

Ich hole mein Mitbringsel aus dem Rucksack – eine Flasche mit einem roten Band um den Hals – und strecke es ihr entgegen. »Ich dachte, das ist die perfekte Gelegenheit, um die Korken knallen zu lassen«, füge ich zur Erläuterung hinzu.

Vielleicht bilde ich es mir nur ein – schließlich ist es hier auf der Straße ziemlich dunkel –, aber es sieht so aus, als würde Cass beim Anblick der Flasche zusammenzucken. Ich warte auf eine Reaktion, eine Erklärung, aber zunächst einmal begegnet mir nur Schweigen.

»Wow«, bringt sie schließlich mit beherrschter Stimme hervor. »Wo hast du denn hier auf der Insel Champagner aufgetrieben?«

»Na, oben im Sunset-Restaurant«, gebe ich zur Antwort. Das schönste Restaurant der Insel ist ziemlich unkreativ nach dem unschlagbaren Blick auf den Sonnenuntergang über Koh Sang benannt worden, den man von dort aus genießen kann. »Ich habe gesehen, dass sie noch ein paar Flaschen hatten. Ist vielleicht nicht besonders viel, wenn man ihn durch sechs teilen muss, aber was wäre eine Verlobungsfeier ohne Champagner?« Ich erwähne nicht, dass ich mir schon die eine Flasche kaum leisten konnte, von mehr als einer ganz zu schweigen. Mein Portemonnaie scheint jedes Mal, wenn ich es aufklappe, einen stummen Schrei auszustoßen. Aber trotzdem war es keine Frage, dass ich dieses Zeug unbedingt haben wollte, ganz egal, wie überteuert es war. Cass hat es verdient.

»Vielen Dank, Brooke. Das wäre aber nicht nötig gewesen. Wie lieb von dir.« Cass hat offensichtlich ihr inneres Gleichgewicht wiedergefunden. Ich überlege, ob ich sie fragen soll, was sie so irritiert hat, aber da hat sie mich schon am Arm gepackt und schiebt mich in Richtung der anderen. Alles ist sofort wieder wie immer, jedes Unbehagen augenblicklich vergessen.

»Du kennst die anderen ja bereits«, sagt sie, während wir uns der Palmenhütte nähern. Ich gehe ihr hinterher und registriere voller Bewunderung, wie wohl sie sich im Kreis dieser Menschen zu fühlen scheint. Sie drehen sich zu ihr um und auf ihren Gesichtern ist nichts als aufrichtige Zuneigung zu erkennen. Auch ich blicke sie an, und in dem Moment wird mir klar, wie die anderen sie sehen. Ihre dunklen Augen, glasig, aber voller Wärme, ihr Gesicht mit dem für sie so typischen liebevollen Lächeln, das alles spiegelt ihr ausgleichendes Wesen. Die anderen betrachten sie als ihr kleines Mauerblümchen.

Obwohl ich allen inzwischen schon mehrfach begegnet bin, stellt sie sie mir noch einmal der Reihe nach vor.

»Mit Neil hast du natürlich schon Bekanntschaft geschlossen«, sagt sie und stellt die Champagnerflasche auf den Tresen. Vielsagend hebt sie die Augenbrauen und ich nicke. Unauffällig. Sie muss uns vorhin im Tiki Palms gesehen haben.

»Und hier hätten wir Greta, die Yogalehrerin unseres Resorts.« Cass deutet auf die sehnige blonde Schwedin auf dem Hocker rechts neben Neil.

Cass besucht anscheinend jeden Morgen Gretas Yogakurs. Sie hat schon mehrfach versucht, mich auch mitzuschleppen, aber

Yoga war noch nie mein Ding – in der Wohnwagensiedlung, in der ich aufgewachsen bin, gab es überraschenderweise nur selten Gelegenheit, *Savasana* zu üben oder ein *Namasté* auszutauschen. Aber wenn ich am Fitnesscenter auf der Nordseite des Resorts vorbeigehe, sehe ich Greta gelegentlich unterrichten. Dann scheint sie ganz in ihrem Element zu sein, wirkt immer zugewandt und freundlich. Aber die wenigen Male, wo ich mit ihr gesprochen habe – einmal im Frangipani und einmal im Tiki Palms –, habe ich unter der Oberfläche eine kalte Strömung gespürt. Und auch jetzt winkt sie mir mit einem Lächeln zu, das mir ein bisschen gezwungen vorkommt.

Cass hat mir ein wenig über sie erzählt. Greta lebt schon seit Ewigkeiten auf der Insel, auf jeden Fall etliche Jahre länger als die anderen Permanenten, und leitet das Fitnesscenter des Resorts. Sie hat hier wohl eine sehr glückliche Zeit mit ihrer Partnerin Alice verbracht, bis diese nur wenige Tage vor meiner Ankunft Greta und der Insel den Rücken gekehrt hatte. Und das anscheinend vollkommen überraschend, ohne dass jemand etwas davon geahnt hätte. Ich nehme an, das ist Anlass genug dafür, dass Greta sich eher distanziert gibt.

»Und dann hätten wir hier noch den aktuellen Playboy der Insel, Doug«, fährt Cass fort.

Das Gesicht dieses Typen ist eine einzige zerklüftete Mondlandschaft. Er hat die Nase eines Rugbyspielers. Sie muss so oft gebrochen worden sein, dass sie gar keine Chance hatte, einigermaßen gerade zusammenzuwachsen. Die Haare kleben an seinem Kopf, sodass er aussieht wie die Karikatur eines Dreadlock-Weißen, und dazu trägt er seine übliche Uniform – eine Badehose und ein Tanktop mit dem Logo des Koh-Sang-Tauchresorts, das seinen beeindruckenden Bizeps gut zur Geltung bringt.

»Das sagt sie bloß, weil ich ihr Boss bin«, meint Doug augenzwinkernd. »Alles klar bei dir, Brooke?«

Er mustert mich träge von Kopf bis Fuß – wobei er an zwei Stellen auffallend länger verweilt –, und obwohl ich genau spüre, wie sich jeder einzelne Muskel in meinem Körper verspannt, schaffe ich es irgendwie, das freundliche Lächeln, das ich mir aufs Gesicht geklebt habe, beizubehalten. Ich habe jetzt ein, zwei Mal mit ihm gesprochen und bei jeder Begegnung läuft mir ein Schauer nach dem anderen über den Körper. Cass hat eine sehr hohe Meinung von ihm und findet, dass er als Manager des Tauchladens sehr gute Arbeit leistet. Und trotz seiner gruseligen Ausstrahlung kommt er mir mit seinem lässigen Aussie-Charme noch relativ harmlos vor. Aber er erinnert mich an zu viele Typen aus meiner Vergangenheit. An Typen, die der Meinung sind, ich sei ihnen etwas schuldig.

»Und dann natürlich Logan.« Lächelnd schiebt Cass sich hinter den Tresen und schlingt ihm die Arme um die Hüften.

Wie auf Kommando recken Greta und Doug ihre Plastikbecher in die Höhe und prosten ihm zu. Er lächelt, und mir wird klar, was Cass in ihm sieht. Er ist mindestens eins fünfundachtzig groß und ziemlich muskulös. Heute Abend hat er seine schulterlangen Locken zu einem Dutt gebunden, und ich schätze, dass sein charmanter schottischer Akzent sich positiv auf seine Trinkgeldeinnahmen auswirkt. Zu seiner Vergangenheit hat Cass sich nicht weiter geäußert. Ich konnte ihr lediglich die ziemlich allgemeine Erklärung entlocken, dass er vor fünf Jahren aus Aberdeen hierhergezogen sei, weil er auf keinen Fall den Zimmermannsbetrieb seiner Familie übernehmen wollte.

»Ich gratuliere, Logan!«, sage ich mit gespielter Fröhlichkeit.

»Danke. Wie schön, dass du gekommen bist!«, erwidert er, aber sein Tonfall klingt alles andere als erfreut. Er wirft mir einen kurzen Blick zu – bilde ich mir das ein oder liegt darin eine gehörige Portion Misstrauen? –, dann wendet er sich ab. Wie immer, wenn ich in seiner Nähe bin, werde ich das Gefühl nicht los, dass ihn etwas an mir, an meiner Freundschaft mit Cass stört.

Aber das ist keine große Überraschung. Seit ich mit @BrookeaTrip angefangen habe, habe ich viele Typen wie ihn kennengelernt. Männer, die sich schnell über meinen Beruf lustig machen, die ihr eigenes Ego aufpusten wollen, indem sie mir klarmachen, wie wenig man für so einen Job können muss, obwohl sie absolut keine Vorstellung davon haben, wie viel Arbeit das tatsächlich erfordert. Die Überheblichkeit in ihrem Blick, wenn ich von einer neuen Kampagne oder einem weiteren Sponsor erzähle. Es ist bestimmt nicht mein Traumjob, aber unter den gegebenen Umständen ist es das Beste, was ich machen kann. Unter Umständen, von denen Logan nicht einmal ansatzweise etwas ahnt.

»Er hat ja lange genug Anlauf genommen, stimmt's?«, sagt Greta mit einem Augenzwinkern. Ich schlucke meinen Ärger hinunter und wende meine Aufmerksamkeit wieder dem laufenden Gespräch zu.

»Na ja«, fällt Doug sofort ein. »Er war eben nervös. Wie viele Drinks hast du gebraucht, bevor du endlich die Katze aus dem Sack gelassen hast, Alter? Das interessiert uns brennend.«

»Also, wenn er sie selber gemixt hat, dann muss es eine zweistellige Zahl gewesen sein. Ich kenne keinen Barkeeper auf der Welt, der so schwache Drinks serviert«, macht Neil weiter.

Und dann ist es mit einem Mal, als wäre ich gar nicht da. Ich sehe zu, wie die Freunde einander auf den Arm nehmen, wie die Sprüche hin und her fliegen, und werde von einem Gefühl der Leere überkommen. Es dauert einen Moment, bis mir klar wird, was es ist. Nostalgie. Die Sehnsucht nach einer Zeit und nach Menschen, die ich niemals hatte. Ich bin fasziniert, wie leicht ihnen das fällt, wie mühelos sie zueinanderpassen, als seien sie benachbarte Puzzleteile.

»Und jetzt? Worauf warten wir eigentlich?« Gretas melodischer Akzent sticht aus dem Lärm hervor. »Das ist schließlich eine Verlobungsparty. Wir wollen anstoßen, und zwar mit Schampus.«

Wir drehen uns alle zu Logan um – er ist schließlich der Barkeeper –, und der hebt die Hände, als wollte er sich ergeben. »Bin schon dabei, bin schon dabei«, sagt er und greift nach der Flasche.

Mein Blick fällt auf Cass, die Logan nicht aus den Augen lässt, nicht, als er die Folie vom Flaschenhals wickelt, nicht, als er den Korken mit einem lauten »Plopp« in die Nacht entlässt. Die ganze Zeit über hat sie ein leises Lächeln auf den Lippen, ist die Bewunderung ihr ins Gesicht geschrieben. Als Logan dann den Champagner auf sechs Plastikbecher verteilt – wenn es um Trinkgefäße geht, scheinen sie im Frangipani erste Wahl zu sein –, sieht er sie ebenfalls an und seine Augen strahlen. Während alle anderen in irgendwelche Gespräche vertieft sind, sehe ich, wie er Cass mit stummen Lippen ein »Wir zwei, für immer« schickt. Ihr Lächeln wird größer und schließlich zu einem Lachen, als er einen der Becher zu voll gießt, sodass er überläuft.

Die Liebe der beiden ist mit Händen zu greifen. Mein Herz müsste sich angesichts dieser offenkundigen Zuneigung eigentlich erwärmen, doch stattdessen kehrt die Leere von vorhin wieder in meine Brust zurück. Und dazu noch etwas anderes.

Als Greta anfängt, die Becher zu verteilen, sehe ich, wie Logan sich wieder neben Cass stellt, wie seine Lippen sanft ihre Stirn streifen. In diesem Moment muss ich mir zähneknirschend eingestehen, was ich die ganze Zeit versucht habe zu unterdrücken.

Dass ich eifersüchtig bin.

»Also gut, Ruhe jetzt mal, Ruhe«, befiehlt Greta und wir sehen sie an. Ich habe diesen Freundeskreis schon oft genug zusammen erlebt, um die Strukturen zu erkennen. Und Greta hat ganz offensichtlich die Mutterrolle übernommen.

»Logan, Cass, mir fehlen die Worte, um auszudrücken, wie sehr ich euch beide ins Herz geschlossen habe«, beginnt sie, bevor sie sich Logan zuwendet. »Logan, wo wäre ich ohne dich? Seit du auf diese Insel gekommen bist, bist du mein Fels in der Brandung. Ohne dich wäre Koh Sang nicht das, was es ist.«

Während dieser Worte sieht Logan Greta voller Zuneigung an.

»Und, Cass, du hast unsere Gruppe auf so wundervolle Weise ergänzt. Ich kann mir gar nicht vorstellen, wie wir ohne dich jemals funktioniert haben. Wir bezeichnen uns ja immer als Familie und genau das sind wir auch. Eine Familie, die wir uns selbst ausgesucht haben. Und wir können uns sehr glücklich schätzen, dass du ein Teil davon geworden bist.«

Gretas Stimme wird heiser und sie räuspert sich kurz. Obwohl ich mich dagegen sträube, bleiben Gretas Worte nicht ohne Wirkung auf mich. Das Selbstmitleid bohrt sich in meine Brust. *Ich wünschte, es gäbe irgendjemanden, der das über mich sagen …* Sanft schüttele ich den Kopf und würge den Gedanken ab, bevor er sich vollends entfalten kann.

»Jedenfalls …« Greta schüttelt den Kopf »… haben Neil, Doug und ich ein kleines Geschenk für euch, das euch zeigen soll, wie viel ihr uns bedeutet.« Sie holt eine Geschenktüte hinter ihrem Rücken hervor und übergibt sie an Cass, die sie wie einen Siegerpokal entgegennimmt. Alle werden still, während Cass ein gebundenes Buch aus der Tüte holt. Als sie das Cover sieht, hält sie hörbar die Luft an.

Mit Tränen in den Augen zeigt sie uns anderen das Buch. Auf dem Einband prangt ein Foto der fünf Freunde. Cass blättert es durch und hat mit den Tränen zu kämpfen, während sie die sorgfältig angeordneten Fotos auf den Buchseiten ausgiebig betrachtet.

»Wir wollten euch zeigen, wie viel ihr uns bedeutet«, sagt Greta. Mir fällt auf, wie sorgfältig sie darauf achtet, Doug und Neil immer mit zu nennen, obwohl alle wissen, dass das *ihr* Geschenk ist. Es ist wirklich eine unglaublich liebevolle Geste, vor allem, wenn man bedenkt, welche Mühe es sie gekostet haben muss, dieses Album zusammenzustellen. Hier auf der Insel kann man nirgendwo Fotos entwickeln lassen, von den Materialien, die man braucht, um ein so detailreich gestaltetes Album zusammenzustellen, ganz zu schweigen. Und Amazon ist hier draußen eben auch keine Option. Sie muss dafür mindestens einmal zum Festland gefahren sein. Der stechende Schmerz in meinem Brustkorb flammt erneut auf.

»Das ist das Beste überhaupt«, sagt Cass und nimmt Greta fest in die Arme.

Logan macht es ihr nach und flüstert Greta etwas ins Ohr, bevor sie die Umarmung lösen. Dasselbe machen sie bei Doug und Neil. Ich stehe am Tresen und beobachte sie. Allein. Als Voyeurin, die durch eine Fensteröffnung ins Innere einer perfekten Freundesgruppe blickt. Ich senke den Blick auf meinen Plastikbecher mit dem blubbernden Champagner und habe plötzlich das dringende Bedürfnis, ihn mit einem einzigen großen Schluck zu leeren.

Als die Umarmungen endlich ein Ende finden, stoße ich einen erleichterten Seufzer aus. Greta hebt ihren Plastikbecher in die Luft und wir anderen machen es ihr nach.

»Auf das zukünftige Paar, auf Mr. und Mrs. Logan McMillan. Logan, Cass, wir könnten gar nicht stolz genug auf euch sein. Der kleine Bruder und die kleine Schwester unserer Koh-Sang-Familie.«

Und mir wird klar, dass genau das Cass' Rolle in dieser Gruppe ist. Die kleine Schwester. Freundlich, niedlich, verlässlich, jemand, um den sie sich kümmern können.

»Also, das klingt jetzt aber ein bisschen sehr nach Inzest, findest du nicht?« Logans Blick ist klar, aber seine Stimme trieft vor Gerührtheit.

»Ach, du weißt doch, wie ich das meine.« Greta knufft ihn spielerisch gegen die Schulter. »Wir freuen uns für euch.«

Neil und Doug nicken zustimmend, und mit einem Mal prosten sich alle zu, begleitet von vielfachen *Skol-*, *Cheers-* und *Sláinte-*Rufen.

Ich nippe an meinem Champagner. Obwohl ich ihn so gut wie möglich kalt gestellt habe, schmeckt er warm und viel zu süß. Die anderen scheinen das aber gar nicht zu bemerken und leeren ihre Becher in ein, zwei Zügen. Alle bis auf Cass.

»Hey, worauf wartest du?«, zieht Doug sie auf. »Oder willst du dich den ganzen Abend lang an dem einen Drink festhalten?«

Cass starrt auf ihren Becher, als würde sie ihn zum ersten Mal bewusst wahrnehmen. Dann lässt sie den Blick über die ganze Gruppe schweifen. »Und weg damit«, murmelt sie und kippt sich den Champagner in die Kehle.

Jubel bricht los, und Cass lächelt, aber als die anderen sich wieder in ihre Gespräche vertiefen, sehe ich, wie ihr Lächeln abrupt versiegt.

Irgendwann schlägt Logan vor, die Party an den Picknicktisch zu verlagern, und wir bilden Schulter an Schulter einen engen Kreis um den Tisch. Ich blicke mich um. Die Lichterketten, die vorhin dem Innenhof ein solch wunderbares Leuchten verliehen haben, tauchen unsere Gesichter nun in ein seltsames Schummerlicht.

Logan bringt sechs Bier mit und Doug zaubert scheinbar aus dem Nichts eine Flasche Thai-Whisky herbei. Sie macht schnell die Runde und alle genehmigen sich einen feierlichen Schluck. Ich selbst lasse nur ein schmales Rinnsal über meine Lippen fließen, gerade genug, damit mein Schlucken glaubwürdig wirkt. Wenige Sekunden später füllt das Brennen meine Speiseröhre aus.

Die Unterhaltung plätschert ungezwungen dahin und springt von einem Thema zum anderen. Zunächst geht es ganz unverfänglich um die bevorstehende Hochzeit und die nötigen Vorbereitungen, aber je öfter die Whiskyflasche um den Tisch kreist, desto weiter wagt sich das Gespräch in schwierigere Gewässer vor.

Ich stehe eingezwängt zwischen Neil und Greta. Gelegentlich spüre ich, wie Neils Bein an meinem entlangstreift, ob absichtlich oder nicht, kann ich nicht beurteilen. Jedenfalls jagt mir bei jeder seiner Berührungen eine Gänsehaut den Rücken hinauf. Ich würde lügen, würde ich behaupten, dass das ausschließlich an der körperlichen Anziehung liegt. Eine kurze Sekunde lang erlaube ich mir, zu fantasieren, was daraus werden könnte. Neil, der mich als seine Freundin, seine Partnerin, in diese Gruppe integriert. Der aus mir eine Permanente macht, einen Menschen, der dazu gehört. Die Vorstellung verbreitet sich wie ein Rausch in meinem Inneren. Beim nächsten Mal weiche ich seiner Berührung nicht mehr aus.

Als Doug von einer Urlauberin aus dem Resort erzählt, mit der er in der letzten Woche intime Bekanntschaft gemacht hat, beobachte ich Cass, die mir direkt gegenübersitzt. Ihre Augen haben wieder diesen glasigen Schimmer, der mir vorhin schon aufgefallen ist, und sie wirkt irgendwie abgelenkt, jedenfalls gleitet ihr Blick immer wieder an mir vorbei zur Straße. Ich drehe mich um, will sehen, was sie sieht, aber auf der Straße ist absolut nichts los. Was keine große Überraschung ist. Unten am Strand läuft gerade die Vollmondparty, also warum sollte sich auch nur einer der Resortgäste so weit ins Inselinnere vorwagen? Inzwischen sind sie vermutlich alle über und über mit Neonfarbe beschmiert – so wie der Typ, der schon vor Stunden mit Lucy abgezogen ist –, tanzen gefährlich nahe am Feuer und schlürfen irgendwelche Fruchtcocktails aus Fischgläsern. Ich muss wieder an meine Begegnung mit dieser jungen Frau, mit Lucy, denken. Was kann sie bloß von mir gewollt haben? Ihr warnender Blick schleicht jedenfalls immer noch auf Zehenspitzen durch meine Erinnerung.

Als ich mich wieder zu Cass umdrehe, starrt sie noch immer auf die Straße.

»Cass«, flüstere ich so, dass sie es gerade noch hören kann.

»Hmm?«

»Alles klar bei dir?«, erkundige ich mich vorsichtig.

Als hätte ich mit dieser Frage einen Schalter umgelegt, wird ihr Blick wach und fokussiert, und auch das Lächeln von vorhin sitzt wieder wie festgetackert auf ihren Lippen.

»Natürlich«, erwidert sie, als hätte ich ihr eine vollkommen lächerliche Frage gestellt.

Es klingt überzeugend, aber ich glaube ihr nicht.

»Sicher?« Besorgnis schwingt in meiner Stimme mit, aber sie nickt nur und legt mir eine Hand auf meine. Dazu runzelt sie die Stirn, zum Zeichen, dass es ihr ernst ist. Wir wenden uns wieder dem anderen Ende des Tisches zu, wo Doug offensichtlich gerade zur Pointe kommt – irgendein Quatsch, den ich nicht verstehe, der aber allen anderen ein Stöhnen entlockt.

Die Whiskyflasche kreist ununterbrochen weiter, und ich merke, wie die Stimmen allmählich lauter, die Zungen allmählich schwerer werden.

»Ich schätz mal, ich geh noch auf die Vollmondparty«, sagt – oder besser: lallt – Doug in eine Gesprächspause hinein. »Wer kommt mit? Neil? Logan?«

»Dir ist aber schon klar, dass du keine zwanzig mehr bist, oder?«, erwidert Logan.

»Du hast leicht reden, Kumpel. Du hast deine Schäfchen im Trockenen.« Doug wirft Cass einen betonten Blick zu. »Ich bin immer noch auf der Pirsch. Und du weißt ja, wie locker die Touristinnen bei solchen Partys werden. Das ist wie Preisschießen.«

»Oh, die armen Frauen«, sagt Greta, ohne zu lachen.

»Kommt schon.« Doug zieht jedes Wort in die Länge.

»Ich bin dabei.« Neil zuckt mit den Schultern.

»Was meinst du, Cass?« Logan dreht sich zu ihr um. »Sollen wir mitgehen?«

Mir fallen tausend Dinge ein, die ich lieber machen würde, als zu dieser Vollmondparty zu gehen, aber kaum hat Cass genickt, ist mir klar, was ich tun werde.

Während wir aufstehen und die leeren Becher und Flaschen einsammeln, dreht Neil sich zu mir um. »Und was ist mit dir, Miss Brooke? Erweist du mir die Ehre, als meine Begleitung bei der Vollmondparty zu erscheinen?«

Er steht so dicht vor mir, dass ich seinen warmen Atem auf meiner Wange spüren kann. Seine Finger streifen meine Hand.

»Ich schätze schon«, antworte ich ein wenig verlegen.

»Gut.« Er lässt ein breites Lächeln sehen. Dann greift er nach der fast leeren Whiskyflasche und gibt sie mir. »Du wirst es nicht bereuen.«

Dieses Mal nehme ich einen großen Schluck und mache die Flasche leer. Während die Flüssigkeit mir die Kehle verbrennt, hoffe ich, dass er recht behält.

KAPITEL 5
SAMSTAG

CASS

Das an- und abschwellende Jaulen macht mich wach. Meine Augen fühlen sich an, als wären sie voller Sandkörner, und meine Kehle ist ausgedörrt. Wieder einmal hat mich der Wecker aus einem Albtraum gerissen, der mich in dieses Hotelzimmer entführt hatte.

Auch nachdem ich den Handywecker ausgeschaltet habe, lassen die Vibrationen in meinem Kopf nicht nach, fast so, als würde mein Gehirn kräftig durchgeschüttelt werden. Ich stoße ein unterdrücktes Stöhnen aus. Wie kann man nur so bescheuert sein? Normalerweise gehe ich abends nie länger weg, wenn ich am nächsten Morgen einen Tauchkurs geben muss. Warum habe ich diesen Champagner getrunken? Und dann die Biere im Frangipani? Ganz zu schweigen von all dem, was bei der Vollmondparty vermutlich noch dazu gekommen ist …

Aber ich kenne die Antwort auf diese Fragen genau. Ich habe mein strahlendstes Lächeln aufgesetzt, habe versucht, mein fröhlichstes Ich zu sein, wollte nicht, dass irgendjemand mitbekommt, was wirklich in mir vorgeht.

Ich wollte alles, was gestern passiert ist, aus meinem Kopf verbannen: den Drohbrief vor meiner Haustür, den seltsamen Wortwechsel mit meinem Tauchschüler Ariel. Und ich glaube, sie haben es mir alle abgenommen. Bis auf Brooke. Ich habe genau gemerkt, wie sie mich angesehen hat, habe ihre besorgten Blicke registriert. Ich habe ihr versichert, dass alles in bester Ordnung ist – ich bin frisch verlobt, ich kann mein Glück kaum fassen! –, aber trotzdem hatte ich ständig das Gefühl, als würde mich jemand beobachten. Genau dasselbe Gefühl hatte ich gestern auch schon, als ich aus dem Haus gegangen bin. Und ich hätte schwören können, dass ich aus dem Dschungel, der direkt an die Straße vor dem Frangipani heranreicht, ein Rascheln gehört habe. Aber als ich dann in die Dunkelheit zwischen den Bäumen gestarrt habe, hat sich dort nicht das Geringste gerührt.

Ich schüttele den Kopf, um all diese Erinnerungen zu vertreiben. Ein stechender Schmerz lässt mich zusammenzucken.

Ich wünschte, ich könnte meinen momentanen Zustand nur auf den Alkohol schieben, aber leider gibt es da noch etwas anderes.

So behutsam wie möglich, um Logan nicht zu wecken, strecke ich die Hand nach meinem Nachttisch aus. Nach längerem Tasten stoßen meine Fingerspitzen unter alten Lippenstiften und zerfledderten Taschenbüchern gegen eine Pappschachtel. Eine Mischung aus Schamgefühl und schlechtem Gewissen überkommt mich, während ich die Schachtel mit den kleinen weißen Tabletten hervorhole, die ich gestern dort versteckt habe.

Ich hatte mir hoch und heilig geschworen, dass ich sie nie wieder anrühren würde. Aber das war vor dem gestrigen Tag gewesen. Vorsichtig bringe ich die Schachtel ins Badezimmer und drücke eine Tablette aus dem Blister. Anstatt mir die Mühe zu machen, ein Glas mit Wasser zu füllen, lege ich die Xanax einfach auf meine Zunge und sammle so viel Speichel, dass ich sie hinunterwürgen kann. Die rundlichen Ecken schaben an den Rändern meiner trockenen Kehle und ich muss mehrfach schlucken. Erst dann bin ich sicher, dass sie wirklich unten angekommen ist.

Ich habe gerade mal zwei Wochen ohne geschafft. Sie sind mir so etwas wie ein Trost geworden, wenn die Dinge unübersichtlich werden, eine Möglichkeit, all den unnötigen Lärm zu vertreiben. Zum ersten Mal habe ich sie vor drei Jahren benutzt, um den Medienzirkus und die ganze Welt auszublenden, die all die Geschichten über mich, von der Boulevardpresse in mundgerechten Häppchen präsentiert, so genüsslich verspeist hat. Ich wollte das Zeug eigentlich gar nicht nehmen, besonders nach allem, was passiert war, aber der Arzt hat mir versichert, dass sie mir helfen würden, wenn ich verantwortungsbewusst damit umgehe. Und das haben sie auch.

Ich dachte, dass ich sie nie wieder brauchen würde, aber ich habe mich geirrt. Drei Wochen ist es her, dass ich, ohne es recht zu wollen, eine der vertrauten Packungen in der Apotheke von Kumvit erstanden habe. Die vielen feierwütigen Rucksackreisenden sorgen dort für eine riesige Nachfrage nach verschreibungspflichtigen Medikamenten. In diesem Fall brauchte ich die Tabletten, um zu vergessen, was ich gesehen hatte, um weiterhin glauben zu können, dass mein Leben in die richtige Richtung läuft.

Aber gestern Abend? Das war einfach nur bescheuert. Xanax und Alkohol sind eine schlechte Kombination, das war mir schließlich schon vorher klar. Und dafür bezahle ich jetzt den Preis. Ich versuche, mich an die Vollmondparty zu erinnern, aber alles, was nach dem Frangipani passiert ist, verschwindet hinter einer Nebelwand aus Alkohol und Tabletten. Ich versuche, mühsam zu rekonstruieren, was am Strand noch los war oder wie ich nach Hause gekommen bin. Aber mir fallen nur einige wenige Szenen ein, wie bei einem stark beschädigten Filmstreifen … einzelne Fetzen, die kein Ganzes bilden. Das Gefühl von Sand unter meinen Zehen. Die Hitze der Flammen, angefacht von Tänzern, die viel zu dicht davor sind, brennt auf meiner Haut. Der Anblick neonfarbener Körper, dicht aneinandergepresst. Weit ausgebreitete Gliedmaßen, die sich nach Berührung sehnen. Etwas Schweres in meiner Tasche, als ich durch unsere Haustür trete. Und die Stimme einer Frau. Sie trifft mich wie ein Faustschlag. Sie klingt nicht überlaut, aber sehr bestimmt. »Nein.« Und dann noch einmal. »Nein, nein, nein!«

War ich das selbst? Oder jemand anders? Brooke? Greta?

Wieder schüttele ich den Kopf und stelle erleichtert fest, dass es sich nicht mehr ganz so schmerzhaft anfühlt wie zuvor.

Ich gehe ins Schlafzimmer, schlüpfe in meinen einteiligen Badeanzug und stecke die Haare zu einem flüchtigen Knoten zusammen. Dabei quält mich eine andere Frage: Was hatte ich gestern Abend in der Tasche?

Ich schnappe mir meine Shorts, die ich achtlos auf den Boden geworfen habe, und sehe hastig nach, aber die Taschen sind alle leer. Anschließend lasse ich den Blick durch das Schlafzimmer schweifen, kann aber nirgendwo etwas Ungewöhnliches entdecken. Ich nehme meinen Ring ab und lege ihn in die dafür vorgesehene rote Schachtel, bevor ich mich über die Schublade beuge. Die Xanax-Packung liegt noch in meiner Hand. Nach kurzem Zögern schiebe ich die Schublade zu und stecke das Xanax in meine Tasche.

Ich stehe an der Bettkante und schaue auf Logan. Er schläft immer noch fest. Kastanienbraune Locken umrahmen sein Gesicht, sodass er aussieht wie ein Engel, und seine tätowierten Arme liegen auf meiner Seite des Betts, als würde er sich nach mir recken. Urplötzlich überkommt mich das Bedürfnis, ihn aufzuwecken, ihm alles zu sagen, seine Arme um meinen Körper zu spüren. Aber ich kann nicht. Denn dann müsste ich ihm gestehen, dass ich ihn seit Jahren belogen habe, dass ich in Wirklichkeit eine ganz andere bin. Und das würde er mir niemals verzeihen.

Stattdessen bleibe ich ein paar Minuten lang stehen und lausche seinen gleichmäßigen Atemzügen. Irgendwann beuge ich mich nach unten und drücke ihm einen sanften Kuss auf die Wange. Seine Augenlider zucken, aber er wacht nicht auf.

»Ah, Mann, bitte sag, dass du Vitamintabletten dabeihast.«

Doug liegt quer auf dem Schreibtisch im Tauchladen. Er trägt dieselben Sachen wie gestern Abend. Ich versuche, das Schamgefühl, das sich in mir breitgemacht hat, zu ignorieren. Er wirkt eigentlich ganz normal – ein verkaterter Doug ist kein ungewöhnlicher Anblick –, also habe ich gestern Abend vermutlich nichts allzu Scheußliches getan oder gesagt. Das rede ich mir zumindest ein, auch wenn ich es nur halb glauben kann.

»Oha, gut, dass wir hier drin keine offenen Flammen haben«, witzele ich und wedele mir mit der Hand vor der Nase herum. »Mit der Alkoholfahne könntest du die ganze Insel in die Luft jagen. Leider keine Vitamintabletten, aber dafür das hier.« Ich werfe ihm die Dose Powerade zu, die ich mir unterwegs gekauft habe. Er sieht aus, als hätte er das Getränk nötiger als ich.

Während Doug die Dose leert, mache ich die Sauerstoffflaschen und die Tarierwesten fertig. Mit den Westen regulieren wir den Auftrieb und sorgen dafür, dass wir gut im Wasser liegen. Ich sortiere sie gerade nach Größe, als die Türglocke bimmelt. Neil schleppt sich in den Laden, ohne die Sonnenbrille abzunehmen.

»Ich schätze, du hast dich auch schon mal besser gefühlt«, sage ich zur Begrüßung. Er hat den Blick gesenkt und sein schweigsamer Auftritt bildet einen starken Gegensatz zu seinem sonst üblichen Verhalten – normalerweise überschwemmt er noch vor dem ersten Hallo den Laden mit einer geballten Ladung Energie und klopft irgendwelche Sprüche.

»Eindeutig«, erwidert er schwach, und ich traue mich nicht nachzufragen. Meine Katerdepression kommt mit voller Wucht zurück.

Er stellt sich neben mich und zieht noch mehr Tarierwesten hinter den Sauerstoffflaschen hervor. Er muss heute zwar selbst keine Tauchergruppe leiten, ist aber als Unterstützung für mich eingeteilt – zwei zusätzliche Hände für die Vorbereitungen, das Aufräumen und um das Boot zu steuern.

Für einen kurzen Moment frage ich mich, wie die anderen Permanenten den Tag wohl überstehen werden. Ob Greta und Brooke genauso verkatert sind wie wir.

»Ach, übrigens, ihr solltet den Tauchgang in der Turtle Cove auf den Vormittag vorziehen und erst nachmittags am Ufer schulen«, sagt Doug.

Ich drehe mich ruckartig zu ihm um, bereue die Bewegung aber rasch, als ein stechender Schmerz in meine Schläfe fährt. »Wieso denn das?«

Dougs Blick huscht zu Neil, der aber ziemlich unbeteiligt vor sich hin starrt und kaum den Kopf hebt. Wir fangen immer am Ufer an und bewahren uns die Turtle Cove für den Nachmittag auf, wenn die Schülerinnen und Schüler die ersten Tauchübungen hinter sich gebracht haben. Die meisten haben Spaß an der Bootsfahrt und außerdem gibt es da draußen mehr Korallen und sehr viel mehr Fische und andere Meereslebewesen zu sehen. Es ist im Prinzip eine Art Belohnung dafür, dass sie den Kurs bis zum Schluss durchgestanden haben.

»Die Sicht an der Küste ist im Moment ziemlich schlecht, soll aber im Lauf des Tages besser werden. Draußen bei der Höhle sieht es auch jetzt schon gut aus, zumindest sagt das die App«, fügt Doug erklärend hinzu.

»Alles klar.« Innerlich stöhne ich auf. Mir ist zwar klar, wieso die Umstellung sinnvoll ist, aber am heutigen Morgen ist ein Abweichen von der Routine so ungefähr das Letzte, was ich gebrauchen kann. Ich schaue auf meine Armbanduhr. Es ist fünf Minuten vor acht. »Also gut«, sage ich zu Neil. »Bringen wir's hinter uns.«

Sobald wir draußen sind, brennt die Sonne auf meiner Haut. Ariel und Tamar sind schon da und warten geduldig. Ariel starrt mich aus klaren, undurchdringlichen Augen an, so, als sei gestern nichts Ungewöhnliches geschehen. Tamar hingegen wirkt irgendwie verlegen und lächelt schwach in meine Richtung, bevor sie den Blick aufs Meer hinaus richtet. Ich versuche, den seltsamen Wortwechsel mit Ariel zu vergessen, wünsche den beiden einen guten Morgen und stehe dann etwas linkisch vor ihnen. Ich weiß nicht so recht, was ich sagen soll, während Neil das Boot fertig macht.

»Hei, wartet!« Daniel kommt den Pfad entlanggerannt, der vom Resort zu uns herunterführt. »Tut mir leid, dass ich zu spät komme. War eine wilde Nacht«, sagt er und stützt keuchend die Hände auf die Knie.

»Guten Morgen.« Ich betrachte ihn etwas genauer. Er ist schon jetzt, so früh am Morgen, schweißgebadet und sieht ziemlich fertig aus. Für einen kurzen Moment packt mich die Panik, als mir klar wird, dass er mich vielleicht bei der Vollmondparty gesehen hat – und wer weiß, was ich da gerade gemacht habe. Erinnerungsfetzen an den gestrigen Abend schieben sich wieder in mein Bewusstsein. Die Lichter, der Sand, diese Frauenstimme, ihr bestimmtes »Nein, nein, nein!« Ich schlucke kräftig und zwinge mich, einigermaßen normal zu sprechen. »Ich nehme an, du hast meinen Rat ignoriert und dich gestern Abend ordentlich volllaufen lassen?«

»Ach komm schon«, erwidert er. »Wir sind in Thailand! Ich kann doch keine Vollmondparty sausen lassen. Und außerdem braucht es auf jeden Fall mehr als einen Kater, um mich kleinzukriegen.«

Dann sieht er uns zum ersten Mal richtig an und legt die Stirn in Falten. »Wo ist Lucy?«, erkundigt er sich.

Wir blicken uns alle um. Wahrscheinlich kommt sie gerade den Hügel herunter oder geht am Strand entlang. Aber wir können sie nirgendwo entdecken.

Ich werfe einen Blick auf meine Armbanduhr. Es ist fünf nach acht. Frederic hat uns die Regeln wieder und wieder eingebläut. Wir warten auf niemanden. Wenn ein Gast sich verspätet, dann bleibt ihm keine andere Wahl, als am Ende des Kurses einen zusätzlichen Tag zu buchen. Und auch wenn Doug sich in jeder anderen Hinsicht betont lässig gibt, aber Frederics Regeln beachtet er peinlich genau. Wahrscheinlich ist sein Kater auch der einzige Grund, wieso er sich nicht schon längst zu Wort gemeldet und darauf bestanden hat, dass wir sofort anfangen.

»Weißt du, wo sie stecken könnte?«, frage ich Daniel.

»Nee, hab sie gestern Abend das letzte Mal gesehen. Sie hat am Strand ein bisschen mit uns gefeiert. Konnte einfach nicht widerstehen.«

Es fällt mir schwer, das zu glauben. Wahrscheinlich hat er ihr keine Chance gelassen, ihn zurückzuweisen. »Hast du ihre Nummer? Kannst du sie anrufen?«

Ich könnte wieder zurück in den Laden gehen und mir die Nummer aus den Unterlagen raussuchen, aber dann müsste ich mich mit Doug auseinandersetzen, und ich kann jetzt schon hören, was er sagen würde. Er würde Wort für Wort Frederics Lieblingsspruch zitieren: »Wir sind nicht die Babysitter der Gäste. Wenn die es nicht schaffen, rechtzeitig aufzutauchen, dann ist das deren Problem.«

Aber das ist gar nicht nötig. Daniel hat bereits sein Handy am Ohr. Nach ein paar spannungsgeladenen Sekunden steckt er es wieder ein. Er zuckt gleichgültig mit den Schultern, wirkt aber trotzdem irgendwie angespannt. »Keine Verbindung.«

Bevor ich darauf reagieren kann, ruft Neil, der hinter mir mit dem Boot beschäftigt ist, mich zu sich. »Cass, komm mal her und schau dir das an.«

Sobald ich bei ihm bin, sagt er: »Wir haben ein Problem«, und zwar so leise, dass nur ich es verstehen kann. »Das Boot springt nicht an.«

Das ist keine große Überraschung. Die Boote sind im Vergleich zum Rest der Resortausstattung zwar relativ neu, aber sie machen uns trotzdem immer wieder Ärger. Großer Gott, muss denn ausgerechnet heute wirklich alles schiefgehen?

»Dann müssen wir wohl trotz der schlechten Sicht mit dem Ufertauchen anfangen«, sage ich. »Vielleicht kann Doug den Motor reparieren, solange wir draußen sind, damit wir es wenigstens am Nachmittag wieder benutzen können?« Bevor ich ihm anbieten kann, in den Laden zu gehen und das alles mit Doug zu besprechen, ist Neil schon unterwegs. Trotz des relativ chaotischen Vormittags spüre ich, wie meine Nerven unter dem Eindruck von Neils beklemmendem Schweigen wieder zu flattern beginnen.

Ich widme mich also meiner Tauchgruppe. Auch wenn es egoistisch ist, aber die Probleme mit dem Boot kommen mir ganz gelegen. Das bedeutet, dass wir den finalen Ausrüstungscheck an Land machen werden. Dadurch hat Lucy noch zwanzig Minuten Zeit, um hier aufzutauchen. Dabei will ich sie gar nicht unbedingt dabeihaben – ehrlich gesagt wäre ich ziemlich froh, wenn ich nicht den ganzen Tag in diese Augen starren müsste, die genauso kornblumenblau sind wie Robins. Aber irgendetwas hat Lucy an sich, was mich verunsichert. Ich muss daran denken, wie ich am Tag nach ihrer Ankunft diesen Briefumschlag vor meiner Tür gefunden habe, und dass ich seither das Gefühl nicht loswerde, als würde mich jemand verfolgen. Ich weiß nicht, wer hinter alldem steckt, aber wenn die Möglichkeit besteht, dass es Lucy ist – und sei sie noch so gering –, dann will ich wissen, wo sie steckt und was sie gerade macht. Wenn sie einen Tauchkurs sausen lässt, für den sie schon bezahlt hat, dann muss es einen bestimmten Grund dafür geben.

»Also gut«, sage ich, nachdem ich mich ein weiteres Mal erfolglos nach Lucy umgeschaut habe, »dann fangen wir mal an, ja? Daniel, solange Lucy sich nicht blicken lässt, bist du mein Partner beim Ausrüstungscheck.«

»Wie könnte ich da widersprechen?«, erwidert er wie aus der Pistole geschossen.

Die nächste halbe Stunde verbringen wir zum großen Teil mit der Wiederholung alles dessen, was wir am Tag zuvor gelernt haben. Wir gehen jedes einzelne Teil unserer Ausrüstung sorgfältig durch. Sitzen die Flossen und die Masken wirklich fest? Ist genügend Sauerstoff in den Flaschen? Funktionieren beide Atemregler, der primäre und der sekundäre? Und arbeiten die Tiefenmesser korrekt?

»Ich habe ja gestern schon angesprochen«, sage ich, »dass wir auf Koh Sang außergewöhnliche Voraussetzungen für die Schulung haben. Die meisten anderen Tauchschulen müssen ein ganzes Stück aufs offene Meer rausfahren, um eine Tauchausbildung abzuschließen. Aber hier fällt der Strand bereits dicht an der Küste sehr steil ab, und außerdem haben wir eines der schönsten Korallenriffe in ganz Thailand in Sichtweite, sodass wir nichts anderes tun müssen, als ins Wasser zu waten und unseren Tauchgang zu beginnen. Wir werden uns etwa fünfundvierzig Minuten lang auf dem Meeresgrund aufhalten. Dabei machen wir gelegentlich die eine oder andere Übung, die wir gestern gelernt haben. Damit ihr im schlimmsten Fall genau wisst, was ihr zu tun habt.«

Ich hatte eigentlich gehofft, dass Lucy in der Zwischenzeit auftaucht, doch von ihr fehlt nach wie vor jede Spur. Ich bitte Daniel, sie noch einmal anzurufen, aber mit demselben Ergebnis wie vorhin. Wir haben keine andere Wahl, als ohne sie zu starten.

Ich versuche, den durchdringenden Benzingestank der etwas weiter unten am Strand liegenden Boote zu ignorieren, und mustere die drei Tauchschüler, die da vor mir stehen. Die Anspannung ist ihnen deutlich anzumerken, auch Daniel. Das ist in jedem Kurs wieder mein Lieblingsmoment. Der Augenblick vor dem ersten Tauchgang. Die Gesichter der Schülerinnen und Schüler zu sehen, voller Erwartungen und gleichzeitig mit einer gesunden Portion Nervosität versehen. Dann muss ich immer an mein erstes Mal denken, bei dem mir klar geworden ist, wie friedlich es unter Wasser sein kann. Ein Ort, an dem dich niemand verurteilt, wo du dich nicht verstellen und nicht denken musst, wo du nichts sein musst, was die anderen von dir erwarten. Unter Wasser ist das Leben einfacher. Jedes Mal, wenn ich unter die Oberfläche abtauche, scheinen alle meine Ängste von mir abzufallen, so wie das Salzwasser meine Haut reinigt.

Ich spule die Warnhinweise ab, die ich inzwischen auswendig kann.

»Im Vergleich zu gestern gibt es heute einen entscheidenden Unterschied. Wenn ihr heute ein Problem bekommt, dann könnt ihr nicht einfach aufstehen und den Kopf zum Wasser rausstrecken. Wir befinden uns dann etwa zehn Meter unterhalb der Wasseroberfläche, und das bedeutet, dass wir, falls es Schwierigkeiten gibt, sofort eine sinnvolle Lösung finden müssen. Da wird auf keinen Fall herumgealbert.« Ich werfe Daniel einen scharfen Blick zu und er hebt in gespielter Unschuld die Arme. »Geratet nicht in Panik, falls etwas schiefgeht. Atmet möglichst normal weiter, sonst besteht die Gefahr, dass ihr euren Sauerstoffvorrat zu schnell verbraucht. Und, ganz wichtig: Unter gar keinen Umständen dürft ihr zu schnell auftauchen.«

Wir haben gestern ausführlich über die Gefahren eines überhasteten Aufstiegs gesprochen: geplatzte Trommelfelle, Tiefenrausch, Lungenödeme. Meine Hinweise haben nicht zu ihrer Beruhigung beigetragen.

»Ich beneide euch wirklich«, sage ich und bemühe mich um einen zuversichtlichen Tonfall. »Ihr seid kurz davor, eine der fantastischsten Erfahrungen eures ganzen Lebens zu machen. Eure ersten Atemzüge unter der Meeresoberfläche. Die Welt unter Wasser ist eine ganz andere, ihr werdet sehen.«

Das klingt ziemlich kitschig, und ich rechne fest damit, dass Daniel sich eine blöde Bemerkung nicht verkneifen kann, aber er schweigt. Anscheinend hat auch er mit seiner Nervosität zu kämpfen.

Sobald ich mich versichert habe, dass alle bereit sind, gehen wir zu viert in Richtung Wasser. Zuerst tauchen unsere Zehen ein, dann die Knöchel, die Knie, die Oberschenkel. Wir waten weiter, die Sauerstoffflaschen fest auf den Rücken geschnallt, wie Soldaten auf dem Weg in die Schlacht. Das Wasser steigt stetig höher, umspült bereits unsere Hälse und unsere Zehen verlieren den Kontakt zum sandigen Meeresboden. Die gefüllten Luftkammern in unseren Westen sorgen dafür, dass wir an der Wasseroberfläche bleiben und auf den Wellen schaukeln.

Ich versichere mich noch einmal, dass alle gut vorbereitet sind, dann ist es Zeit, abzutauchen. Das geht unendlich langsam. Nach etwa jedem Meter verharren wir, überprüfen die Tiefe, lassen ein wenig mehr Luft aus unseren Westen, klemmen die Nase zu und atmen kräftig in unsere Masken, um unsere Atemwege frei zu bekommen. Das Wasser, das an der Oberfläche noch Badewannentemperatur hat, wird ganz allmählich kühler, sodass ich irgendwann froh bin, dass ich einen Neoprenanzug trage. Der Abstieg geht reibungslos vonstatten, bis wir schließlich auf dem Meeresboden landen. Über uns liegt eine gewaltige durchsichtige Wassermasse mit der Oberfläche als gläserne Decke.

Nachdem wir alle gelandet sind, nehme ich einzeln mit Ariel, Tamar und Daniel Kontakt auf, und zwar mithilfe der Zeichensprache, die wir im Kurs gelernt haben. In ihren Augen erkenne ich dasselbe Funkeln, das ich bei meinem ersten Tauchgang empfunden habe.

Ich bedeute ihnen, mir zu folgen, dann drehe ich mich um und fange an zu schwimmen, lege die Hände auf den Rücken und bewege die Flossen auf und ab wie zwei Scherenklingen. Kleine

Schwärme aus winzigen, fast durchsichtigen Fischen weichen uns aus, sobald sie die Strömung spüren, die unsere Körper verursachen. Alle Sorgen, die mich in den vergangenen Tagen gequält haben, kommen mir jetzt völlig unbedeutend vor, als würden sie mich in keiner Weise betreffen.

Was die Sicht hier unten angeht, hatte Doug auf jeden Fall recht. Normalerweise ist das Wasser so klar, dass man in jede Richtung über zehn Meter weit sehen kann, aber heute sorgen relativ hohe Wellen dafür, dass mehr Sediment aufgewirbelt wird und einen milchigen Schleier bildet, der die Sicht auf wenige Meter begrenzt. Wir kommen an einer Clownfisch-Schule vorbei, und nach rund acht Minuten begegnen wir Harold, der Seeschildkröte, die hier ihren festen Wohnsitz hat. Ich mache die anderen auf ihn aufmerksam, lege eine Hand auf die andere und wackele mit den Daumen, während Harold an uns vorbeischwimmt und uns mit teilnahmslosen, schrumpeligen Augen mustert. Meine Schüler lassen hinter ihren Masken ein fast kindliches Strahlen sehen. Daniel gibt ein unhörbares Geräusch von sich, Blasen blubbern aus seinem Atemregler und in meiner Brust macht sich ein Gefühl der Leichtigkeit breit. Die Scham, die Nervosität, die Paranoia von vorhin, all das scheint vom Meerwasser einfach weggespült zu werden. Diese Dinge können mir hier unten nichts anhaben. Die Probleme, die an Land jeden meiner Gedanken zu unterwandern scheinen, dringen nicht durch die Wasseroberfläche.

Die Tatsache, dass ich jetzt miterlebe, wie meine Schüler dieses Gefühl zum allerersten Mal erfahren, relativiert alles andere. Das sind die Momente, die all die anderen Probleme aufwiegen. Diese Schönheit, diese Ruhe, all das hätte ich ohne das Grauen, das ich erleben musste und das mich hierhergeführt hat, niemals erlebt.

Nachdem die Aufregung ein wenig abgeklungen ist, versammle ich meine Gruppe im Kreis vor einem vertrauten Korallengebilde. Wir schweben rund einen Meter über dem Meeresboden und beginnen mit der ersten Übung: Wir nehmen den Atemregler aus dem Mund, als sei er uns herausgerissen worden, damit sie lernen, wie sie reagieren müssen, wenn plötzlich die Luftzufuhr unterbrochen wird. Ich demonstriere ihnen noch einmal Schritt für Schritt, was sie zu tun haben, dann zeige ich auf Daniel, damit er es mir nachmacht. Er sieht mich an, formt mit den Fingern das OK-Zeichen und fängt an. Er führt jede Bewegung genau so aus, wie ich es vorgemacht habe, nimmt den Atemregler aus dem Mund, wirft ihn nach hinten, lässt kleine Luftblasen entweichen.

Aber als er nach hinten greifen will, um den Atemregler wieder einzufangen, stockt er. Seine Augen werden groß und seine Gliedmaßen wirken wie erstarrt.

Ich warte einen Augenblick lang ab, dann fange ich an, mich zu ärgern. Im Pool kann er von mir aus seine kindischen Spielchen spielen, aber doch nicht hier! In dieser Tiefe den Atemschlauch zu verlieren, ist kein Spaß. Ich schnipse in seine Richtung, auch wenn Daumen und Zeigefinger kein Geräusch erzeugen. Aber die Luftbläschen, die dabei entstehen, sollen mir seine Aufmerksamkeit sichern.

Er verharrt jedoch weiterhin regungslos und hat den Blick starr an mir vorbei gerichtet.

Ich drehe mich um und kneife die Augen zusammen, um den Sedimentschleier zu durchdringen. Allmählich erkenne ich, was er dort sieht. Ein Schatten, eine Gestalt schält sich allmählich aus dem trüben Wasser hervor. Ich schiebe mich ein wenig näher heran. Zuerst halte ich es für Müll, für irgendeinen Gegenstand, den eines der Boote, die hier ständig durchrasen, als würde ihnen die ganze Bucht gehören, über Bord geworfen hat.

Aber je näher ich komme, desto deutlicher sehe ich, dass es sich ganz bestimmt nicht um Müll handelt.

Es ist ein Mensch.

Der Mensch trägt keine Taucherausrüstung. Keine Flossen, keine Weste, nicht einmal eine Maske. Er schwebt aufrecht im Wasser, als klebten seine Füße am Meeresboden. Die Korallen, die sich über ihm wölben, bilden den Hintergrund für ein gruseliges Porträt. Haarsträhnen umschweben den Kopf wie menschliches Seegras.

Da stimmt etwas nicht, das wird mir klar, während die Panik in meinen Neoprenanzug eindringt und die Angst unter meiner Haut Blasen wirft.

Da bemerke ich hinter mir hektische Bewegungen. Als ich mich umdrehe, ist Daniel schon auf dem Weg nach oben. Den Atemschlauch zieht er achtlos hinter sich her. Ich will ihn festhalten, will verhindern, dass er an die Oberfläche schießt und sich die Trommelfelle zerfetzt … oder noch Schlimmeres. Aber zum allerersten Mal habe ich unter Wasser das Gefühl, dass mein Körper schwer und bewegungsunfähig an Ort und Stelle verharrt.

Ich blicke die anderen an. In Tamars Augen tobt die Panik. Sie hat den Blick auf den Leichnam in meinem Rücken gerichtet, während immer mehr Blasen aus ihrem Atemregler blubbern. Und bei Ariel scheint die Angst, die er nach dem Kurs gestern verströmt hat, wieder zurückgekehrt zu sein. Sein Körper ist völlig verkrampft, seine grauen Augen hinter der Maske wirken vollkommen undurchdringlich. Jetzt fallen mir seine Worte von gestern wieder ein, unheilvoll und unerwünscht.

Hier ist es nicht sicher.

Ich nehme all meine Willenskraft zusammen, drehe mich um und nähere mich dem leblosen Körper. Allmählich kann ich das Gesicht erkennen. Die Lippen leicht geöffnet, als wollten sie etwas sagen. Und dann die Augen, diese weit aufgerissenen Augen, wie mitten in einem Schrei. Das Blau ist noch nicht verblasst, aber an den Rändern sind bereits die ersten roten Streifen zu erkennen.

Augenblicklich erstirbt jede Bewegung um mich herum. Meine Unterwasserauszeit verwandelt sich in meinen schlimmsten Albtraum.

Robin.

Ich kann den Blick nicht von ihr lösen. Ich starre in das Gesicht, das ich so gut kenne, bleibe schließlich bei ihrer Stirn hängen, die von einem roten, waagerechten Streifen verunstaltet wird. Ich lasse den Blick etwas tiefer sinken und entdecke die gespenstischen blauen Abdrücke an beiden Seiten ihres Halses. Noch weiter unten, auf Hüfthöhe, hat sich der Stoff ihres T-Shirts an einem Korallenstück verfangen. Und schließlich sehe ich, dass ihr Fuß in einem Spalt des felsenartigen Korallenriffs steckt, sodass sie nicht an die Wasseroberfläche steigen kann. Sie hängt regungslos im Wasser fest, nur die Strömung zerrt sanft an ihren Kleidern.

Für einen kurzen Augenblick entzieht mein Geist sich der pochenden Angst und sammelt sich neu. Das ist nicht Robin. Das ist Lucy.

Bevor ich diese Erkenntnis voll und ganz verarbeiten kann, flackert etwas am äußeren Rand meines Sichtfeldes auf, so hell, dass es mich von dem gewaltigen Schrecken ablenkt, der sich wie ein Brecher über mir auftürmt. Ich folge dem Flackern und entdecke ein, zwei Meter von der Toten entfernt ein kleines Metallstück, halb vom Sand des Meeresbodens verdeckt. Das Sonnenlicht spiegelt sich darin. Ich schiebe mich Zentimeter um Zentimeter näher heran. Das Blut schlägt in Wellen gegen die Innenseite meines Schädels. Ich strecke die Hand aus und ziehe das Ding aus dem Sand.

Dann betrachte ich meinen Fund. Jetzt ist der Zeitpunkt gekommen, wo die Woge der Panik über mir zusammenschlägt und mich unter sich begräbt. Ein Schwall Luftblasen entweicht aus meinem Atemregler, während gleichzeitig ein erstickter Laut an meine Ohren dringt. Ein Schrei, wie mir gleich darauf klar wird. *Mein* Schrei, zerquetscht von den Wassermassen.

Und schließlich gewinnt die Panik die Oberhand.

KAPITEL 6

BROOKE

»*Kap khun ka,* Sengphet«, sage ich, als er die dampfende Kaffeetasse vor mir auf den Tisch stellt. Er beugt sich nach vorne, die Handflächen zum Zeichen der Dankbarkeit vor der Brust zusammengelegt.

»Ge'n gescheh'«, erwidert er langsam. »Du brauch'. geste'n Abend groß Pa'ty. Kaffee gut fur di'.« Er legt zwischen jedem Wort eine kleine Pause ein und unterstreicht es mit seinem einnehmenden Lächeln.

Ich lächele ebenfalls. Das mache ich völlig ungezwungen jedes Mal, wenn ich mit Sengphet rede. Dabei fallen mir die dunklen Ringe unter seinen Augen auf. Anscheinend hatte auch er eine lange Nacht – oder er ist sehr früh aufgestanden. Ich kann lediglich ahnen, wann Frederic nach einer Party wie der gestrigen seine Angestellten antanzen lässt, damit sie das Restaurant aufräumen und rechtzeitig wieder öffnen können.

Obwohl es schon fast neun Uhr ist, ist das Tiki Palms immer noch menschenleer. Es kommt mir vor, als hätte sich ein kollektiver Kater über die ganze Insel gelegt.

Ich werfe einen Blick auf meinen Instagram-Post von heute früh, den ich genau rechtzeitig abgeschickt habe, sodass meine amerikanischen Follower ihn lesen können, wenn sie von der Arbeit nach Hause kommen und einem entspannten Feierabend entgegenblicken. Dabei fällt mir ein Kommentar von @Travelbarbie ins Auge. Sie ist ebenfalls Reise-Influencerin, allerdings mit sehr viel mehr Followern als ich. *Sieht fantastisch aus!* Hat sie unter eines der Fotos von gestern Abend geschrieben.

Ich wünschte, du wärst hier!, tippe ich als Erwiderung.

Stimmt natürlich nicht. @Travelbarbie ist genauso grässlich, wie ihr Name vermuten lässt. Sie ist platinblond und hat sich überall vergrößern lassen – entweder operativ oder mit pfundweise Make-up –, also genau die Art Influencerin, die für alles Mögliche Werbung macht, seien es Tampons oder Entgiftungstees, genau die Art Influencerin, die ich nie sein wollte. Einmal, als @BrookeaTrip noch ganz am Anfang stand, sind wir uns in Budapest über den Weg gelaufen und ich habe sie um ein Selfie mit mir gebeten. Das hat erst einmal dazu geführt, dass ich mir einen Vortrag anhören musste, wie wertvoll ihr »Image« sei und dass die Leute die sozialen Medien nicht dazu nutzen, um mit allen möglichen Schimpftiraden über den miesen Zustand der Welt zugeschüttet zu werden (was ich offensichtlich machte), sondern um sich an ihre Schönheit erinnern zu lassen (wofür sie selbst offensichtlich ein ganz besonderes Händchen hatte). Doch nachdem ich mehr Geduld aufgebracht hatte, als ich mir selbst jemals zugetraut hätte, konnte ich sie schließlich überreden. Noch am selben Abend hat sie das Selfie auf ihrem Account veröffentlicht und es hat funktioniert. Bereits am nächsten Morgen hatte ich vierhundert neue Follower. Ich schiebe diese Erinnerung beiseite und lese mir ein paar andere Kommentare durch. Dann nippe ich an dem Becher, den Sengphet mir gebracht hat.

»Scheiße!« Es klingt lauter, als ich gewollt habe, aber ich habe mir an dem heißen Kaffee die Zunge verbrannt und merke, dass sich sofort eine Blase bildet. Das macht die Schmerzen, die sich hinter meinen Augen ballen, nur noch größer. Obwohl Neil mir im Frangipani das Gegenteil versprochen hat, legt mein Kater einen Schleier der Reue über meine bruchstückhaften Erinnerungen an die Vollmondparty. Ich lasse den Blick über den Strand schweifen, der sich vor mir ausbreitet. Keine Spur ist mehr von den Menschen und dem Abfall, den sie hinterlassen haben, zu sehen. Ich denke an Sengphet und die anderen Angestellten und wie sie heute Morgen, während die Sonne sich ganz allmählich über den Horizont geschoben hat, den Strand entlanggegangen sind. Ich stelle mir vor, wie sie übernächtigt und erschöpft jedes einzelne Stückchen Abfall, das die Partygäste bedenkenlos haben fallen lassen, sorgfältig aufheben und in die Müllsäcke stopfen, die von der morgendlichen Brise aufgebauscht werden, damit nur ja keiner der Gäste den ach so kostbaren Strand in einem nicht ganz perfekten Zustand sehen muss. Die Ruhe ist nach der vergangenen Nacht beinahe markerschütternd. Ich kann das Wummern der Bässe immer noch spüren – es hat sich als schmerzhafter Rhythmus in meinen hinteren Backenzähnen eingenistet.

Plötzlich durchbricht ein erstickter Schrei die Stille. Ich blicke den Strand entlang, kann aber nichts erkennen. Sengphet sieht genauso verwirrt aus wie ich vermutlich auch. Da hören wir noch einen Schrei, aber dieses Mal begleitet von einer zweiten, vertrauteren Stimme.

»Wir müssen dich sofort reinbringen. Sofort!« Die Stimme gehört Cass.

Dann sehe ich ungefähr zwanzig Meter vom Strand entfernt zwei Personen auf dem Wasser treiben. Eine davon ist Cass. Sie hat die Maske auf die Stirn geschoben und schleppt in voller Tauchermontur eine andere Person in Richtung Strand.

Da ist eindeutig etwas nicht in Ordnung.

Hinter den beiden tauchen jetzt zwei weitere Personen aus dem Wasser auf. Das müssen die beiden Älteren aus Cass' Tauchkurs sein, die ich gestern schon bemerkt habe.

Einer der beiden schwimmt los, wirbelt mit den Armen durch das Wasser, bis er bei Cass ankommt und ihr die Last abnimmt.

Ich springe auf und renne ihnen entgegen. Während ich von der Wasserkante aus beobachte, wie sie sich Zug um Zug an Land kämpfen, steigert sich das Pochen des Blutes in meinen Ohren zu einem besorgniserregenden Crescendo. Als sie näher kommen, wird mir klar, wen der ältere Tauchschüler da an Land zieht. Es ist der vorlaute Engländer von gestern Abend, der Lucy einfach mitten im Gespräch weggezerrt hat.

Jetzt allerdings ist er vollkommen stumm, sein Gesicht schmerzverzerrt. Ohne die Hilfe des anderen Tauchschülers würde er es niemals bis an den Strand schaffen, das ist eindeutig.

Ich wate bis zu den Knien hinein und packe den Engländer auf der anderen Seite, helfe dem Älteren, ihn noch weiter auf den Strand zu ziehen. Obwohl wir zu zweit sind, können wir den Engländer kaum heben. Er bringt mindestens neunzig Kilo auf die Waage und wir schaffen es trotz größter Anstrengung nur noch wenige Schritte weiter, dann brechen wir zusammen.

»Was ist denn passiert, verdammt noch mal? Was hat er denn?« Wie Maschinengewehrsalven schießen die Fragen aus meinem Mund, noch bevor mein Hirn die Worte überhaupt registrieren kann.

»Daniel ist zu schnell aufgestiegen«, stößt Cass zwischen hastigen Atemzügen hervor, während sie dicht hinter uns auf den Strand kriecht. Sie zieht sich die Maske vom Kopf, und ich sehe, dass sie Tränen in den Augen hat. »Er hat Panik bekommen und ist einfach senkrecht nach oben geschwommen.«

Erleichtert atme ich aus. Eine Tauchverletzung. Klar, das ist nicht angenehm. Ich habe sowohl von Cass als auch von Neil schon etliches über die Gefahren im Zusammenhang mit einem zu schnellen Aufstieg gehört, aber ich hatte mit etwas Schlimmerem gerechnet. Endlich schafft es auch die andere Schülerin ans Ufer. Ihre Augen sind rund wie zwei Vollmonde und ihr Gesicht ist schneeweiß. Erst jetzt realisiere ich, wer fehlt. Lucy, die junge

Frau, die mich gestern Abend vor meinem Zimmer angesprochen hat. Die vierte Schülerin, die ich gestern im Übungspool gesehen habe.

Jetzt kommen auch Neil und Doug vom Tauchladen herübergerannt. Sie beugen sich über Daniel, haben sofort erkannt, wer hier Hilfe benötigt, doch ein Wort aus Cass' Mund lässt sie innehalten.

»Lucy«, sagt sie. Es klingt wie ein Krächzen.

»Lucy?« Bei mir ist es eher eine Frage, und meine Augen suchen ununterbrochen den Strand ab, als sei das Ganze nur ein Missverständnis, als könne sie jeden Augenblick irgendwo auftauchen und uns erschrecken.

Doug misst gerade Daniels Puls, aber Neil dreht sich zu mir um. »Das ist Cass' vierte Schülerin. Sie ist heute Morgen nicht zum Kurs gekommen.«

In meinem Magen fängt es an zu rumoren. Und dann spricht Cass die Worte, die uns alle erstarren lassen.

»Sie … sie ist tot.«

Die Zeit scheint stillzustehen. Ein Schluchzen dringt aus Cass' Mund, aber das höre ich kaum.

Sie ist tot. Wieder und wieder höre ich dieselben Worte, formen meine Lippen stumm die Laute, windet meine Zunge sich um die Silben. Meine Erinnerung geht zurück zum gestrigen Abend. Lucys Versuch, mit mir zu reden, der starre Blick, mit dem sie mich beim Weggehen fixiert hat.

Ich merke, wie mein Herzschlag sich beschleunigt, wie meine Finger sich verkrampfen.

»Wir müssen die Polizei rufen.« Es dauert einen Moment, bis mir klar wird, dass die fremde Stimme mit dem deutlich erkennbaren Akzent dem älteren Tauchschüler gehört.

Ich nicke und ziehe mein Handy aus der Tasche.

»Das machen wir, sobald wir im Tauchladen sind«, sagt Doug.

Er hat Daniels Puls gemessen und anscheinend daraus geschlossen, dass er nicht lebensgefährlich verletzt ist. Angesichts der Umstände klingt Dougs Stimme verblüffend gefasst.

»Ich … ich habe mein Handy …«, will ich widersprechen.

»Nein. Wir müssen zurück in den Tauchladen und uns um Ariel und Tamar kümmern. Sie sollen ihre nassen Sachen ausziehen«, befiehlt Doug. »Wir rufen dort vom Festnetz aus an. Das ist zuverlässiger.«

Ich presse die Zähne aufeinander. Trotz alledem spüre ich deutlich, wie sehr Doug es genießt, das Kommando zu führen.

»Daniel braucht einen Notarzt.« Cass schluchzt so heftig, dass ihre Worte kaum zu verstehen sind. Ich sehe zu Daniel hinüber, der, immer noch schwer atmend, auf allen vieren steht.

»Schon erledigt«, erwidert Neil. »Wir haben durch das Ladenfenster gesehen, wie du Daniel reingeschleppt hast. Wir haben gleich gemerkt, dass da was nicht stimmt und zur Sicherheit die Krankenstation angerufen. Sie sind schon unterwegs.«

Schlagartig wird mir klar, dass ich in dieser Situation zu gar nichts nütze bin. Und damit bin ich schon wieder die Außenseiterin. Es gibt in dieser Gruppe einfach keine Rolle für mich.

»Ich bleibe bei ihm«, platze ich heraus und klammere mich an diese Möglichkeit, zu helfen, an dieses eine Mittel, mir irgendwie einen Platz zu verschaffen. »Geht ihr in den Tauchladen und ruft die Polizei. Ich warte hier bei Daniel.«

Doug würdigt mich kaum eines Blickes, macht bereits auf dem Absatz kehrt und steuert den Tauchladen an. Cass nickt mir dankbar zu und scheucht ihre beiden anderen Schüler Doug hinterher. Neil bleibt noch einen Moment und dreht sich zu mir um.

»Danke«, sagt er und lässt mich nicht aus seinen dunklen Augen. Bevor mir klar wird, was er da tut, hat er sich nach vorne gebeugt und mir einen Kuss auf die Wange gedrückt. Diese Geste wirkt so natürlich und kommt gleichzeitig so unerwartet, dass –

trotz der ausgesprochen unromantischen Umstände – eine Hitzewelle durch meinen Körper schießt. Bevor ich irgendwie darauf reagieren kann, läuft Neil schon den anderen hinterher und lässt mich mit Daniel allein.

»Also«, sage ich etwas zögerlich nach einigen Minuten. Daniel hat sich auf den Rücken gerollt und sich anschließend aufgesetzt. Auch sein Atem scheint wenigstens ansatzweise wieder normal zu funktionieren. »Geht es dir besser?«

Er sieht mich ausdruckslos an, und mir wird klar, wie hoffnungslos überfordert ich gerade bin. Was soll man denn zu einem fremden Menschen sagen, der gerade mit eigenen Augen gesehen hat, dass jemand aus seinem Bekanntenkreis nicht mehr am Leben ist?

Irgendwann fällt mir ein, dass ich mich bei unserer kurzen Begegnung gestern Abend gar nicht vorgestellt habe. »Ich heiße Brooke«, sage ich.

»Daniel.« Im Gegensatz zu gestern, als seine Augen meinen Körper hemmungslos in Besitz genommen haben, vermeidet er heute jeden Blickkontakt. Dann wird er unruhig, als wollte er aufstehen.

»Ganz ruhig, nicht so stürmisch.« Ich rappele mich ebenfalls auf und packe ihn am Arm. Nicht einmal mit zwei Händen kann ich seinen Bizeps ganz umfassen, aber ich versuche, ihn wieder in eine sitzende Position zu bringen. »Hilfe ist schon unterwegs. Aber du musst schön ruhig sitzen bleiben, bis sie da sind.«

Zu meiner Verblüffung gibt er nach und wir verfallen wieder in unser peinliches Schweigen.

Nachdem ich eine gefühlte Stunde lang nichts anderes gehört habe als das Rauschen der Wellen und Daniels schweren Atem, kann ich meine Neugier nicht länger zügeln. »Also …«, fange ich an. »Willst du mir vielleicht erzählen, was da unten passiert ist?«

Hastig, viel zu hastig dreht er sich zu mir um, und ich zucke zusammen, als ich sehe, wie er sich vor Schmerzen krümmt.

»Du hast es doch gehört. Lucy ist tot.«

Bei diesen Worten erwarte ich irgendeine Gefühlsregung, aber seine Stimme klingt sehr kalt. Damit habe ich nicht gerechnet. Er hört sich jetzt vollkommen anders an als der vorlaute Engländer, dem ich gestern begegnet bin.

»Aber sie ist nicht mit euch getaucht, oder?«

»Nein«, erwidert Daniel eisig. »Sie ist heute Morgen gar nicht aufgekreuzt. Weil … da war sie ja schon … da unten.«

Ich weiß nicht, was ich sagen soll. Irgendwann spricht er weiter, aber es kommt mir so vor, als würde er eher mit sich selbst reden als mit mir. »Sie hat einfach so im Wasser geschwebt. Auf dem Grund. Aber sie war es gar nicht *wirklich*, verstehst du?«

Ich muss mich kurz sammeln. Mit so einer Äußerung habe ich nicht gerechnet. Hatten die beiden sich nicht erst im Tauchkurs kennengelernt? Ich hatte Daniel nicht zugetraut, dass er so schnell so tiefe Beziehungen aufbauen kann.

Aber dann muss ich an die junge Frau denken, die ich gestern zum ersten Mal gesehen habe. An ihre entschlossenen blauen Augen. An die stille Selbstsicherheit, die sie zu verströmen schien. Sie hat garantiert überall, wo sie war, Eindruck hinterlassen. Und irgendwie erscheint es mir unmöglich, dass das pralle Leben, das sie in sich getragen hat, so schnell ausgelöscht worden sein soll.

Aber ich nehme an, das liegt im Wesen des Todes. Dass er einem niemals möglich erscheint.

»Wie kann das bloß passiert sein?«, fährt Daniel fort.

»Na ja …«, sage ich grüblerisch, »vielleicht hat sie auf der Vollmondparty zu viel getrunken und …«

Daniel lässt mich den Satz nicht beenden.

»Nee, glaub ich nicht«, unterbricht er mich. »Ich hab sie auf der Party gesehen. Sie war nicht besoffen.«

Ich versuche, mich an den gestrigen Abend am Strand zu erinnern, aber meine Erinnerung wird von leuchtenden Neonfarben und krachenden Bässen überlagert. Gut möglich, dass ich Lucy dort gesehen habe, aber da alle Partygäste grüne und pinke Farbe im Gesicht hatten, ist das schwer zu sagen.

»Hmm.« Ich versuche, mich daran zu erinnern, wie die beiden sich gestern Abend auf den Weg zum Vorglühen gemacht haben. Vielleicht war sie da ja schon stärker betrunken gewesen, ohne dass er es bemerkt hat? »Das würde bedeuten, dass es kein Unfall war.«

Daniel sieht mich betroffen an. »Aber warum hätte sie alleine ins Wasser gehen sollen? Und wie ist sie so weit rausgekommen?«

Das sind alles sinnvolle Fragen. Warum hätte Lucy so etwas tun sollen? Selbst wenn sie betrunken war, was hätte sie veranlassen können, mitten in der Nacht alleine ins Meer zu waten, während am Strand ganz in der Nähe eine Riesenparty in Gang war?

»Also, wenn es kein Unfall war …« Meine Stimme versagt, und ich sehe Daniels weit aufgerissene Augen, als wir beide zum selben Schluss kommen. »Dann hat sie jemand ermordet«, sage ich schließlich. Gleich wird Daniel anfangen zu lachen, wird mir klarmachen, dass das eine völlig lächerliche Idee ist. Aber er bleibt stumm.

Und dann denke ich noch einmal an meine kurze Begegnung mit Lucy vom gestrigen Abend zurück. Wie dringend sie mit mir über die Wanderin, die am Khrum Yai abgestürzt ist, hatte reden wollen. Und jetzt ist sie die zweite Frau innerhalb eines Monats, die hier auf Koh Sang tot aufgefunden wird.

Ich nehme in meinem Rücken Unruhe wahr und drehe mich um. Zwei Männer mit weißen Poloshirts und dem Logo des Koh-Sang-Tauchresorts auf der Brust kommen auf uns zugerannt. Ihr Golf-Cart haben sie am Anfang des Strandes abgestellt.

Bei ihrem Anblick stemmt Daniel sich mühsam auf die Beine.

Ich will ihm helfen, aber er wehrt ab und murmelt lediglich leise »Danke«, während die beiden Männer ihn in ihre Mitte nehmen.

Ich sehe ihnen hinterher, wie sie zum Golf-Cart schlurfen und Daniel auf die Rückbank legen. Währenddessen geht mir in Dauerschleife ein Gedanke durch den Kopf, immer wieder.

Es ist schon wieder passiert.

Schon wieder ist eine Urlauberin tot. Und wenn wir recht haben mit unserem Verdacht, dann hat irgendjemand auf dieser Insel sie ermordet.

KAPITEL 7

CASS

Die Welt dreht sich um mich, als wäre ich immer noch unter Wasser. Stimmen dringen als leises Gemurmel an mein Ohr, aber die Worte verschwimmen im Meer.

Im Geist bin ich immer noch dort, starre in diese großen blauen Augen, das feine, empfindliche Haar, dieses vertraute Gesicht. Dazu verdammt, dasselbe Schicksal zu erleiden wie Robin.

»Cass.«

Die Stimme klingt sanft, aber eindringlich, als würde sie meinen Namen nicht zum ersten Mal aussprechen. Ich muss mehrfach blinzeln, bis meine Augen ein einigermaßen klares Bild zeigen, aber dann erkenne ich Neil, der sich mit besorgter Miene zu mir herunterbeugt.

»Alles in Ordnung?«

Am liebsten hätte ich laut gelacht. Nichts, absolut gar nichts ist in Ordnung. Ich habe gerade eben zum zweiten Mal in meinem Leben dem Tod ins Gesicht gestarrt. Und zum zweiten Mal kann ich mich nicht gegen den hartnäckigen Gedanken wehren, dass es irgendwie meine Schuld war.

Die Nachricht auf meiner Türschwelle gestern. Irgendjemand auf dieser Insel hat herausgefunden, wer ich bin, und genau dann muss wieder ein unschuldiges Mädchen sterben. Das kann kein Zufall sein.

Und dann ist da der Gegenstand, den ich neben Lucys Leichnam gefunden habe. Der Gegenstand, von dem ich noch niemandem erzählt habe. Wie, um alles in der Welt, ist er dort unten gelandet?

Kurz streift mich die Panik. Habe ich das alles etwa laut ausgesprochen? Aber Neil steht einfach nur da und sieht mich mit gerunzelter Stirn an.

»Also gut«, sagt er. »Ich habe Tamar und Ariel erst mal ins Restaurant gesetzt und Sengphet angewiesen, dass er ihnen alles bringen soll, was sie essen und trinken wollen. Es sieht so aus, als würden sie einigermaßen klarkommen.«

Neils Worte erreichen mich kaum, aber zum ersten Mal wird mir klar, wo ich gerade bin. Mein Rücken lehnt an etwas Hartem, was sich anfühlt wie Holz, und meine nassen Beine kleben an einem Kissen, das unter mir liegt. Ich drehe den Kopf nach allen Seiten und betrachte den achteckigen Raum. Die Teakwände sind kaum zu sehen, weil fast jeder Quadratzentimeter von Masken und Flossen, Sauerstoffflaschen, Westen und allen möglichen Schläuchen verdeckt wird, die allesamt sehr sorgfältig daran aufgehängt oder dagegen gelehnt worden sind.

Ich sitze auf der Bank im Tauchladen, aber wie ich hierhergekommen bin, daran kann ich mich so gut wie gar nicht erinnern.

»Ich habe gerade mit Frederic telefoniert«, schaltet Doug sich vom Tresen aus ein. »Ich dachte, es ist vielleicht besser, erst mal ihn anzurufen statt die Polizei. Er ist einverstanden, dass wir Tamar und Ariel die Hochzeitssuite geben und Daniel das zweitbeste Zimmer mit Meeresblick. Wir können ihnen natürlich auch die volle Erstattung anbieten, einschließlich Tauchkurs und Arztkosten.«

Neil nickt, aber ich kann nichts anderes tun, als die beiden anzustarren. Sie hören sich so normal an. Als würden sie Punkt für Punkt eine To-do-Liste abarbeiten. Ich möchte am liebsten schreien. Aber ich mache es nicht. Ich sitze nur stumm da und starre sie an.

»Frederic ist morgen früh wieder hier. Er fliegt heute Abend in

Bangkok los und nimmt dann die erste Fähre nach Koh Samui. So lange müssen wir noch durchhalten.« Doug wartet auf eine Erwiderung, doch als wir nichts sagen, greift er erneut nach dem Telefon. Vermutlich will er die Polizei anrufen.

Schon wenige Sekunden später fließt ein steter Strom Thai aus seinem Mund. Mein Hirn versucht, die einzelnen Silben und Wörter zu erfassen, aber sie rauschen einfach an mir vorbei – Vokale, die mein Mund noch nie hervorgebracht hat, Klänge, die so tief in der Kehle zu entstehen scheinen, dass ich sie unmöglich nachmachen kann.

Leise knarrend öffnet sich die Tür, und ich merke, dass ich unbewusst die Narbe über meinem Herzen berühre. Erschrocken lasse ich die Hand sinken, als Brooke hereinkommt. Sie sieht uns unsicher an.

»Ich wollte euch bloß sagen, dass Daniel inzwischen beim Arzt ist.«

Neil legt ihr dankbar eine Hand auf die Schulter. Als sie sich dann zu mir umdreht, huscht eine Gefühlsregung über ihr Gesicht, die ich nicht ganz einordnen kann. Dann steht sie neben mir, legt mir einen Arm um die Schulter. Und zum ersten Mal, seit ich Lucy gesehen habe, empfinde ich zumindest ansatzweise so etwas wie Trost.

»Oh Cass. Es tut mir so leid.«

Ihre Worte versetzen mir einen Stich direkt hinter den Augen, und ehe ich mich versehe, öffnen sich die Schleusen, und Tränen fließen mir über die Wangen. Brooke sitzt die ganze Zeit neben mir. Während ihr T-Shirt immer nasser wird, hört sie nicht auf, mir mit kreisförmigen Bewegungen den Rücken zu streicheln.

Die Stunden vergehen, aber ich bekomme nicht viel mit. Logan und Greta betreten gemeinsam den Tauchladen, und Logan setzt sich sofort zu mir, sodass Brooke ihren Platz als Trösterin verlassen muss. Ich berge mein Gesicht an seiner Schulter und atme seinen vertrauten Duft ein. Ich höre ihn sagen, dass alles wieder gut wird, und will ihm glauben. Aber ich weiß es besser.

Irgendwann lässt sich auch die Polizei blicken. Zunächst habe ich große Schwierigkeiten, die zeitlichen Abläufe in den Griff zu bekommen. Alles scheint irgendwie gleichzeitig zu passieren und trotzdem um Stunden versetzt. Irgendwann jedoch, während Logan mir beruhigende Worte ins Ohr flüstert, bekommen die Dinge eine sinnvolle Reihenfolge, nähert die Welt sich allmählich wieder dem Normalzustand.

»Wie wär's mit ein bisschen frischer Luft?«, schlägt Logan schließlich vor.

Ich nicke stumm und er hilft mir auf. Meine Beine fühlen sich kräftiger an, als ich erwartet habe, und mit Logans Hilfe gehe ich die wenigen Schritte bis zur Tür. Als wir nach draußen treten, knallt die Sonne mit voller Wucht auf meine Netzhaut, und ich muss mehrfach blinzeln. Allmählich kann ich wieder klar sehen, aber der Strand, der da vor uns liegt, kommt mir völlig unbekannt vor. Gelbes Absperrband umgibt den Tauchladen, das Außengelände und vielleicht fünfzig Meter Strand. Vor dem Band haben sich zahlreiche Schaulustige versammelt. Schwarz gekleidete Männer, die ich noch nie zuvor gesehen habe, sorgen dafür, dass sie bleiben, wo sie sind.

Wie auf Kommando drehen nun alle die Köpfe in Richtung Wasser. Das leise Gemurmel der Menschenmenge schwillt an und wird immer lauter, bis der Lärm den gesamten Strand in Beschlag nimmt.

»Wir gehen vielleicht besser wieder rein«, sagt Logan und zieht mich am Arm zurück.

Ich beachte ihn nicht und drehe mich um, starre in die gleiche Richtung wie alle anderen. Mit angehaltenem Atem sehe ich, wie sich ein Boot mit drei Männern – Doug in einem Neoprenanzug aus dem Laden und zwei Unbekannte ganz in Schwarz –

dem Strand nähert. Als sie den Motor ausschalten und aussteigen, erkenne ich, dass sie nicht allein an Bord waren. Sie hieven einen großen, schweren schwarzen Sack aus dem Boot. Nur wenige Sekunden später bekommen sie Unterstützung von anderen Schwarzgekleideten, die sich beeilen, den schwarzen Sack zu verhüllen. Erst jetzt wird mir klar, was das ist.

Lucys Leichnam.

Ein Schauder läuft mir den Rücken hinunter. Logan zieht mich an sich, und wir sehen zu, wie die Männer Lucys sterbliche Überreste zu dem verbeulten Krankenwagen schleppen, der am Rand des Strandes parkt.

Ich weiß nicht mehr, wie ich in den Tauchladen zurückgekommen bin, aber irgendwie muss ich es geschafft haben. Alle sind jetzt da. Logan, Greta, Doug, Neil, Brooke und noch ein Mann, den ich nicht kenne. Er ist hager, trägt einen Schnurrbart und ein schlecht sitzendes weißes Hemd. Sein Englisch klingt sehr steif und durch seinen starken Thai-Akzent ist er fast nicht zu verstehen. Eine Schweißperle bahnt sich ganz langsam ihren Weg durch die zotteligen Haare auf seiner Oberlippe und ich bin wie hypnotisiert, unfähig, den Blick davon abzuwenden.

»Wi' bring Lei'he zu Wa'he jetzt. Wa'he hat …« Er verstummt, sieht Hilfe suchend Doug an und murmelt ein Wort auf Thai.

»Leichenkammer«, hilft Doug nach.

»Lei-he-kamma.« Das scharfe CH stellt den Mann vor große Probleme. »Wi' bring Frau da. Wi' prufen, warum sie tot. Wi' komm morge' zuruck, stell' F'agen, wenn wi' hab E'gebnis«, sagt er ohne großen Nachdruck.

Als klar ist, dass der Mann keine weiteren Informationen für uns hat, bringt Doug ihn nach draußen. Anschließend zieht er sehr bewusst die Tür ins Schloss.

Ich spüre Logans warmen Körper neben mir, sein Arm liegt dicht an meinem. Ich verlagere mein Gewicht ein wenig, unmerklich nur, aber genug, um ein wenig Abstand zwischen uns zu schaffen. Auf der anderen Seite sitzt Brooke neben mir. Unsere Finger sind ineinander verschränkt. Als ich wieder in den Laden gekommen bin, hat sie sehr schnell meine Hand ergriffen, und trotz des Grauens, das uns umgibt, spüre ich die Wärme zwischen unseren Handflächen.

Es dauert einige Augenblicke, bevor jemand das Wort ergreift.

»Moment mal«, sagt Brooke, als würde sie es wirklich nicht verstehen. »Die Polizei will also einfach abfahren, ohne jemanden zu befragen? Nicht einmal Cass?«

Sie sieht mich mitfühlend an und ich wende mich ab. Ich merke, wie Logans Arm sich verspannt.

Nur Doug schüttelt den Kopf. Dann räuspert er sich und scheint damit Brookes Fragen endgültig abzuwürgen. Er blickt die anderen an.

»Wir müssen uns überlegen, wie wir damit umgehen wollen.« Er hält inne und wartet offensichtlich darauf, dass ihm irgendjemand beipflichtet. Er wartet vergeblich. Dann schaut er auf seine Armbanduhr. »Wir müssen diese Angelegenheit so diskret wie irgend möglich behandeln, so lange, bis Frederic hier ist.«

»Aber die ganzen Leute«, wendet Greta mit blutunterlaufenen Augen ein. »Alle wissen doch, dass etwas passiert ist. Sollten wir nicht doch irgendeine Erklärung abgeben?«

»Frederic hat gesagt, dass wir abwarten sollen.« Doug zuckt mit den Schultern. »Falls jemand fragt, dann können wir ja einfach sagen, dass es einen Unfall gegeben hat.«

»Ein Unfall.« Es dauert einen Moment, bis mir klar wird, dass das Brookes Stimme ist. In ihren Worten liegt eine Härte, die ich noch nie von ihr gehört habe. Sie lässt meine Hand los. Urplötzlich durchdringt Kälte meine Haut, aber ich weiß nicht, ob es an ihren Worten liegt oder daran, dass sie die Finger gelöst hat. »Genau wie bei der anderen.«

Ich weiß natürlich, wen sie damit meint. Die Frau, die wenige Tage vor Brookes Ankunft auf Koh Sang am Khrum Yai abgestürzt ist. Bei unserer Wanderung neulich hat sie ständig nach ihr gefragt, wollte wissen, wie sie war, ob ich glaube, dass sie Selbstmord begangen hat, ob es überhaupt vorstellbar ist, dass sie so weit vom Pfad abgewichen ist, dass sie abstürzen konnte. Ihre Fragen haben mir Bilder von Jacinta ins Bewusstsein geholt. Ihre kastanienbraunen Locken, ihre großen braunen Augen, die Aufmerksamkeit, die ihr jedes Mal sicher war, wenn sie einen Raum betreten hat ... genau wie bei Brooke. Sie waren einander ähnlicher, als Brooke es sich vorstellen kann.

Ich habe auf Brookes Fragen nicht geantwortet, weil ich nicht wusste, wie. Ich habe behauptet, dass ich Jacinta gar nicht gekannt habe, dass wir uns nie begegnet sind. Natürlich ist es mir schwergefallen, Brooke anzulügen, aber das war immer noch besser, als ihr die Wahrheit zu sagen. Denn dann wären die nächsten Fragen unausweichlich gewesen und ich hätte mich rettungslos darin verheddert.

Aus dem Augenwinkel sehe ich, wie Logan ruckartig den Kopf hebt und Brooke, die am Tresen lehnt, anstarrt.

»Ja, genau. Ein Unfall«, erwidert er kühl. »Wir haben hier eine Insel mit starken Strömungen und felsigen Klippen. Kombiniert man das mit einem Haufen kleiner Kinder, die viel zu viel trinken und zum ersten Mal im Leben alleine reisen, dann kommt am Ende genau das dabei raus. Unfälle.«

Mein Magen ballt sich zusammen, als ich merke, wie der Ärger in Logan aufwallt. Er muss das nicht erklären. Den Permanenten ist allen klar, was passieren wird, wenn die Polizei feststellt, dass Lucys Tod *kein* Unfall war. Die zweideutigen Schlagzeilen, die stornierten Buchungen, die Umsatzeinbußen. Das Resort kann sich das nicht erlauben. Genauso wenig wie wir.

»Es kommt mir eben wie ein riesiger Zufall vor ...« Brooke verstummt, aber die Entrüstung in ihrer Stimme ist nicht zu überhören. Sie ist ein Mensch, der immer seine Meinung sagt. Das war ein Grund, weshalb ich mich von Anfang an zu ihr hingezogen gefühlt habe. Dieses Selbstbewusstsein, mit dem sie jeden ihrer Gedanken äußert, ohne sich darum zu scheren, ob die anderen ihrer Meinung sind oder nicht. Aber die Wut, die jetzt hinter ihren Worten zum Vorschein kommt, hat eine andere, eine neue Qualität.

»Ich … ich habe was gesehen«, sage ich, um den heraufziehenden Streit schnell wieder zu beenden. Meine Stimme klingt so leise, dass ich mir unsicher bin, ob mich überhaupt jemand gehört hat, so lange, bis Greta sich zu mir umdreht.

»Was hast du gesehen?«

Vor meinem geistigen Auge taucht der metallische Gegenstand am Meeresgrund auf. Wie er leicht und doch fest in meiner Hand gelegen hat. Ich vertreibe das Bild wieder.

»Sie war verletzt.« Ich kann die Blicke der anderen deutlich spüren. Sie wollen, dass ich weiterrede. »Sie hatte eine Schnittwunde auf der Stirn«, schiebe ich hastig hinterher. Die Aufmerksamkeit wärmt mir die Wangen. »Und ich glaube, sie hatte blaue Striemen am Hals.«

Neil, der bis jetzt am Tresen gelehnt hat, richtet sich auf. »Wie haben diese blauen Striemen genau ausgesehen?«

»Ich bin mir nicht sicher, aber … es waren so schmale Streifen auf beiden Seiten. Wie … wie …« Ich kann nicht weitersprechen.

»Wie Handabdrücke?«, bringt Brooke meinen Satz zu Ende.

Ich nicke. Bis jetzt habe ich diesen Gedanken nicht zu denken gewagt, aber die blauen Abdrücke links und rechts an Lucys Hals konnten eindeutig von den Fingern zweier Hände stammen. Als hätte sie jemand von hinten gewürgt oder ihr gewaltsam den Kopf unter Wasser gedrückt. Ich kneife die Augen zusammen und versuche, die Bilder aus meinem Kopf zu vertreiben.

»Hast du die Striemen auch gesehen, Doug?«, erkundigt sich

Greta. Ihre Stimme klingt gehetzt. »Als du der Polizei geholfen hast, die Leiche zu bergen?«

Doug schüttelt langsam den Kopf, die Lippen zu einem schmalen Strich zusammengekniffen. »Nein. Aber um ehrlich zu sein, ich habe sie auch so wenig wie irgend möglich angeschaut. Als ich sie hochgeholt habe, habe ich sie von hinten gepackt. Da habe ich von ihrem Gesicht oder ihrem Hals kaum etwas gesehen.«

»Vielleicht hat die Wunde auf ihrer Stirn ja gar nichts damit zu tun«, mutmaßt Greta leise. Ihr Gesicht wirkt noch blasser als sonst. »Sie könnte auch während der Party schwimmen gegangen sein. Vielleicht war sie betrunken oder hat andere Drogen genommen. Vielleicht ist sie mit dem Kopf gegen einen Felsen oder ein Korallenriff gestoßen und hat das Bewusstsein verloren.«

»Aber die blauen Striemen?«, hakt Brooke nach.

Greta zuckt mit den Schultern. »Womöglich hat sie die schon vorher gehabt. Oder …«

Sie bringt ihren Satz nicht zu Ende, und ich merke, wie alle Blicke sich auf mich richten. Erst kurz nach den anderen wird mir klar, was sie damit sagen will.

Vielleicht gibt es die blauen Striemen gar nicht. Vielleicht habe ich sie mir eingebildet.

»Der Schock kann im Gehirn die verrücktesten Dinge anstellen«, schiebt Greta in beschwichtigendem Tonfall hinterher.

»Da muss ich ihr recht geben«, ergänzt Neil. »Da unten kann es schon passieren, dass das Wasser deine Wahrnehmung beeinträchtigt, besonders bei schlechter Sicht. Diese blauen Striemen könnten alles Mögliche gewesen sein, eine Lichtbrechung vielleicht oder ein Schmutzfleck auf deiner Maske.«

Ich nicke. Das weiß ich alles. Ich versuche, mich an den Moment zu erinnern, wo ich die Abdrücke an Lucys Hals bewusst wahrgenommen habe.

Da ist so vieles passiert. Der Schock, als ich sie tot vor mir gesehen habe, dann dieses Ding direkt neben ihr und dann Daniels überhasteter Aufstieg. Ich muss an die Tablette denken, die ich heute Morgen genommen habe. Ich weiß genau, welche Nebenwirkungen Xanax haben kann. Ich weiß, dass es das Erinnerungsvermögen beeinflussen kann. Und wenn sie nun wirklich keine blauen Striemen am Hals hatte? Wenn ich mir das nur eingebildet habe?

»Stimmt«, sage ich schließlich, nachdem ich die verschiedenen Möglichkeiten abgewogen habe. »Es könnte wirklich alles Mögliche gewesen sein – vielleicht auch ein paar geplatzte Adern, die sich durch die Haut abgezeichnet haben? Ich weiß auch nicht.«

Neil lässt ein aufmunterndes Nicken sehen, und ich merke, wie Logan mir wieder den Rücken streichelt, doch dann geht mein Blick zu Brooke. Sie hat die Stirn in Falten gelegt.

»Das war für uns alle ein schrecklicher Tag, besonders für Cass«, sagt Greta und wendet sich an Doug. »Was meinst du, können wir sie nicht einfach nach Hause schicken?«

Ich sehe sie dankbar an und sie erwidert meinen Blick mit einem liebevollen Lächeln.

Doug räuspert sich und verleiht seiner Stimme so etwas wie Autorität. »Selbstverständlich. Die Polizei bekommt die Obduktionsergebnisse frühestens morgen, und sie haben ja gesagt, dass sie uns heute keine weiteren Fragen mehr stellen wollen. Wir sind jetzt alle schon seit Stunden hier.«

Ich werfe einen Blick durch das schmale Fenster des Tauchladens und sehe, wie die Sonne allmählich in Richtung Meeresoberfläche sinkt, wie der Himmel in ein leuchtendes Violett getaucht wird.

»Am besten gehen wir nach Hause und erholen uns. Der Tauchladen ist vorerst geschlossen«, sagt Doug.

»Gute Idee«, pflichtet Logan ihm bei. »Das Frangipani bleibt auch zu, aus Respekt. Am Tag nach der Vollmondparty ist es sowieso immer ziemlich leer.« Er sieht mich an. »Dann bringen wir dich mal nach Hause.«

Wir verabschieden uns voneinander, dann schließt Doug den Laden ab, Brooke geht zurück in ihr Zimmer und wir anderen steuern unsere Motorräder an.

»Komm mit, Liebes.« Logan bringt mich zu seinem Motorrad. »Du fährst lieber nicht selber. Ich hole deine Mühle später ab.«

Ich quetsche mich hinter ihm auf die Sitzbank und schlinge die Arme um seinen kräftigen Oberkörper. Dann lasse ich den Kopf an seinen Rücken sinken. Mit einem Mal bin ich total erschöpft.

Er fährt vom Parkplatz und ich nehme die Beine hoch. Dabei spüre ich eine Berührung an meiner Hüfte. Kaltes Metall reibt durch den dünnen Stoff meiner Shortstasche an meiner Haut.

Und schlagartig bin ich wieder unter Wasser, neben Lucys Leichnam, und hebe das glitzernde Ding vom Meeresboden auf. Tamar und Ariel befinden sich hinter mir und können es nicht sehen, weil meine Sauerstoffflasche ihnen die Sicht versperrt.

Ich wische den Sand ab, aber noch während ich das tue, ist mir klar, was ich da in der Hand halte.

Ein perfekter goldener Kreis. Ich drehe ihn so, dass ich die Worte lesen kann, die auf der Innenseite eingraviert sind, obwohl ich bereits weiß, wie sie lauten werden.

Wir zwei, für immer.

Die Worte, die Logan in unsere Verlobungsringe hat eingravieren lassen. Unsere Version von *Ich liebe dich.*

Während der Wind mir ins Gesicht weht, geht mir wieder die Frage durch den Kopf, die ich mir schon den ganzen Tag stelle.

Wie kommt Logans Ring direkt neben Lucys Leichnam?

KAPITEL 8

CASS

Als wir zu Hause ankommen, führt Logan mich wie eine frisch Operierte zur Haustür, und wir setzen uns auf die Couch. Er hebt meine Füße auf seinen Schoß und massiert sie sanft. Von außen betrachtet, muss es aussehen wie ein ganz normaler Abend, an dem Logan nicht arbeiten muss. Wir sitzen zusammengekuschelt auf der Couch und sehen uns eine Netflix-Doku an. Nur dass wir uns keine Netflix-Doku ansehen und das kein normaler Abend ist. Das wird mir durch die ängstliche Beklommenheit, die sich in meiner Magengegend zusammenballt, ununterbrochen bewusst.

»Ich kann einfach nicht fassen, was du da durchgemacht hast … dass du sie so … so gefunden hast«, sagt er und die Besorgnis ist ihm deutlich anzusehen. »Ich wünschte, ich hätte dir das abnehmen können.«

Ich lege ihm eine Hand auf den Arm, weiß nicht, was ich sagen soll.

»Ich meine, das ist doch Wahnsinn, findest du nicht?«, fährt Logan fort. »Zuerst die Frau, die vom Khrum Yai abgestürzt ist …« Bei diesen Worten zucke ich zusammen. »… und jetzt das.«

Schwer wie ein Stein liegt der Ring in meiner Tasche und zieht mich nach unten, sodass ich fast befürchte, in der Couch zu versinken. Ich sehe Logan an, wie er mit aufrichtiger Miene nach einer Erklärung für das alles zu suchen scheint.

Ich könnte ihm sagen, dass ich ihn gefunden habe. Unseren

Ring. *Seinen* Ring. Einen von zwei identischen, die er hat machen lassen. Ich weiß, dass es seiner ist, ich wusste es schon in dem Moment, als ich ihn aus dem Sand gefischt habe. Immer wieder geht mir der heutige Morgen durch den Kopf, der Moment, als ich mich entschieden habe, meinen Ring in der roten Schachtel zu lassen, die in der Schublade meines Nachttischchens liegt. Ich fand, dass er dort sicherer ist, wollte nicht riskieren, ihn im Wasser zu verlieren. Die Ironie des Ganzen trifft mich wie ein nasser Waschlappen im Gesicht.

Ich sollte ihn einfach fragen. Ich denke an Brooke und wie direkt sie ist. Sie würde keine Sekunde zögern, ihn damit zu konfrontieren. Sie würde diesem Gespräch ganz bestimmt nicht ausweichen und sich alle möglichen unrealistischen Erklärungen ausdenken, so wie ich das mache. *Vielleicht ist er heute Morgen schwimmen gegangen und der Ring ist ihm von der Kette gerutscht. Vielleicht gehört der Ring jemand anders, der sich zufälligerweise genau dieselbe Form mit genau derselben Gravierung ausgesucht hat.* Nein, Brooke würde ohne Umschweife auf ihr Ziel losgehen. *Logan, warum habe ich deinen Verlobungsring neben einem toten Mädchen im Wasser gefunden?*

Aber ich bin nicht Brooke. Die Vorstellung, Logan zur Rede zu stellen, tritt eine Welle der Übelkeit in meiner Magengegend los. Weil ich die Wahrheit gar nicht hören will. Nicht wenn sie das, was wir haben, verändern würde. Ich habe so hart für das alles – für ihn – gearbeitet. Und jetzt sind wir endlich verlobt. Wenn ich ihn verliere, was sollte ich denn dann machen? Nur durch ihn habe ich die letzten Jahre überhaupt durchgestanden, die Jahre, nachdem ich alles verloren hatte. Meine Mutter an den Brustkrebs, als ich dreizehn war, und dann Robin und meinen Vater an dieses Hotelzimmer. Als ich nach Koh Sang gekommen bin, hatte ich nichts: keine Familie, keine Freunde, keine Zukunft. Aber Logan hat das alles verändert.

Ich habe keine Ahnung, was ihn vor zwei Jahren, als wir uns

kennengelernt haben, eigentlich zu mir hingezogen hat. Ich war ungelenk und tollpatschig und dazu kaum in der Lage, einen vernünftigen Satz zusammenzustoppeln. Ein ganzes Jahr in Trauer und Einsamkeit hatte mich auf mein tierisches Wesen reduziert, und ich war gerade erst dabei, aus meinem Winterschlaf zu erwachen.

Nach allem, was in diesem Hotelzimmer geschehen war, wusste niemand etwas mit mir anzufangen, vor allem, weil sie alle einen ganz bestimmten Verdacht hatten. Und es half auch nichts, dass die Polizei mich aus Mangel an Beweisen hat laufen lassen, ohne jemals öffentlich zu erklären, was wirklich vorgefallen war.

Meine Großmutter war die einzige Rettung gewesen. Darum habe ich bei ihr gelebt, wobei wir uns, so gut es in diesem alten Haus im Bundesstaat New York eben möglich war, aus dem Weg gegangen sind. Ich bin mir nicht einmal sicher, ob das, was ich da gemacht habe, wirklich Leben war. Ich lag zusammengerollt auf meinem Bett, habe ununterbrochen an Robin gedacht und gelegentlich durch den Vorhangspalt nach draußen geschaut, zu den Reportermeuten am Ende der Einfahrt, die alle scharf darauf waren, einen hastigen Blick auf Amerikas neueste Superschurkin zu erhaschen. Es hat Monate gedauert, aber irgendwann haben sie schließlich das Interesse an mir verloren, ganz so, wie ich es gehofft hatte. Dann habe ich die Vorhänge ein kleines bisschen weiter aufgezogen, habe in die Welt da draußen geschaut und an all das gedacht, was Robin gerne gesehen hätte, aber nicht mehr sehen konnte. Und zwar wegen mir.

Ganz besonders eine Gegend war mir dabei immer wieder präsent: Südostasien. Das war Robins Traumziel, seit wir mit unserer Babysitterin einmal *The Beach* gesehen haben, lange bevor wir alt genug dafür waren. Ich habe keine besondere Sehnsucht danach entwickelt, aber Robins Begeisterung war schon immer sehr ansteckend gewesen.

Als meine Großmutter dann fast auf den Tag genau ein Jahr nach dem Tod ihres Sohnes endlich gestorben war und ihr Nachlass – der zusammen mit dem, was mein Vater hinterlassen hatte, eine stattliche Summe ergab – auf meinem Konto eingegangen war, habe ich als Erstes das Ticket gebucht. Einen einfachen Flug nach Phuket, gefolgt von einer achtstündigen Fährfahrt auf eine Insel, die Robin einmal erwähnt hatte, als sie sich auf den Hochglanzwebseiten diverser Reiseziele im Golf von Thailand herumgetrieben hatte: Koh Sang.

Obwohl ich von meiner mehrtägigen Reise total erschöpft war, konnte ich, als die Fähre sich der Insel näherte, meine müden Augen nicht von dem Anblick losreißen. Die pink schimmernden Berge, die sich Ehrfurcht gebietend aus dem Wasser erhoben. Eine Insel der Farben, so lebendig, dass sie mir beinahe die Netzhaut verbrannten. Ich kam mir vor, als würde ich nach einem Jahr voller Wintergrau direkt in die Sonne blicken.

Dann habe ich mich für einen Tauchkurs angemeldet, obwohl es mich große Überwindung gekostet hat. Ich selbst habe mich nie fürs Tauchen interessiert, aber Robin schon. Und diese Reise war ihre Reise. Also habe ich diesen Kurs gemacht, ohne mit irgendjemandem zu reden und ohne Blickkontakt zu den anderen Teilnehmenden oder meinem Tauchlehrer aufzunehmen. Er war ein charmanter rothaariger Engländer, in den alle Schülerinnen einschließlich meiner selbst ganz automatisch ein bisschen verknallt waren. Doch kaum hatte ich den ersten Atemzug unter Wasser gemacht, hatte ich das Gefühl, als würde sich in mir eine Schleuse öffnen. Eine Schleuse, die ich seit dem Tag, an dem Robin gestorben war, fest verschlossen hatte. Unter Wasser zu sein, bescherte mir so etwas wie Freiheit. Dort spielte es keine Rolle mehr, wer ich war oder was ich getan hatte. Das Einzige, was zählte, war das Tempo meines Atemzugs und die Sekunde, die verging, bevor ich wieder ausatmete.

Am Ende dieses ersten Tauchgangs war ich süchtig geworden.

Sobald ich den Anfängerkurs absolviert hatte, habe ich mich für den nächsten angemeldet und dann für den übernächsten, wodurch ich meiner Erbschaft eine kleine Delle verpasst habe. Die Tage habe ich unter Wasser verbracht und die Abende in meinem wandschrankgroßen Zimmerchen in den Terrace Rooms, wo ich das Lehrbuch gewälzt habe, das Neil mir gegeben hatte. Am Ende der ersten Woche hat Neil mich überredet, ihn in eine Kneipe zu begleiten, die sein Freund gerade erst eröffnet hatte, und wenige Stunden später saß ich auf dem Soziussitz seines Motorrads. Ich klammerte mich an ihn, während wir eine mit Palmen gesäumte Straße entlangfuhren, bis wir schließlich bei einer Bar ankamen, die nicht sehr viel mehr war als eine kleine gerodete Fläche mit einer Palmenhütte direkt am Rand des Dschungels.

»Das ist das Frangipani«, sagte Neil, nachdem er sein Motorrad vor dem Maschendrahtzaun, der das Gelände umgab, abgestellt hatte. »Mein Kumpel Logan hat es gerade frisch eröffnet. Hier treffen sich die ganzen Ausländer, die auf der Insel leben.«

Mit feuchten Achselhöhlen und Sand im Mund betraten wir die Kneipe und eine ganze Gruppe drehte geschlossen die Köpfe nach uns um: eine groß gewachsene blonde, skandinavisch wirkende Frau, ein schmuddeliger Surfer, dessen Haare so verfilzt waren, dass es schon beinahe Dreadlocks waren, eine blasse dunkelhaarige, ernst dreinblickende Frau, die als Einzige nicht lächelte, und Logan.

Sie begrüßten mich alle gleichzeitig, sodass meine Ohren die unterschiedlichen Akzente und Dialekte überhaupt nicht unterscheiden konnten. Ich verstand kein Wort.

Seit Jahren hatte ich mit meinem Erscheinen nicht mehr so viel Begeisterung ausgelöst, und ich empfand eine wachsende Zuneigung zu diesen Leuten, während ich jedes einzelne ihrer neugierigen Gesichter aufmerksam betrachtete. Mir war sofort klar, dass das hier etwas Besonderes war, dass in dieser Gruppe ein außergewöhnlich fester Zusammenhalt herrschte. Und für einen kurzen Augenblick kam ich mir wieder so vor wie am College, umgeben von lauter Menschen, die mich akzeptierten. Meine Mitbewohnerin, ihr Freund Eric und deren gemeinsame Freunde. Menschen, die mir das Gefühl gegeben haben, dass ich mehr, dass ich etwas Besonderes war.

Ich brachte nicht mehr heraus als ein schwaches »Hallo, ich bin Cass«.

Der Name fühlte sich irgendwie fremd an. Ich hatte ihn bei der Hotelanmeldung in das Formular eingetragen und seither erst einige wenige Male ausgesprochen. Ich war immer noch dankbar dafür, dass die Frau am Empfang nicht darauf bestanden hatte, meinen Reisepass zu sehen. Erneut jagte eine Hitzewelle durch meine Brust, während ich die Panik davor, entdeckt zu werden, hinunterschluckte. Ich machte mich darauf gefasst, dass meine Lüge jede Menge Anschuldigungen zur Folge haben würde, dass wissende Augen mich blitzschnell als Betrügerin enttarnen würden. Oder noch Schlimmeres.

Doch stattdessen hörte ich nichts anderes als Logans tiefe Stimme mit dem deutlich wahrnehmbaren schottischen Akzent.

»Also, es ist uns eine große Freude, dich kennenzulernen, Cass.« Es war geradezu berauschend, meinen Namen aus seinem Mund zu hören, und als er seine dunkelblauen Augen auf mich richtete, da schoss meine Körpertemperatur in ungeahnte Höhen. Teilweise sah ich nur noch schwarz, wie ein Fernseher kurz vor dem endgültigen Zusammenbruch. Und sobald ich ihn ansah, war mir klar: Das hier war nicht nur ein Ort, den ich besuchen würde. Koh Sang war ein Ort, an dem ich bleiben würde.

Und das tat ich dann auch. In den folgenden Monaten waren Logan und ich praktisch jede freie Minute zusammen. Er integrierte mich in sein Leben, in die Familie, die er sich auf dieser

Insel geschaffen hatte. Nachdem ich meine Prüfung zur Tauchlehrerin abgeschlossen hatte, stellte Frederic mich ein. Ich verbrachte jeden Abend am Tresen des Frangipani, wo Logan von den weiblichen Gästen schüchtern angehimmelt wurde. Und jeden Abend sah ich ihre Wangen knallrot anlaufen, wenn er sich über den Tresen beugte und mich küsste. Sie wussten, dass er sich für mich entschieden hatte, und ich wusste es auch.

Im ersten Jahr hatte das Frangipani durchaus zu kämpfen, da es ziemlich weit vom Trubel des Pho Tau Beach entfernt liegt. Logan hatte praktisch seine ganzen Ersparnisse drangegeben, um den Laden zu kaufen, darum habe ich ihn ein paar Monate lang unterstützt, damit er die Kreditzinsen bezahlen konnte. Mir machte das nichts aus, weil ich genügend Geld hatte, und irgendwann bekam Logan dann auch wieder Boden unter die Füße. Mithilfe der anderen Permanenten stellte er eine Werbekampagne auf die Beine, mit der er die Gäste der Ferienanlage überzeugen konnte, dass der Fußmarsch ins Frangipani sich lohnte. Er schaffte es sogar, das Frangipani als festen Bestandteil der offiziellen Kneipentour der Insel zu verankern.

Seit die Geschäfte gut gehen, bekomme ich ihn nicht mehr so oft zu Gesicht. An den meisten Abenden ist am Tresen kein Platz für mich frei, und darum verbringe ich immer mehr Abende zu Hause oder im Fitnessstudio des Resorts bei einem von Gretas Pilateskursen. Mehr Zeit ohneeinander hat automatisch eine gewisse Distanz geschaffen und daher auch mehr Möglichkeiten, dass sich andere Dinge zwischen uns schieben konnten. Vor ein paar Wochen habe ich sogar gedacht, ich hätte ihn ganz verloren. Aber das hat sich mit der Verlobung, mit dem Versprechen, dass wir den Rest unseres Lebens gemeinsam verbringen wollen, schlagartig wieder geändert.

Urplötzlich überfällt mich die Panik. Der Gedanke, dass er mich verlassen könnte, schnürt mir die Kehle zu. Genau wie vor ein paar Wochen. Ich habe versucht, diese Gefühle zu unterdrücken, alles, was passiert ist, zu vergessen. Ich darf nicht zulassen, dass sie wieder an die Oberfläche kommen, ganz besonders jetzt nicht. Ich huste leise, aber das macht es auch nicht besser.

»Alles okay?« Besorgt sieht Logan mich von der Seite an.

Ich nicke, obwohl bei mir gerade nichts, wirklich absolut gar nichts okay ist.

Er gähnt und reckt die Arme in die Luft. »Also, ich bin todmüde. Und du doch bestimmt auch. Was hältst du davon, wenn wir heute mal früh schlafen gehen? Morgen kommt Frederic an, dann gibt es bestimmt jede Menge Zeug zu regeln.« Er steht auf und ich will ihm hinterher, will ihn anflehen, mir zu versichern, dass sich nichts ändern wird, dass er nichts mit Lucys Tod zu tun hat. Aber ich bleibe regungslos sitzen, bis er bei der Schlafzimmertür angelangt ist. »Kommst du?«, erkundigt er sich.

Ich gehe ihm nach. Der Anblick des dunklen Ozeans jenseits unserer bodentiefen Fenster hat ausnahmsweise keinerlei positive Auswirkung auf meine Stimmung. Logan zieht bereits sein Hemd aus und wirft es in den Wäschekorb. Als er sich zu mir umdreht, bleibt mein Blick an dem gälischen Schriftzug hängen, den er sich quer über sein Schlüsselbein hat tätowieren lassen. *Chan eil tuil air nach tig traoghadh.* Als ich ihn das erste Mal mit nacktem Oberkörper gesehen habe, keine Woche nach unserer Begegnung im Frangipani, habe ich ihn gefragt, was das heißt. »Ist ein altes Sprichwort«, hatte er mir ins Ohr geraunt, während ich mit den Fingerspitzen die leicht erhöhte Hautpartie gestreichelt hatte. »Jede Flut geht irgendwann vorbei.« Damals hatte ich geglaubt, dass das alles einen tieferen Sinn ergab. *Ich hatte das Schlimmste überstanden.*

Aber jetzt, während mein Blick über ebendieses Tattoo schweift, werde ich von Kälte ergriffen. Das liegt nicht an dem Sprichwort, sondern daran, was auf der nackten Haut darüber fehlt. Die Halskette trägt er zwar immer noch, aber der Ring, den er erst vor wenigen Tagen auf ewig daran befestigt hatte, ist nicht mehr zu sehen.

Bevor ich etwas dagegen tun kann, purzeln die Worte aus meinem Mund. »Logan, wo ist dein Ring?«

Er blickt auf seine Brust hinab, als hätte ihn eine Kugel getroffen. Dann hebt er den Kopf und sieht mich schuldbewusst an. Ich weiche einen Schritt zurück, halte mich an unserer Kommode fest, um das Gleichgewicht nicht zu verlieren, und mache mich auf sein Geständnis gefasst.

»Ach Cass, es tut mir so leid.«

»Logan«, sage ich und hoffe inständig, dass er nicht weiterredet.

»Ich wollte das nicht …«

»Du musst nichts …«

»Als wir auf der Vollmondparty waren, hat Doug mich überredet, mich mit dieser bescheuerten Neonfarbe anzumalen.«

Was? Mein Herz schlägt so heftig, dass es jeden Moment meine Brust sprengen muss. Was redet er denn da, verdammt noch mal?

»Ich hätte einfach Nein sagen sollen. Ich meine, es ist ja total beknackt. Aber du weißt ja, wie Doug ist, wenn er sauer wird. Gestern Abend war wieder mal das beste Beispiel. Also hab ich's gemacht. Ich hab mein Hemd ausgezogen und mir ein paar dämliche Muster auf die Brust gemalt. Dabei muss die Kette aufgegangen sein, sodass der Ring rausgerutscht ist. Als ich nach Hause gekommen bin, hab ich die Kette in dem zusammengeknüllten Hemd wiedergefunden, aber keine Spur von dem Ring.«

Ich stehe einfach nur da. Hat er das eben wirklich gesagt?

Er kommt mit schnellen Schritten zu mir und umfasst meine Ellbogen. Seine dunkelblauen Augen sind nur wenige Zentimeter von meinen entfernt. »Es tut mir schrecklich leid, dass ich dir jetzt auch noch damit zur Last fallen muss, nach allem, was heute schon vorgefallen ist. Aber es war ein Versehen, ehrlich. Er liegt bestimmt irgendwo am Strand. Ich hole mir Hilfe und dann suchen wir ihn. Und finden ihn. Bestimmt.«

Brennende Tränen treten mir in die Augen, und dann rinnen sie mir über die Wangen, eine nach der anderen, ohne dass ich etwas dagegen tun kann.

»Oh Liebes. Ich finde ihn wieder. Versprochen.«

Logan drückt mich an sich, und ich lehne mich schluchzend an seine Brust, während ich das alles verarbeite: erst Lucy, dann den Ring, dann der Verdacht, dass Logan etwas mit Lucys Tod zu tun haben könnte, und jetzt das nagende schlechte Gewissen, weil ich ihm so etwas überhaupt zugetraut habe. *Ich* bin diejenige, die sich entschuldigen müsste.

Aber da gibt es noch etwas, was ich unbedingt wissen muss. Ich mache mich von ihm los.

»Dann hast du Lucy gestern Abend also gar nicht gesehen, oder? Bevor sie … du weißt schon.«

Er runzelt verwirrt die Stirn. »Ob ich Lucy gesehen habe?«, wiederholt er. »Ich … ich glaube nicht. Aber ich weiß nicht mal genau, wie sie ausgesehen hat. Klein und dünn, mit braunen Locken, hast du gesagt, stimmt's?«

Ich nicke und er gräbt die oberen Schneidezähne in seine Unterlippe. Denkt nach.

»Nein, ich kann mich jedenfalls nicht erinnern. Wieso?«

Ich stoße einen tiefen Seufzer der Erleichterung aus. »Nicht wichtig.« Meine Stimme klingt beinahe albern. Morgen oder übermorgen gebe ich ihm den Ring zurück. Ich sage einfach, dass ich ihn irgendwo am Strand gefunden habe. Mehr braucht er gar nicht zu wissen.

Weil Lucy den Ring gefunden haben muss, und zwar noch während der Party. Vielleicht wollte sie den Besitzer ausfindig machen, um ihn zurückzugeben. Vielleicht hat sie ihn auch absichtlich gestohlen. Mir wird klar, dass ich keine Ahnung habe, was für ein Mensch sie war. Jedenfalls muss sie den Ring in der Hand gehabt oder sonst irgendwo bei sich getragen haben, als sie später dann schwimmen gegangen ist. Und als sie ertrunken ist, hat sie ihn fallen lassen. So ist er auf dem Meeresboden im Sand gelandet. Klingt völlig nachvollziehbar.

Während die Anspannung von mir abfällt, ergreift mich die Erschöpfung. Ich breche in Logans Armen fast zusammen.

»Hoppla. Ich glaube, es wird Zeit, dass wir dich ins Bett bringen.« Mit einer einzigen Bewegung hebt er mich hoch und trägt mich wie ein Baby auf meine Seite des Bettes. Kaum liege ich unter der Decke, beugt er sich zu mir herab und gibt mir einen sanften Kuss auf die Stirn.

»Wir zwei, für immer«, sagt er.

»Wir zwei, für immer«, murmele ich und mache bereits die Augen zu.

Schnell überfällt mich der Schlaf und blendet alles andere aus, auch den stecknadelkopfgroßen Zweifel in meinem Hinterkopf.

KAPITEL 9
SONNTAG

BROOKE

Ich liege seit Stunden wach – den Großteil der Nacht, um ehrlich zu sein –, als ich die Textnachricht bekomme. Das erste Licht des Tages dringt zu dem einen Fenster meines Zimmers in den Coral-Bungalows herein.

Die Permanenten behaupten zwar steif und fest, dass Lucys Tod nichts weiter als ein Unfall war, aber ich glaube das nicht. Ich muss daran denken, wie Cass die Schnittwunde auf Lucys Stirn und die blauen Striemen an ihrem Hals erwähnt hat. Und wie schnell sie schon bei den ersten kritischen Fragen einen Rückzieher gemacht hat. Da war eine gewisse Verschlossenheit spürbar, irgendetwas, was sie nicht sagen wollte. Und dann ist da noch meine Begegnung mit Lucy. Wie sie mich vor meinem Zimmer abgefangen hat, um mit mir über die junge Frau zu sprechen, die vom Khrum Yai gestürzt ist. Wie verzweifelt und suchend sie mich angesehen hat.

Schon als ich auf diese Insel gekommen bin, wusste ich, dass hier eine Geschichte zu finden ist. Aber niemals hätte ich so etwas erwartet. Inzwischen spüre ich erneut dieses vertraute Kribbeln unter meiner Haut, diese Sehnsucht in meinen Fingerspitzen, die endlich auf einer Tastatur tanzen wollen.

Das Gefühl hatte ich seit meinem ersten Collegejahr nicht mehr. Damals habe ich mich in der Redaktion der Collegezeitung engagiert. Natürlich habe ich als Anfängerin immer nur den unwichtigen Kram bekommen – eine Restauranteröffnung in der Campuscafeteria, die neuen Snackautomaten im Wohnheim des zweiten Studienjahrgangs –, aber jeder Auftrag war eine Herausforderung. Ich war gezwungen, diese Ereignisse mit meinen Worten zum Leben zu erwecken, allen zu zeigen, weshalb sie es wert waren, sich mit ihnen zu beschäftigen.

Damals habe ich geglaubt, dass der Journalismus meine Zukunft sei.

Als ich angefangen habe zu reisen, lautete mein ursprünglicher Plan: freiberuflich für verschiedene Medien berichten und damit meine Reisen durch Osteuropa finanzieren. Ich habe mir vorgestellt, Geschichten vor Ort zu begleiten, im Augenblick ihres Entstehens: die Grenzstreitigkeiten, die ethnischen Konflikte, die nach wie vor bestehenden Rivalitäten, die auch Jahrzehnte nach Beendigung der Kriege weiterschwelten. Doch trotz unzähliger E-Mails und unangemeldeter Besuche in jeder Zeitungsredaktion, die ich im ehemaligen Ostblock ausfindig machen konnte, hatte ich kein Glück. Niemand wollte eine abgebrochene Collegestudentin ohne jede Schreiberfahrung beschäftigen.

So ist dann meine @BrookeaTrip-Identität entstanden. Die Geschichten über all die Orte, die ich besucht habe, die sind den Leuten völlig egal, aber eine spärlich bekleidete Frau mit einer stattlichen Anzahl von Instagram-Followern und akzeptablen fotografischen Fähigkeiten, die bereit ist, für ihre Produkte Werbung zu machen, das ist etwas, wofür sie sofort gutes Geld springen lassen.

Das hier allerdings, das könnte es sein. Durch Lucys Tod ist die Geschichte, die ich über diese Insel schreiben wollte, schlagartig sehr viel interessanter geworden. Da waren Gefühle und spannende Ungewissheit mit im Spiel, all die Dinge, die eine gute Geschichte braucht. Bestimmt würde die eine oder andere regionale – vielleicht sogar überregionale – Zeitung das aufgreifen. Das konnte mein großer Durchbruch werden.

Darum habe ich den Großteil des Vormittags – und einen nicht unerheblichen Teil der Nacht – damit zugebracht, die sozialen Medien nach irgendwelchen Hinweisen auf Lucys Identität zu durchforsten. Aber obwohl ich mir alle Mühe gegeben habe, anhand ihres Vornamens und ihrer blauen Augen, die sich fest in mein Gedächtnis eingebrannt haben, einen Hinweis zu entdecken, stehe ich immer noch mit leeren Händen da.

Als mein Handy piepst, springe ich fast über den kleinen Hotelschreibtisch in meinem Zimmer und strecke die Hand aus, so sehr giere ich nach Informationen. Es ist eine Nachricht von Cass, und ich merke, wie mein Herzschlag sich beschleunigt.

Die Polizei hat Doug gerade das Ergebnis der Obduktion mitgeteilt. Sie sagen, dass Lucy ertrunken ist. Keine Hinweise auf Fremdeinwirkung.

Meine Hand krampft sich um das Telefon und Wut steigt mir in die Kehle. Ich zwinge mich, sie wieder hinunterzuschlucken und tippe mit angespannten Fingern meine Antwort.

Können wir uns treffen?

Zehn Minuten später stehe ich schon vor dem Tauchladen, als Cass ankommt.

»Die Polizei glaubt also, dass es ein Unfall war?«, sage ich, sobald sie den Laden aufgemacht hat und wir uns auf die Bank an einer Seitenwand des Ladens gesetzt haben.

Cass weicht sofort ein Stück zurück und ich reiße mich zusammen und lasse meine Hände sinken. Ich darf nicht so aggressiv auftreten, vor allem nicht nach allem, was sie durchgemacht hat.

Den Fehler habe ich schon gestern im Tauchladen gemacht, wie mir nachträglich aufgefallen ist. Ich habe die Grenze des Bereichs überschritten, den diese Gruppe mir zugedacht hat: den der fröhlich-doofen Influencerin. Ich war zu laut, zu meinungsstark. Ich konnte spüren, wie sie sich von mir zurückgezogen haben.

Trotzdem kann ich nicht einfach stumm danebenstehen, wenn sie Lucys Tod als Unfall abtun wollen, obwohl alle Zeichen darauf hindeuten, dass es mehr war als das.

»Abgesehen von dem, was ich dir schon geschrieben habe, hat Doug nicht viel gesagt. Er geht davon aus, dass die Polizei noch keinen vollständigen Bericht geschrieben hat. Aber den hätten wir sowieso nicht zu lesen bekommen, da wir ja keine Angehörigen sind. Sie haben ihn lediglich angerufen und ihn gebeten, das Untersuchungsergebnis an Frederic weiterzuleiten, sobald er auf Koh Sang ankommt. Dann werden wir vermutlich mehr erfahren.«

»Haben sie die blauen Striemen an Lucys Hals irgendwie erwähnt?«

Cass lässt den Blick sinken und verzieht verlegen das Gesicht. »Doug hat gesagt, die Polizei hat nichts dergleichen gefunden. Ich schätze mal, es ist so, wie die anderen gestern gesagt haben. Ich muss wohl voreilige Schlüsse gezogen haben.«

»Aber die Schnittwunde auf ihrer Stirn? Die hast du doch gesehen, oder nicht?«

Ihr Mund ist ein schmaler Strich. »Sie glauben, dass sie sich an einem Felsen den Kopf gestoßen hat. Freitagabend hatten wir eine ziemlich starke Strömung und am Ufer gibt es etliche felsige Stellen.«

»Geht das alles nicht ein bisschen zu schnell?«, hake ich nach. »Ich meine, es ist ja noch nicht mal vierundzwanzig Stunden her, dass sie gefunden wurde.«

Cass bleibt stumm. Das dürfte mich nicht weiter überraschen. Sie ist mit ihrer eigenen Meinung eigentlich immer sehr zurückhaltend. Gelegentlich habe ich mitbekommen, dass einer der Permanenten eine Idee von sich gibt und sie dann sofort zustimmt.

Trotzdem weiß ich, dass ich recht habe. Ich denke zurück an die Gespräche zwischen Doug und dem verantwortlichen Polizeibeamten, die ich gestern aus der Ferne beobachtet habe, die Seitenblicke, die geraunten Wortwechsel. Ich finde, sie waren alle sehr stark daran interessiert, dass Lucys Tod ein Unfall war.

Frederic muss sie bestochen haben. Es war von vornherein klar, dass die Polizei Lucys Tod nicht als Mord betrachtet, weil Frederic das nämlich nicht will.

Jetzt spüre ich sie erneut. Die Wut von heute Morgen. Meine Fingernägel hinterlassen halbmondförmige Druckstellen in meinen Handflächen. Aber Cass soll das nicht bemerken, darum öffne ich mühsam die Hände, lege die Linke auf mein rechtes Handgelenk und spiele mit den Armbändern, die ich dort trage. Ich schiebe sie eines nach dem anderen erst hoch und dann wieder runter und unterdrücke meine Entrüstung.

»Sie untersuchen noch den Alkoholgehalt in ihrem Blut und ob sie Drogen genommen hat«, sagt Cass leise. »Es heißt, dass sie noch im Lauf des Tages die Ergebnisse bekommen.«

Ich höre kaum zu, denn ich weiß genau, wie die Ergebnisse ausfallen werden – genau so, wie Frederic es will: Lucy war betrunken oder high oder sonst was. Sie wollte schwimmen gehen, aber die Strömung war zu stark. Sie hat sich an einem Felsen den Kopf gestoßen, ist ertrunken und auf den Meeresboden gesunken, wo Cass sie schließlich entdeckt hat.

Eine einfache Erklärung. Eine, mit der alle zufrieden sind. Abgesehen von Lucy natürlich.

Unsere Blicke begegnen sich, und ich meine, in ihren Augen einen leisen Zweifel zu entdecken.

»Das glaubst du doch nicht wirklich, oder?«, frage ich sie, weil ich eine Gelegenheit wittere.

»Ich weiß auch nicht. Ich meine, es klingt ja eigentlich ganz logisch …«

»Wissen wir überhaupt, ob die Polizei Lucys Eltern angerufen hat? Ob sie ihre Familie verständigt hat?«

»Das weiß ich nicht«, gesteht Cass. »Aber das könnte auch ganz schön schwierig werden. Doug hat heute Morgen nachgesehen und gemerkt, dass Lucy auf dem Formular für den Tauchkurs keine Notfallnummer eingetragen hat. Keine Ahnung, wie ich das übersehen konnte. Normalerweise passe ich so gut auf …«

»Ihre Familie weiß also nicht Bescheid.« Ich tue so, als würde ich laut nachdenken. »Die glauben, dass sie immer noch am Leben ist. Das ist doch nicht richtig. Irgendjemand muss sie doch verständigen.«

Mit angehaltenem Atem warte ich auf ihre Antwort, aber sie starrt weiterhin ununterbrochen auf ihre Hände. Da erkenne ich meine Chance.

»Cass, wenn du Lucys Nachnamen kennst und weißt, in welchem Zimmer sie gewohnt hat, dann kann ich vielleicht ihre Eltern ausfindig machen.« Ich habe schon überlegt, ob ich mir Lucys Zimmernummer auf eigene Faust bei der Rezeption besorgen soll, aber ich weiß auch, dass Frederic den Rezeptionistinnen sehr klare Anweisungen gegeben hat. So etwas hätten sie mir niemals verraten. Für Cass hingegen, als Angestellte des Resorts, wäre das gar kein Problem gewesen.

Jetzt sieht sie mich mit ihren dunkelbraunen Augen an.

»Ihr Name war Lucy Dupin. Und ihre Zimmernummer kenne ich auch.«

Eigentlich hatte ich geglaubt, dass ich in den Wochen meines Aufenthalts hier das Resort gründlich kennengelernt habe, aber so weit wie jetzt bin ich noch nie vorgedrungen. Wir sind schon eine Viertelstunde unterwegs, und unsere Haut ist von dem Nebel, der schwer in der Luft hängt, schon ganz feucht geworden. Längst haben wir die Straße, die die Ferienanlage durchschneidet, überquert und auch den gewaltigen Partypool auf der Hügelspitze hinter uns gelassen.

»Wer einen Tauchkurs bucht, bekommt ein Zimmer in den Terrace Rooms gratis dazu«, sagt Cass zur Erläuterung. Ich war davon ausgegangen, dass sie mir einfach die Zimmernummer verrät, aber sie hat darauf bestanden, mitzukommen. Und wie hätte ich sie daran hindern sollen?

»Da die Zimmer nichts kosten, sind sie natürlich auf das Nötigste reduziert und außerdem sehr abgelegen«, fährt sie fort. »Wenn die Gäste merken, wie weit sie jedes Mal gehen müssen, sind sie in neun von zehn Fällen bereit, die eintausendfünfhundert Baht für ein Upgrade auf die Coral-Bungalows zu bezahlen. Und die liegen da unten ganz in der Nähe des Übungspools.«

Endlich haben wir die Terrace Rooms erreicht. Das Gebäude sieht ganz ähnlich aus wie das auf der Südseite des Resorts, nur ohne Balkons. Meine Oberschenkel brennen wie Feuer und meine Stirn ist schweißbedeckt. Wenn Lucy trotz dieses höchst beschwerlichen Fußwegs hier oben bleiben wollte, dann muss sie einen verdammt guten Grund dafür gehabt haben.

Cass bleibt vor dem Gebäude stehen und sieht sich nach allen Seiten um. Dieser Teil des Resorts scheint vollkommen menschenleer zu sein.

Wir steigen die Treppe hinauf bis in den zweiten Stock. Cass lässt mich vorgehen und folgt mir stumm. Als wir vor Zimmer Nummer 224 stehen – das ist die Nummer, die Cass auf Lucys Anmeldeformular gefunden hat –, stoße ich einen erleichterten Seufzer aus. Genau wie die anderen Zimmer des Resorts haben auch die Terrace Rooms richtige Türschlösser und nicht nur Magnetkartenfelder.

»Ich … ich hab keinen Schlüssel«, sagt Cass, als hätte ich mir nicht schon längst etwas überlegt.

»Kein Problem.« Ich ziehe zwei Haarnadeln aus meinem hastig zusammengebundenen Knoten, sodass meine Haare sich lösen und mir über den Rücken fallen. Die eine Nadel führe ich am unteren Rand des Schlosses ein, die andere, nachdem ich sie aufgespreizt und so platt wie möglich gedrückt habe, oben. »Das hat mir ein Freund meiner Mutter beigebracht«, sage ich, weil ich Cass' Neugier spüren kann.

Craig oder Carl oder so. Sein Gesicht ist mit dem der vielen anderen Männer verschmolzen, die in unserem Wohnwagen ständig präsent waren, dicker Bauch, unauffälliges Äußeres. Er war einer der wenigen Netten. Er hat nie etwas versucht.

Ich drehe und ziehe, warte auf das verräterische Geräusch und denke, wie jedes Mal, wie unfassbar einfach das ist. Dann macht es *klick*.

Leider ist die Tür erheblich schwerer zu bewegen als das Schloss. Das Holz hat sich durch die ständige Feuchtigkeit verzogen. Ich ramme mit der Schulter dagegen, spüre den Schmerz, als mein Knochen auf das Holz prallt, aber keinerlei Bewegung. Ich versuche es noch einmal, so fest, dass ich mir einen blauen Fleck einhandele, und trotzdem reicht es nicht.

»Komm, lass mich mal«, sagt Cass und bedeutet mir, zur Seite zu gehen.

Mit einer schnellen Bewegung lässt sie ihren Fuß herumschwingen und rammt ihn gegen die Tür. Sie gibt sofort nach.

»Alles klar«, sage ich, und mein Erstaunen ist mir deutlich anzuhören. Ich sehe Cass an. Ihre Augen blicken unschuldig, das typische scheue Lächeln umspielt ihre Mundwinkel, und ich kann gar nicht anders, als beeindruckt zu sein.

Wir betreten das Zimmer und ziehen die Tür hinter uns ins Schloss.

Es sieht total chaotisch aus. Jeder Quadratzentimeter des schrankgroßen Raums ist mit irgendwelchem Zeug belegt. Alle möglichen

Kleidungsstücke, Schuhe und Papiere sind auf dem flachen, hart wirkenden Bett ausgebreitet, das von einer Wand zur anderen reicht, und über dem Plastikventilator in der Ecke hängt ein T-Shirt. Das ganze Ensemble liegt im Schein der Nachmittagssonne, die durch den Mullvorhang vor dem einen Fenster dringt und die mit Schmutz verkrusteten Fugen zwischen den Bodenfliesen sichtbar macht.

Auf den ersten Blick wird klar, dass die Zimmer hier, trotz der Ähnlichkeit der beiden Gebäude, nichts mit den Gästezimmern weiter unten Richtung Strand zu tun haben.

»Wow, was für ein Drecksloch«, sage ich und hoffe inständig, dass Cass nicht merkt, wie knapp ich davor war, selbst in einem dieser Zimmer zu hausen. Wenn Frederic nicht irgendwann nachgegeben und mir das Zimmer in den Coral-Bungalows zum ermäßigten Preis überlassen hätte, dann wäre ich auch hier gelandet, im sogenannten Sibirien des Resorts. Ich versuche, nicht daran zu denken, wie sehr mich Lucys Zimmer an den Wohnwagen meiner Mutter in unserer Kleinstadt vor den Toren von Lexington erinnert. Noch ein paar verlotterte Regalbretter voll mit wertlosem Schnickschnack und dazu der allgegenwärtige Gestank nach Zigarettenrauch, der um meine gesamten Kindheitserinnerungen wabert, und schon wäre es hier genauso wie zu Hause.

»Während der ersten paar Wochen hier auf der Insel habe ich tatsächlich in so einem Zimmer gewohnt«, sagt Cass. »Als ich noch überlegt habe, ob ich dauerhaft auf Koh Sang leben will. Sieht so aus, als hätten sie seither nicht viel verändert.« Ein Hauch von Nostalgie schleicht sich in ihre Worte, und zum zweiten Mal innerhalb weniger Minuten versuche ich, meine Überraschung zu verbergen. Cass hat Geld, das ist eindeutig. Selbst auf einer abgelegenen Insel voller Rucksacktouristen lässt sich das schlicht und einfach nicht verbergen. Es ist ihr anzusehen, an ihrer Haltung, ihrem ganzen Auftreten. Ich hätte niemals gedacht, dass sie in einem von diesen Zimmern hier abgestiegen ist.

Neben der Tür steht ein riesiger Rucksack. Ich bücke mich, um ihn etwas näher in Augenschein zu nehmen, und stelle fest, dass irgendjemand ihn an den Nähten aufgerissen hat, so, als wäre er zu ungeduldig gewesen, um sich mit dem Reißverschluss abzumühen. Jedenfalls quillt der Inhalt des Rucksacks auf die verdreckten Bodenfliesen.

»Hier war jemand drin«, sagt Cass leise. »Ich kann mir nicht vorstellen, dass Lucy ihr Zimmer so hinterlassen hätte.«

Ich nicke und werfe noch einen Blick auf die aufgerissenen Nähte, die achtlos im Zimmer verstreuten Dinge. Ich weiß fast nichts über Lucy, aber trotzdem … sie war bestimmt nicht der Typ, der seine Habseligkeiten sinnlos in Stücke reißt.

Irgendjemand hat hier drin nach irgendetwas gesucht. Und er – oder sie – hat es eilig gehabt.

»Vielleicht ist es besser, wenn wir nichts anrühren«, denke ich laut nach. Ich habe genügend Krimiserien gesehen, um zu wissen, dass wir, wenn wir überall unsere Fingerabdrücke hinterlassen, die Ermittlungen behindern könnten.

Cass schüttelt den Kopf. »Die Polizei wird ihre Einschätzung nicht ändern.«

Und ich weiß, dass sie recht hat. Die interessieren sich nur für Frederics Geld.

»Okay«, sage ich resigniert. »Dann lass uns mal anfangen.«

Cass habe ich erzählt, dass ich die Kontaktdaten ihrer Eltern haben möchte. Und das stimmt auch. Aber außerdem bin ich auf der Suche nach allem, was mir verraten kann, wer Lucy wirklich war und warum sie hierhergekommen ist. Nach allem, was darauf hindeuten könnte, warum sie womöglich ermordet wurde … oder warum sie neulich so dringend mit mir reden wollte. Ich verbringe ein paar Minuten damit, die Klamotten in und um den Rucksack zu durchwühlen. Eine Handvoll T-Shirts, ein Schlafanzug, ein Flip-Flop – der zweite liegt wahrscheinlich irgendwo im Zimmer –, drei Bikinis und ein Haufen Unterwäsche und BHs. Haargenau das, was man erwarten würde.

»Hast du was gefunden?«, frage ich Cass, die ein paar Papiere in der Hand hält. Ihr Gesichtsausdruck lässt sich nicht deuten.

»Das sind alles Ausdrucke von der Resortwebseite«, sagt sie schließlich und reicht mir den Stapel. Ich blättere ihn durch. Es sind gesammelte Informationen über die verschiedenen angebotenen Tauchkurse, die unterschiedlichen Zimmertypen und dazu die Lebensläufe zweier Tauchlehrer. Als Erstes habe ich Neil mit seinem breiten Lächeln und leicht geöffneten Sommersprossenlippen vor mir. Von der zweiten Seite blickt Cass mich an. Sie trägt ein rotes Mitarbeitershirt und lässt ein halbherziges Lächeln sehen. Aber in ihren Augen liegt ein gewisses Unwohlsein, als hätte sie in diesem Moment sehr viel lieber irgendetwas anderes gemacht, als sich fotografieren zu lassen.

»Warum sie die wohl aufbewahrt hat?«, sinniert Cass.

Ich schüttele verwundert den Kopf und gebe ihr die Blätter zurück. Dann gehe ich die wenigen Schritte ins Badezimmer. Cass starrt derweil die Papiere an, als wären es völlig unbekannte Objekte.

Das Badezimmer enthält nicht mehr als eine Toilette, ein Waschbecken, einen Duschschlauch und einen viel zu kleinen Bodenabfluss. Durch einen verschimmelten blauen Vorhang wird es vom Rest des Zimmers abgetrennt.

Ich fange mit dem Waschbecken an. Der kleine Schminkbeutel, der auf dem Rand balanciert, enthält die üblichen Billigartikel: Mascara, Lidschatten, Rouge und einen hellpinkfarbenen Lippenstift.

Auf der linken Seite des Waschbeckens liegt eine blaue Zahnbürste und an einem Regal hängt ein Handtuch. Es ist noch feucht. Ich lasse den Blick schweifen und entdecke auf dem Fußboden, gleich neben dem kleinen Abfalleimer, etwas Violettes. Ich bücke mich und hebe das Ding auf. Meine Finger streifen das harte Plastik, während mein Gehirn versucht, diesen Fund zu verarbeiten.

Es ist eine zweite Zahnbürste. Dunkelviolett mit weiß-lila Borsten. Sie hat mit den Borsten nach unten auf den Fliesen gelegen, als ob sie versehentlich heruntergefallen wäre. Ich sehe wieder die blaue Zahnbürste an. Wieso hatte Lucy zwei davon?

Ich gehe nach draußen. »Ich hab was gefu…«

Bevor ich weiterreden kann, packt Cass mich an der Hand und starrt mich warnend an. Sie legt den Finger auf die Lippen, damit ich leise bin.

Verwirrt blinzele ich sie an, und sie deutet zur Zimmertür. Dann zieht sie mich zu Boden, bis wir flach hinter dem Bett liegen.

Ich rühre mich nicht von der Stelle und halte den Atem an, als ich nur wenige Meter von der Tür entfernt das leise Stakkato von Schritten wahrnehme. Die billigen Sperrholzwände dämpfen das Geräusch so gut wie gar nicht. Das Licht ist ausgeschaltet und das einzige Fenster wird immer noch von dem Mullvorhang verdeckt, aber trotzdem treibt die aufkeimende Panik meinen Puls nach oben. Ich sehe Cass an. Wenn sie nicht gewesen wäre, dann hätte die Person da draußen mich gehört und hätte gewusst, dass wir hier drin sind.

Sie hat uns vor wem auch immer gerettet.

»Die Putzleute können das nicht sein«, haucht Cass mir ins Ohr. »Die freien Zimmer machen sie nur einmal in der Woche, immer samstags.«

Ich wage nicht zu atmen, während die Schritte näher kommen, bis sie direkt vor unserer Tür anzukommen scheinen.

Und dann bleiben sie stehen.

KAPITEL 10

CASS

Es ist vollkommen still. Nur mein Herz pocht so laut und wild, dass ich befürchte, der Eindringling könnte es hören.

Ein leises metallisches Schaben ertönt, als die Türklinke gedrückt wird.

Ich weiß nicht mehr, ob diese Türen sich automatisch verriegeln, aber wenn nicht, dann steht fest, dass wir gleich entdeckt werden. Dann wird, wer immer da vor der Tür steht, uns schmutzig und zerknirscht auf dem Fußboden liegen sehen.

Die Sekunde, die es dauert, bis die Klinke verharrt, scheint eine ganze Ewigkeit anzuhalten. Ich spanne jeden einzelnen Muskel an, während ich auf das Klicken warte, das mir verrät, dass gleich jemand das Zimmer betreten wird.

Doch es kommt nicht.

Der Eindringling scheint ebenso überrascht zu sein wie wir. Er drückt immer wieder die Klinke, seine Bewegungen werden schneller und kräftiger, bis er, so fest er nur kann, an der Klinke rüttelt.

Ich halte die Luft an, wage nicht einmal auszuatmen, als könnte ich damit der Tür den letzten Schubs verpassen, den sie braucht, um aufzuschwingen. Ich drehe mich zu Brooke um. Sie starrt mich an, und mir ist klar, dass sie die nackte Panik auf meinem Gesicht erkennen kann. Wir brauchen keine Worte. Es ist eindeutig, dass die Person auf der anderen Seite der Tür nicht mit freundlichen Absichten hergekommen ist.

Nachdem gefühlt etliche Stunden vergangen sind – realistisch betrachtet können es nicht mehr als ein paar Sekunden gewesen sein –, gibt der Eindringling auf. Während die Schritte sich allmählich entfernen, höre ich undefinierbares Gemurmel, vielleicht ein Schimpfwort.

Wir bleiben liegen und warten darauf, dass unser Herzschlag sich wieder normalisiert. Ganz langsam entspanne ich meine Muskeln, aber erst nachdem ich ganz sicher bin, dass niemand mehr in der Nähe ist, wage ich es, mich zu bewegen.

Brooke ist mir weit voraus und läuft schon zum Fenster, bevor ich überhaupt aufgestanden bin.

»Nicht!«, flüstere ich ihr eindringlich zu, aber entweder hat sie mich nicht gehört oder sie ignoriert mich bewusst. Sie hat bereits den Vorhang ein Stück beiseitegezogen und schaut hinaus.

»Komm her, schnell.«

Ich haste zum Fenster und sehe, was sie sieht. Ein Mensch, der mit zügigen Schritten die Stufen der Eingangstreppe hinuntergeht. Die Entfernung ist so groß, dass ich keine Einzelheiten ausmachen kann. Das einzig Erkennbare ist das schwarze Kapuzenshirt, das den Hinterkopf der Person verhüllt. Kein vernünftiger Mensch würde bei diesem Wetter so ein Shirt tragen. Es sei denn, er möchte nicht erkannt werden.

Ich sehe, dass Brooke etwas in der Hand hält, etwas, das so interessant ist, dass sie jetzt den Blick vom Fenster abwendet.

»Was ist das?«, will ich wissen.

»Den habe ich unter dem Bett gefunden, als wir auf dem Boden gelegen haben«, erwidert sie. »Er war zwischen dem Bettrahmen und der Wand eingeklemmt. Wahrscheinlich ist er durch den Spalt gerutscht.«

Sie schiebt mir das Ding in die Hand, die – wie ich jetzt erst feststelle – sichtbar zittert. Ein kleines laminiertes Rechteck aus Plastik. Im Licht, das durch den Vorhangspalt hereinfällt, erkenne ich Lucy, die mir von einem Passfoto entgegenstarrt. Bei der Aufnahme muss sie etliche Jahre jünger gewesen sein als bei unserer Begegnung, und ein leises Lächeln umspielt ihre Mundwinkel, ein Lächeln, das ich während des Tauchkurses nie bei ihr gesehen habe.

Ein Hologramm huscht über die Ausweisoberfläche und taucht Lucys Gesicht in wabernde Pinktöne, die die Sonne widerspiegeln. Als mir klar wird, was ich da vor mir habe, fange ich trotz der stickigen Hitze im Zimmer an zu zittern.

Das ist ein Personalausweis. Aber er gehört nicht Lucy Dupin aus Australien. Sondern Lucy Taylor, achtzehn Jahre alt, aus Greymouth, Neuseeland.

Schweigend und in Gedanken versunken, verlassen wir die Terrace Rooms. Es ist inzwischen noch schwüler als heute Morgen und am Horizont sehe ich einen Blitz über den Himmel zucken. Solche Gewitterstürme sind nichts Besonderes. Sie kommen in der Regenzeit täglich vor, aber für gewöhnlich dauern sie nicht länger als zwanzig Minuten.

Als wir am Partypool vorbeikommen, wo heute Gott sei Dank nur wenig Betrieb herrscht – ob wegen des heraufziehenden Regens oder wegen Lucys Tod lässt sich nicht genau sagen –, breche ich das Schweigen.

»Warum hat Lucy sich einen falschen Namen zugelegt? Warum hat sie die Seiten mit den persönlichen Angaben über die Tauchlehrer ausgedruckt? Und wer wollte in ihr Zimmer eindringen?«

Mit jeder neuen Information scheinen immer neue Rätsel aufzutauchen. Und natürlich beschäftigen mich auch Fragen, die ich gar nicht laut stellen kann. Beispielsweise, ob die Person, die Lucy ermordet hat, dieselbe ist, die mich verfolgt. Und ob alle diese Vorfälle irgendwie miteinander zusammenhängen. Ist es womöglich meine Schuld, dass dieses Mädchen sterben musste?

Brooke sieht mich an und will mir gerade antworten, da rollt ein mächtiger Donnerschlag durch das Resort, und der Himmel öffnet seine Schleusen.

Ohne irgendetwas zu sehen, sprinten wir den Pfad entlang, der von der Hauptstraße zum Strand führt. Kalte Regentropfen prasseln uns auf den Rücken und bilden einen verstörenden Gegensatz zu der vor feuchter Hitze berstenden Luft. Ich bin diesen Weg im Lauf der letzten zwei Jahre Hunderte Male gegangen und würde ihn auch mit verbundenen Augen finden, also bringe ich Brooke sicher zurück in den Tauchladen. Dort haben wir unsere Sachen gelassen, bevor wir uns auf den Weg zu Lucys Zimmer gemacht haben. Kaum sind wir drin, knalle ich die Tür zu. Das Prasseln des Regens wird zu einem gedämpften Trommeln auf dem Dach des Ladens. Als ich sehe, dass wir alleine sind, atme ich erleichtert auf. Der Tauchladen hat sonntags geschlossen. Trotzdem … die Erinnerungen an gestern, die Panik, der Schock, das alles hängt noch schwer in der Luft, so realistisch, dass ich es beinahe schmecken kann.

Ich schnappe mir aus dem hinteren Teil des Ladens zwei Handtücher und gebe eines davon Brooke, damit sie sich das Gesicht abtrocknen kann.

»Und was machen wir jetzt?«, erkundige ich mich, während ich mich in mein Handtuch hülle. Gleichzeitig trifft mich die beschämende Erkenntnis, dass ich mich inzwischen weitgehend voll und ganz auf Brooke verlasse. Dass ich sie, obwohl sie erst kurz hier ist, ganz automatisch als Anführerin betrachte.

Aber jetzt scheint sie in Gedanken zu sein, jedenfalls hat sie die Augen starr auf die Ladentür gerichtet. Ihr Schweigen löst bei mir Panik aus. Doch nach einem kurzen Moment schüttelt sie fast unmerklich den Kopf und sieht mich müde lächelnd an.

»Also jetzt, wo wir ihren echten Namen und ihren Wohnort

kennen, können wir sie ja auf Social Media suchen.« Mit diesen Worten hat sie das Kommando wieder übernommen. Sie wirkt konzentriert, auch wenn ihre Stimme ein bisschen anders klingt als sonst, nicht ganz so melodisch. Als würde ein anderer Tonfall versuchen, sich gegen ihren Westküstenakzent durchzusetzen. Irgendwie kommt mir der Klang bekannt vor, aber ich weiß nicht, woher. Der Regen hat auch die Mascara von ihren Wimpern gespült, sodass sich unter ihren Augen große schwarze Flecken gebildet haben. Hastig wischt sie sie mit dem Handtuch weg. Jetzt, wo ihre Augen ungeschminkt sind, ist dort eine Verletzlichkeit zu erkennen, die sonst nur selten hervortritt, und wieder zerrt etwas an meiner Erinnerung. »Vielleicht kriegen wir ihre Telefonnummer raus«, fährt Brooke fort, bevor ich den Gedanken weiter verfolgen kann. »Oder mit wem wir am besten Kontakt aufnehmen sollten.«

Ich nicke. Der Ausweis hat uns zwar Lucys vollständigen Namen, ihre Adresse und die Tatsache, dass sie Organspenderin ist – oder *war* –, verraten, aber wir wissen immer noch nicht, wie wir ihre Angehörigen erreichen können. So ungern ich es auch zugebe, aber die sozialen Medien sind wahrscheinlich *tatsächlich* unsere beste Option.

»Also gut«, sagt Brooke und zieht einen Laptop und ihr Handy aus der Leinentasche, die sie vorhin hier deponiert hat. Sie sitzt auf der Bank und hat den Computer auf dem Handtuch, das über ihrem Schoß liegt, aufgeklappt. »Ich fange mal bei Google, Twitter und Instagram an. Übernimmst du Facebook? Die alte Kiste da hat Internet, oder nicht?« Sie weist mit einer Kopfbewegung auf den in die Jahre gekommenen PC auf dem Tresen, der vermutlich genauso alt ist wie das Resort selbst.

Ich nicke. »Geht zwar langsam, aber es funktioniert.«

Ich lasse mich auf dem Hocker nieder und beobachte Brooke, während der alte Computer allmählich zum Leben erwacht. Flink huschen ihre Finger über die Tastatur, und wie virtuos sie ihre

Aufmerksamkeit abwechselnd auf den Laptop und das Handy richtet …

Ich selbst habe vor drei Jahren meine sämtlichen Social-Media-Accounts gelöscht. Damals wurde ich mit »Freundschaftsanfragen« geradezu überschwemmt. Die meisten wurden allerdings von Textbeiträgen begleitet, die mit einer Beschimpfung losgingen und danach immer ekliger wurden. Ironischerweise hat Frederic mir die Betreuung der Facebook-Seite und des Instagram-Accounts für den Tauchladen anvertraut. Er hat sich vermutlich gedacht, dass die einzige Frau im Laden dafür am besten geeignet sein müsste. Doch zu seinem Pech beherrsche ich das alles längst nicht so gut wie Brooke. Ab und zu lade ich ein paar Fotos aus der Unterwasserkamera des Tauchladens hoch, aber immer ohne einen Filter anzuwenden und ohne auch nur die Andeutung einer geistreichen Bildunterschrift. Dafür bekommen sie in der Regel auch nicht mehr als eine Handvoll Likes. Aber manchmal, wenn ich gerade dabei bin, nehme ich mir ein paar Minuten Zeit und suche nach den Namen von Menschen, die ich nicht mehr kenne. Meine Mitbewohnerin aus dem College zum Beispiel, die jetzt mit dem Kapitän des Schwimmteams unserer Uni verheiratet ist, einem muskelbepackten Supersportler, in den ich damals hoffnungslos verknallt war. Ich sehe mir die Fotos an, die sie posten – ein Arm liegt um ihre Taille, ein Baby in ihren Armen, so stehen sie vor ihrem Haus in Greenwich, Connecticut. Eine schmerzhafte Erinnerung daran, was das Leben mir hätte bieten können, wenn es anders verlaufen wäre.

Ich wende mich wieder dem Bildschirm zu – der Computer ist jetzt endlich hochgefahren. Eine Facebook-Suche nach Lucy Taylor ergibt dreizehntausend Treffer. Preisgekrönte Autorinnen, berühmte Schauspielerinnen, Professorinnen, Ärztinnen, Pornostars, alles, was man sich vorstellen kann. Praktisch alle, bis auf *unsere* Lucy Taylor. Ich grenze die Suche auf die Treffer aus Greymouth,

Neuseeland, ein, der Stadt auf Lucys Personalausweis. Nichts. Ich versuche es noch mal mit den Ortschaften in der Nähe von Greymouth. Wieder nichts.

Als hätte sie meine Gedanken gelesen, stöhnt Brooke jetzt auf. »Nichts bei Instagram, Twitter oder TikTok. Ich hab sogar bei LinkedIn nachgesehen, aber keine Lucy Taylor weit und breit.«

»Auf Facebook ist auch nichts«, sage ich.

»Gibt es das überhaupt? Ein achtzehnjähriges Mädchen, das keine einzige Spur im Internet hinterlässt?« Ich merke, wie bei Brookes Frage meine Wangen heiß werden, weil ich an meine eigene offensichtlich nicht vorhandene Social-Media-Präsenz denken muss, aber Brooke scheint das gar nicht zu bemerken. »Andererseits … welches achtzehnjährige Mädchen meldet sich unter falschem Namen in einem Tauchresort an?«

»Warte mal.« Ihre Bemerkung hat bei mir etwas in Gang gesetzt. »Vielleicht hat sie sich nicht nur hier als Lucy Dupin angemeldet. Vielleicht ist das auch ihr, also, ihr Internet-Alias.«

»Hmm.« Noch bevor ich zu Ende gesprochen habe, ist Brooke schon am Tippen.

Ich gebe *Lucy Dupin* in die Facebook-Suchzeile ein. Fünfundzwanzig Treffer. Sehr viel übersichtlicher. Aber als ich sie durchgehe, fällt meine Hoffnung in sich zusammen. Keines der Profilbilder ähnelt meiner blauäugigen Tauchschülerin.

»Sie ist bei Instagram«, sagt Brooke, ohne die Augen von ihrem Handydisplay zu nehmen, und ich halte mitten im Scrollen inne. »Ihr Benutzername ist @LucyDupin1. Ich glaube, ich …« Sie lässt den Satz unvollendet in der Luft hängen.

Ich schnappe mir mein Handy, logge mich über den Account des Tauchladens bei Instagram ein und tippe ihren Benutzernamen in die Suchmaske. Und bekomme genau einen Treffer.

Sie hat ihr Profil öffentlich gestellt, aber es ist so knapp wie nur irgend möglich gehalten. Unter ihrem Benutzernamen sind weder Informationen noch Fotos zu finden. Ihr Profilfoto besteht aus der grauen Silhouette, die die App standardmäßig einsetzt. Ich klicke auf ihre Connections. Sie besitzt insgesamt fünf Follower, die allesamt Bots zu sein scheinen, aber sie selbst folgt siebzehn Leuten. Ich fange ganz oben an: die offizielle Koh-Sang-Tourismusseite, dann die Seite des Koh-Sang-Tauchresorts, die ich betreue, die der Frangipani-Bar und des Sunset-Restaurants. Sie hat diese Reise ganz eindeutig geplant. Ich scrolle weiter nach unten. Je mehr bekannte Namen auftauchen, desto aufgeregter werde ich. Logan. Greta. Doug.

Ich bin noch gar nicht ganz unten angelangt, da unterbricht mich Brookes Stimme.

»Ich muss los.«

»Was?« Hat sie das wirklich gerade gesagt? »Aber du siehst schon, wem sie alles gefolgt ist, oder nicht?«

»Ja, genau. Sieht ganz so aus, als ob sie aus einem ganz bestimmten Grund hierhergekommen ist. Entweder das, oder sie hat sich wahnsinnig gründlich auf diese Reise vorbereitet.« Brooke ist kreidebleich im Gesicht und hat eine starre Miene aufgesetzt. »Aber mir ist gerade eingefallen, dass ich eine Besprechung habe. Da geht es um ein Produkt, das ich promoten soll. Könnte ein großes Ding für mich werden.«

Ich starre sie mit offenem Mund und mehr als nur ein bisschen enttäuscht an, während sie hastig ihre Sachen zusammenrafft. So sprunghaft ist sie doch sonst nicht. Sie hat bis jetzt noch nie eine Verabredung abgesagt, war immer auf die Minute pünktlich am vereinbarten Treffpunkt. Und auch wenn sie ständig beschäftigt ist, weil sie zum Beispiel auf Instagram-Kommentare beantwortet oder Fotos bearbeitet, hat sie die Arbeit noch nie als Ausrede benutzt. Ich hatte bisher immer den Eindruck, dass sie den Verpflichtungen, die ihr Job als Influencerin mit sich bringt, nicht besonders begeistert nachkommt. Das kann sie doch nicht ernsthaft interessanter finden, als dem geheimnisvollen Rätsel einer toten Urlauberin auf die Spur zu kommen.

Ich muss an den Regen denken und hoffe inständig, dass sie hierbleibt, doch dann merke ich, dass der Sturm, seit wir im Laden sind, zu einem sanften Plätschern geworden ist, das jetzt vollends verstummt. Das Unwetter hat sich genauso schnell verzogen, wie es gekommen ist. Das einzige Geräusch, das jetzt noch zu hören ist, stammt von den wenigen verirrten Regentropfen, die von einer der umstehenden Palmen auf das Dach des Ladens fallen.

»Ich melde mich in ein paar Stunden wieder«, ruft sie mir über die Schulter hinweg zu, während sie bereits die Ladentür aufzieht.

Das ist nicht das erste Mal, dass Brooke sich so verhält. Ich muss daran denken, wie sie gestern, als wir hier im Tauchladen gesessen haben, meine Hand losgelassen hat. Seit unserem Kennenlernen vor wenigen Wochen hat sie mich mit Aufmerksamkeit überschüttet, hat mir das Gefühl vermittelt, ihre beste Freundin zu sein. Aber zwischendurch kommt es immer wieder vor, dass sie, so wie jetzt, abgelenkt und distanziert wirkt, und zwar ohne Vorwarnung. Als würde ein Schalter umgelegt, der sie daran erinnert, dass sie noch sehr viel wichtigere Dinge zu erledigen hat.

Für gewöhnlich versuche ich, das zu ignorieren, aber dieses Mal tut es weh. In den vergangenen Stunden habe ich uns als Team empfunden. Angeblich wollte sie ja nur die Kontaktangaben von Lucys Angehörigen herausfinden, aber das habe ich ihr von Anfang an nicht abgenommen. Sie ist ganz eindeutig davon überzeugt, dass Lucys Tod kein Unfall war, und obwohl ich es wirklich ernsthaft versucht habe, kann ich das Bild dieser gespenstischen blauen Striemen an Lucys Hals einfach nicht abschütteln. Je länger ich darüber nachdenke, desto sicherer bin ich mir, dass sie *wirklich* da waren. Und da ich jetzt weiß, wie Logans Ring neben Lucys Leichnam gelandet ist, brauche ich ihn nicht mehr länger zu schützen.

Ich glaube auch nicht, dass Lucys Tod ein Unfall war. So sehr ich mich auch dagegen sträube, aber ich glaube, dass Lucy ermordet wurde.

Und dieses Instagram-Profil scheint uns endlich einen Schritt weiter zu bringen, weil es uns Hinweise gibt, was sie auf Koh Sang überhaupt wollte. Lucy hatte sich ganz eindeutig einen Plan zurechtgelegt. Zunächst die ausgedruckten Tauchladen-Seiten, und jetzt das Instagram-Profil. Dazu kommt, dass sie im Zusammenhang mit dem Tauchkurs Kontakt mit mir, Doug und Neil hatte, nicht aber mit Greta und Logan. Welchen Grund konnte sie also gehabt haben, den beiden zu folgen?

Bevor ich diesen Gedanken weiterverfolgen kann, bimmelt die Türglocke des Tauchladens.

Doug kommt herein. Seine verfilzten Haare sind noch zerzauster als sonst und er hat große schwarze Ringe unter den Augen.

»Oh, gut, dass du da bist«, stößt er gehetzt hervor. »Frederic ist gerade gelandet und hat etwas bekannt zu geben. In zehn Minuten ist Teambesprechung.«

Genauso schnell, wie er hereingekommen ist, ist er auch wieder draußen, vollgepumpt mit nervöser Energie. Er sagt, dass er Frederic noch im Büro behilflich sein will. Kaum ist er weg, greife ich nach meinem Rucksack und wühle darin herum, bis ich die verbeulte Xanax-Schachtel finde, ohne die ich heute Morgen das Haus auf keinen Fall verlassen wollte. Ich versichere mich, dass niemand vor der Tür steht, drücke eine Tablette aus dem Blister und schlucke sie mit einer einzigen Bewegung hinunter.

Sofort ist das bohrende Schuldgefühl wieder da. Aber ich weiß genau, was auf dieser Sitzung passieren wird. Frederic wird wollen, dass ich alles, was gestern passiert ist, bis ins kleinste Detail noch einmal schildere. Und die Vorstellung, neben allem anderen auch die grausige Entdeckung von Lucys Leichnam noch einmal durchmachen zu müssen, ist mehr, als ich ertragen kann. Ich spüre die Wirkung der Tablette schon lange, bevor sie tatsächlich einsetzen kann. Wie eine Schlammlawine kriecht Gelassenheit durch meine Adern und vernichtet die Nervosität, die sich im Lauf der vergangenen zwei Tage dort angestaut hat.

Ich stecke den Blister in die Schachtel zurück, aber sie bleibt an etwas hängen. Logans Ring. Heute Morgen nach dem Aufwachen habe ich ihn aus der Tasche meiner Shorts in die Schachtel gesteckt, weil ich weiß, dass er dort niemals nachsehen würde. Ich beschließe, bei dem Plan zu bleiben, den ich mir gestern Abend zurechtgelegt habe. In ein paar Tagen gebe ich ihm den Ring zurück und sage ihm, dass ich ihn am Strand gefunden habe.

Da höre ich draußen ein plötzliches Geräusch. Ich blicke auf und sehe einen Schatten am Fenster zum Strand vorbeihuschen. Er ist sofort wieder verschwunden, nicht mehr als ein schwarzer Streifen, aber ich muss sofort an die Gestalt im Kapuzenshirt denken, die Brooke und ich vor Lucys Hotelzimmer gesehen haben. An die Person, die mich verfolgt, die mir diese Drohbotschaft hinterlassen hat.

Ich springe auf und reiße die Tür auf, unterdrücke einen Schrei und weiche überrascht zurück. Da steht jemand vor der Tür.

KAPITEL 11

BROOKE

Dickflüssiger Speichel sammelt sich in meinem Mund, als ich die Tür des Tauchladens aufstoße. Ich sauge den Atem tief ein, doch die feuchtschwüle Luft kann meine Übelkeit kaum lindern.

Ich will schreien, will meine ganze Frustration herausbrüllen, aber das mache ich natürlich nicht. Schon vor langer Zeit habe ich begriffen, dass dabei nie etwas Gutes herauskommt. Wenn eine Frau ihre Wut zeigt, dann wird sie nur allzu leicht für verrückt erklärt. Das weiß ich aus eigener Erfahrung.

Stattdessen reiße ich mich zusammen, zwinge mich, das alles hinunterzuschlucken, und gehe wie in Trance zurück zu meinem Zimmer, vollkommen überwältigt von meiner Entdeckung.

Eine junge Frau ist tot auf dem Grund des Ozeans entdeckt worden, eine junge Frau, die mich um Hilfe gebeten hat – zwei Mal. Einmal über die sozialen Medien, und als das nicht geklappt hat, noch einmal persönlich. Ich denke an ihre Eltern, die jetzt irgendwo in Neuseeland sitzen und nicht die geringste Ahnung haben, dass ihr kleines Mädchen für immer verloren ist.

Sobald ich die Tür meines Hotelzimmers hinter mir ins Schloss gedrückt habe, stoße ich einen erleichterten Seufzer aus. Das Zimmer ist absolut in Ordnung. Einfach, aber gegenüber Lucys Bruchbude eine eindeutige Verbesserung. Weiße Wände, ein breites Bett mit einer festen Matratze, ein unauffälliger Schreibtisch und ein beigefarbener Fußboden. Ich versuche, nicht daran zu denken, wie sehr mich das alles an diesen anderen Ort erinnert, an den sie mich vor Jahren gebracht haben, den Ort ohne jede Farbe.

Kurz darauf reiße ich mich zusammen, hole mein Handy aus der Tasche und gehe noch einmal die Instagram-Accounts durch, denen Lucy Dupin gefolgt ist – der Tauchladen, Greta, Logan, alles Namen, die ich kenne, bis ich auf den einen stoße, den ich besser kenne als alle anderen. Den ich vor wenigen Minuten im Tauchladen entdeckt habe. Das Profilfoto, die Haare zu einem Ballerinadutt hochgesteckt, die Lippen leicht verzogen zu einem kaum sichtbaren Lächeln, im Hintergrund ein Gebirge in Europa.

Lucy Dupin ist *mir* gefolgt.

Ich habe, seit ich nach Koh Sang gekommen bin, eine Menge Follower dazugewonnen. Die pittoreske Landschaft und – noch wichtiger – die Bikinifotos haben meiner Instagram-Präsenz einen gewaltigen Schub verliehen. Aber um die vielen Nachrichten und Kommentare habe ich mich nicht weiter gekümmert.

Ich gehe zu meinen Nachrichten. Dort liegen Hunderte Anfragen von Leuten, denen ich noch nicht folge oder nicht folgen will. Ich scrolle sie durch, fange mit den neuesten an. Bilder von schmierigen Typen und plump vertraulichen Influencern sausen vorbei, bis ich ihren Usernamen sehe: @LucyDupin1. Ich öffne die Nachricht, die ich vorhin im Tauchladen zum ersten Mal wahrgenommen habe. Sie ist genau eine Woche alt, wurde also, wenige Tage bevor sie im Resort eingecheckt hat, abgeschickt. Sie besteht nur aus wenigen Worten, aber jedes einzelne zieht mich wie ein Stein nach unten.

Hi. Kannst Du mir helfen? Bitte!

Das klingt so unschuldig. So kindlich. Nachdem ich das gelesen hatte, hätte ich keine Sekunde länger im Laden bleiben können, sonst wäre ich geplatzt. Ich musste unbedingt an die frische Luft, musste diese neue Erkenntnis erst einmal verarbeiten.

Wofür hat Lucy so dringend meine Hilfe gebraucht, dass sie

mich zweimal darum gebeten hat? Hat es etwas mit der Frau zu tun, die vom Khrum Yai gestürzt ist? Und was noch wichtiger ist: Wäre Lucy noch am Leben, wenn ich ihr tatsächlich geholfen hätte?

Bei dieser letzten Frage breche ich zusammen.

Dann durchstößt ein Gedanke die stetig wachsenden Wolken der Schuld. Vielleicht hat sie, nachdem ich auf ihre direkte Nachricht nicht reagiert habe, auf anderem Weg versucht, mit mir Kontakt aufzunehmen? Vielleicht hat sie einen meiner Posts kommentiert.

Ich wechsele zu meinem sorgfältig gepflegten Profil und bleibe bei meinem letzten Post hängen – einem Foto von der Wanderung mit Cass. Zu ihr habe ich gesagt, dass ich den Blick vom Khrum Yai, dem höchsten Berg der Insel, genießen möchte. Aber in Wirklichkeit hatte ich einen ganz anderen Grund.

Ich wollte wissen, wie weit Jacinta, die bedauernswerte junge Frau, die erst vor wenigen Wochen dort zu Tode gekommen war, vom markierten Pfad hatte abweichen müssen, um überhaupt abzustürzen. Jetzt wusste ich Bescheid: Die Stelle befand sich so dicht an der Kante, dass kein vernünftiger Mensch sich so weit vorgewagt hätte, vor allem nicht angesichts der Tatsache, dass man schon viele Schritte weiter hinten einen fantastischen Blick hatte – es sei denn, die Betreffende wollte springen … oder wurde gestoßen.

Ich habe Cass gefragt, wie sie das alles sieht, und sie hat mit ernster Miene geantwortet: »Das war ein grässlicher Unfall. Das arme Mädchen.« Ich habe nicht lockergelassen. »Hast du sie gekannt?« Aber sie hat nur den Kopf geschüttelt. »Ich habe sie nie gesehen. Aber es war ein harter Schlag für uns alle, dass eine Urlauberin aus dem Resort ums Leben gekommen ist.«

Jetzt betrachte ich das Foto, das Cass auf dem Gipfel von mir aufgenommen hat. Ich habe eine Hand in die Hüfte gestützt und die Farben so bearbeitet, dass man unmöglich sagen kann, wo der Himmel endet und das Meer beginnt. Fünfzehntausend Likes. Eine lächerlich hohe Zahl. Eine schnelle Suche bestätigt, dass Lucy eine dieser fünfzehntausend war. Obwohl kein Luftzug durch mein kleines Zimmer weht, fröstele ich, als ich ihren Namen sehe. Ich habe es am Tag der Vollmondparty gepostet. An dem Tag, als Lucy gestorben ist.

Ich scrolle weiter, um nachzusehen, ob Lucy einen Kommentar hinterlassen hat, aber ich finde nichts. Danach gehe ich die Kommentare zu meinen übrigen aktuelleren Posts durch und bleibe bei einem Foto hängen, das ich letzte Woche eingestellt habe. Es zeigt mich im Bikini vor dem Infinity Pool des Resorts. Das Oberteil betont mein üppiges Dekolleté, und ich habe noch nie so viele Kommentare zu einem einzigen Foto bekommen.

Ich lasse sie mit schnellen Daumenbewegungen über mein Display huschen.

Besorg dir einen Job, verdammt noch mal, schreibt @Christine472.

Hübsche Titten. Das habe ich @KasimXXX zu verdanken.

Warum kommst du nicht rüber, dann stecke ich dir meinen … Ich höre sofort auf zu lesen, markiere den Beitrag als anstößig und lösche alle drei Kommentare. Aber nichts von Lucy.

Dann nehme ich mir das nächste Foto vor – wieder ich, dieses Mal mit einem Cocktail in der Hand vor einem fantastischen Sonnenuntergang – und gehe erneut in die Kommentarspalte. Kein Wort von Lucy, aber dann fällt mein Blick schon wieder auf eine Bemerkung von @Christine472. *Weiße, privilegierte Schlampe.*

Solche Kommentare haben mir früher regelmäßig den Boden unter den Füßen weggezogen, aber im Verlauf der letzten beiden Jahre habe ich mir eine ziemlich dicke Hornhaut zugelegt, besonders was Trolle wie @Christine472 angeht, also Frauen – und manchmal auch Männer –, in denen der Neid auf mein scheinbar so perfektes Leben Wut und Verbitterung auslöst. Sie alle glauben, mich zu kennen: die hübsche, erfolgreiche, sorgenfreie, spärlich bekleidete Frau, die sie auf den zahlreichen Fotos auf meiner Seite sehen. Nur dass diese Frau in Wirklichkeit gar nicht existiert.

Ich überlege, was das kleine Mädchen aus Monroe von diesen Fotos und der großen Zahl an Followern halten würde. Sie wäre wahrscheinlich im siebten Himmel und würde in all der Aufmerksamkeit baden, die sie in ihrem kalten Wohnwagen in Kentucky so gut wie gar nicht bekommen hat. Ich weiß genau, was sie damals von mir gehalten haben, meine Schulkameradinnen, meine Lehrer, sogar meine eigene Mutter: *Gesindel.* Darum habe ich mir geschworen, ihnen zu beweisen, dass sie falschliegen. Ich habe mich in mein Zimmer verkrochen, um den lüsternen Blicken der endlos wechselnden Lover meiner Mutter aus dem Weg zu gehen, und habe mich in meine eselohrigen Schulbücher vergraben. Die einzige Lernpause, die ich mir gegönnt habe, waren die Sechsuhrnachrichten auf dem Fernseher in unserem Wohnzimmer.

Dann habe ich schließlich den Schulabschluss gemacht und ein Vollstipendium fürs College ergattert. Das College war mein Ausweg, bis er mir ganz plötzlich versperrt war. Bis er, wie alles andere in meinem Leben, eingestürzt und in Flammen aufgegangen ist und mich direkt in eine Hölle gejagt hat, die schlimmer war als die, der ich versucht hatte zu entkommen.

Nein, ich bin keineswegs die verwöhnte, reiche Göre, für die mich die meisten meiner Follower halten. Ich bin lediglich sehr gut darin, so auszusehen, als wäre ich eine. Unter der Oberfläche bin ich nicht anders als Lucy, habe meine Geheimnisse und meine Absichten, gebe vor, jemand zu sein, der ich nicht bin.

Der Gedanke an Lucy holt mich zurück in die Gegenwart, und ich konzentriere mich wieder auf Instagram, auch wenn es wehtut. Sobald ich Gewissheit habe, dass sie auf keinen meiner neueren Posts reagiert hat, gehe ich wieder auf ihre Profilseite. Aber sosehr ich mich auch bemühe, ich kann nichts Neues finden. Sie hat kein einziges Foto getaggt und gepostet hat sie auch nichts.

Dann fällt mir plötzlich etwas ein. Ich gehe zurück zur Suchzeile und gebe #Vollmondparty ein. Sofort bekomme ich jede Menge Treffer, wobei die meisten die deutlich größere Party auf Koh Phangan betreffen. Ich scrolle sie der Reihe nach durch, bis ich zum ersten Foto komme, das mit den Standortdaten von Koh Sang versehen ist.

Es zeigt zwei Frauen Mitte zwanzig, beide deutlich älter als Lucy. Sie haben die Köpfe zusammengesteckt, ihre Wangen berühren sich, und sie nuckeln jeweils an einem Strohhalm, der aus einem Fischglas mit einer unnatürlich blauen Flüssigkeit ragt. Ich scrolle zum nächsten Post, der mit Koh Sang getaggt ist. Dort finde ich ein Video von einem der Angestellten des Resorts – ein Einheimischer, den ich schon öfter auf dem Gelände gesehen habe –, der mit einem langen, an beiden Enden brennenden Stock jongliert. Er tänzelt hin und her und weicht jedes Mal, wenn das Feuer seine Haut küssen will, geschmeidig aus. Ich scrolle weiter, sehe verwackelte Selfies und grelle Neonclips, untermalt mit dröhnender Musik, an mir vorbeihuschen und frage mich, ob diese Methode mich wirklich weiterbringt.

Als ich gerade aufgeben will, stoße ich auf eine kleine Bildergalerie von der Party. Darin ist auch ein Video enthalten, allerdings ohne Ton. Zunächst ist das Bild total verschwommen, wird dann aber langsam schärfer. Leiber pressen sich aneinander, neonfarbene Haut zuckt vor dem dunklen Himmel vorbei. Das Bild wackelt, als würde die Person, die das Video dreht, sich bewegen, vermutlich tanzen.

Ich will schon zum nächsten Treffer wechseln, weil mir das hier ebenso wenig weiterhilft wie all die anderen Posts zuvor, da bleibt das Bild etwas wackelig an einer einzelnen Gestalt hängen, die etwas abseits der tanzenden Menge steht. Das Objektiv zoomt sich so nahe wie möglich heran, und auch, als das Zoom nicht mehr weiter kann, wird die Gestalt stetig größer. Wer immer das Video aufnimmt, geht offensichtlich auf die Gestalt zu. Wenige Sekunden beschleunigt sich mein Atem und geht nur noch in schnellen, abgehackten Stößen.

Weil ich die Person auf dem Video erkannt habe. Ihre Blicke huschen von links nach rechts. Sie sucht jemanden. Die kleinen Hände hat sie zu Fäusten geballt und sie wirkt verängstigt, aber vorbereitet. Worauf, das kann ich nicht sagen.

Da, plötzlich, fällt ihr Blick auf die Kamera. Lucys Gesichtsausdruck ist unergründlich, aber genauso eindringlich wie neulich morgens, als sie am Tiki Palms vorbeigegangen ist. Bevor wir beide gewusst haben, was ihr zustoßen würde.

Dann ist das Video abrupt zu Ende, und ich sitze eine Minute lang nur da, während sich die Gedanken in meinem Kopf überschlagen. Das war womöglich das letzte Video, das von Lucy gemacht wurde. Wenn sie wirklich im Verlauf der Vollmondparty gestorben ist, dann könnte das hier einer der letzten Augenblicke ihres Lebens gewesen sein.

Kaum habe ich mich von dem Schock erholt, überfallen mich die Fragen erneut, eine ganze Lawine davon. Warum ist diese Person Lucy während der Party gefolgt? Warum hat sie sie gefilmt und anscheinend jeden ihrer Schritte überwacht?

Ich klicke das Profil der Person an, die das Video gepostet hat. Der Username lautet @dab2000 und das Profilbild ist das Wappen des FC Arsenal mit der Kanone darauf. Meine Augen huschen über das Display, bis ich etwas weiter unten den Namen des Menschen entdecke, der Lucy während dieser Party gefolgt ist, Stunden und vielleicht sogar nur wenige Minuten vor ihrem Tod.

Daniel Ayadebo.

KAPITEL 12

CASS

»Oha, Liebes. Was ist denn in dich gefahren?«

Logan steht in der Tür des Tauchladens und legt mir die Hände auf die Schultern. Ich versuche, meinen Atem wieder unter Kontrolle zu bekommen und die Tatsache zu verdauen, dass mir meine Einbildung einen Streich gespielt haben muss. Dass nicht etwa der Mann im schwarzen Kapuzenshirt, den wir vorhin bei den Terrace Rooms gesehen haben, am Laden vorbeigehuscht ist, sondern nur Logan.

Trotzdem sehe ich mich nach links und rechts um und suche die schwarz gekleidete Gestalt. »Du hast da draußen nicht zufällig jemanden gesehen, oder?«

Er blickt sich offensichtlich verwirrt um. »Nein. Ich bin's bloß. Tut mir leid, wenn ich dich enttäuscht habe.«

Ich weiß, dass er darauf eine Antwort erwartet, dass ich ihm eigentlich versichern müsste, dass er mich niemals enttäuschen könnte, aber ich bin zu sehr mit anderen Dingen beschäftigt.

»Du warst schon weg, als ich aufgewacht bin«, sagt Logan. »Was hast du denn so früh gemacht?«

Ich nuschele etwas von einem Frühstück mit Brooke vor mich hin und häufe damit eine weitere Unwahrheit auf den stattlichen Berg von Lügen, die ich im Lauf der vergangenen Tage erzählt habe. Logan nickt, aber als ich Brookes Namen erwähne, verhärten sich seine Züge. Auch wenn ich es nicht verstehe, aber irgendetwas an Brooke scheint ihn aufzuregen. Ich habe jedenfalls registriert, dass jedes Mal, wenn sie etwas sagt, seine Augen schmaler werden und sein Rücken sich verhärtet.

Wahrscheinlich hat es etwas damit zu tun, dass sie Influencerin ist. Er will diese Insel, unser Zuhause, beschützen. Obwohl es keinen Zweifel geben kann, dass das Resort und das Frangipani auf Mundpropaganda angewiesen sind, verzieht er jedes Mal das Gesicht, wenn er in den sozialen Medien einen Post oder einen Kommentar sieht, in dem Koh Sang als »das verborgene Juwel Thailands« angepriesen wird.

»Wollen wir reingehen?«, schlägt Logan vor. »Ich habe Doug und Frederic gerade oben im Foyer gesehen und Greta und Neil sind auch schon unterwegs.«

Neil, Greta, Logan und ich sitzen dicht gedrängt im Tauchladen, als Frederic eintritt. Doug ist dicht hinter ihm. Frederic war über eine Woche lang weg, anscheinend zu Verhandlungen wegen irgendwelcher Landrechte. Er will in Bangkok ein weiteres Resort bauen, direkt am Ufer des Chao Phraya. Ehrlich gesagt haben wir die Zeit der Freiheit alle genossen, ganz besonders Doug, der immer ganz bei sich zu sein scheint, wenn Frederic ihm die Verantwortung überträgt. Jetzt allerdings ist Frederic in dem engen Tauchladen so präsent, dass es mir vorkommt, als wäre er nie weg gewesen. Er ist ziemlich klein, aber die fehlende Größe macht er mit seiner Körperfülle wett. Jedenfalls hängt sein dicker Bauch weit über den Bund seiner locker sitzenden Kakishorts. Allein Frederics Anblick genügt, damit wir uns alle ein wenig aufrechter setzen.

Er hat seine engsten Mitarbeiter hier versammelt, auch Logan, den Frederic immer noch als eine Art Ehrenangestellten des Resorts betrachtet, obwohl er schon seit über zwei Jahren nicht mehr als Barkeeper im Tiki Palms arbeitet.

»Was ist da genau passiert? Erzähl«, befiehlt Frederic, während er sich an den Tresen setzt. Sein Blick bleibt auf mir haften.

Ich räuspere mich und versuche, mein Herzrasen zu ignorieren. Dann berichte ich ihm, was ich gestern erlebt habe. Logan hat währenddessen seine Hand in meine verschränkt, und als ich zu der Stelle komme, wo ich Lucys Leichnam entdeckt habe (ohne Logans Ring mit einer Silbe zu erwähnen), da drückt er sie fest.

Nachdem ich geendet habe, sitzt Frederic einen Augenblick lang schweigend da. Er lehnt sich auf seinem Hocker nach hinten, die Hände auf seinen runden Bauch gelegt, als müsste er meine Worte erst einmal verdauen, bis er sich schließlich wieder aufrichtet.

»Wir müssen die Kontrolle über das Narrativ behalten«, sagt er in seinem üblichen Kommandoton. Er spricht mit französischem Akzent und zieht jeden einzelnen Vokal in die Länge. »Ihr habt alle mitbekommen, dass die Polizei das Ganze als Unfall deklariert hat. Sie hat am Hals des Opfers keine blauen Striemen festgestellt.« Ich merke, wie meine Wangen heiß werden, aber Frederic gibt sich nicht einmal die Mühe, mich anzuschauen. »Das ist gut, aber es reicht nicht. Wir müssen der gesamten Belegschaft klarmachen, dass uns keinerlei Schuld trifft, und wir müssen diesen Unfall so diskret wie irgend möglich behandeln. Wir trauern um diese junge Frau, ja, aber es war ganz allein ihr Fehler. Das hätte ebenso gut auf Koh Phangan oder Koh Samui passieren können. Überall. Uns. Trifft. Keine. Schuld!«

Wir nicken alle zustimmend, weil wir wissen, dass wir keine andere Wahl haben.

»Wir halten eine Personalversammlung ab. Heute Abend. Alle Angestellten müssen da sein.«

»Heute Abend?«, hakt Neil nach. Er wirft einen Blick zum Fenster hinaus und wir tun es ihm nach. Die Nachmittagssonne hängt schon ziemlich tief, und etliche der Gäste, die nach dem Sturm zum Strand gekommen sind, packen bereits ihre Sachen zusammen und machen sich auf den Rückweg zum Hotel. »Ist das nicht ein bisschen sehr kurzfristig?«

»Nein«, entgegnet Frederic, der wie immer kein Blatt vor den Mund nimmt. »Das ist gut. Ich habe schon mit unseren Anwälten gesprochen. Sie sagen, dass die Nachricht nicht an die Öffentlichkeit dringen darf. Und ich muss zurück nach Bangkok. Wir räumen diese Angelegenheit so schnell wie möglich vom Tisch.«

Niemand von uns hat den Mut, seine Entscheidung anzuzweifeln. Er hat schon aus nichtigerem Anlass Leute gefeuert, das haben wir alle schon erlebt.

»Neil und Greta«, befiehlt Frederic. »Ihr sagt allen Bescheid, dass wir uns in einer Stunde im oberen Stock des Tiki Palms treffen. Cass …« Er wirft mir ein Blatt Papier zu. »… das hier ist die Mitarbeiterliste. Du rufst alle an, die gerade nicht im Dienst sind, und sorgst dafür, dass sie herkommen. Und, Logan, du übernimmst während der Versammlung die Bar. Wo steckt eigentlich Sengphet? Ich habe ihn nirgendwo gesehen. Keine Ahnung, wo der sich wieder rumtreibt. Doug, du kommst mit ins Büro und hilfst mir, meine Ansprache vorzubereiten.«

Ohne eine Antwort abzuwarten, rauscht Frederic mit Doug im Kielwasser durch die Tür nach draußen, dicht gefolgt von den anderen.

»Dann also bis nach der Versammlung.« Logan bleibt kurz stehen und gibt mir einen Kuss, bevor er die Bar ansteuert und mich alleine im Tauchladen zurücklässt.

Ich greife nach dem Festnetztelefon, um meine Anrufliste abzuarbeiten, da plingt mein Handy. Eine Nachricht von Brooke.

Ich klicke sie an und stelle fest, dass sie mir ein grobkörniges Video von Lucy zugeschickt hat. Es wurde offensichtlich aus großer Entfernung während der Vollmondparty aufgenommen. Ich weiß genau, welches Schicksal sie kurz danach erleiden musste, und werde sofort nervös. *Wer hat das aufgenommen?* Aber bevor ich meine Frage eingetippt habe, taucht bereits die nächste Nachricht von Brooke auf meinem Display auf.

Das hat Daniel gepostet. Er ist Lucy gefolgt. Womöglich hat er was mit ihrem Tod zu tun.

Ich denke an Daniels erfolglose Annäherungsversuche bei Lucy am Abend vor der Vollmondparty. Na klar war das alles nicht tierisch ernst gemeint, aber hat ihre Zurückweisung ihn womöglich doch heftiger getroffen, als er es sich hat anmerken lassen? Dann muss ich an seinen muskulösen Körper denken und wie geschmeidig er sich im Wasser bewegt hat. Er hätte die zierliche Lucy bestimmt mühelos überwältigen können.

Anstatt Brooke zu antworten, fahre ich zum zweiten Mal am heutigen Tag den alten Computer im Tauchladen hoch und gebe *Daniel Ayadebo* in das Google-Suchfenster ein. Ich bekomme jede Menge Treffer, aber gleich der allererste weckt mein Interesse. Es ist ein Link zu einem Artikel in einer kleinen Londoner Zeitung.

Ich klicke ihn an und Daniels Gesicht erscheint auf dem Bildschirm. Es kann keinen Zweifel geben, dass er es ist, aber auf dieser Aufnahme umgibt ihn eine Art Düsternis, die ich hier noch nie bei ihm bemerkt habe. Seine Züge sind verhärtet und auf seiner Wange ist eine deutlich sichtbare tiefe Narbe zu sehen.

Mein Blick wandert zur Überschrift des Artikels. Und während mein Gehirn die Bedeutung der Worte verarbeitet, steht plötzlich die Zeit still.

VERURTEILTER SEXUALSTRAFTÄTER AUS HACKNEY VERSTÖSST GEGEN BEWÄHRUNGSAUFLAGEN UND SETZT SICH AB

KAPITEL 13

BROOKE

Als ich mein Zimmer verlasse, nähert sich die untergehende Sonne gerade den Spitzen der Berge und taucht die ganze Insel in ein pink schimmerndes Strahlenmeer. Die Schönheit dieses Ortes ist mit Händen zu greifen, aber heute fühlt sich alles anders an. Das Grau von Lucys Tod scheint die Wirkung der Spätnachmittagssonne zu überlagern – auch wenn ich vermutlich die Einzige bin, die das bemerkt.

Die Stille und das Unbehagen, die am Vormittag die Atmosphäre im Resort zu prägen schienen, sind in den Hintergrund getreten, während die Nacht mit all ihren Möglichkeiten näher rückt. Den Gästen, die über das Gelände schlendern, ist eine leise Vorfreude anzumerken, eine Mischung aus Hoffnung auf die nächste Party und dem faszinierenden Schrecken der gestrigen Ereignisse, alles in allem eine hundertprozentige Garantie, andere Rucksacktouristen kennenzulernen. Ich kann es geradezu hören, wie Lucys Tod zu einem billigen Anmachspruch verhunzt wird. *Hast du das mit dem toten Mädchen gehört? Da will man doch jeden Augenblick in vollen Zügen genießen, findest du nicht auch?*

Ich verlasse mein Zimmer und werfe einen Blick auf mein Handy. Ursprünglich hatte ich nicht vor, Cass das Video zu schicken, aber da sie am Vormittag mit so viel Eifer bei der Sache war, habe ich mich umentschieden. Als wir Lucys Zimmer und später dann ihre Social-Media-Kanäle durchstöbert haben, hatte ich das

Gefühl, als wäre sie mit ganzem Herzen dabei. Aber wie weit ist sie wirklich bereit zu gehen? Was das angeht, könnte das Video ein ganz guter Test sein. Wie sehr will sie wirklich wissen, was mit Lucy passiert ist? Aber bis jetzt hat sie noch nicht geantwortet.

Ich hatte Daniel als Mörder absolut nicht auf dem Schirm gehabt, aber warum sonst sollte er Lucy während der Vollmondparty mit seiner Kamera verfolgt haben? Cass hatte einmal beiläufig erwähnt, dass Daniel sich anscheinend an Lucy herangemacht hatte, dass sie aber nicht darauf eingegangen war. Ob das schon gereicht hat, um bei Daniel die Sicherungen durchbrennen zu lassen? Ich habe Typen gekannt, die aus weit geringerem Anlass gewalttätig geworden sind.

Ich denke an unser Gespräch zurück, kurz nachdem wir Lucys Leichnam gefunden hatten. Wie beiläufig er mich zu der Schlussfolgerung geführt hat, dass ihr Tod kein Unfall war. Ob das womöglich Teil seines Plans war? Anderen die Schuld zuzuschieben, um von seinem Verbrechen abzulenken?

Ich schaue kurz in der Krankenstation vorbei, auch wenn mir klar ist, dass Daniel dort höchstwahrscheinlich gar nicht mehr liegt. Nachdem die fröhliche Rezeptionistin am Empfangsschalter meine Vermutung bestätigt hat, mache ich mich auf den Weg ins Tiki Palms, aber auch dort ist Daniel nirgendwo zu sehen.

Ich gehe zum Strand hinunter bis zum Tauchladen und dann wieder zurück. Die Frustration brodelt in meinen Eingeweiden. Ziellos stapfe ich weiter, ohne Idee, wo er sonst sein könnte. Ich kenne ja nicht einmal seine Zimmernummer.

Als ich das erste Plateau der Ferienanlage erreicht habe, sehe ich eine Gestalt auf mich zukommen. Ich brauche nur die Bewegungen wahrzunehmen, schon weiß ich, dass er es ist. Trotz der sengenden Hitze hat er sein Gesicht mit der Kapuze seines Sweatshirts verhüllt. Als ich die Farbe registriere, bleibt mir der Mund offen stehen. Schwarz. So ein Kapuzenshirt hat auch der

Eindringling getragen, der vorhin in Lucys Zimmer eindringen wollte.

Ganz plötzlich trifft mich die Erkenntnis. Nicht nur hat Daniel auf der Vollmondparty seine Zeit damit verbracht, Lucy zu beschatten, er war es auch, der vorhin versucht hat, in ihr Zimmer zu gelangen.

Was hat er dort gesucht? Oder wollte er etwas vertuschen?

Ich sehe, wie er langsam den Kopf hebt, und hechte, ohne nachzudenken, hinter eine der dicken Palmen am Wegrand, kurz bevor sein Blick über die Stelle streicht, an der ich gerade noch gestanden habe.

Ich hatte eigentlich vorgehabt, ihn zur Rede zu stellen, aber in meiner Brust hat sich ein dicker Klumpen Angst festgesetzt.

Ich möchte wissen, wo er hingeht, möchte ihn bei irgendeiner verräterischen Handlung ertappen, etwas, was mir genügend Beweise liefert, um seine ganze Geschichte als Lüge zu enttarnen.

Ich sehe, wie er sich meinem Versteck nähert. Eigentlich gehe ich davon aus, dass er das Tiki Palms ansteuert, doch stattdessen biegt er scharf nach rechts ab auf die Straße, die vom Resort weg Richtung Kumvit führt.

Ich hole tief Luft, und als Daniel wieder knapp zwanzig Meter von mir entfernt ist, trete ich hinter der Palme hervor und hefte mich an seine Fersen.

Ich bleibe so dicht an ihm dran, dass ich ihn im Blick behalten kann, aber weit genug entfernt, damit er mich nicht bemerkt.

Wir nähern uns allmählich Kumvit, als Daniel unvermittelt von der Hauptstraße in eine Seitengasse abbiegt, die mir bisher noch nie aufgefallen ist. Ich versuche zu erraten, wo er hinwill, aber die düsteren Bäume auf diesem Abschnitt schirmen das spärliche Licht des Sonnenuntergangs ab, sodass der Weg im Dunkeln liegt. Ein Stück weiter vorne kann ich gerade noch Daniels Umrisse erkennen.

Dass er mit aufgesetzter Kapuze eine menschenleere Gasse entlanggeht, macht deutlich, dass er auf keinen Fall gesehen werden will.

Diese Erkenntnis verleiht meinem ohnehin schon starken Verdacht zusätzliche Nahrung, aber ich verschwende keinen Gedanken an mögliche Konsequenzen.

Nach wenigen Schritten spüre ich Vibrationen an meinem Bein. Das Geräusch explodiert auf meinen Trommelfellen. Hastig krame ich in der Tasche meiner Shorts nach meinem Handy und fummele so lange daran herum, bis ich die Taste an der Seite gefunden habe, mit der man es abstellen kann. Ich halte den Atem an und hebe den Blick.

Daniel hat anscheinend nichts davon mitbekommen.

Behutsam ziehe ich das Handy aus der Tasche. Vielleicht war das Cass, und ich möchte ihr sagen, wo ich bin, für den Fall, dass etwas schiefgeht.

Als Nächstes mache ich das Display dunkler und klicke die Nachricht an, ohne Daniel aus den Augen zu lassen.

Sie ist *tatsächlich* von Cass, aber sie entspricht überhaupt nicht dem, was ich erwartet habe.

Wo bist Du? Habe Neuigkeiten über Daniel.
Er ist gefährlich. Geh nicht in seine Nähe.

Bei dieser Nachricht wird mir warm, ohne dass ich etwas dagegen tun könnte. Sie macht sich Sorgen um meine Sicherheit. Aber schnell gewinnt ein anderes Gefühl die Oberhand, die Neugier. Was meint sie bloß mit *Er ist gefährlich*? Ich klicke auf den Link, den sie am Ende ihrer Nachricht angefügt hat, und wahrscheinlich zum allerersten Mal lädt das Internet auf dieser Insel sehr zügig. Mit angehaltenem Atem lese ich die Schlagzeile und sehe das Fahndungsfoto von Daniel.

Ich hebe noch einmal kurz den Kopf, um mich zu vergewissern, dass Daniel keinen Verdacht geschöpft hat – hat er nicht –, und stelle mich an den Rand der Gasse, in den Schatten der Bäume, bevor ich fieberhaft den Artikel lese.

VERURTEILTER SEXUALSTRAFTÄTER AUS HACKNEY VERSTÖSST GEGEN BEWÄHRUNGSAUFLAGEN UND SETZT SICH AB

Daniel Ayadebo, ein zweiundzwanzig Jahre alter Mann aus Hackney, hat sich nach seiner kürzlich erfolgten Entlassung aus der Strafanstalt Pentonville angeblich ins Ausland abgesetzt. Ayadebo war vor zwei Jahren vor einem Londoner Gericht wegen sexueller Belästigung und Körperverletzung schuldig gesprochen worden. Vorangegangen war ein Streit mit seiner ehemaligen Partnerin, in dessen Verlauf er sie körperlich angegriffen haben soll.

Die Klägerin, die anonym bleiben möchte, behauptet, Ayadebo sei ihr aus einem Nachtclub in London bis nach Hause gefolgt, hätte sich gewaltsam Zutritt zu ihrem Apartment verschafft und sie anschließend sexuell belästigt. Das Urteil erfolgte aufgrund von Indizien wie beispielsweise den körperlichen Verletzungen der Klägerin, die ein blaues Auge und ein verstauchtes Handgelenk davongetragen hatte. Außerdem haben mehrere Zeugen bestätigt, dass Ayadebo und die Klägerin sich an jenem Abend im Nachtclub gestritten hatten. Ayadebo hatte vierundzwanzig seiner achtundzwanzig Monate abgesessen und war wegen guter Führung entlassen worden.

Nach Angaben seines Bewährungshelfers ist er nicht einmal einen Monat nach seiner Entlassung verschwunden. Man nimmt an, dass er das Land verlassen hat. Ayadebos Flucht aus London ist ein Verstoß gegen seine Bewährungsauflagen und wird einen weiteren Gefängnisaufenthalt zur Folge haben.

Leser, die wissen, wo Ayadebo sich aufhält, werden aufgefordert, sich mit uns in Verbindung zu setzen: tips@hackneysun.com.

Ich starre einen Augenblick lang regungslos mein Display an. Daniel ist ein verurteilter Sexualstraftäter.

Er ist also mehr als fähig, Gewalt auszuüben.

Ich bin so in den Artikel vertieft, so sehr damit beschäftigt, meinen wirren Gedanken angesichts der Konsequenzen daraus zu folgen, dass mir die plötzliche Stille, die sich mit einem Mal über die Gasse gelegt hat, gar nicht auffällt.

Keine Schritte mehr.

Ich hebe den Blick, doch vor mir ist niemand zu sehen. Ich haste ans andere Ende, ohne auf die überfüllten Mülleimer und die am Rand liegenden Palmwedel zu achten, bis ich zu einem sehr schmalen und beinahe unsichtbaren Durchgang gelange. Er führt mich schon nach wenigen Sekunden auf eine Straße außerhalb von Kumvit, allerdings auf der anderen Seite des Resorts. Nur von Daniel fehlt jede Spur.

Hier, so dicht vor der Stadt, ist die Straße stärker befahren. Touristen und Einheimische machen sich langsam für den Abend fertig. Voller Panik blicke ich nach rechts und nach links. Längst habe ich jeden Versuch aufgegeben, mich unauffällig zu verhalten, aber ich kann nirgendwo jemanden in einem schwarzen Kapuzen-Shirt entdecken.

Daniel ist verschwunden.

Als ich im Tiki Palms eintreffe, sind viele Menschen dort versammelt. Zu meiner großen Überraschung steht Logan hinter dem Tresen. Schuhe sind im Inneren nicht gestattet – so ist das in Thailand Sitte –, darum streife ich meine Sandalen ab und stelle sie zu den vielen anderen dazu. Ich warte, bis Logan sich auf eine Gruppe junger Mädchen konzentriert, die eine größere Getränkebestellung aufgeben, bevor ich die Treppe in der hinteren Ecke des Restaurants ansteuere. Darauf steht ein Schild mit der Aufschrift ERSTER STOCK WEGEN PERSONALVERSAMMLUNG GESCHLOSSEN. Ich umgehe es elegant und schleiche auf Zehenspitzen die Treppe hinauf.

Zehn Minuten lang habe ich jede Seitenstraße und jede Gasse von Kumvit durchkämmt und dabei das nervöse Flattern in meiner Magengegend ignoriert, das mich bei dem Gedanken überfallen hat, mit welchen Worten ich Daniel wohl gegenübertreten würde. Aber nirgendwo war auch nur eine Spur von ihm zu finden. Das Gefühl, dass er gar nicht entdeckt werden will, bin ich nicht wieder losgeworden.

Anschließend bin ich zurück zum Resort gegangen und habe die restlichen Nachrichten gelesen, die Cass mir geschickt hat. Von ihr habe ich auch von der Personalversammlung im Tiki Palms erfahren. Sie hat mich gebeten, zu ihr ins Foyer des Resorts zu kommen, weil Frederic sie an die Rezeption gesetzt hat, aber ich habe geantwortet, dass ich sie erst später treffen kann. Vorher habe ich noch etwas zu erledigen.

Ich weiß natürlich, dass bei der Versammlung nur Angestellte zugelassen sind, aber wenn auch nur der Hauch einer Chance besteht, dass Frederic dort Insiderinformationen über Lucys Tod bekannt gibt – insbesondere Informationen, die meinen Verdacht gegenüber Daniel bestätigen könnten –, dann muss ich das wissen. Meine Hände zittern immer noch, was an dem Adrenalin liegt, das mein Körper ausgeschüttet hat, während ich Daniel gefolgt bin. Aber gleichzeitig empfinde ich auch eine gewisse Euphorie, weil ich weiß, dass ich der Wahrheit immer näher komme.

Im ersten Stock stelle ich fest, dass die Versammlung noch gar nicht angefangen hat. Vielstimmiges Geplapper auf Thai und Englisch erfüllt den Raum, sodass ich mich völlig unbemerkt ans hintere Ende stellen kann.

Ich lasse den Blick über die etwa dreißig Mitarbeiterinnen und Mitarbeiter schweifen, die auf fein säuberlich aufgereihten Klappstühlen sitzen. Ganz vorne sehe ich Greta, die Frederic offensichtlich beim Sortieren seiner Notizen behilflich ist, aber von den anderen Permanenten ist sonst niemand zu sehen.

»*Sawadee krap, bonsoir*, guten Abend.« Frederic erhebt die Stimme und sofort verstummen alle Gespräche.

Ich bin Frederic nur einmal begegnet, an einem meiner ersten Tage auf der Insel. Ich hatte ihn extra aufgesucht, um zu versuchen, eine Art Zusammenarbeit mit dem Resort zu vereinbaren und meinen Aufenthalt dadurch zu finanzieren. Aber es war gar nicht so einfach gewesen, einen Termin zu bekommen, und ich musste mehrere Tage warten. »Er ist ein viel beschäftigter Mann«, das war alles, was ich von den Rezeptionistinnen zu hören bekommen hatte.

»Gut, dass Sie fragen«, hatte er gesagt, als ich schließlich vor ihm saß und er mich mit fleischigem Gesicht über seinen Schreibtisch hinweg musterte. »Aber ich habe kein Interesse an noch mehr Werbung.« Er hatte seine Ellbogen auf die Tischplatte gelegt und seine Schweinchenfinger gefaltet. Dabei waren mir automatisch seine langen Fingernägel aufgefallen, die irgendwie feminin wirkten, obwohl unter einigen ein deutlich sichtbarer Schmutzhalbmond zu erkennen war.

»Es ist nur so …« Ich war total genervt davon, wie schwach meine Stimme sich unmittelbar nach seiner schroffen Zurückweisung anhörte. »Ich habe über fünfzigtausend Follower und schon überall in Osteuropa mit Hotels, Agenturen und Firmen zusammengearbeitet. Ich bin mir sicher, dass sie alle nur zu gern bereit wären, eine Empfehl…«

»Wenn ich Sie hier gleich mal unterbrechen darf«, hatte er gesagt und eine seiner fleischigen Hände gehoben. Sein starker französischer Akzent triefte vor Verachtung. Seine Augen waren viel zu klein für sein Gesicht und seine Lippen beunruhigend dunkellila, so, als hätte er viel zu lange keinen Sauerstoff mehr bekommen. »Haben Sie eigentlich eine Vorstellung davon, wie viele ›Travel-Influencer‹ ...« – er malte mit seinen geschwollenen Fingern Anführungszeichen in die Luft, um seine Verachtung für meinen Berufsstand unmissverständlich deutlich zu machen – »... tagtäglich hier in meinem Resort ankommen?« Er wartete meine Antwort gar nicht erst ab. »Ich will Ihnen nicht zu nahe treten«, fuhr er fort und machte mir dadurch klar, dass er mir sehr wohl zu nahe treten wollte, »aber wenn ich wollte, dann hätte ich freie Auswahl zwischen mehreren Influencern, die weitaus mehr Erfahrung und Hunderttausende mehr Follower mitbringen als Sie.«

Dann legte er eine Pause ein, als wollte er sehen, wie ich reagiere. Ob er Tränen oder doch eher Wut erwartete, war nicht ganz klar, aber ich wollte seine Erwartungen auf keinen Fall erfüllen. Dass ich Angst hatte, weil ich ohne seine Hilfe meinen Aufenthalt auf Koh Sang kaum finanzieren konnte, ließ ich mir nicht anmerken.

Stattdessen fixierte ich ihn mit dem Gesichtsausdruck, den ich normalerweise für TikToks oder Instagram-Livefeeds reserviert habe – die Lippen leicht geschürzt, das Kinn nach vorne geschoben und dann der Blick unter den Wimpern hervor.

»Schreckliche Geschichte, das mit dieser Frau, die vor ein paar Tagen vom Khrum Yai abgestürzt ist ...« Ich ließ die Worte für einen kurzen Augenblick in der Luft hängen, bevor ich zum entscheidenden Schlag ansetzte. »Ich habe mir überlegt, ob ich ein paar emotionale Posts darüber mache. Meine Follower lieben solche Geschichten. Sie hat doch hier in Ihrem Resort Urlaub gemacht, oder nicht?«

Eines muss man Frederic lassen: Er hat nicht einmal gezuckt. Aber in seinem Blick war ganz kurz etwas aufgeblitzt – keine Panik, wie ich eigentlich erwartet hatte, sondern etwas anderes. Als mir klar wurde, was es war, lief mir ein Schauer über den Rücken. Seelenverwandtschaft.

»Also gut«, sagte er schließlich und seufzte. »Wenn Sie auf einem Almosen für ein paar Fotos bestehen, dann kann ich Ihnen einen Preisnachlass einräumen, aber dafür müssen Sie richtige Arbeit leisten, und das sind Sie bestimmt nicht gewöhnt.«

Danach verbrachte Frederic fast eine ganze Stunde damit, mir immer wieder vorzubeten, wie viele Texte und Videos und Highlights ich zu posten habe, um den Preisnachlass für mein Zimmer zu rechtfertigen. Es war viel mehr, als bisher jemals ein Hotel von mir verlangt hatte. Das Gespräch endete mit der Drohung, sämtliche Vergünstigungen zurückzunehmen, falls das Resort durch meine Bemühungen nicht mehr Gäste als vorher zu verzeichnen hätte. Die ganze Zeit über habe ich es tatsächlich geschafft, höflich und dankbar lächelnd auf meinem Stuhl zu sitzen, obwohl ich, erniedrigt und stinkwütend, wie ich war, innerlich tobte.

Und genau dieselben Gefühle flammen nun erneut in mir auf, während ich seine Ansprache an die Menschen, die da mit mir im Raum sitzen, miterlebe. Statt seines sonst üblichen herablassenden Tonfalls gibt er sich offensichtlich alle Mühe, so etwas wie falsche Betroffenheit vorzutäuschen.

»Inzwischen haben wahrscheinlich viele von euch mitbekommen, dass wir einen Menschen aus unserer Mitte verloren haben. Einen ganz besonderen Gast, den wir erst vor drei Tagen im Koh-Sang-Tauchresort begrüßen durften. Ihr Name war Lucy Dupin.«

Kaum hat er ihren Namen ausgesprochen, erhebt sich unter den Mitarbeiterinnen und Mitarbeitern lautes Gemurmel. Frederic lässt sich davon nicht stören und macht einfach weiter.

»Am Freitagabend, während der Vollmondparty, die ja eigentlich dazu gedacht ist, Freundschaften, Neuanfänge und Verbindungen zu schaffen, ist Lucy ein schreckliches Unglück widerfahren.

Sie wollte spät in der Nacht noch einmal im Meer schwimmen gehen, etwas, wovor wir hier im Resort immer wieder ausdrücklich warnen, wie ihr alle wisst.«

Ich kann mich an keine einzige Warnung vor den Gefahren des nächtlichen Schwimmens erinnern, weder schriftlich noch mündlich, aber Frederic bleibt unverdrossen auf Kurs.

»Aufgrund der tückischen Strömung sowie angesichts von Lucys Rauschzustand hat die Polizei offiziell bestätigt, dass sie unweit vom Strand ertrunken ist. Darüber hinaus haben wir vor wenigen Augenblicken einige zusätzliche Informationen von der Polizei erhalten.« Er hält inne, genießt die dadurch entstehende Spannung und ich hätte am liebsten laut losgekreischt. »Man hat uns mitgeteilt, dass die neuesten Untersuchungsergebnisse darauf hindeuten, dass Lucy zum Zeitpunkt ihres Todes sowohl Alkohol als auch MDMA konsumiert hatte.«

Das ist keine große Überraschung. Wenn die Polizei die Obduktionsergebnisse verfälscht hat – wovon ich ausgehe –, warum sollten sie dann nicht auch irgendwelche Untersuchungsergebnisse manipulieren? Trotzdem ziehe ich hörbar den Atem ein. Ich glaube, den Hauch eines hämischen Grinsens auf Frederics Miene zu erkennen. Für ihn ist das natürlich perfekt. Wenn Lucy Drogen genommen hatte, dann fällt es ihm noch leichter, die Schuld allein auf sie abzuwälzen.

»Wir sind sehr bestürzt darüber, dass Miss Dupin aus einem solch banalen Grund ihr Leben verloren hat«, fährt Frederic fort und verzieht seine Miene hastig zu einer Grimasse, die entfernt so etwas wie Mitgefühl ausdrückt. »Sie war eine wunderschöne Frau mit unendlich vielen Perspektiven, und wir hier im Koh-Sang-Tauchresort fühlen uns geehrt, sie gekannt zu haben, wenn auch nur für einige wenige Tage.«

Die Falschheit seiner Worte dröhnt wie ein Glockenschlag durch den Raum und Ekel sammelt sich in meiner Kehle.

»Das Ganze ist ein tragischer Vorfall, aber ein Vorfall, der sich in jedem Resort hätte ereignen können, auf jeder Insel, überall auf der Welt. Niemand aus unserem Tauchresort trägt die Schuld an Miss Dupins bedauernswerten Entscheidungen. Das wollen wir hier absolut klarstellen. Wie gesagt, es war ein *Unfall.*« Das letzte Wort betont er nachdrücklich. »Darum legen wir euch allen ausdrücklich nahe, dieses Ereignis in Gegenwart von Gästen auf keinen Fall zu erwähnen. Wir wollen schließlich nicht, dass irgendjemand durch solch unerfreuliche Dinge von den Vorzügen unseres Resorts abgelenkt wird. – Unter diesen Vorzeichen …« Er hebt mit der einen Hand ein Blatt Papier hoch, während er mit der anderen eine Lesebrille aus seiner Tasche zieht. »… haben wir Antworten für euch vorbereitet, für den Fall, dass ihr von einem Gast auf den Vorfall angesprochen werdet. Bitte nehmt jetzt alle das Blatt in die Hand, das ihr unter euren Stühlen findet.« Er wartet ab, bis dreißig Personen sich nach vorne gebeugt und wieder aufgerichtet haben. »Also, dann lesen wir jetzt einmal alle zusammen laut vor …«

Es klingt wie eine Gemeinde beim gemeinsamen Gebet. Dreißig Münder bewegen sich im Gleichklang, während Frederics eintönige Ansprache in jede Ecke des Raums dringt. »Miss Dupin ist einem bedauernswerten Unfall zum Opfer gefallen, der leicht zu verhindern gewesen wäre, wenn sie vorsichtiger …«

Mit einem Mal halte ich es nicht mehr aus. Die vorgefertigten Antworten, die Schuldzuweisungen an das Opfer. Ich muss weg hier, kann diesen Schwachsinn nicht länger ertragen. Ich stürme die Treppe hinab, und es ist mir egal, ob ich gesehen werde oder nicht. Die anderen sind viel zu beschäftigt mit ihrem Zettel, um mich überhaupt wahrzunehmen.

Im Erdgeschoss des Tiki Palms angekommen, atme ich erst einmal tief durch. Eigentlich hatte ich erwartet, dass es mir hier unten, wo Frederic und sein heuchlerisches Geschwafel mich nicht mehr erreichen können, sofort besser geht, aber nach der stickigen Stille da oben kommt es mir hier unten in dem belebten Restaurant viel zu laut vor.

Ich will mich gerade auf den Weg nach draußen machen, als ich spüre, dass ich beobachtet werde. Ich drehe mich um, lasse den Blick durch das Lokal schweifen und stelle fest, dass Sengphet seinen angestammten Platz hinter dem Tresen wieder eingenommen hat. Logan ist nirgends mehr zu sehen. Ich sehe mich weiter um, bis ich in der hinteren Ecke des Restaurants, etwas abgesondert von den übrigen Gästen, jemanden entdecke. Sie sieht jung aus, ist vielleicht noch ein Teenager. Das dichte schwarze Haar hat sie zu einem Pferdeschwanz zusammengebunden, während sie mich mit ihren dunklen, mandelförmigen Augen ansieht.

Ihr Blick ist so durchdringend, dass ich unwillkürlich zusammenzucke und mich ruckartig abwende. Aber als ich sie kurz darauf wieder anschaue, starrt sie mich immer noch an. Vielleicht fühle ich mich nur daran erinnert, wie Lucy mich am Tag ihres Todes angestarrt hat, daran, dass ich sie enttäuscht, dass ich furchtbar versagt habe. Was immer es auch ist, dieses Gefühl der nervösen Frustration drängt mich jedenfalls, auf sie zuzugehen. Das Adrenalin von vorhin jagt immer noch durch meine Adern, und nach allem, was heute schon passiert ist, habe ich große Lust auf eine Konfrontation. Ich werde dieses Mädchen fragen, was sie von mir will. Allerdings betritt in diesem Augenblick eine Gruppe laut plappernder deutscher Touristen das Lokal. Ich versuche, ihnen auszuweichen, aber jedes Mal scheint mir irgendjemand anders den Weg zu versperren. Als ich sie endlich hinter mir gelassen habe, ist das Mädchen spurlos verschwunden.

Ich versuche, das ungute Gefühl, das ihr starrer Blick bei mir hinterlassen hat, abzuschütteln, und drehe mich um, schlüpfe in meine Sandalen und verlasse das Restaurant.

Ohne die Deckenventilatoren des Tiki Palms ist die abendliche

Luft schwer und schwül. Die Wellen schlagen auf den Strand, was ein deutlicher Gegensatz zu der Tanzmusik ist, die von Kumvit herüberweht. Ich atme tief ein, pumpe meine Lunge bis zum Anschlag mit salziger Luft voll. Dann gehe ich den Weg entlang, der vom Strand wegführt, aber je näher ich den Coral-Bungalows komme, desto unmöglicher erscheint es mir, mich in mein einsames Zimmerchen zurückzuziehen. Ich muss mich bewegen, muss darüber nachdenken, was ich als Nächstes machen soll. Muss mir überlegen, wie ich diese Geschichte erzählen will. Wie ich Lucy Gerechtigkeit verschaffen kann.

Ich biege von dem Pfad ab und nehme die Uferstraße Richtung Kumvit. Genau denselben Weg bin ich auch gegangen, als ich Daniel gefolgt bin. Nach wenigen Minuten komme ich zu der Gasse, wo ich ihn das letzte Mal gesehen habe. Instinktiv wandert mein Blick hinein, obwohl dort vermutlich nichts weiter als die Mülltonnen und die Palmwedel von vorhin zu sehen sind.

Dabei fällt mir am hinteren Ende der Gasse etwas auf. Dort liegt ein Bündel neben einer der Mülltonen. Gleich neben einer Wasserpfütze? Ein löchriger Müllsack vielleicht, den jemand dort abgelegt hat, anstatt ihn richtig zu entsorgen? Krampfhaft durchforste ich mein Gehirn, aber ich kann mich nicht erinnern, dass dieses Bündel vorhin schon da gelegen hat. Und irgendetwas daran, seine Größe wahrscheinlich, macht mich neugierig. Bevor mir selbst wirklich klar ist, was ich da mache, gehe ich darauf zu.

Ich halte den Atem an, um den süßlich-säuerlichen Müllgestank auszublenden, den ich vorhin vor lauter Aufregung gar nicht wahrgenommen habe. Je weiter ich gehe, desto düsterer werden die Schatten. Vom Licht der Laternen auf der Hauptstraße bekommt diese Gasse jedenfalls so gut wie gar nichts ab. Keine Restaurants, keine Kneipen. Nichts als Müll und eine selten genutzte Abkürzung.

Aber auch ohne Licht wird mir klar, nachdem meine Augen

sich an die Dunkelheit gewöhnt haben und ich näher komme, dass mit dieser Wasserpfütze etwas nicht stimmt. Sie ist nicht klar, sondern matt-dunkel. Ich starre sie an. Sie ist wirklich beinahe schwarz. Und jetzt nehme ich auch noch einen Geruch wahr, etwas Metallisches, was sich unter den Müllgestank mischt.

Ich nähere mich der Pfütze bis auf wenige Zentimeter. Allmählich schält sich eine Erkenntnis heraus, und ich lasse den Blick über das Bündel neben der Pfütze gleiten, das ich für einen Müllsack gehalten habe. Aber da habe ich mich ganz offensichtlich geirrt.

»Hallo?«, sage ich leise. Die Straße verschluckt die Angst in meiner Stimme und wirft sie als Echo zu mir zurück.

Meine Knie beugen sich, als würde mein Körper aus eigenem Antrieb handeln, bis ich neben dem Bündel knie. Ich berühre es mit den Fingern, drücke vorsichtig. Als ich die Finger wieder wegziehe, sind sie feucht und klebrig.

Das Bündel, das bisher an einer Mülltonne gelehnt hat, rutscht weg und kippt zur Seite. Mein Entsetzen darüber, dass mein Verdacht sich entgegen all meiner Hoffnungen bestätigt hat, raubt mir den Atem.

Das hier ist eine Leiche.

Allmählich nehmen meine Augen die Einzelheiten wahr. Da ist der hellrote Strich am Hals des Leichnams, an dem noch Bluttropfen kleben. Bald schon werden sie sich denen anschließen, die auf dem Boden bereits eine Pfütze gebildet haben. Es kostet mich eine Menge Überwindung, aber ich schaue mir auch die pinkfarbene Narbe auf der Wange an und schließlich die fast schwarzen Augen, die aus einem rasierten Schädel ins Nichts starren.

Es sind die vertrauten Züge des Mannes, mit dem ich gestern am Strand gesprochen habe, des Mannes, dem ich vor weniger als einer Stunde durch genau diese Gasse gefolgt bin.

Es ist Daniel.

KAPITEL 14

CASS

Die Personalversammlung ist zu Ende, und ich kämpfe mich auf dem Weg ins Tiki Palms durch den Strom der Resortangestellten, die alle zurück zu ihren Arbeitsplätzen wollen. Da durchschneidet ein fast unhörbarer Laut den Abend.

Schlagartig scheint alles schneller zu gehen, als hätte jemand die Vorspultaste gedrückt. Ich höre eine Frau rufen: »Da hat jemand geschrien!« Gäste und Angestellte sausen an mir vorbei, alle wollen anscheinend zum Ausgangspunkt des Schreis, wollen unbedingt die Ersten sein, die sehen, was da passiert ist. Ich werde von allen Seiten geschubst und gestoßen und einfach mitgerissen, bis ich eine feste Hand an meinem Oberarm spüre.

»Cass, komm mit«, höre ich Logan dicht an meinem Ohr sagen.

Ich folge ihm blind und höre, wie Doug in der Ferne die Stimmen der anderen übertönt.

»Ich bitte euch dringend, Ruhe zu bewahren!«, brüllt er der Menge mit gebieterischem Tonfall entgegen. »Die Gäste gehen bitte auf ihre Zimmer. Und die Mitarbeiter an ihre Arbeitsplätze.«

Logan führt mich in die entgegengesetzte Richtung, weg von dem ganzen Durcheinander. Erst als wir in einem geschlossenen Raum landen, wird mir klar, wo wir sind. Im Tauchladen.

Trotz der schwülen Hitze des Abends ist meine Haut kalt. Die Härchen an meinen Armen haben sich senkrecht aufgestellt. Logan findet irgendwo in einer Nische des Ladens eine Decke und legt sie mir um die Schultern, bevor er sich neben mich auf die Bank setzt.

Die Tür geht auf, und Neil kommt herein, gefolgt von Greta. Beide haben steinerne Mienen aufgesetzt.

»Was ist denn passiert?«, will Logan wissen.

»Ich weiß es nicht«, erwidert Greta. Ihre Stimme klingt, als käme sie von sehr weit weg.

»Anscheinend ist in einer der Seitengassen, die von der Uferstraße abzweigen, was passiert. Ein Verletzter. Aber ich war so weit entfernt, dass ich nicht gesehen habe, wer es ist«, sagt Neil.

Wieder geht die Tür auf. Dieses Mal sind es Brooke und Doug. Er hält sie am Ellbogen fest. Ich stutze beim Anblick dieses seltsamen Paares, bis mir ihre weit aufgerissenen Augen und ihr zerzauster Pferdeschwanz ins Auge fallen.

Logan und ich stehen sofort auf, und Doug bringt Brooke zu der Bank, damit sie sich setzen kann.

»Daniel«, sagt sie. »Ich hab ihn in einer Gasse bei der Uferstraße gefunden. Jemand hat ihm die Kehle aufgeschlitzt. Er ist verblutet. Er … er ist tot.«

»Aber … das kann doch nicht sein.« Es dauert einen Augenblick, bis mir klar wird, dass ich das laut ausgesprochen habe. Alle Augen sind auf mich gerichtet und ich laufe knallrot an. »Ich meine, er hat sie doch umgebracht. Lucy.«

Neil, Greta und Logan tauschen vielsagende Blicke aus.

»Cass, Lucys Tod war ein Unfall.« Logan redet mit mir wie mit einem Kind, das etwas nicht richtig verstanden hat, und ich werde allmählich sauer.

»Nein«, sage ich lauter, als ich eigentlich wollte. Ich fange an, von dem Zeitungsartikel zu erzählen, den ich entdeckt habe, doch dann geht schon wieder die Tür auf und unterbricht mich mitten im Satz. Ein Schwall feuchter Luft dringt in den Laden. Wir verstummen sofort, als wir sehen, wer da zu uns gekommen ist.

»Was für ein gottverdammter Albtraum«, murmelt Frederic und schüttelt dazu den Kopf. »Unten auf der Uferstraße herrscht das totale Chaos. Wer war das?« Er sieht uns alle der Reihe nach an, als würde er erwarten, dass irgendjemand ein Geständnis ablegt, dann spricht er weiter. Seine Stimme wird lauter. »Ich sehe es ganz deutlich vor mir. Die Leute werden nur noch von der Todesinsel oder so sprechen. Das Resort kann das unmöglich überleben. *Ich* kann das unmöglich überleben.«

Auf der Suche nach einem Schuldigen dreht Frederic den Kopf in alle Richtungen. Bis auf unser nervöses Schnaufen ist kein Laut zu hören, doch dann ertönt in der Ferne Sirenengeheul.

»*Merde.* Ich habe gedacht, wir hätten ein bisschen mehr Zeit.« Frederic ringt die Hände.

Ich frage mich, wann ich ihn das letzte Mal nervös erlebt habe, aber mir fällt nichts ein.

»Ich muss mit der Polizei reden. Ihr überlegt euch, wie wir das alles erklären sollen. Ach ja …« Er deutet mit dem Kinn auf Brooke. »Und schafft sie hier weg.«

Kaum ist Frederic verschwunden, stellt Neil sich neben Brooke und legt ihr eine Hand auf die Schulter.

»Brooke hat gerade einen heftigen Schock erlitten«, sagt er zu uns anderen. »Ich finde, sie sollte erst mal hierbleiben, bis sie sich ein bisschen erholt hat.«

Verstohlen blicke ich zu Doug hinüber und rechne fest damit, dass er Einspruch erhebt und versucht, Frederics Anweisung durchzusetzen, aber jetzt senkt er den Kopf und blickt zu Boden, um Neils herausforderndem Blick auszuweichen. Neils Vorschlag wird von allen mit zögerlichem Nicken quittiert. Brooke blickt Neil an und ich registriere eine Art stummer Übereinkunft zwischen den beiden.

Schweigend sitzen wir einen Augenblick lang da und haben

den Blick auf die Fenster gerichtet, aber in Gedanken sind wir alle irgendwo anders.

»Also, sind wir denn sicher, dass Daniel ermordet worden ist? Könnte es vielleicht auch ein Unfall gewesen sein?«, meldet sich Doug schließlich zu Wort. Sein hoffnungsvoll flehender Tonfall ist nicht zu überhören. Ich weiß genau, was er denkt – dasselbe wie wir alle. Wenn Daniel wirklich ermordet wurde, dann wird das Resort darunter leiden. Zwei Tote in einer Woche – drei innerhalb eines Monats, wenn man die Frau, die am Khrum Yai abgestürzt ist, mitzählt –, das ist zu viel. Der Ruf der Insel würde irreparablen Schaden nehmen.

»Nur wenn er in einer dunklen Gasse ganz aus Versehen in ein Messer gefallen ist«, entgegnet Brooke mit tonloser Stimme.

Damit haben sich alle Fragen aus dieser Richtung erledigt.

»Also dann«, fährt sie fort und ihre Stimme klingt jetzt fest und ohne jedes Anzeichen eines Schocks. »Sollen wir uns endlich eingestehen, dass hier irgendetwas vor sich geht?«

Als Antwort auf ihre Frage erntet sie nur Schweigen.

»Ich meine, es könnte immer noch ein Zufall sein«, sagt Logan irgendwann, als würde er laut denken.

»Im Ernst?«, gibt Brooke zurück.

»Ja. Es gibt keinen Hinweis darauf, dass Daniels Tod etwas mit Lucys oder dem dieser Frau, die vom Khrum Yai abgestürzt ist …« Er hält inne, als müsste er überlegen, wie sie geheißen hat, und mein Ärger von vorhin flammt wieder auf.

»Jacinta. Ihr Name war Jacinta«, wirft Brooke ungerührt dazwischen.

»Genau.« Logan fährt fort. »Ich meine, Lucy und Jacinta haben einen tödlichen Unfall erlitten. Aber bei Daniel war es wahrscheinlich etwas anderes.« Er sieht sich um, als wollte er um unsere Zustimmung bitten.

Greta nimmt den Ball auf. »Stimmt. Ich meine, wenn da wirklich ein Killer unterwegs wäre, der Jacinta, Lucy und Daniel umgebracht hat, müsste es dann nicht *jedes* Mal aussehen wie ein Unfall?«

Ich werde nervös und muss schlucken, als ich an die blauen Striemen an Lucys Hals denke. Aber jetzt ist vermutlich nicht der richtige Zeitpunkt, um die anderen daran zu erinnern.

»Oder aber Daniels Mörder hat es nicht geschafft, seine Tat wie einen Unfall aussehen zu lassen.« Brooke verfolgt unbeirrt ihren Weg. »Vielleicht hatte er keine Zeit mehr und hat den Leichnam deshalb auf der Straße liegen lassen.«

Im Gegensatz zu uns anderen scheint Brooke gar nicht zu begreifen, was Logan und Greta vorhaben. Sie klammern sich an jede noch so kleine Möglichkeit, die uns vor den schmerzhaften Konsequenzen dieser Todesfälle bewahren könnte. Falls Daniels Tod nichts mit den beiden anderen zu tun hat, dann hat das Resort vielleicht eine Chance, zu überleben. Und genau das brauchen wir. Denn das hier ist unsere Existenz. Ohne das Resort und die Touristen, die es anlockt, könnten wir auf dieser Insel nicht leben. Wir müssten sie verlassen. Wir würden alles verlieren.

Doug tut so, als hätte er Brookes Einwand gar nicht gehört. »Cass hat doch gesagt, dass Daniel vorbestraft ist, oder? Dass er gegen seine Bewährungsauflagen verstoßen hat. Ich schätze mal, er hat sich hier in irgendwelche dunklen Machenschaften reinziehen lassen. Und ...« Er unterbricht sich, zieht sein Handy hervor und tippt nachdenklich, die Stirn in Falten gelegt, darauf herum. »Wisst ihr noch, dieser Typ ... wie hieß der noch mal? Der, den sie vor ein paar Jahren mit aufgeschlitzter Kehle auch in einer dunklen Gasse gefunden haben, drüben auf Koh Samui. Ich finde den Artikel jetzt nicht, aber hat nicht die Polizei selbst damals vermutet, dass das die Thai-Mafia war und dass er in ihrem Auftrag Drogen geschmuggelt hat?« Er legt sein Handy wieder weg, wartet aber gar nicht auf eine Antwort. »Ich bin mir sicher, dass es so war. Vielleicht ist es ja bei Daniel dasselbe. Er war jedenfalls genau der Typ, der sich auf irgendwelche Drogengeschäfte einlassen würde.«

Brooke reißt den Kopf herum und fährt ihn an: »Jetzt haben wir also auch noch rassistische Vorurteile?« Wieder hat ihre Stimme diese etwas andere Melodie, die mir irgendwie bekannt vorkommt und mir ein unangenehmes Kribbeln verursacht. Aber bevor ich den Gedanken weiterverfolgen kann, erwidert Doug: »Das habe ich nicht gemeint und das weißt du genau.«

Sein Hals nimmt an beiden Seiten eine rötliche Färbung an und ich zucke zusammen. Ich weiß, wie er wird, wenn er sich in die Ecke gedrängt fühlt. »Frederic hat recht. Du gehörst hier nicht hin.« Er zeigt mit seinem Handy auf Brooke. »Du bist keine Angestellte und du bist keine von uns. Wahrscheinlich hast du nichts Besseres zu tun, als diese ganze Scheiße so schnell wie möglich bei Instagram zu posten.« Er wechselt in eine etliche Oktaven höhere Stimmlage, um sie nachzuäffen: »*Koh Sang bietet perfektes Wetter und fantastische Cocktails, aber die Sache mit den Morden, also, da sollten sie wirklich mal was unternehmen. Weil, das macht irgendwie die ganze Atmosphäre kaputt.*«

»He«, geht Neil entschieden dazwischen. »Hört zu. Wir sind alle gestresst, aber wenn wir uns jetzt streiten, ist niemandem gedient. Wir sollten uns an die Fakten halten. Drei Tote in einem Monat – einer davon eindeutig ein Mord –, das kann einfach kein Zufall sein.«

Stille breitet sich aus, während Neils Argument allmählich in die Köpfe einsickert.

»Aber das ergibt einfach keinen Sinn«, sage ich und sehe, wie alle Blicke sich auf mich richten. »Im Ernst. Ich bin wirklich überzeugt davon, dass Daniel etwas mit Lucys Tod zu tun hat. Ich glaube … dass er sie umgebracht hat.«

Fünf Augenpaare starren mich ausdruckslos an. Ich will es ihnen erklären, will ihnen sagen, dass die Indizien mich zu dieser logischen Schlussfolgerung geführt haben, aber mit einem Mal kommt mir alles so schwammig vor. Nichts ergibt mehr einen Sinn. Jeder einzelne Moment der vergangenen achtundvierzig Stunden ist wie ein Puzzleteilchen, aber keines passt zum anderen.

»Cass hat recht«, sagt Brooke nach einer gefühlten Ewigkeit. »Daniel ist Lucy während der Vollmondparty gefolgt. Er hat sogar ein Video davon gemacht und war bescheuert genug, es bei Instagram zu posten.«

Das scheint alle vollkommen unvorbereitet zu treffen. Niemand sagt ein Wort und Brooke fährt fort: »Und ich habe ihn noch vor ungefähr einer Stunde gesehen, genau in der Gasse, wo er … wo er dann gefunden wurde. Er ist ziemlich schnell aus meinem Blickfeld verschwunden, als wüsste er, dass er verfolgt wird …«

Sie verstummt und lässt uns mit noch mehr Fragen in der Luft hängen.

»Hört zu, es kann überhaupt keinen Zweifel geben, dass Daniel ermordet worden ist«, fährt Brooke fort. »Ihr habt es ja nicht gesehen, aber da war ein riesiger Schnitt in seinem Hals und alles war voll Blut.« Beim letzten Wort versagt ihr die Stimme, doch sie hat sich schnell wieder im Griff. »Ich habe Daniel so gegen Viertel vor acht in Kumvit gesehen, und zwar lebendig. Die letzte Fähre von Koh Sang geht um acht und vom Resort zur Fähre braucht man ungefähr eine Viertelstunde.«

Ganz langsam dämmert uns, was sie damit andeuten will, aber sie spricht es trotzdem aus.

»Wer immer ihn also ermordet hat, er oder sie befindet sich höchstwahrscheinlich noch auf der Insel.«

Bei diesen Worten aus Brookes Mund kommt es mir so vor, als würde eine Spinne mir den Rücken hinaufkrabbeln, dann legt sich eine unangenehme Stille über den Raum und wir starren einander an.

Die Insel ist klein und das Resort das einzige Hotel. Wegen der Vollmondparty auf Koh Phangan beherbergen wir zurzeit weniger als siebzig Gäste hier. Sie und dazu die einheimischen Inselbewohner bilden keine allzu große Auswahl.

»Also sollten wir vielleicht zuerst einmal feststellen, wo wir alle waren, als Daniel gestorben ist.« Brooke nützt die Tatsache, dass sie die Aufmerksamkeit der ganzen Gruppe hat. »Ihr wisst schon, damit wir als Verdächtige ausscheiden und uns unbelastet auf die Suche nach dem Täter machen können.«

»Na, toll, jetzt sollen *wir* also schuld daran sein?« Die Rötung an Dougs Hals hat sich zu einer großen dunkelroten Fläche entwickelt, die bis zu seinen Wangengrübchen reicht. »Das ist ganz schön dreist, Brooke, ausgerechnet von dir. Wir leben seit Jahren hier, und dann kommst du und fängst an, mit dem Finger auf uns zu zei…«

»Doug, sie hat doch recht«, fällt Neil ihm ins Wort. »Frederic hat gesagt, wir sollen die Sache wieder in Ordnung bringen. Dann muss es doch unser oberstes Ziel sein, denjenigen zu finden, der Daniel umgebracht hat. Sehen wir zu, dass wir diesen ersten Schritt zügig hinter uns bringen, dann können wir uns mit den eigentlichen Verdächtigen beschäftigen.«

»Na gut«, beginnt Greta beschwichtigend, »die Frage ist ja nicht weiter schwierig zu beantworten. Ich war bei der Personalversammlung und habe Frederic geholfen. Logan hatte Tresendienst im Tiki Palms, Neil und Doug waren auf Anweisung von Frederic im Laden und haben Papierkram erledigt und Cass sollte während der Versammlung die Rezeption betreuen. Frederic hatte allen eine Aufgabe gegeben.«

»Aber was war am Freitagabend?« Brooke ist noch nicht bereit nachzugeben. »Wo waren wir alle während und nach der Vollmondparty? Als Lucy ermordet worden ist?«

»Als sie gestorben ist«, verbessert sie Greta. »Ob es ein Mord war, wissen wir nicht.«

Brooke verdreht die Augen, hat aber offensichtlich keine Lust, diesen Streit wieder aufzurollen. »Ich fange an. Ich hatte keine große Lust auf die Party und wollte lieber allein sein, darum bin ich den Strand entlangspaziert. Und nach einer Weile bin ich nach Hause gegangen.«

Niemand nimmt den Faden auf, alle warten, dass irgendjemand anders das Wort ergreift. Brooke lässt ein ungeduldiges Schnaufen hören.

»Na gut, dann mache ich eben weiter«, sagt Doug schließlich. »Ich hab ehrlich gesagt keine Ahnung, was du hören willst. Es war eine Party. Ich hab gefeiert, hab ein paar Cocktails getrunken und mit einem Haufen Gästen geredet. Ich war ziemlich entspannt, schätze ich. Ist doch kein verfluchtes Verbrechen, oder?«

»Ja genau, ich auch«, schließt Neil sich an.

»Ich auch«, sagt Greta.

Ich registriere, dass Logan neben mir keinen Ton von sich gibt. Ich zermartere mir das Gehirn, suche nach irgendeiner Erinnerung an das Ende dieses Abends, daran, wie ich nach Hause gekommen bin. Alles, was nach dem Frangipani passiert ist, steckt in einem seltsamen Nebel fest, wo das Xanax und der Alkohol den größten Teil bereits verschluckt haben. Mehr als ein paar vereinzelte Erinnerungsfetzen – den stampfenden Bass, den Sand zwischen meinen Zehen, diese unbekannte Frauenstimme, die »nein, nein, nein« sagt – bekomme ich nicht zu fassen. Wieder packt mich tiefes Bedauern. Wie konnte ich bloß so dämlich sein?

Doch mit einem Mal fällt mir etwas aus dem Gespräch mit Logan gestern Abend ein, als er mir erklärt hat, wie er seinen Verlobungsring verloren hat. Ich war so sehr mit meinen eigenen Theorien beschäftigt gewesen, dass es mir gar nicht aufgefallen ist, aber jetzt springen mich seine Worte regelrecht an. *Als ich nach Hause gekommen bin, da hab ich die Kette in dem zusammengeknüllten*

Hemd wiedergefunden, aber keine Spur von dem Ring. Als *ich* nach Hause gekommen bin, nicht *wir*.

Ist Logan etwa ohne mich nach Hause gekommen? Und wenn ja, was habe *ich* dann gemacht? War ich etwa dabei, als Lucy gestorben ist?

Während ich darüber nachdenke, was das bedeuten könnte, überfällt mich ein mulmiges Gefühl.

»Cass.« Brooke stößt mich an, und mir fällt wieder ein, dass ich ja ihre Frage beantworten soll.

»Wir sind zusammen nach Hause gekommen«, rettet mich Logan. »Gegen halb zwölf, schätze ich.« Wenn ich es nicht besser wüsste, dann würde ich ihm voll und ganz glauben, aber ich sehe, dass die Haut rund um seine Augenbrauen kleine Fältchen wirft, und spüre, wie er meine Hand drückt.

»Und wann seid ihr anderen nach Hause gegangen?«, will Brooke wissen.

»So gegen elf vielleicht«, erwidert Greta. »Ich hatte ja am nächsten Morgen meinen Yogakurs.«

»Keine Ahnung, Detective«, sagte Doug spöttisch. »Ich habe nicht auf die Zeit geachtet. Wahrscheinlich so gegen Mitternacht.«

Neil nickt. »Ja, ich auch. Ich musste ja früh aufstehen und Cass bei ihrem Tauchkurs unterstützen.«

Die anderen reden weiter, aber ich höre ihnen kaum zu. Allmählich fange ich an zu begreifen, was für eine gewaltige Bedeutung das alles hat. Meine Erinnerungslücken aus jener Nacht, die Fragen, die ich nicht beantworten kann.

Was genau *habe* ich denn nun gemacht, als Lucy gestorben ist?

KAPITEL 15

BROOKE

Ich verschwinde so schnell wie möglich aus dem Tauchladen, bevor Frederic zurückkommt. Eine von seinen ätzenden Schimpftiraden ist das Letzte, was ich jetzt gebrauchen kann. Erst als ich draußen bin und die abendliche Luft einatme, wird mir klar, wie beengt ich mich da drin gefühlt habe, mit so vielen Menschen auf so engem Raum und mit all den Lügen, die aus allen Richtungen auf uns eingeprasselt sind.

Ich bin zu weit gegangen, das ist mir klar. Ich habe die Permanenten zu sehr unter Druck gesetzt, wollte zu viel und habe vergessen, mich anzupassen, und das alles, weil ich unbedingt herausfinden möchte, was Lucy wirklich zugestoßen ist.

Aber ich bin nicht dumm. Ich habe ihre angeblichen Alibis für die Vollmondparty sofort durchschaut, sobald sie den Mund aufgemacht haben. Ich habe ihre fahrigen Hände, ihre unruhigen Blicke genau registriert, während sie versucht haben, von ihren Partyerlebnissen zu berichten. Zufälligerweise waren sie alle allein unterwegs gewesen, sodass niemand ihre Geschichten bestätigen kann.

Und dann ist da noch Cass. Ich habe ihr sofort angesehen, dass sie keine Ahnung hat, wann sie an dem Abend zu Hause war. Bestimmt glaubt sie, dass Logan sie mit seiner Geistesgegenwart gerettet hat, aber wie er die Augenbrauen zusammengekniffen hat, als er behauptet hat, sie seien zusammen nach Hause gegangen … offensichtlicher hätte er sich gar nicht verraten können.

Sobald ich in der Geborgenheit meines Zimmers bin und die Tür fest hinter mir geschlossen habe, hole ich tief Luft. Herrlich, diese Ruhe.

Vorsichtig greife ich in meine Gesäßtasche, als könnte mich das, was darin steckt, beißen. Ich überlege noch, ob ich mir ein Tuch um die Hand wickeln soll, wegen der Fingerabdrücke, aber dafür ist es schon zu spät.

Also packe ich das Ding fester und ziehe es heraus.

Daniels Handy.

Als mir vorhin bewusst geworden ist, dass ich direkt vor Daniels Leichnam stehe, ist dieser Schrei einfach aus mir herausgebrochen. Aber als ich dann die hastigen Schritte auf der Uferstraße gehört habe, hatte ich einen kurzen Moment der Klarheit. Ich hatte gesehen, wo Daniel sein Handy aufbewahrt, weil er es, während ich ihm gefolgt bin, immer wieder aus der vorderen Tasche seiner Jeans gezogen hat, um etwas nachzusehen. Also habe ich die Hand in seine Tasche gesteckt und mich sehr bemüht, nicht zusammenzuzucken, als ich seine kalte Jeans gestreift habe. Als meine Fingerspitzen dann das harte Plastik berührt haben, hat mich eine Woge der Erleichterung überrollt. Wer immer Daniel ermordet hatte, hatte sein Handy nicht mitgenommen, warum auch immer. Ich habe es rausgezogen und eingesteckt. Im selben Augenblick habe ich schon die Schritte der ersten neugierigen Schaulustigen gehört, die um die Ecke kamen.

Falls Daniel nicht Lucys Mörder war, hat er vielleicht ja gewusst, wer es getan hat.

Irgendetwas geht hier vor, das weiß ich.

Und eines steht auch fest: Wenn ich die Nachforschungen Frederic und den korrupten Polizisten von Koh Sang überlasse, die sowieso nur das machen, was er sagt, dann werde ich die Wahrheit nie erfahren.

Jetzt sehe ich mir das Handy an. Ich halte kurz inne und versuche, so etwas wie Ehrfurcht angesichts der Tatsache zu empfinden, dass ich das Smartphone eines Toten in der Hand halte, dann drücke ich die Taste an der Seite und wecke das Display auf.

»Ach Daniel«, murmele ich erleichtert und verwundert zugleich, als direkt der Startbildschirm aufleuchtet. Keine Tastatur, die ein Passwort verlangt. Daniel muss der einzige Mensch unter vierzig sein, der sein Handy nicht gesichert hat. Gleichzeitig durchzuckt mich eine bedauerliche Erkenntnis. Ein ungesichertes Handy kann eigentlich nur bedeuten, dass Daniel nichts zu verbergen hatte.

Ich klicke seinen Messenger an und fange an zu scrollen. Ein Name nach dem anderen huscht über das Display – Sofie, Mum, Rod, Hamn – und ich lese mir jeweils die letzten Einträge durch. Es ist vollkommen banal: Englischer Slang mit Rod und Hamn, eine längere Nachricht an Mum, in der er sich entschuldigt und ihr mitteilt, dass es ihm gut geht und sie sich keine Sorgen machen soll, und dann noch eine sehr viel heißblütigere Nachricht an Sofia, die ich schnell wieder wegklicke.

Dann nehme ich mir den Startbildschirm vor und durchsuche die Massen von Apps nach dem grünen WhatsApp-Symbol, bis ich es schließlich gefunden habe.

Die neueste Nachricht stammt von einer unbekannten Nummer, deren Profilbild nur aus einer grauen Silhouette besteht. Sie ist um 18.24 Uhr auf Daniels Handy eingegangen. Ich halte den Atem an, während die Kommunikation geladen wird, und rechne mit einem längeren Austausch, zumindest aber mit mehreren Nachrichten von beiden Seiten.

Doch da steht nur eine einzige.

Ich weiß, wer du bist. Treffen um 19.50 Uhr, sonst geht meine nächste Nachricht an den britischen Bewährungsausschuss.

Angefügt ist eine genaue Ortsangabe, und mir wird schlagartig klar, dass der Treffpunkt in der Gasse lag, durch die ich Daniel gefolgt bin und wo ich ihn später tot aufgefunden habe. Die Begegnung hat nur zehn Minuten vor dem Beginn der Personalversammlung stattgefunden. Das bedeutet, dass Daniel, als ich ihn gesehen habe, auf dem Weg zu seinem Treffen mit dem unbekannten Absender dieser Nachricht war. Er muss gemerkt haben, dass ich ihm auf den Fersen bin, und hat sich versteckt, bis ich weg und er wieder unbeobachtet war.

Ich lese die Nachricht noch einmal. Und dann ein drittes Mal.

Wer immer der Absender dieser Nachricht war, er hat Daniel erpresst, um ihn zu einem Treffen zu zwingen. Aber warum?

Mein Gehirn arbeitet fieberhaft. Einzelne Fetzen des Videos von Lucy, das Daniel auf Instagram gepostet hat, vernebeln mir den Geist. Und dann macht es klick.

Wenn Daniel an jenem Abend wirklich Lucy gefolgt ist, dann hat er vielleicht ihren Mörder beobachtet, ja ihn vielleicht sogar im Bild festgehalten.

Das Handy fällt mir beinahe aus der Hand, so nervös hantiere ich damit herum, während ich nach Daniels Fotogalerie suche. Als ich das Symbol anklicke, wird das Display von kleinen Vorschaubildern geflutet, allesamt verschwommen und mit neonfarbenen Streifen versehen. Ich klicke das letzte Foto an. Es zeigt den Strand, ist allerdings viel zu dunkel. Ich wische mit dem Zeigefinger nach rechts und habe ein grobkörniges Selfie vor mir. Daniel hat denselben Farbstreifen auf der Wange, mit dem ich ihn zum Beginn der Partynacht gesehen habe. Er hat den Arm um eine Frau Mitte zwanzig mit leuchtend roten Haaren gelegt. Es folgen ungefähr fünf ziemlich ähnliche Aufnahmen. Immer starren Daniel und die rothaarige Frau in die Kamera, wobei sie manchmal die Lippen geschürzt und manchmal zu einem Lächeln geöffnet hat. Ich wische immer schneller durch Fotos, die nichts als Sand oder Füße zeigen und eindeutig das Werk eines Betrunkenen sind. Doch dann verharrt mein Finger nur wenige Zentimeter über dem Display in der Luft.

Es ist ein Video. Der Bildausschnitt zeigt ein großes Stück des Strandes. Ich erkenne es sofort. Das ist der Ausschnitt, mit dem das Video beginnt, das Daniel auf Instagram gepostet hat.

Allerdings hat dieses Video, im Gegensatz zu dem auf Instagram, auch Ton.

Ich starte es und schon geht es los. Seit heute Nachmittag habe ich es mir bereits so oft angesehen, dass ich den Ablauf sehr detailliert beschreiben könnte. Der einzige Unterschied besteht darin, dass Daniel hinter der Kamera etwas ruft: »Hey, Lucy, Schätzchen, komm tanzen!«

Blechern dringt der Bass zu den Handylautsprechern heraus und liefert den Soundtrack zu den anfangs stark verwackelten Bildern von der Tanzfläche. Aber alles andere bleibt unverändert: Daniel, der sich mit dem Handy in der Hand durch die tanzende Menge schiebt, bis er Lucy am Rand entdeckt. Die Linse fängt an zu zoomen, holt Lucy näher und näher heran, bis sie den ganzen Bildschirm ausfüllt. Ihre Blicke huschen nervös hin und her, die Hände zu Fäusten geballt. Gleich wird sie genau in die Kamera starren und das Video wird abrupt abbrechen.

Jetzt ist es so weit. Sie starrt mich aus dem Display an, sieht mir genau in die Augen. Ich warte auf das Ende, das ich schon von Instagram kenne, aber dieses Mal bricht das Video nicht ab.

»Komm schon, Lucy. Du willst es doch auch!«, höre ich Daniel brüllen.

Sie starrt noch ein, zwei Sekunden in seine Richtung, dann lässt sie ein schwaches Lächeln sehen und wendet sich ab.

»Na gut, selber schuld«, brummt Daniel.

Als Lucy irgendwo ins Nichts starrt, halte ich das Video an und werfe einen Blick auf die Zeitleiste am unteren Bildrand. Immer noch sind fünfundzwanzig Sekunden übrig.

Zunächst bin ich verwirrt, aber dann dämmert es mir. Instagram muss einen Teil des Videos, das Daniel gepostet hat, abgeschnitten haben.

Behutsam lasse ich es weiterlaufen und das Bild dreht sich um hundertachtzig Grad und fängt an zu hüpfen. Daniel scheint sich zurückzuziehen und hat anscheinend vergessen, dass er noch weiter filmt. Ich drehe das Handy so, dass ich einigermaßen erkennen kann, was da los ist, und sehe trotz der Entfernung, wie Lucy den Kopf in unterschiedliche Richtungen dreht, als würde sie irgendetwas suchen. Daniel und seine Kamera scheinen sie überhaupt nicht zu interessieren. Und dann verharrt sie und schaut irgendetwas an, etwas, was sich außerhalb des Bildausschnitts befindet.

Ich halte den Atem an, während sie einen Schritt auf das, was – oder die Person, die – sie da sieht, zumacht. Die Kamera folgt ihr, der Bildausschnitt wird größer, und ich sehe, dass sie mit jemandem redet.

Die Person hat der Kamera den Rücken zugekehrt, aber angesichts der breiten Schultern und der verfilzten Haare ist klar, dass es sich um einen Mann handeln muss. Er ist fast doppelt so groß wie Lucy, und ich sehe mit weit aufgerissenen Augen und angespannten Muskeln, wie er sich zu ihr hinunterbeugt und ihr etwas ins Ohr flüstert. Als er sich wieder aufrichtet, konzentriert sich das Video auf Lucy. Sie lächelt leise und nickt zustimmend.

Ich sehe, wie der Mann Lucy einen Drink in die Hand drückt und wie sie gehorsam daran nippt. Dann dreht er sich um und Lucy nimmt seine Hand. Er führt sie von der Tanzfläche weg in Richtung Wasser und blickt sich dabei um, als wollte er sich versichern, dass niemand sie beobachtet oder verfolgt.

»Ah, Kacke, das verdammte Video läuft ja im…«, höre ich Daniel knurren.

Und mit dieser letzten Bemerkung endet die Aufnahme.

Ich starre das Display mit dem allerletzten Standbild an. Es zeigt den Mann, der knapp an der Kamera vorbeischaut, und dann werde ich von einem Hustenanfall geschüttelt. Ich habe die ganze Zeit den Atem angehalten, ohne es zu merken.

Hastig streiche ich mit dem Finger über den unteren Rand des Displays, spule das Video etliche Sekunden zurück und sehe mir noch einmal an, wie das Gesicht des Mannes schärfer wird. Das Gesicht des Mannes, der Lucy von der Party weggezogen hat, in deren Verlauf sie allem Anschein nach gestorben ist. Das Gesicht des Mannes, der sie womöglich als Letzter lebend gesehen hat.

Ich erkenne die verfilzten Haare, das gelbe T-Shirt, das er am Freitagabend getragen hat, die schiefe Nase.

Doug.

KAPITEL 16
MONTAG

CASS

Als ich am nächsten Morgen aufwache, schläft Logan noch, aber jetzt wirkt er ausnahmsweise einmal nicht friedlich. Er hat die Stirn in Falten gelegt und ein Mundwinkel zuckt unaufhörlich.

Seit er mir gestern Abend im Tauchladen zur Seite gesprungen ist, haben wir kein Wort mehr miteinander gewechselt. Kaum war Frederic wieder da, hatte Logan sich auf den Weg ins Frangipani gemacht. Denn eines ist ganz deutlich geworden: Von einem banalen Mord wollen die Gäste sich die Party bestimmt nicht verderben lassen.

Als ich dann zu Hause war, habe ich eine Weile auf der Terrasse gesessen und nachgedacht. Anschließend habe ich diese Tätigkeit im Bett noch etliche Stunden lang fortgesetzt und an die Decke gestarrt, während meine Gedanken und Erinnerungen permanent im Kreis gelaufen und gegeneinandergekracht sind.

Je länger ich nachgedacht habe, desto irrwitziger wurden meine Gedanken. War es denkbar, dass das alles miteinander zusammenhing? War der Mörder womöglich identisch mit der Person, die mir diesen Drohbrief vor die Tür gelegt hat? Bin ich vielleicht das nächste Opfer?

Dennoch hat sich irgendwann eine Frage herausgeschält, die alle anderen übertönt hat: Wer steckt hinter all dem?

Ich musste an Brookes unnachgiebige Fragen denken und wie

sehr sie darauf beharrt hatte, dass wir unsere Unschuld beweisen sollen. An Gretas Erwiderung, dass wir während der Personalversammlung ja alle eine Aufgabe gehabt hatten und daher niemand von uns für den Mord an Daniel verantwortlich sein konnte. Aber wer dann?

Ich ging in Gedanken die Liste der anderen Angestellten durch, aber noch nie war mir aufgefallen, dass einer von ihnen einem Gast einen schiefen Blick zugeworfen oder gar etwas getan hätte, was einen Mordverdacht rechtfertigen könnte.

Also kamen nur noch die Einheimischen oder die Gäste des Resorts infrage.

Da fiel mir ein nur wenige Tage zurückliegendes Erlebnis ein. Im ersten Stock des Tiki Palms, umgeben von schwüler Hitze, schließen sich kräftige Finger um meinen Bizeps.

Ariel.

Ich musste daran denken, wie er innerhalb weniger Sekunden aggressiv geworden war. An seine schreckliche Prophezeiung.

Hier ist es nicht sicher. *Du* bist nicht sicher.

Vielleicht war es ja gar keine Prophezeiung gewesen, sondern eine Warnung.

Tamar hatte versucht zu beschwichtigen: *Meinem Mann geht es nicht so gut.*

Ariel ist krank. So krank, dass er einen Mord begehen würde?

Ariel kannte sowohl Lucy als auch Daniel aus dem Tauchkurs. Meines Wissens hat er auch kein Alibi für den Freitagabend – er hat sich nie dazu geäußert, ob er auf der Vollmondparty war oder nicht – oder für den Zeitraum der Personalversammlung.

Ariel könnte der Mörder sein. Dieser Gedanke ließ die Panik in mir aufflackern, löste einen Juckreiz unter meiner Haut aus. Ich wurde mit einem Mal unruhig, hatte das dringende Bedürfnis, etwas zu unternehmen. Aber selbst in meinem hysterischen Zustand war mir klar, dass ich ihn niemals zur Rede stellen konnte.

Frederic würde mich auf der Stelle feuern, wenn ich mitten in der Nacht ins Zimmer eines Gastes stürmen und ihn des Mordes bezichtigen würde.

Irgendwann hatte ich mir schließlich einen Plan zurechtgelegt. Ich würde das Gespräch mit den beiden suchen und mich erkundigen, ob Ariel wirklich krank war. Dabei würde ich die eine oder andere Frage einstreuen, von der ich mir einen Hinweis darauf erhoffte, ob er tatsächlich Lucy und Daniel ermordet hatte.

Nachdem ich diesen Gedanken bis zur Erschöpfung ausgewalzt hatte, wandte ich mich der Vollmondparty zu. Aber sosehr ich mich auch bemühte, mich zu erinnern – und ich gab mir wirklich alle Mühe, kniff die Augen so fest ich nur konnte zusammen und versuchte, jeden meiner Schritte nach dem Verlassen des Frangipani zu rekonstruieren, ging sogar so weit und googelte verschiedene Möglichkeiten der Selbsthypnose mit dem Ziel, verschüttete Erinnerungen wieder ans Tageslicht zu befördern, was sich allerdings als gewaltige Zeitverschwendung herausstellte –, der gesamte Abend blieb im Dunkeln. Meine einzige wirklich deutliche Erinnerung war die Stimme dieser Frau, die immer wieder ein einziges Wort wiederholte: »Nein, nein, nein!«

Als ich in den frühen Morgenstunden hörte, wie Logan nach Hause kam, war ich immer noch damit beschäftigt, in meinen Erinnerungen zu kramen. Ich hatte keine Ahnung, was ich ihm sagen sollte, wie ich ihm erklären sollte, weshalb ich mich nicht an die Geschehnisse jenes Abends erinnern konnte. Er hatte ja gesehen, was ich getrunken hatte, und wusste, dass das für einen Filmriss niemals gereicht hätte. Und dann wären mir genau zwei Möglichkeiten geblieben: Ich müsste ihm das mit dem Xanax und die gesamte Vorgeschichte beichten – oder ich müsste noch mehr Lügen spinnen. Und ganz egal, von welcher Seite ich es auch betrachtete, es würde immer auf dasselbe hinauslaufen: Logan würde mich schließlich verlassen.

Die eine oder andere Kleinigkeit aus meiner Vergangenheit habe ich ihm natürlich schon erzählt, Brotkrumen, die gerade so viele Details enthalten, dass sie die Wahrheit nicht preisgeben. Er weiß, dass meine Mutter an Krebs gestorben ist und dass ich damals dreizehn war und Robin zehn. Er weiß, wie nahe Robin und ich uns gestanden haben und dass sie und mein Vater bei einem Unfall ums Leben gekommen sind, als ich Collegestudentin war. Er geht davon aus, dass es ein Verkehrsunfall war – derselbe Unfall, der mir die Narbe über dem Herzen beschert hat –, und ich habe ihn immer in dem Glauben gelassen.

Wir hatten einfach nie das Bedürfnis, allzu ausführlich über unsere Vergangenheit zu reden. Ich weiß genauso wenig über seine Geschichte, nur einzelne kleine Bruchstücke, die im Lauf der Jahre irgendwann einmal zum Vorschein gekommen sind. Zum Beispiel, dass seine Malocherfamilie in Aberdeen eine ums Überleben kämpfende Baufirma besessen hatte und dass er das Gefühl gehabt hatte, als würde alles, was er in dieser Stadt machte, letztlich immer auf eine einzige Möglichkeit hinauslaufen: sein Leben lang für die Firma zu arbeiten sowie ein Mädchen aus der Stadt zu heiraten, das er nicht liebte und irgendwann hassen würde. Oder dass er und sein Bruder Alec regelmäßig davon geträumt hatten, zu reisen und die Welt zu sehen. Und dann war da noch der eigentliche Anlass, weshalb Logan Schottland den Rücken gekehrt hatte: als er Alec tot auf dem Beifahrersitz seines verbeulten Peugeot in der Garage entdeckt hatte. Der Motor war die ganze Nacht über gelaufen und das Garagentor war fest verschlossen gewesen.

Er hat einen Menschen verloren, den er von ganzem Herzen geliebt hatte, genau wie ich auch. Das ist eine tiefe Verbindung, die niemand sonst nachvollziehen kann. Auch wenn ich ihm nicht die ganze Wahrheit darüber gesagt habe, wie es zu diesem Verlust gekommen war.

Mir ist klar, dass ich ihn nicht länger anlügen kann. Irgendwann kommt der Zeitpunkt, wo ich mich verrate, und dann stürzt das ganze Kartenhaus in sich zusammen und begräbt mich unter sich. Als ich mir ausmale, was das bedeuten würde, treten mir die Tränen in die Augen. Dann müsste ich ausziehen, und wenn die anderen mitbekommen, wer ich wirklich bin, dann würde mir niemand auf dieser Insel Unterschlupf gewähren. Ich müsste also irgendwo ganz von vorne anfangen. Schon wieder. Ohne Logan, völlig auf mich allein gestellt.

Das kann ich nicht.

Darum habe ich mich gestern Abend, als Logan nach Hause gekommen ist, schlafend gestellt, habe tief und regelmäßig geatmet, so wie er es jetzt neben mir tut. Und ähnlich feige verlasse ich gleich das Haus, noch bevor er aufwacht. Es ist Montag, das heißt, ich besuche Gretas Yogakurs. Anschließend gehen wir traditionell einen Kaffee trinken, auch wenn wir dieses Mal sehr viel wichtigere Dinge zu besprechen haben werden als sonst.

Ich sehe auf meinem Handy nach, ob es schon irgendwelche Neuigkeiten in Bezug auf den Mord an Daniel gibt, aber Doug hat noch nichts von sich hören lassen. Also schlüpfe ich so leise wie nur möglich aus dem Bett, schnappe mir meine Gymnastikklamotten und meine Tasche, hole eine Xanax aus der Schachtel, bevor ich sie wieder in die hinterste Ecke meiner Nachttischschublade schiebe, und mache mich auf den Weg.

Kaum habe ich die Haustür geöffnet, legt sich die morgendliche Schwüle wie eine dichte, klebrige Decke auf meine Haut. Ich bemühe mich, so wenig wie möglich Lärm zu machen, während ich die Tür ins Schloss ziehe, aber der Schlafmangel und das Adrenalin, das immer noch durch meine Adern pumpt, lassen meine Hände zittern, sodass ich den Schlüssel fallen lasse.

»Scheiße«, entfährt es mir leise.

Ich bücke mich nach dem Schlüssel … und da sehe ich ihn.

Einen Briefumschlag, genau wie der, den ich vor ein paar Tagen bekommen habe. Und wie auf dem ersten Umschlag steht auch auf diesem hier mein Name, bloß dass da nicht *Cass* steht, sondern *Meghan*, in perfekter Druckschrift.

Zuerst stehe ich vollkommen erstarrt da, unfähig, den Blick abzuwenden. Dieser Name löst einen ganzen Schwall an überwiegend sehr unwillkommenen Erinnerungen aus. Ich komme mir vor, als würde ich in einen Abgrund stürzen, und muss mich mit der Hand an der Hauswand abstützen.

Langsam lege ich alles aus der Hand und nehme mit zitternden Fingern den Umschlag an mich. Es dauert eine Ewigkeit, bis ich den Klebestreifen aufgerissen habe.

Noch bevor ich den Umschlag aufklappe, weiß ich, was darin liegen muss, aber trotzdem halte ich den Atem an, während ich das bedruckte Blatt Papier auseinanderfalte.

Noch ein Zeitungsartikel.

Als Erstes bleibt mein Blick an der Überschrift hängen.

DAS HUDSON-MASSAKER:
WER IST DIE MÖRDERIN WIRKLICH?

Ich mache mir gar nicht erst die Mühe, den Text unter der Schlagzeile zu lesen.

Stattdessen wandert mein Blick an den unteren Seitenrand, wo eine weitere Botschaft auf mich wartet, geschrieben mit derselben Handschrift und derselben blutroten Tinte, die mir inzwischen so vertraut geworden ist.

Das ist alles Deine Schuld, Meghan. Und bald werden alle die Wahrheit erfahren.

KAPITEL 17

BROOKE

Es ist noch früh, gerade einmal sieben Uhr, und der Strand ist menschenleer. Die Gäste liegen wahrscheinlich alle noch in den Betten und schlafen ihren Kater von gestern Abend aus. An der Uferstraße, die ich vorhin passiert habe, ist auch alles ruhig. Nur der Bereich rund um die Seitengasse, in der ich gestern Daniel entdeckt habe, ist weiterhin abgesperrt.

Ich lasse den Blick über das türkisblaue Wasser schweifen, das sich bis in alle Ewigkeit vor mir ausbreitet. Seine Schönheit wirkt beinahe obszön angesichts all der Schrecklichkeiten, die sich in den vergangenen zwei Tagen hier abgespielt haben. Ich denke an das Grau im Krankenhaus vor etlichen Jahren, die Farbe, die mich immer noch bis in meine Träume verfolgt. Geistesabwesend spiele ich mit meinen Armbändern, dieser Fusion aus lebendigen Farbtönen, die mit voller Absicht den größtmöglichen Gegensatz zu diesem stickigen Grau bilden. Zugleich dienen sie als Schutzwall für meine Handgelenke, der mich vor all diesen Erinnerungen beschützen soll. Manche sind kunstvoll gearbeitet, bestehen aus Jadeperlen, rosafarbenen Metallen und fast schon angelaufenen Silberreifen, die ich günstig auf einem bosnischen Markt erstanden habe. Andere sind wesentlich schlichter, manchmal nicht mehr als ein Stück Schnur, wie das, das ich von einem kleinen rumänischen Mädchen geschenkt bekommen habe, nachdem ich in einer belebten Straße in Bukarest praktisch über sie gestolpert war. Sie war in Tränen aufgelöst, weil ihr ihre Eiswaffel auf den Boden gefallen war. Nachdem ich ihr eine neue gekauft hatte, hat sie das Armband von ihrem Handgelenk losgemacht, es um meines gewickelt und mich anschließend zum Dank umarmt. Jetzt bleibt mein Finger genau an diesem Stück Schnur hängen, als könnte ich mich allein durch die Berührung in jenen Augenblick zurückversetzen lassen, weit weg von allem hier.

Die ganze Nacht, seitdem ich das Ende von Daniels Video gesehen habe, haben meine Gedanken sich ununterbrochen überschlagen. Ich habe mir die Schlussszene immer wieder angesehen, habe stundenlang auf das Display gestarrt, um sicherzugehen, dass ich mich nicht irre, dass es wirklich das Gesicht dieses Mannes war. Ich habe es mir so oft angesehen, bis absolut kein Zweifel mehr bestehen konnte.

Der Mann auf dem Video, das war Doug.

Unmittelbar danach fielen die Spekulationen reihenweise über mich her. Wollte er sie vielleicht irgendwie belästigen, nachdem er sie von der Tanzfläche weggeführt hatte? Hat sie sich womöglich gewehrt, sodass er wütend geworden ist? Oder hatte er schon vor, sie zu ermorden, als er sie weggelockt hat? Vielleicht war das Ganze aber auch sehr viel harmloser gewesen und er hatte einfach nur ihre Nähe gesucht.

Aber was immer auch geschehen sein mag, Doug weiß mehr, als er zugeben will.

Es wundert mich nicht, dass er etwas damit zu tun hat. Trotz Logans Kälte ist Doug derjenige Permanente, zu dem ich am meisten Distanz empfinde. Er war mir von Anfang an unheimlich … diese Art, jede Urlauberin anzugraben, ohne ein einziges Mal einen Korb zu kassieren, und das nur, um den anderen immer wieder erzählen zu können, wie er sie alle ins Bett kriegt. Ich hätte mich auf meinen Instinkt verlassen sollen.

Ich gebe zu, dass ich ein kleines bisschen außer Kontrolle geraten bin, dass meine Wut mit jeder Wiederholung des Videos ein bisschen größer geworden ist. Darum bin ich heute Morgen schon früh zu einem kleinen Spaziergang aufgebrochen. Ich wollte den Kopf frei bekommen, wollte mir wieder klar darüber werden, weshalb ich eigentlich auf diese Insel gekommen bin.

»Schmeckt dein Kaffee?« Die Frage reißt mich aus meinen Gedanken.

»Gut. Und dein Zucker mit Sahne?«

Neil sitzt mir gegenüber und blickt mich jetzt mit gespielter Empörung an. Dann deutet er auf den Thai-Eiskaffee vor sich. »Es handelt sich hier um eine thailändische Spezialität, nur damit du's weißt. Ich mache nichts anderes, als mich auf die hiesige Kultur einzulassen.«

Ich lache und höre sofort wieder auf, als mir einfällt, was uns hierhergeführt hat.

Ich habe ihm von unterwegs eine Textnachricht geschickt und mir dabei eingeredet, dass ich erfahren will, wie er Doug einschätzt. Damit ich mir ein Bild davon machen kann, wozu er tatsächlich fähig ist. Neil ist noch länger auf der Insel als Doug und die beiden wohnen zusammen. Aber als ich die Nachricht an Neil geschrieben und ihn auf einen Kaffee eingeladen habe, habe ich keineswegs an Doug gedacht, sondern an die Hitze, die mich erfasst hat, als ich im Frangipani Neils Bein an meinem gespürt habe, an die sanfte Berührung seiner Lippen, als er mich inmitten des ganzen Chaos am Pho Tau Beach vor zwei Tagen auf die Wange geküsst hat.

Irgendwann ist mir klar geworden, dass meine Gedanken an Neil den Schutzwall, den ich mir im Lauf der Jahre zugelegt habe, allmählich aufweichen, und ich bin erschrocken. Aber jetzt, wo wir uns im Monkey-Bungalow, einem der Strandcafés am Pho Tau Beach, gegenübersitzen und er mich anlächelt, spüre ich sie wieder. Diese Ahnung der Möglichkeit. Die Sehnsucht nach seinem

Körper, seinen Berührungen. Mein Blick hängt wie immer an seinen sommersprossigen Lippen.

Ich verdränge all diese störenden Gedanken mit der einen Frage, die meinem Herzflattern mit absoluter Sicherheit ein Ende bereiten wird.

»Hast du irgendetwas Neues über den Mord an Daniel gehört? Hat die Polizei schon jemanden im Verdacht?«, frage ich ihn. Obwohl ich mir, nach allem, was ich über die Polizei von Koh Sang weiß, die Antwort eigentlich denken kann.

Neil schüttelt bedächtig den Kopf und bestätigt meinen Verdacht.

»Hör zu, es tut mir leid, dass du das alles …« Er verstummt und seine Miene wird plötzlich ernst. »… na ja, also, dass du das alles mitansehen musstest. Du darfst nicht glauben, dass das hier normal ist. Dass hier ständig … Gäste sterben.«

Ich sitze still da und überlege, wie ich darauf reagieren soll, aber Neil kommt mir zuvor. »Bitte entschuldige, das war unsensibel. Ich schätze, ich bin ein bisschen nervös«, sagt er und fummelt an seinem Strohhalm herum.

»Nervös?«, frage ich. Neil ist immer zu Scherzen aufgelegt, charmant und extrovertiert. Ich habe ihn noch nie auch nur ansatzweise nervös erlebt.

»Ja, genau.« Er kichert leise. »Du machst mich nervös.«

Ich klammere mich an meinen Kaffeebecher, starre konzentriert auf die kleinen Bläschen an der Oberfläche und versuche, die Hitze, die in meine Wangen strömt, zu ignorieren.

»Weißt du, neulich bei der Vollmondparty, da habe ich nach dir gesucht. Ich dachte, wir könnten vielleicht … ein bisschen Zeit zusammen verbringen«, fährt er fort.

»Ich auch«, erwidere ich leise, und ich meine es ernst.

»Aber du hast dich nicht gut gefühlt, oder? Nach allem, was du gestern Abend im Laden gesagt hast.«

»Ja, genau.« Ich starre wieder in meinen Kaffee. »Keine Ahnung, was da los war, aber irgendwie ging's mir nicht gut.«

Er nickt, und als ich keine weitere Erklärung nachschiebe, sitzen wir uns einige Sekunden lang in angenehmem Schweigen gegenüber.

Nach einer Weile erlischt Neils Lächeln und er sieht mich besorgt an.

»Hör zu, ich weiß, dass die letzten Tage sehr belastend waren. Und du hast bestimmt gemerkt, wie seltsam wir alle reagiert haben, nachdem das mit Lucy und Daniel passiert ist.« Er starrt aufs Wasser hinaus, und seine Miene versteinert, was sehr ungewöhnlich ist. Dann wendet er sich erneut zu mir. »Du musst verstehen, dass mein Leben ziemlich ätzend war, bevor ich hier gelandet bin. Ich habe noch nie mit jemandem darüber gesprochen, nicht mal mit Doug oder den anderen. Aber du hast so eine Art, dass ich dir irgendwie alles erzählen will …« Er seufzt und lässt seinen Satz wieder in der Luft hängen. Damit habe ich absolut nicht gerechnet, und als die Pause immer länger wird, befürchte ich bereits, dass da nichts mehr kommt. Doch dann nimmt er zögerlich den Faden wieder auf. »Ich habe ein paar Mal versucht, das Ganze zu beenden.«

»Was denn?«

»Mein Leben, Brooke«, erwidert er mit deutlich mehr Nachdruck als zuvor. »Einmal mit Tabletten und einmal mit Heroin. Hat beides nicht geklappt und ich bin immer nur im Krankenhaus gelandet. Im Rückblick wollte ich wahrscheinlich einfach nicht so unbedingt sterben. Weil ich sonst bestimmt eine Möglichkeit gefunden hätte. Aber damals ist es mir so vorgekommen, als könnte ich mich nicht einmal vernünftig umbringen.«

Seine Worte treffen mich hart. Ich kann mir beim besten Willen nicht vorstellen, dass der Mann, der da vor mir sitzt – der alberne pinkfarbene Cocktails trinkende Neil –, sich auch nur im

Entferntesten mit Selbstmordgedanken tragen könnte. Aber das haben die Leute bestimmt auch über mich gesagt. Ohne nachzudenken, lege ich meine Hand auf seine. Er hebt den Blick und sieht mir in die Augen.

»Als ich endlich aus England abgehauen bin, da habe ich ein neues Leben angefangen. Ich bin hier gelandet und konnte mir tatsächlich so was wie eine Zukunft vorstellen. Eine vollkommen andere Welt als die Hölle, in der ich zwanzig Jahre lang gelebt hatte. Ich war glücklich, zum allerersten Mal. Ich habe das Meer entdeckt und Freundschaften geschlossen. Mein ganzes Leben lang hatte ich die anderen immer nur von außen betrachtet und war neidisch darauf, dass sie einfach immer so weitermachen können. Aber als ich dann angefangen habe, mir hier ein Leben aufzubauen, also, das hat sich angefühlt, als hätten sie mich endlich in ihren Club aufgenommen, als hätte ich es tatsächlich verdient, glücklich zu sein.«

Er hält inne, während die wehmütige Erinnerung seine Augen funkeln lässt. »Sie haben mich zurück ins Leben geholt, verstehst du?«, fährt er fort. »Die Permanenten. Ich habe sie kennengelernt, und es hat sich angefühlt, als hätte ich endlich meine Familie gefunden. Meine wahre Familie. Menschen, die alles für mich tun würden, die mich lieben, ganz egal, was ich für eine Scheiße baue.«

Ich spüre denselben Riss in meinem Herzen wie im Frangipani. Eine tiefe Kluft der Sehnsucht, die gefüllt werden will.

Ich hole tief Luft. Soll ich es wirklich wagen? Soll ich wirklich jemandem anvertrauen, warum ich aus Kentucky weggegangen bin, warum ich alles, was ich kannte, verlassen habe? Ist jetzt der Zeitpunkt gekommen, mich zu öffnen, einem anderen Menschen mein Innerstes zu offenbaren?

»Tut mir leid, das war ein bisschen viel«, sagt Neil und zieht seine Hand zurück. Er lacht, aber ohne jede Freude, weil er mein Schweigen als Zurückweisung interpretiert.

»Nein, das ist es nicht.« Ich halte kurz inne. »Ich hab dasselbe gemacht.«

Er sieht mich neugierig an, und mir wird klar, dass meine Worte nicht viel Sinn ergeben.

»Ich habe auch versucht, es zu beenden.« Erneut fummele ich an meinen Armbändern herum. Ich kann spüren, dass er sich nach vorne beugt. Wir verschwenden beide keinen Gedanken mehr an unseren Kaffee, aber ich bringe nicht die Kraft auf, ihn anzusehen. »Im College, da habe ich … da ist etwas passiert. Etwas, von dem ich mich nur sehr schwer wieder erholt habe. Also habe ich … also, ich habe das einzige Mittel gewählt, das ich kannte.«

»Brooke, das tut mir wirklich sehr leid.« Seine Hand liegt nun auf meiner, aber ich wende mich ab, damit er die Tränen, die mir in die Augen steigen, nicht sehen kann. Den Rest erzähle ich ihm nicht. Zuerst der Krankenhausaufenthalt, die körperliche Genesung. Und dann, als ich gerade dachte, ich würde wieder in den dreckigen Wohnwagen meiner Mutter zurückkehren, die nächste Überraschung. Die Verlegung in das Krankenhaus gleich nebenan. »Ich hab keine Ahnung, was ich mit dir anfangen soll«, hatte meine Mutter gesagt. »Und wenn du noch mal so was probierst? Wie soll ich das überleben?«

Es klang, als hätte sie die Ironie ihrer Worte nicht einmal bemerkt. Aber warum habe ich mich überhaupt darüber gewundert? Sie war schließlich zuvor auch nie für mich da gewesen, warum also sollte sie ausgerechnet jetzt damit anfangen? Also blieb ich wochenlang in dieser Klinik mit den grauen Wänden, den grauen Fußböden und den grauen Patienten. Jeden Abend fiel ich, begleitet von den Schreien, die durch das Gebäude hallten, in den Schlaf. Ich verbrachte meine Tage auf diesem grässlichen Bett, während die Matratzenfedern sich in meinen Rücken bohrten, und dachte an den Menschen, der mich hierhergebracht hatte. Nicht meine Mutter, sondern derjenige, der wirklich dafür verantwortlich war.

Und ich schluckte meine Wut hinunter, Löffel um Löffel, bis sie sich in meinem Magen sammelte und immer größer wurde und mich zu einem Menschen machte, den ich nicht mehr erkannte. Ich lag da und wartete und zählte die Sekunden bis zu meiner Entlassung. Ich schmiedete Pläne, wie ich diesen Ort, meine Mutter, das alles so weit wie nur möglich hinter mir lassen konnte. Und dann, als ich tatsächlich entlassen wurde, habe ich meinen Plan in die Tat umgesetzt. Ich bin so weit wie nur irgend möglich weggegangen.

»Ich glaube, die meisten von uns hier haben irgendwas in der Art erlebt.« Neils Stimme holt mich in die Gegenwart zurück. »Es gibt nicht viele gut integrierte Erwachsene, die alles hinter sich lassen, um auf einer Partyinsel hinter dem Mond zu leben. Aber für uns hat es funktioniert. Koh Sang ist so eine Art sicherer Hafen. Ein Ort, wo wir uns endlich zugehörig fühlen, wo wir neu anfangen können.«

Ich nicke.

»Und jetzt haben wir große Angst, dass das alles mit einem Schlag zu Ende sein könnte, sobald diese schrecklichen Nachrichten an die Öffentlichkeit kommen. Aber wir haben sonst nichts. Wir wissen nicht, wo wir hinsollen.«

Er stützt den Kopf in die Hände, die Ellbogen auf dem Tisch, und es bricht mir das Herz. Ich kann ihn gut verstehen. Ich weiß, wie es ist, wenn man kein Zuhause hat, in das man zurückkehren kann. Ich lege meine Hand an seine Wange und er hebt den Blick, sieht mich an. Zum ersten Mal, so lange ich denken kann, fühlt sich die Haut eines anderen Menschen richtig an.

Ich hasse mich dafür, dass ich diesen Moment jetzt zerstören muss, aber ich habe keine andere Wahl.

»Neil. Ich glaube, ich weiß, wer Lucy umgebracht hat.«

Ich denke zurück an das Video und daran, wie Doug sich verstohlen umgesehen hat, als er Lucy von der Tanzfläche weggeführt hat. Irgendetwas ist da passiert. Etwas, das der Schlüssel zu alldem ist. Ich weiß es.

Neil zuckt sofort zusammen. Die Intimität des Augenblicks verfliegt, seine sommersprossigen Lippen bilden ein überraschtes »O«.

»Ich glaube, es war Doug.«

Ich weiß nicht, wie er reagieren wird. Vielleicht wird er von der plötzlichen Erkenntnis übermannt, den Freund, mit dem er seit Jahren zusammenwohnt, überhaupt nicht zu kennen. Oder vielleicht mit einer störrischen Verneinung. Mit allem habe ich gerechnet, aber ganz bestimmt nicht damit, dass er in schallendes Gelächter ausbricht.

Es fängt mit einem leisen Kichern an und entwickelt sich zu etwas am Rande der Hysterie. Lautes Atemholen, bebende Schultern.

»Tut mir leid«, sagt er irgendwann und versucht immer noch, sich in den Griff zu bekommen. »Ich möchte wirklich nicht lachen. Aber Doug? Im Ernst?«

Ich nicke und schildere ihm hastig das Video von Doug und Lucy. Das wird ihn überzeugen.

»Ach was, so ist Doug eben«, erwiderte Neil nur. »Der flirtet alles an, was nicht bei drei auf den Bäumen ist, das weißt du doch.«

Das bringt mich aus dem Tritt. Ich hatte fest damit gerechnet, dass Neil mich auf jeden Fall verstehen würde. »Ja, schon, aber Lucy ist in derselben Nacht noch gestorben. Womöglich war er der Letzte, der sie lebend gesehen hat. Er hat ihr einen Drink angeboten, und die Polizei hat doch gesagt, dass sie MDMA im Blut hatte, richtig? Vielleicht hat er den Drink ja damit versetzt. Dann lockt er sie von der Party weg und am nächsten Morgen ist sie tot? Ich meine, also echt jetzt, das kann doch kein Zufall sein.« Beim Klang meiner weinerlichen Stimme krümme ich mich innerlich vor Scham, aber wieso sieht außer mir niemand den Zusammenhang?

»Hör zu.« Neil hat sich endlich wieder im Griff. »Es tut mir leid, ehrlich. Es ist bloß … du kennst Doug nicht so gut wie ich. Ja, sicher, wenn es um Frauen geht, da kann er schon ein bisschen unangenehm rüberkommen, aber er hat es echt nicht leicht.« Er unterbricht sich und nippt an seinem Kaffee. »Also, wenn du ihm das verrätst, dann muss ich dich leider töten – 'tschuldigung, ein Scherz –, aber Doug ist, na ja, er ist unsicher. Ist immer noch auf der Suche nach seinem wahren Selbst. Irgendwie ist er hin- und hergerissen zwischen dieser Frederic-Rolle, die er gerne spielen würde – der große Zampano des Resorts und das alles –, aber gleichzeitig ist er irgendwie Anfang zwanzig stehen geblieben. Er hatte keine einfache Kindheit, wie wir alle nicht, und ich glaube, er versucht immer noch, seine verpasste Jugend nachzuholen. Und dazu gehört auch, dass er nach einer Frau sucht, die ihn versteht. Er packt es nur komplett falsch an.«

»Ja, schon, aber ich hab ihn doch gesehen, Neil. Ich habe ein Video gesehen, auf dem er Lucy wegbringt.«

Neil zuckt mit den Schultern. »Wahrscheinlich wollte er sie bloß angraben.«

»Aber warum behauptet er dann, er hätte Lucy auf der Party gar nicht gesehen?« Ich muss daran denken, wie glaubwürdig seine Lüge gestern Abend im Tauchladen geklungen hatte, wie mühelos er im Takt mit den anderen den Kopf geschüttelt hatte.

Neil seufzt. »Ach, nun mach mal halblang. Ich meine, wenn du eine romantische Begegnung mit jemandem gehabt hättest, der nur wenige Stunden danach ermordet wurde, würdest du das nicht auch lieber verschweigen?«

Mir wird klar, dass ich so nicht weiterkomme. Neil glaubt, dass er beurteilen kann, wozu Doug in der Lage ist und wozu nicht, aber ich weiß besser als alle anderen, wie gut manche Menschen ihr wahres Ich verbergen können. Also beschließe ich, meine Taktik zu ändern.

»Hast du eigentlich Jacinta gekannt?«

Erneut hebt Neil ruckartig den Kopf und sieht mich verwirrt an.

»Jacinta?«

»Die Frau, die vom Khrum Yai ›abgestürzt‹ ist«, füge ich hinzu.

»Na ja«, murmelt Neil. »Ich hab sie nur einmal gesehen. An einem Abend ist sie im Frangipani vorbeigekommen, als wir alle auch da waren. Ich glaub sogar, es war der Abend, bevor sie …«

Er braucht den Satz nicht zu Ende zu bringen, wir wissen beide, was er sagen will. Der Abend, bevor sie gestorben ist.

»Hat Doug sie auch gekannt?«

Die Frage scheint ihn zu wundern, aber als er mir dann in die Augen blickt, sehe ich ihm an, wie er allmählich zu begreifen beginnt.

Nach einer langen Pause nickt er einmal.

»Wir waren ziemlich besoffen, deswegen kann ich mich nicht mehr so genau erinnern. Ich hab wirklich keine Ahnung, wie sie überhaupt ins Frangipani gekommen ist. Vielleicht war das eine von diesen Kneipentouren, vielleicht hat sie auch jemand mitgebracht. Aber ja, Doug war scharf auf sie.«

Für einen Augenblick hängen diese Worte zwischen uns in der Luft.

»Aber sie ist allein wieder gegangen, da bin ich mir ganz sicher. Weil Doug nämlich stinksauer …« Neil bringt seinen Satz nicht zu Ende.

»Vor ein paar Tagen bin ich zusammen mit Cass zum Khrum Yai gegangen«, sage ich. »Da kann man ehrlich gesagt nicht einfach so abstürzen. Die Kante ist gut zehn Schritte vom Weg entfernt. Und in der Zeitung stand, dass ihre Leiche frühmorgens von Touristen gefunden worden ist. Wieso hätte sie denn bei Dunkelheit da hochgehen sollen?«

»Vielleicht wollte sie den Sonnenaufgang beobachten?«, schlägt

Neil vor, allerdings mit gedämpfter Stimme. Ich höre ihm an, dass er es selbst nicht glaubt.

»Das bezweifle ich. Ich glaube, dass sie gestoßen wurde. Und ich bin mir ziemlich sicher, dass auch Lucy ermordet worden ist. Vielleicht sogar vom selben Täter. Und Daniel, also, er musste vielleicht sterben, weil er etwas gewusst hat.«

»Warum bist du dir da so sicher?«, will Neil wissen.

»Ich hab … ich hab mich eben damit beschäftigt. Das ist alles.« Mehr will ich ihm nicht verraten, aber mit einem Mal sprudeln die Sätze nur so aus mir heraus. Als hätten die offenen Worte über meine Vergangenheit von vorhin irgendetwas in meinem Inneren gelockert. Jedenfalls erzähle ich Neil, wie Cass und ich Lucys Zimmer und ihre Social-Media-Accounts durchsucht haben. Dass Lucy uns alle sehr sorgfältig recherchiert und sich mit einer falschen Identität hier angemeldet hatte. Das Einzige, was ich ihm nicht beichte, ist, dass ich Daniels Handy mitgenommen habe. Diese Information will ich im Augenblick nicht einmal mit Neil teilen. Stattdessen behaupte ich, dass ich das Video von Doug und Lucy auf dem Instagram eines Urlaubsgastes gesehen habe.

Er betrachtet mich sehr aufmerksam und mit großen Augen.

»Was glaubst du? Könnte Doug vielleicht doch hinter alledem stecken?«, frage ich ihn dann.

Neil schüttelt vehement den Kopf. »Niemals.«

»Aber was spielt sich dann hier ab? Was ist denn los auf dieser Insel?«

Auf seiner Miene macht sich jetzt ein neues Gefühl breit, und es dauert einen Moment, bis ich es identifizieren kann. Aber dann macht es klick.

Angst.

»Hör zu«, sagt er und stößt einen tiefen Seufzer aus. »Ich gebe dir recht. Hier geht irgendetwas vor sich, und zwar tief unter der Oberfläche. Die Ursache für den Tod dieser Touristen. Aber du musst mir glauben, wenn ich dir sage, dass Doug garantiert nichts damit zu tun hat.«

»Aber wer dann?«

»Das weiß ich nicht, es ist nur …« Neil sieht sich um, um sicherzugehen, dass niemand unser Gespräch belauscht. Aber abgesehen von uns und einem gelangweilten Kellner, der am Tresen lehnt und mit seinem Handy herumspielt, ist niemand hier. »Es gibt Gerüchte, die behaupten, dass eine Gruppe von Einheimischen dahintersteckt. Leute, denen es nicht passt, dass die *Farangs* sich hier aufführen, als würde ihnen alles gehören. Andere glauben, es sei die Thai-Mafia, was Doug gestern Abend auch erwähnt hat. Sie verkaufen Drogen auf der Insel und bestechen die Polizei, und ich weiß, dass ihnen mindestens eine oder zwei Bars unten am Pho Tau Beach gehören. – Aber die Moral von der Geschichte ist, dass du aufhören musst, hier herumzuschnüffeln. Wer immer in diese Sache verwickelt ist, ist gefährlich. Und ich habe Angst, dass sie dich ins Visier nehmen, wenn du ihnen in die Quere kommst.«

Ich nicke, obwohl ich nicht wirklich überzeugt bin. Neil muss mir das ansehen, denn jetzt packt er mit beiden Händen meine Unterarme. Ich merke, wie mir der Atem stockt, während er mich sanft über den Tisch zu sich zieht, bis unsere Gesichter nur noch wenige Zentimeter voneinander entfernt sind.

»Es ist mein voller Ernst«, sagt er und sieht mich mit großen, zärtlichen Augen an. Ich spüre, wie die Wärme von vorhin in meine Wangen zurückkehrt. »Seit du hier bist, fühle ich mich irgendwie … ich weiß auch nicht. Es kommt mir so vor, als würde Koh Sang plötzlich so viele Möglichkeiten bieten, die ich vorher nie wahrgenommen habe. Dinge, die ich nicht für möglich gehalten habe.« Er gibt ein leises, verlegenes Glucksen von sich, lässt aber Gott sei Dank die Hände auf meinen Armen. »Also echt, ich höre mich an wie ein Volltrottel. Ich will einfach nicht, dass du in das alles reingezogen wirst. Wenn du verletzt würdest – oder noch Schlimmeres, Gott bewahre –, ich weiß wirklich nicht, was ich dann machen würde …«

Neil verstummt, und noch bevor mir überhaupt klar ist, was ich da tue, bevor ich mich daran hindern oder an die eine Million Gründe denken kann, die dagegensprechen, beuge ich mich noch dichter zu ihm, befreie meine Arme aus seinem Griff, lege meine Hände links und rechts auf seine Wangen und drücke meine Lippen auf seine.

KAPITEL 18

CASS

»Beugt das rechte Bein nach hinten und reckt es Richtung Himmel. Und jetzt greift ihr mit dem linken Arm nach hinten an den rechten Fuß. Genau so.«

Ich zittere immer noch, als ich im Fitnesscenter am anderen Ende des Resorts ankomme. Während ich die Stufen zum Yogastudio hinaufgehe, schwebt mir Gretas melodischer Akzent entgegen. Ich habe unverhältnismäßig viel Zeit damit verbracht, diese neue Nachricht zu verarbeiten. Erst habe ich in der Küche gesessen und auf den Zettel gestarrt, dann, nachdem mir klar geworden war, dass Logan bald aufstehen würde, habe ich ihn eingesteckt, mich aufs Motorrad gesetzt und bin im Kreis um die Insel gefahren, um nachzudenken. Darum ist Greta jetzt, wo ich hier ankomme, schon beim Ende ihrer Stunde angelangt.

Nach allem, was gestern Abend passiert ist, war ich davon ausgegangen, dass das Studio leer sein würde, aber genau das Gegenteil ist der Fall. Der Fußboden zwischen den beiden Spiegelwänden liegt voller Yogamatten und die teilnehmenden Gäste haben gerade mal eine Armlänge zwischen sich Platz. Die Fenster am hinteren Ende stehen weit offen und die Morgensonne taucht das Studio in strahlendes Licht. Deckenventilatoren mit hölzernen Blättern erzeugen eine sanfte Brise, die die zarten Flämmchen der Kerzen, die Greta in jeder Ecke des Raums aufgestellt hat und die Lavendel- und Eukalyptusduft verbreiten, zum Zittern bringt.

Alles hier strahlt eine friedvolle Ruhe aus, aber mein wild pochendes Herz lässt sich davon kaum beeindrucken. Die Worte, die ich gelesen habe, dröhnen schrill durch meinen Kopf.

Das ist alles deine Schuld.

Ich sehe zu, wie die Gäste Gretas Anweisungen folgen und anmutig auf einem Bein balancieren. Einen Augenblick lang wünsche ich mir, ich könnte eine von ihnen sein, so weit weg von der Welt da draußen, dass ich mein Gehirn ausknipsen und meinen Körper in Form einer Brezel verbiegen kann.

Aber das kann ich nicht.

Bald werden alle die Wahrheit erfahren.

»Ich hoffe, dass eure Energien jetzt fließen und ihr bereit seid, den neuen Tag in Angriff zu nehmen«, beschließt Greta ihren Kurs. »Namasté.«

Ich gehe auf Greta zu, aber noch bevor ich bei ihr bin, wird sie von mehreren Gästen bestürmt. Wahrscheinlich alles Yogafans, die ihre Bewunderung zum Ausdruck bringen wollen, doch als ich näher komme, wird mir klar, weshalb sie heute Morgen so viele Teilnehmerinnen und Teilnehmer hatte.

»Weißt du, wer es war? Hat die Polizei schon eine Vermutung?«, will eine junge Frau mit breiter, glänzender Stirn und einem pinkfarbenen Sport-BH wissen.

»Ja, also, ich war ja ganz dicht dran. Seine Kehle war richtig aufgeschlitzt – genau wie im Fernsehen – und überall war Blut. Ist der Täter immer noch auf der Insel?« Ein hagerer Typ mit einem Hauch von Akne entlang seines Haaransatzes sieht Greta auffordernd an. Die anderen nicken. Greta hält ihr Lächeln aufrecht, aber ich sehe, wie ihre Augenbrauen sich ein wenig zusammenziehen. Die kleine senkrechte Falte in der Mitte ihrer Stirn ist das einzige Anzeichen für ihre Verärgerung.

Mich packt eine Wut, die so gar nicht zu der Atmosphäre hier im Studio passen will. Ich hätte sie alle am liebsten mit den Fäusten bearbeitet, mit den Fingernägeln gekratzt, alles getan, um ihnen irgendwie Schmerzen zuzufügen. Ich kenne diese Leute. Diese aufmerksamkeitsgeilen Gaffer, die sich überschlagen, um eine Tragödie aus der ersten Reihe mitzuerleben, aber eben immer nur so, dass sie nicht selbst davon betroffen sind. Sie sind überall gleich: meine Mitbewohnerin am College, die falsche Tränen weint, während sie den Reportern erzählt, dass sie mich schon immer »irgendwie seltsam« fand; die »Freunde«, die sich einen Dreck um Robin geschert haben, als unsere Mutter gestorben war, und die sich jetzt alle darum reißen, die sentimentalste Ruhe-in-Frieden-Botschaft auf ihrer posthumen Facebook-Seite zu hinterlassen. Und jetzt diese Leute hier.

»Tut mir leid, dazu kann ich wirklich gar nichts sagen«, erwidert Greta. »Ich weiß genauso wenig wie ihr. Aber ich sage euch Bescheid, sobald ich irgendetwas erfahre, versprochen. Am besten kommt ihr heute Nachmittag alle zu unserer Neunzig-Minuten-Bikram-Session.«

Ich mustere die enttäuschten Gäste, die an mir vorbeigehen, und balle die Hände zu Fäusten. Aber sie merken das nicht einmal, weil sie viel zu viel mit der Bedeutsamkeit ihres eigenen Lebens und ihren niedrigen Gelüsten zu tun haben.

»Cass, Liebes!« Gretas Stimme reißt mich aus meinem Ärger. »Komm, setz dich doch.« Sie zieht eine Yogamatte aus einer Ecke und schüttelt sie mit einer gekonnten Bewegung aus, sodass sie ein kleines Stück von ihr entfernt flach auf dem Fußboden landet. »Ich besorge uns ein Schlückchen Wasser.«

Ich setze mich auf die Matte und ziehe die Beine unter meinen Körper. Eine Minute später kommt Greta mit zwei Gläsern kaltem Wasser wieder. In jedem schwimmen ein paar Gurkenscheiben. Sie trägt ein Ensemble aus Leggings und Sport-BH, das ihre definierten Bauchmuskeln gut zur Geltung bringt. Die Haare hat sie zu einem festen Knoten gebunden. Anmutig lässt sie sich im

Schneidersitz auf ihre Matte sinken, beugt sich zu mir und ergreift meine Hände.

»Ach, du süßes Ding«, sagt sie, als sie meine Erschütterung wahrnimmt, und sieht mich mitfühlend an. »Als du nicht zum Kurs gekommen bist, habe ich mir gleich gedacht, dass etwas nicht stimmt. Wie geht es dir?«

Das reicht schon. Ich breche zusammen. Die Tränen haben kaum Zeit, sich zu bilden, da rinnen sie mir schon in großen Schüben übers Gesicht. Alles wird nach draußen gespült: meine Angst davor, enttarnt zu werden; meine Paranoia; meine Traurigkeit über Lucys Tod; Daniels Ermordung. Greta bleibt sitzen, nimmt mich in die Arme und schaukelt mich sanft hin und her.

Während ich heute Morgen über die Insel gekurvt bin und versucht habe, diesen Drohbrief und seine Bedeutung zu verarbeiten, ist mir klar geworden, dass Greta genau die richtige Ansprechpartnerin ist. Ihre kurze Rede bei unserer Verlobungsfeier hat den Nagel auf den Kopf getroffen. Wenn die Permanenten eine Familie sind, dann ist Greta die Mutter. Das mag ein wenig lächerlich wirken, da sie nur zehn Jahre älter ist als ich, aber sie ist von Natur aus eine Kümmerin. Seit wir uns vor zwei Jahren an meinem ersten Abend im Frangipani kennengelernt haben, hat sie mich unter ihre Fittiche genommen und mich gewissermaßen behütet. Seit Monaten überlege ich schon, ob ich ihr meine Vergangenheit beichten soll. Jede Woche bei unserem Plausch nach dem Yoga bin ich kurz davor, ihr alles zu erzählen. Aber jedes Mal hält mich etwas davon ab.

Ich reibe meinen Kopf an ihrem Arm, genieße ihre Streicheleinheiten, rede mir ein, dass sie alles wieder in Ordnung bringen wird. Dass sie bestimmt weiß, was zu tun ist.

»Dieses arme Mädchen hatte so einen Tod niemals verdient, genauso wenig wie dieser Mann. Du hast bei alledem so viel Stärke bewiesen. Ich bin so stolz auf dich.«

Ich blicke in Gretas dunkle Augen, die voller Mitgefühl sind. Ich will etwas erwidern, aber es kommt mir vor, als ob meine Kehle mit Mullbinden verstopft wäre. Die Tränen fließen immer schneller, und bald schon werde ich von einem heftigen Schluchzen geschüttelt, das mir sämtliche Luft raubt. Nach einer Minute durchbricht Gretas Stimme das ganze Chaos und fordert mich auf, mich auf meinen Atem zu konzentrieren. *Eins, zwei, ein.* Ich spüre, wie sie mit der Hand sanfte Kreise auf meinem Rücken beschreibt. Keine Ahnung, wann das angefangen hat. Etliche Minuten lang bleibe ich so sitzen und genieße den skandinavischen Singsang ihrer Stimme, die mir sanft wie ein Wiegenlied sagt, wann ich atmen soll. *Eins, zwei, aus.*

Irgendwann habe ich mich zumindest einigermaßen wieder im Griff. Mein Atem normalisiert sich und ich sehe Greta an. Schlagartig überkommt mich der überwältigende Drang, es ihr zu erzählen. Noch nie war dieses Bedürfnis so stark wie jetzt. Es wäre so einfach … die Drohbriefe, die Tabletten, die Vollmondparty, an die ich mich kaum erinnern kann, das alles eben. Endlich jemandem das absolute Vertrauen zu schenken.

Aber was, wenn Greta – die kümmernde, liebevolle Greta – mich zurückweist? Was dann? Sie würde es garantiert Logan erzählen … ich könnte sie nicht zwingen, solch ein Geheimnis für sich zu behalten. Und dann würde er wissen, dass ich ihn belogen habe. Dass ich sie alle belogen habe.

»Wir müssen jetzt nicht gleich darüber reden«, sagt Greta behutsam, als hätte sie meinen inneren Dialog mitgehört.

Ich nicke, bin dankbar für dieses Angebot und überlasse mich dem Kerzenduft und dem einschläfernden Säuseln des Ventilators.

»Es tut mir so leid«, sage ich irgendwann, als meine Stimme schon fast wieder normal klingt.

»Was, um alles in der Welt, sollte dir denn leidtun?« Bei dieser Entgegnung hat sie die Stirn in Falten gelegt.

»Mit allem, was in letzter Zeit passiert ist, erst die Verlobung und jetzt …« Ich beschreibe mit ausgestreckten Händen einen Halbkreis. »… alles das, und ich habe mich gar nicht nach dir erkundigt. Alice ist ja erst seit ein paar Wochen weg. Wie geht es dir denn damit?«

Ein Schatten legt sich auf ihr Gesicht, und es ist, als würde etwas in ihr zusammenstürzen.

»Ich …« Sie bricht ab. »Ich schaff das schon. Es dauert eben seine Zeit.«

Das versetzt mir einen Stich mitten ins Herz. Greta ist der einzige Mensch hier auf der Insel, der mir vom ersten Tag an in Bezug auf seine Vergangenheit nichts vorgemacht hat. Nach unserer ersten Begegnung im Frangipani hat sie mich zu einem Spaziergang am Pho Tau Beach eingeladen, nur wir zwei. Und dabei hat sie mich keineswegs ausgefragt, wieso ich denn nach Koh Sang gekommen bin – Gott sei Dank –, sondern hat mir sehr offen ihre eigene Geschichte geschildert.

Sie hat mir von Alice erzählt, der stillen dunkelhaarigen Frau, die ich an jenem ersten Abend im Frangipani und auch später noch etliche Male gesehen hatte. Und jedes Mal hatte Greta ihr schützend den Arm um die Hüfte gelegt. »Ich habe Alice in der Schule kennengelernt, in einem Städtchen bei Stockholm. Ich habe sofort gewusst, gleich bei der ersten Begegnung, dass sie meine Traumfrau ist. Noch nie zuvor hatte ich etwas Ähnliches empfunden.« Die Erinnerung hatte ein Leuchten in Gretas Augen gezaubert.

»Aber Alices Eltern hatten dafür kein Verständnis. Sie stammen aus dem Norden Schwedens und sind sehr altmodisch. Sie konnten sich nicht vorstellen, dass ihre Tochter mit einer Frau zusammen war. Und Alice, na ja, sie hat das sehr stark belastet. Für sie war es, als hätten ihre Eltern das gesamte Land vergiftet. Wir mussten weggehen, weit weg, irgendwohin, wo wir akzeptiert wurden. Wir sind viel gereist, waren in Indien, Indonesien, Laos. Aber als wir nach Koh Sang gekommen sind, ist etwas Besonderes passiert. Wir haben mit einem Mal so viel Liebe gespürt, alle beide. Wir konnten uns hier eine Zukunft vorstellen. Ich würde Yogakurse geben und sie wollte in einem der Restaurants am Strand kochen.«

Jetzt lächelt Greta mich mit der gleichen Wehmut im Blick an wie damals bei unserem ersten Strandspaziergang, als sie mir von Alice erzählt hat. »Eine Zeit lang haben wir uns hier sehr wohlgefühlt. Ich habe das Studio geleitet und Alice hat praktisch die Küche im *Aroy Mak* geschmissen …« Sie lässt das Ende ihres Satzes in der Luft hängen. »Ich meine, wir haben uns mehr als wohlgefühlt. Du hast es ja mitbekommen.«

Das stimmt. Greta hat Alice bei jeder Gelegenheit mit Liebe überschüttet. Wenn die beiden zusammen waren, dann kam ihre mütterliche Art immer voll zur Entfaltung. Aber Alice war anders als sie, kühler. Sie war ein wenig schüchtern und wirkte ziemlich jung, obwohl sie ungefähr in Gretas Alter sein musste. Jedenfalls bin ich nie so richtig schlau aus ihr geworden. Während Greta immer im Mittelpunkt der Gruppe stand, blieb Alice eher am Rand und hielt sich von den Permanenten fern, als wollte sie nicht dazugehören. Um ehrlich zu sein, ich habe nie verstanden, was Greta eigentlich in ihr gesehen hat.

Vor ein paar Wochen, kurz bevor Brooke auf der Insel gelandet ist, bin ich eines Abends ins Frangipani gekommen und habe gesehen, dass Neil, Doug und Logan einen engen Kreis um Greta gebildet hatten. Sie hatte die Hände vors Gesicht geschlagen und schluchzte, dass ihre Schultern bebten. Alice hatte sie verlassen. Greta war von einem Pilateskurs nach Hause gekommen und hatte festgestellt, dass Alice mitsamt ihren Habseligkeiten verschwunden war, ohne Abschiedsbrief oder eine andere Erklärung.

»Ich habe das überhaupt nicht kommen sehen«, sagt Greta

jetzt. »Ich glaube, ich habe mich in einer falschen Sicherheit gewiegt. Ich dachte, dass es absolut keinen Grund zur Sorge gibt.«

Ich zittere. Ihre Worte sind mir ein bisschen zu dicht an meiner eigenen Wahrheit. Ich zwinge mich zu einem verständnisvollen Nicken.

Unser Gespräch verstummt, aber die anschließende Stille hat nichts Unangenehmes. So war es mit Greta von Anfang an. Sie ist die Einzige hier, mit der ich reden kann, ohne mich selbst ständig zu hinterfragen, die Einzige, bei der ich nach einem Gespräch nicht stundenlang überlege, ob ich vielleicht etwas Unpassendes gesagt oder den falschen Ton angeschlagen habe.

Und endlich kommt es mir auch so vor, als wäre der Zeitpunkt gekommen, mich ihr anzuvertrauen. Noch bevor ich es verhindern kann, habe ich die Worte ausgesprochen.

»Greta, ich brauche deinen Rat. Ich … ich war nicht ganz ehrlich.« Meine Gefühle schnüren mir die Kehle zu. »Ich habe Logan angelogen … was meine Vergangenheit angeht.«

Sie schweigt und ich kneife die Augen zusammen. Ausnahmsweise wage ich nicht, sie anzuschauen. Ich habe Angst, dass sie mich verurteilt.

»Und jetzt, wo …« Ich schlucke den Rest des Satzes hinunter. Was ich eigentlich sagen will, ist: *Jetzt, wo mir jemand droht, mich bloßzustellen, meine wahre Identität zu offenbaren, jetzt wird er herausfinden, wer – oder was – ich in Wirklichkeit bin.* »Jetzt, wo wir heiraten werden, muss ich ihm alles sagen. Ich kann ihm die Wahrheit nicht mehr länger vorenthalten.«

Ich warte auf Gretas Antwort. Die Zeit dehnt sich ins Unendliche und mein Magen ballt sich zusammen.

»Ach Cass«, sagt sie, und ich spüre, wie meine Muskeln sich entkrampfen. Sie versteht. Schließlich schlage ich die Augen auf und blicke ihr ins Gesicht, auf dem nichts als reinstes Mitgefühl zu erkennen ist. Bestimmt wird sie mir gleich alle möglichen Fragen stellen – sie muss doch neugierig sein –, aber ich habe mich geirrt. Vielmehr schließt sie mich erneut in die Arme und murmelt mir sinnloses Zeug ins Ohr.

»Meine süße Kleine«, sagt sie dann, nachdem wir uns voneinander gelöst haben. »Du musst ihm die Wahrheit sagen. Vor dem Beginn eurer Ehe reinen Tisch machen. Ohne Lügen.«

Ich habe gewusst, dass sie das sagen würde, weil es genau das ist, was ich tun muss.

»Und woher weiß ich, dass er mich dann nicht verlässt?«

Bei dieser Frage legt sich ein Schraubstock um mein Herz.

»Das wird er niemals tun«, beteuert Greta mit sanftmütiger Stimme. »Noch nie zuvor hat Logan jemanden so angesehen, wie er dich ansieht. Er liebt dich so sehr, und zwar bedingungslos. Das wird sich niemals ändern.«

Verzweifelt klammere ich mich an ihre Worte. Ich will ihr glauben, aber sie war in diesem Hotelzimmer nicht dabei. Sie weiß nicht, was ich getan habe. Sie kennt mein wahres Ich nicht, genauso wenig wie Logan. Und sie weiß auch nicht, was für eine schwierige Phase wir kurz vor der Verlobung durchgemacht haben.

Es gibt noch eine Sache, die ich ihr erzählen muss. Etwas, das ihre Meinung womöglich komplett ins Gegenteil verkehren wird.

»Logan hat mich betrogen, Greta«, platze ich heraus.

Sie zuckt zurück, als hätte sie sich verbrannt, aber ich rede weiter, lege den Finger in die Wunde. »Das ist noch gar nicht lange her. Mit dieser Jacinta. Die am Khrum Yai abgestürzt ist.«

Der Schock scheint aus Gretas Gesicht zu weichen und sie sitzt regungslos da.

»Du hast das gewusst?«, frage ich sie mit vorwurfsvoller Stimme.

Sie nickt kleinlaut. »Er hat es mir danach erzählt. Und dass es eine einmalige Sache war, dass er einen Fehler gemacht hat. Ich habe nicht gewusst, dass du Bescheid weißt.«

Er weiß das auch nicht. Aber ich habe die beiden gesehen.

Logan hatte mir erzählt, dass er mit Doug ins Fitnessstudio geht, so wie meistens am Nachmittag, bevor das Frangipani öffnet. Ich war an dem Tag früher als sonst mit der Arbeit fertig und dachte, ich könnte ihn überraschen. Also bin ich auf dem Nachhauseweg beim Studio vorbeigefahren. Aber dann habe ich weder Doug noch Logan dort angetroffen, sondern bloß eine Handvoll Touristen. Also bin ich weitergefahren, die Hauptstraße entlang, auf der sich ein überteuertes Touristenrestaurant an das andere reiht, alles Läden, die kein Einheimischer mit einem Funken Selbstachtung im Leib jemals freiwillig betreten würde.

Ich stand an der Kreuzung und blickte mich nach allen Seiten um, um zu sehen, ob ich freie Fahrt hatte, als ich sie erkannte. Logan, der die Haare zu seinem üblichen Knoten zusammengebunden hatte, die Schulter nur wenige Zentimeter von *ihr* – Jacinta – entfernt, so kamen sie gerade aus einem der Restaurants. Und als sie dann die nächste Straßenecke erreicht hatten, hat er sich zu ihr umgedreht, ihren Kopf zu sich herangezogen und sie geküsst. Ich habe die beiden angestarrt, so lange, bis von hinten zaghaftes Hupen ertönte.

Statt direkt nach Hause zu fahren, habe ich die Apotheke in Kumvit angesteuert und mir zum ersten Mal nach drei Jahren wieder eine Packung Xanax gekauft. Die brauchte ich, um das Bild von Logans Betrug aus meinem Bewusstsein zu verbannen. Ich brauchte sie, damit ich glauben konnte, dass es sich um eine einmalige Sache handelte, dass sich daraus nichts weiter entwickeln würde.

Aber allzu lange brauchte ich mir darüber keine Gedanken zu machen. Denn schon am nächsten Morgen war Jacinta tot.

»Dieser Kuss hatte überhaupt nichts zu bedeuten«, versichert mir Greta jetzt. »Bloß die üblichen Zweifel vor der Verlobung. Und mehr ist auch nie passiert. Er wollte sich wirklich voll und ganz auf dich einlassen, aber gleichzeitig hat er Angst bekommen.

Typisch Mann. Aber so was wird nie, nie wieder vorkommen. Das hat er mir versprochen. Er liebt dich mehr als alles andere. Seitdem ich ihn kenne, habe ich ihn niemals so wahrhaft glücklich erlebt wie mit dir.«

Ich nicke. Ich will ihr glauben.

»Ich kenne Logan«, fährt Greta fort. »Nach Alice und mir war er der Erste, der hier auf Koh Sang gelandet ist. Wir sind jetzt seit vielen Jahren befreundet. Dieser Kuss war ein einmaliger Ausrutscher. Er ist keiner von diesen Männern. Sag ihm die Wahrheit. Er liebt dich, und nichts, was du in deiner Vergangenheit getan hast, wird daran etwas ändern.«

Ich nicke, aber ihre Worte klingen schon hohl, als sie an mein Ohr dringen. Weil sie nicht alles wissen kann, was ich getan habe, und weil sie sich das nicht einmal ansatzweise vorstellen kann.

KAPITEL 19

BROOKE

Wieder zurück in meinem Zimmer, lasse ich mich auf die harte Hotelmatratze plumpsen. Immer noch spüre ich Neils Lippen auf meinen. Die Schmetterlinge in meinem Bauch flattern unaufhörlich weiter, und das ist ein Gefühl, wie ich es seit den wenigen kurzen Tagen auf Wolke sieben während meiner Collegezeit nie wieder gespürt habe. Ein paar seiner Bemerkungen von vorhin fallen mir wieder ein und machen das Lächeln, das sich, seit ich die Monkey-Bungalows hinter mir gelassen habe, in meinem Gesicht festgesetzt hat, noch breiter. Aber dann fällt mir noch etwas anderes ein, was er gesagt hat, seine in Zuneigung verpackte Warnung. *Du musst aufhören, hier herumzuschnüffeln … Wenn du verletzt würdest – oder noch Schlimmeres, Gott bewahre – ich weiß wirklich nicht, was ich dann machen würde …*

Kann ich das?

Zum ersten Mal seit meiner Ankunft auf der Insel stelle ich den Grund für mein Hiersein infrage. Ausnahmsweise ist die Wut, die sonst in meinem Inneren tobt, kaum mehr zu spüren, weil dieses neue Hochgefühl alles andere einfach übertönt. Ob ich tatsächlich nach vorne blicken könnte? Alles andere loslassen? Meinen Artikel vergessen und hier mit Neil zusammen ein neues Leben beginnen? Habe ich mir nicht ein bisschen Glück verdient, nach allem, was ich durchgemacht habe?

Bevor ich noch länger darüber nachdenken kann, vibriert das

Handy in meiner Gesäßtasche. Ich war so beschäftigt, dass ich meinen Instagram-Account seit gestern nicht mehr gecheckt habe. Ich kann mir gut vorstellen, wie viele Nachrichten und Kommentare da jetzt beantwortet werden wollen. Seufzend knipse ich den Ventilator neben meinem Bett an, ziehe mein Smartphone hervor und drehe mich auf den Bauch.

Ich habe siebenunddreißig direkte Anfragen und eintausendfünfhundert Mitteilungen mit Bezug auf diverse Likes und Kommentare zu meinen Posts bekommen. Mein Zeigefinger schwebt über dem Icon und ich zögere. Was erwartet mich wohl? Ich habe immer noch Gänsehaut nach Lucys unerträglich unschuldiger Nachricht von gestern – *Hi. Kannst du mir helfen? Bitte!* Vor allem dieses letzte, verzweifelte »Bitte!« hat sich hartnäckig in meiner Brust festgesetzt. Außerdem bin ich mir sicher, dass die üblichen eindeutig sexuellen Angebote sowie die widerlichen Beschimpfungen, die sich garantiert in meinem Postfach stapeln, das erregte Kribbeln dieses Vormittags sehr schnell ersticken werden.

Trotzdem sehe ich nach, scrolle mich durch die Litanei aus Beleidigungen und Anmachsprüchen, an die ich mich mittlerweile gewöhnt habe, und atme erleichtert auf, als ich das Ende erreicht habe. Doch meine Erleichterung ist nur von kurzer Dauer. Gerade als ich fertig bin, trifft noch eine Benachrichtigung ein.

Ich scrolle wieder nach oben und klicke sie an.

Die Absenderin ist auf einem kleinen Icon erkennbar, eine Frau mit Augen so dunkel, dass sie im Vergleich zu ihrer elfenbeinfarbenen Haut und den glatten braunen Haaren beinahe schwarz wirken. Daneben steht nur ein Wort. *Alice.*

Der Name erinnert mich an etwas, aber ich weiß nicht, was. Instagram hat mir die Nachricht als »Request« zugeschickt, das heißt, dass ich der Absenderin nicht folge. Ich kann mich auch nicht erinnern, dass ich hier bei Instagram schon einmal mit ihr zu tun gehabt habe.

Mit einem stetig zunehmenden Gefühl der Bedrohung klicke ich die Nachricht an. Sie besteht aus einem Foto ohne Text. Ich vergrößere das Foto und sehe eine Gruppe von Menschen an einem langen Tisch sitzen. Der Sonnenuntergang in ihrem Rücken kommt mir bekannt vor.

Ich erkenne es sofort. Das ist das Sunset-Restaurant auf dem Gipfel eines der höchsten Berge von Koh Sang. Ich schaue etwas genauer hin und erkenne die einzelnen Personen. Als Erstes die Absenderin dieser Nachricht, die anscheinend Alice heißt, am hinteren Ende des Tisches. Greta sitzt neben ihr und hat ihr den Arm um die Schultern gelegt. Dann fällt es mir wieder ein. *Alice.* Cass hat mal eine Alice erwähnt. Gretas Ex. Die die Insel verlassen hat, kurz bevor ich hier gelandet bin.

Ich sehe mir die anderen an, die mit am Tisch sitzen. Neben Greta, auf ihrer anderen Seite, erkenne ich Cass. Sie hat die Lippen zusammengepresst und den Blick abgewandt. Neil, Doug und Logan sitzen den drei Frauen gegenüber und lachen.

Aber warum hat Alice mir, einer völlig Fremden, dieses Foto zugeschickt? Ohne jede Erklärung? Einfach nur ein Foto von einer schönen Erinnerung an ihre Zeit auf der Insel? Vielleicht ist sie eifersüchtig? Hat sie gespürt, dass ich in ihren Bereich eindringe, weil ich bei Instagram etliche Fotos von den Permanenten gepostet habe?

Bevor ich diese Theorie einigermaßen durchdenken kann, taucht schon ihre nächste Nachricht auf. Gierig klicke ich sie an. Es ist noch ein Foto, aber dieses Mal begleitet von einem kurzen Satz. Kaum habe ich ihn gelesen, erstarre ich.

Ihr Tod war kein Unfall.

Mir stockt das Herz, und ich hole erst einmal tief Luft, während ich diesen Satz verarbeite. Auf dem Foto sind zwei Frauen zu sehen. Die auf dem Bild rechts ist Anfang zwanzig und steht am Pho Tau Beach. Das Wasser schwappt ihr über die Füße. Sie hat die Haare zurückgekämmt, aber trotzdem fallen ihr ein paar braune Locken über die Schultern. Sie ist groß und schlank und wunderschön. Ein Grübchen ziert ihre Wange und sie lacht in die Kamera. Auf ihrer Stirn sitzt eine Tauchermaske. Ich erkenne sie sofort, weil ich sie schon auf zahlreichen Webseiten und Reiseblogs gesehen habe. Dort wird sie immer nur beim Vornamen genannt, aber der reicht vollkommen aus. Das ist Jacinta, die Frau, die vom Khrum Yai gestürzt ist.

Neben ihr steht eine blonde Frau. Sie trägt eine Tauchermaske und hat einen Schnorchel im Mund, aber ich weiß, wer das ist. Ich erkenne ihre braunen Augen durch die Maske, weit aufgerissen, als hätte sie nicht damit gerechnet, fotografiert zu werden.

Cass.

Ich denke zurück an unsere Wanderung zum Khrum Yai, als ich sie mit Fragen zu Jacinta bombardiert habe. Und an ihre ausweichenden Antworten. *Ich bin ihr nie begegnet.*

Noch eine Lüge.

Cass hat Jacinta gekannt. Es gibt sogar ein gemeinsames Foto von den beiden, auch wenn sie eher halbherzig mitgemacht hat. Aber sie hat mich angelogen. So, wie sie mich in Bezug auf den Abend von Lucys Tod angelogen hat. So, wie sie mich mit allem angelogen hat.

Ich lasse mir Alices Nachricht immer wieder durch den Kopf gehen. Jacintas Tod war kein Unfall. Das habe ich von Anfang an vermutet, aber jetzt wird diese Vermutung zur festen und unangenehmen Gewissheit.

Ich schreibe hastig eine Nachricht an Alice und frage sie, warum sie mir diese Botschaften schickt, was genau sie darüber weiß. Vielleicht erwische ich sie noch, solange sie online ist. Und tatsächlich, schon wenige Sekunden später wird meine Nachricht als »gelesen« markiert. Ich warte gespannt auf ihre Antwort oder zumindest auf die Anzeige, die mir verrät, dass sie gerade dabei ist, zu schreiben, aber vergeblich.

Ich klicke ihr Profil an, aber das ist privat geschaltet. Hastig schicke ich ihr eine Follow-Anfrage. Vielleicht kann ich ja aus den Fotos, die sie früher mal gepostet hat, irgendwelche Informationen ableiten. Ich sehe wieder nach, ob sie schon geantwortet hat, aber wieder vergeblich.

Ungeduldig greife ich nach Daniels Handy, das am Rand meines Schreibtischs liegt, schalte es ein und nehme es mit ins Bett. Kaum ist es hochgefahren, bekomme ich die Meldung, dass sein Akku nur noch zwei Prozent hat. Es ist ein Samsung, also kann ich es mit meinem iPhone-Kabel nicht laden, und ich kann niemanden fragen, ohne sofort Verdacht zu erregen. Der Akku muss jedenfalls noch so lange halten, dass ich eine einzige Sache überprüfen kann.

Gestern Abend habe ich stundenlang und sehr systematisch seine Apps, seine Nachrichten und seine Anrufliste durchforstet. Doch abgesehen von dem Video und der anonymen WhatsApp-Nachricht, die Daniel zu diesem Treffen in Kumvit auffordert, hat mich das kein Stückchen weitergebracht. Darum habe ich irgendwann aufgegeben. Allerdings: Gestern Abend habe ich nach Beweisen gesucht, die Doug als Täter entlarven. Heute suche ich nach etwas anderem.

Ich fange mit den aktuellsten Fotos in Daniels Galerie an, achte besonders auf den Hintergrund und betrachte jedes Detail unter einem neuen Aspekt. Nach dem Video, auf dem Lucy und Doug zu sehen sind, hat er noch eine Handvoll Fotos gemacht. Ich sehe mir die ersten verwackelten Schnappschüsse an, ohne dass mir etwas auffällt. Dann bin ich bei der Serie mit Daniel und der rothaarigen Frau. Die dritte Aufnahme weckt mein Interesse. Darauf blickt Daniel direkt in die Kamera, die Frau aber beugt sich nach vorne, so, als würde sie lachen. Dadurch ist ihr brauner Haaransatz zu erkennen. Und im Hintergrund sehe ich etwas Helles aufblitzen.

Ich zoome mich mit den Fingern dichter heran, vergrößere das Bild, so weit es nur geht, und sehe meinen Verdacht bestätigt. Blonde Haare, genau Cass' Farbe. Sie hat sich von der Kamera abgewandt und starrt aufs Wasser hinaus. Dadurch kann ich ihr Gesicht nicht erkennen, aber es ist eindeutig, dass sie mit jemandem redet. Ich schiebe den Bildausschnitt ein Stückchen weiter, um zu sehen, mit wem sie da spricht. Feines, lockiges Haar. Zierliche Figur.

Meine Finger umklammern das Handy und dann wird das Display schwarz.

Das Handy ist komplett entladen, aber ich weiß, was ich gesehen habe. Cass hat mit Lucy gesprochen, nachdem Doug sie von der Tanzfläche weggeführt hat. Cass hat mich angelogen, aber dieses Foto beweist, dass sie am Abend der Party Kontakt mit Lucy hatte. Und dass sie – nicht Doug – womöglich die letzte Person war, die Lucy lebend gesehen hat.

Die Wut kommt zurück, tobt glühend heiß und wild durch meine Eingeweide.

»Verlogene Schlampe«, stoße ich zwischen zusammengebissenen Zähnen hervor.

Ich hätte meinem Instinkt von Anfang an trauen sollen. Als ich von Lucys Tod erfahren habe, war mir vom ersten Moment an klar, dass Cass dahinterstecken muss. Der Selbsthass macht sich in mir breit, als ich daran denke, wie dämlich ich war. Wie konnte ich nur glauben, dass sie mir einfach nur behilflich sein will, den wahren Grund für Lucys Aufenthalt hier auf der Insel herauszufinden. Wir haben gemeinsam ihr Zimmer aufgebrochen, haben gemeinsam ihre Social-Media-Spuren verfolgt. Und ich habe ihr das alles abgekauft. Obwohl ich es besser wusste.

Alles, was ich vorhin gedacht habe, hat keine Bedeutung mehr. Obwohl meine Gefühle für Neil stetig mehr Raum einnehmen, kann ich das hier nicht einfach vergessen. Den Grund dafür, dass ich hierhergekommen bin. Die Geschichte, die ich schreiben wollte, schon bevor Lucy und Daniel ermordet wurden.

Ich springe vom Bett auf und habe das Handy schon in der Hand, bevor das schlechte Gewissen sich melden kann, bevor mir klar wird, dass ich das, was sich mit Neil gerade anbahnt, und noch viel mehr verlieren könnte.

Ich schnappe mir den Schlüssel für mein Motorrad vom Nachttisch und haste nach draußen. Ich habe nur ein einziges Ziel vor Augen.

Ich will herausfinden, welche Lügen Cass sonst noch verbreitet.

KAPITEL 20

CASS

Ich kann nicht länger lügen.

Wenn es eines gibt, was ich aus dem Gespräch mit Greta mitnehme, dann, dass ich Logan alles gestehen muss. Falls die geheimnisvolle Person, die mir diese Drohbriefe schickt, ihr Wort hält, dann muss ich ihm die Wahrheit über meine Vergangenheit beichten, bevor es jemand anderes macht.

Darum lasse ich Greta mit den Vorbereitungen für ihren nächsten Kurs allein. Ihre Worte haben mir eine neue Entschlossenheit verliehen. Ich werde Logan alles sagen: Was sich in diesem Hotelzimmer abgespielt hat, das mit den Tabletten und das mit den Drohbriefen. Keine Geheimnisse mehr. Greta hat recht. Logan wird mich verstehen, er wird mich auch weiterhin bedingungslos lieben. Und dann suchen wir gemeinsam, als Team, nach der Person, die hinter alldem steckt.

Hastig gehe ich nach draußen zum Parkplatz, will das alles zu Ende bringen, will sämtliche Lügengebäude endgültig einreißen. Logan müsste jetzt eigentlich mit Doug im Fitnessstudio sein. Am besten fahre ich direkt hin.

Doch als ich den Schlüssel für mein Motorrad aus der Tasche hole, höre ich vom anderen Ende des Parkplatzes her eine vertraute Stimme.

»Miss Cass!«

Ich drehe mich um und versuche, so gefasst wie möglich zu

wirken. Bei allem, was heute Morgen passiert ist, habe ich vollkommen aus dem Auge verloren, dass ich eigentlich vorgehabt hatte, Ariel anzusprechen.

»Guten Morgen, Tamar«, sage ich, während sie zusammen mit ihrem Mann auf mich zukommt. Ihre blasse Haut hat schon ein bisschen Farbe bekommen, aber die Sorgenfalten, die sich in ihr Gesicht eingegraben haben, zeigen, dass ihr Besuch auf dieser Insel nicht die Entspannung bietet, die sie sich bei der Buchung ihrer Reise vermutlich vorgestellt hatten. »Ariel.« Ich sehe ihn direkt an. Seine Miene ist genauso regungslos und abweisend wie immer. Eine vibrierende Anspannung umgibt ihn wie eine Aura. Mir fallen seine Worte von neulich ein.

Hier ist es nicht sicher.

Ich verleihe meiner Stimme einen angenehmen und verlässlichen Klang, so wie immer, wenn ich mit Gästen rede. »Ich möchte mich noch einmal für das, was neulich passiert ist, entschuldigen. Ich kann euch versichern, dass das nicht der Normalzustand ist.«

»Das haben wir verstanden«, sagt Tamar mir ihrer leisen Stimme. »Aber wir haben große Angst. Wir haben gehört, was passiert ist. Zuerst Lucy und jetzt Daniel. Müssen wir uns Sorgen machen?«

Mir wird klar, dass das die Gelegenheit ist, um herauszufinden, ob Ariel hinter alledem steckt.

»Nein, natürlich nicht«, sage ich abwartend. »Hat die Polizei mit euch gesprochen?«

Tamar schüttelt mit großen Augen den Kopf.

»Das ist gut. Ich hatte schon Angst, dass sie euch den Urlaub vermiesen.« Ich denke nach. »Seid ihr neulich eigentlich noch zur Vollmondparty gegangen?«

Tamar schüttelt noch einmal den Kopf, während ihr Mann meine Frage kaum zur Kenntnis nimmt. »Da waren wir nicht. Und gestern sind wir früh schlafen gegangen, sodass wir erst heute

Morgen erfahren haben, was dem armen Daniel zugestoßen ist. *Zikhrono li-vrakah.*«

Meine Fragen bringen mich nicht weiter. Ich überlege, was Brooke an meiner Stelle machen würde, wie sie dem Ganzen auf den Grund gehen würde.

»Ariel.« Ich drehe mich um und spreche ihn direkt an, noch bevor ich es mir anders überlegen kann. »Ich muss dich noch etwas fragen. Neulich, nach dem Kurs … also, da hast du doch gesagt, dass auf Koh Sang etwas nicht stimmt. Woher hast du das gewusst?«

Er zögert so lange, dass ich einen Moment lang überzeugt bin, dass er gar nicht mehr antworten wird. »Ich weiß nicht, wovon du sprichst«, sagt er schließlich mit dieser seltsamen heiseren Stimme.

Meine Muskeln verkrampfen sich, meine Frustration wird größer.

»Du hast gesagt, dass hier auf der Insel etwas nicht stimmt«, beharre ich. »Dass es hier nicht sicher ist. Dass *ich* nicht sicher bin. Wie hast du das gemeint?«

Er starrt mich ausdruckslos an und schüttelt dann den Kopf. Enttäuschung und Widerwillen machen sich in mir breit.

»Du hast es doch gesagt. Das hast du.« Erst hinterher merke ich, dass meine Stimme viel zu laut ist. Aber dieses Mal zeigt er überhaupt keine Reaktion.

»Ich kann das erklären«, schaltet sich Tamar ein.

Ich beachte sie gar nicht, weil ich schlagartig das übermächtige Bedürfnis verspüre, dass mein Verdacht wahr sein soll, dass Ariel der Mörder ist. Dann wäre alles so schön einfach. Er würde verhaftet werden und alles würde wieder normal werden. Koh Sang bekommt vielleicht noch eine Zeit lang eine schlechte Presse, aber das würde vorbeigehen. Und wir könnten alle zusammen hierbleiben, als Familie. Diese Erkenntnis ergibt in Verbindung mit dem Stress durch die Toten, die Drohbriefe, die Lügen eine höchst explosive Mischung und ich raste aus.

Noch bevor mir klar ist, was ich da eigentlich mache, packe ich Ariel am Handgelenk, das so dick ist, dass ich es gerade einmal zur Hälfte umfassen kann.

»Du warst es, stimmt's?«, brülle ich ihm aus nur wenigen Zentimetern Entfernung mitten ins Gesicht.

»Bitte.« Tamar tritt einen Schritt vor und will sich zwischen mich und Ariel schieben, aber ich höre sie kaum.

»Du hast gewusst, dass es hier nicht sicher ist, weil du nämlich Lucy ermorden wolltest. Aber wieso? Sag mir, wieso du …«

Ich spüre einen heftigen Druck an meinem Arm. Unmittelbar danach lande ich mit dem Steißbein auf dem Bürgersteig. Ein widerliches Knacken ertönt.

Zuerst glaube ich, dass Ariel mich gestoßen hat, aber als ich den Blick hebe, sehe ich Tamar vor mir stehen. »Wie kannst du es wagen!«, schleudert sie mir entgegen.

Sie sieht mich nicht mehr mit großen und verängstigten Augen an, sondern mit einer Härte, die ich bis jetzt noch nie bei ihr bemerkt habe.

»Warum hörst du mir nicht zu? Mein Mann hat nichts mit alldem zu tun«, presst sie zwischen zusammengebissenen Zähnen hervor. »Ich habe doch gesagt, dass er krank ist. Er hat eine posttraumatische Belastungsstörung.«

Ich versuche zu begreifen, was sie mir sagen will, aber es gelingt mir nicht.

»Ariel war in der IDF«, sagt sie mit kalter Stimme. Ich kann mich vage an einen Zeitungsartikel über den Nahostkonflikt erinnern, den ich vor ein paar Monaten gelesen habe. IDF bedeutet »Israeli Defence Forces«. Ariel war also beim israelischen Militär. »Hast du eigentlich eine Vorstellung davon, was er hier durchmachen muss? Bei jedem lauten Geräusch, bei jedem Schock wird sein Bewusstsein wieder mitten ins Kriegsgebiet versetzt. Das ist die reinste Folter.«

Mein Blick geht zu Ariel, der zu Boden starrt, als würde er sich schämen. Ich denke zurück, wie wir neulich im Obergeschoss des Tiki Palms gestanden haben. Wie die Badezimmertür ins Schloss geknallt war und Ariel mich gepackt hatte, wie seine Hände gezittert haben. Und mir ist sofort klar, dass Tamar die Wahrheit sagt. Er steckt keineswegs hinter all den schrecklichen Ereignissen hier. Die beiden haben nicht das Geringste damit zu tun.

»Wir sind hierhergekommen, um dem allen zu entfliehen. Damit wir mal richtig entspannen können. Und so werden wir hier behandelt? Du solltest dich schämen.«

Tamar nimmt Ariel am Arm und zieht ihn den Pfad entlang mit sich, zurück zu ihrem Zimmer. Sie drehen sich nicht um zu mir. Ich sitze auf dem harten Boden, während mir die Tränen in den Augen brennen.

So hocke ich eine ganze Weile da und ignoriere die befremdeten Blicke der vorbeigehenden Gäste. Was passiert gerade mit mir? Es ist, als würde mir alles durch die Finger gleiten, und das kommt mir unangenehm bekannt vor. Es erinnert mich an die Tage und Wochen nach der Sache im Hotelzimmer vor etlichen Jahren.

Irgendwann raffe ich mich schließlich auf und setze mich auf mein Motorrad. Als mein Steißbein den Ledersattel berührt, durchzuckt mich der Schmerz. Während der Fahrt nach Hause versuche ich, die Sonne zu genießen, aber ich nehme sie kaum wahr.

Meine Entschlossenheit von vorhin ist wieder zu Unsicherheit zusammengeschmolzen. In diesem Zustand kann ich Logan unmöglich alles beichten. Ich würde zusammenbrechen, sobald ich den Mund aufmache. Ich muss mich erst wieder einigermaßen in den Griff bekommen, und es gibt nur einen Ort, wo ich das kann.

Voller Dankbarkeit darüber, dass ich mir wenigstens in einem Punkt sicher bin, fahre ich am Fitnessstudio vorbei, ohne einmal zu bremsen. Minuten später befinde ich mich auf der gewundenen Straße, die hinauf zu unserem Haus führt.

Unterwegs komme ich an einem abgestellten Motorrad vorbei, das genauso aussieht wie Brookes, und einen Augenblick lang spüre ich ein beinahe unerträgliches Bedürfnis, mit ihr zu reden. Sie ist immer so stark, sogar gestern Abend, nachdem sie Daniel gefunden hatte. Ich weiß gar nicht genau, was ich ihr eigentlich sagen möchte – ob ich schon bereit wäre, ihr von dem Erlebnis mit Ariel zu erzählen –, aber ich muss einfach ihre Stimme hören, damit ein bisschen was von ihrer Stärke auf mich abfärbt. Sobald ich in unserer Einfahrt stehe, hole ich mein Handy aus der Tasche und rufe sie an. Es klingelt und ich warte mit angehaltenem Atem auf Brookes Stimme.

Doch bis auf das beharrliche Klingeln ist nichts zu hören. Der Wind raschelt in den Bäumen und irgendwo in der Ferne ertönt ein schrilles Trillern. Wahrscheinlich ein Vogel.

Als ihre Mailbox anspringt, lege ich auf. Was hätte ich denn sagen sollen? Stattdessen betrachte ich unser Haus, das Heim, das Logan und ich gemeinsam geschaffen haben.

Für einen kurzen Moment habe ich den Eindruck, als würde etwas Schwarzes hinter unserem Fenster vorbeihuschen, aber kaum habe ich es registriert, ist es schon wieder verschwunden. Ich kneife die Augen zusammen, doch die halb geschlossenen Jalousien lassen nichts erkennen. In dieser Verfassung kann ich Logan unmöglich gegenübertreten, darum will ich lieber nicht riskieren, ins Haus zu gehen. Vielleicht ist er ja früher als erwartet aus dem Fitnessstudio zurückgekommen.

Ich drehe mich um und blicke die Straße hinunter. Das Gefühl, beobachtet zu werden, ist wieder da, jedenfalls stellen sich meine Nackenhärchen auf. Nachdem ich mich noch einmal nach allen Seiten umgesehen habe, nehme ich wieder das Wohnzimmerfenster in den Blick. Aber dort rührt sich nichts.

Ich warte keine Sekunde länger, sondern wende mich zur Straße. Am Ende der Einfahrt biege ich nach links ab.

Nach einem kurzen Stück bergauf endet die Straße vor einem dichten Wald. Ich suche den Einstieg zum Khrum Yai Trail, den ich seit Jahren kenne und benutze, und zwänge mich zwischen zwei Bäumen hindurch, die ein wenig weiter auseinanderstehen als die anderen. Aber wer das nicht weiß, würde es niemals sehen. Sobald ich im Wald bin, hebe ich den Blick. Ich bin von üppigem, dichtem Grün umgeben. Die Geräusche hier sind anders als draußen, alles wirkt gedämpft. Und auch die Luft ist anders. Still.

Während ich dem stetig ansteigenden Pfad folge, versuche ich, an etwas anderes zu denken als an meine Konfrontation mit Ariel. Oder an diesen handgeschriebenen Brief. Oder an die Sekunden, die erbarmungslos verstreichen, bis dieser Fremdling seine Drohung in die Tat umsetzt. *Bald werden es auch alle anderen wissen.*

Doch alles, was mein Geist sonst noch zustande bekommt, sind Bilder von Logan und Jacinta, von seinen Lippen auf ihren, von seiner Hand auf ihren kastanienbraunen Locken. Ich hatte es schon geschafft, das alles aus meinem Kopf zu vertreiben, hatte mir gesagt, dass es nichts zu bedeuten hatte, besonders nachdem Logan mir einen Heiratsantrag gemacht hat. Aber jetzt sind die Bilder wieder da.

Jacinta war wunderschön gewesen. Lange braun gebrannte Arme und Beine, das dunkelbraune Haar mit leuchtend roten Strähnchen verziert. Doug konnte nicht widerstehen und hat, so oft es nur möglich war, ihren Arm berührt, hat immer darauf geachtet, den Platz neben ihr zu bekommen. Sogar Neil hat ihr regelmäßig interessierte Blicke zugeworfen. Aber es war Logans Blick, den ich einfach nicht vergessen konnte. Wie seine Blicke an Jacinta klebten, als ob ich gar nicht da wäre.

An den Rest dieses Abends im Frangipani habe ich nur noch verschwommene Erinnerungen. Am Nachmittag, nachdem ich die beiden zusammen gesehen hatte, habe ich zwei, vielleicht auch drei Xanax genommen, so viele, dass ich zumindest den Anschein von Normalität erwecken konnte.

Und am nächsten Morgen war Jacinta tot.

In den Tagen darauf habe ich immer wieder versucht, mit Logan über das Thema zu sprechen. Ich wollte wissen, ob er zugeben würde, dass er sie geküsst hat. Und ich wollte erfahren, ob da doch mehr dahintergesteckt hatte. »Es ist eine Schande, was diesem armen Mädchen zugestoßen ist«, solche Dinge habe ich zu ihm gesagt, wenn wir beim Essen oder auf der Couch saßen, und jedes Mal ist ein Schatten über sein Gesicht gezogen. Aber jedes Mal hat er das Gespräch verweigert. »Ja, sehr traurig. Aber sie hätte auch nicht so dicht an der Kante entlanggehen dürfen. Was hat sie sich bloß dabei gedacht?«

Und dann hatten sich die Dinge wieder normalisiert. Logan war sogar noch zugewandter gewesen als sonst, hatte keine Gelegenheit verstreichen lassen, mir die Schultern zu reiben oder meine Haare zu berühren. Und war es denn wirklich so wichtig, darüber zu sprechen? Schließlich war es nur ein Kuss. Also habe ich es ihm nachgemacht und so getan, als wäre es nie passiert. Das ist eine meiner ganz besonderen Stärken, schließlich kann ich auf jahrelange Übung in dem Bereich zurückgreifen.

Ich praktiziere dieses Vorgehen schon, seit Mom gestorben ist. Das war in dem alten Haus in New York, das sich danach sehr schnell überhaupt nicht mehr wie ein Zuhause angefühlt hat. Ich habe es an den Tagen praktiziert, wenn es still war im Haus, wenn der Müll sich in der Küche gestapelt und die Türklingel geschrillt hat, ohne dass jemand reagiert hätte. Das waren die guten Tage. Die Tage, an denen mein Vater sich in seinem Schlafzimmer verkrochen hat, ohne sich an seine beiden Kinder überhaupt zu erinnern. Diese Tage waren sehr viel besser als die anderen, wenn seine Erstarrung von fiebrig-hysterischen Schüben abgelöst wurde, als ob sein Dauerschlaf eine nicht zu kontrollierende Energie zum Ausbruch gebracht hätte. Dann fing er jedes Mal mit unermüdlichem Eifer ein Projekt an – eine Reparatur am Haus, eine Arbeit oder einen Plan für einen Familienurlaub. Überall lagen dann Baumaterialien herum und seine Bewegungen wurden fast so schnell wie die einer Zeichentrickfigur. Diese Energie besaß eine enorme Wucht, die sich oftmals auch in Gewalttätigkeiten äußerte. Ein blaues Auge bei Robin, eine verstauchte Hand bei mir.

Anschließend war mein Vater jedes Mal untröstlich. Dann drückte er uns mit aller Kraft an sich, rieb unsere Haut an seiner, als würde dieses Gefühl ihn wieder in die Normalität zurückholen, versorgte mit Feuereifer unsere Verletzungen, klebte Pflaster auf unsere Wunden und legte Eisbeutel auf unsere blauen Flecken. Anschließend fingen dann die Entschuldigungen an, ein endloser Strom von Ausreden, die alle irgendwie mit Mom zu tun hatten. Als wäre die Trauer, die uns alle drei zerstört hatte, eine Art Freibrief für ihn. Als hätten wir, seine beiden heranwachsenden Töchter, die ganze Last zu tragen, um alles wieder ins Lot zu bringen. Um ihn ins Lot zu bringen.

Genau das habe ich versucht. Und dabei habe ich alles kaputt gemacht.

Ich kann nicht riskieren, dass mir mit Logan dasselbe passiert.

Ich trete hinaus auf den Gipfel des Khrum Yai und sehe die Insel, die sich zu meinen Füßen ausbreitet. Ich verlasse den Pfad und setze mich einige wenige Schritte davon entfernt auf den Boden, strecke die Beine aus, sodass meine Füße gerade eben die Klippenkante streifen.

Die Aussicht nehme ich so gut wie gar nicht wahr. Stattdessen kehren meine Gedanken zurück zu den Drohbriefen, obwohl ich mich nach Kräften dagegen sträube. Wer hat sie vor meine Tür gelegt? Ich muss daran denken, wie oft ich im Verlauf der vergangenen Tage das Gefühl gehabt habe, verfolgt und beobachtet zu werden.

Was würde Robin wohl sagen, wenn sie jetzt hier wäre?

Es ist nicht das erste Mal, dass ich mir diese Frage stelle, bei Weitem nicht. Immer wieder suche ich mir eine einsame Stelle irgendwo auf der Insel, einen Ort, den sie wahrscheinlich sehr gemocht hätte, und tue so, als würde sie neben mir sitzen. Dann stelle ich mir vor, was sie über mich und mein Leben denken würde, frage mich, ob sie stolz auf mich wäre.

Das habe ich noch niemandem erzählt. Nicht Brooke und vor allem nicht Logan. Er würde es nicht verstehen. Niemand würde das verstehen.

Ich starre hinaus auf das endlose Wasser vor uns, einen Anblick, den Robin niemals erleben durfte, und versuche zu atmen. Doch die Beklommenheit schnürt mir dermaßen die Brust ein, dass ich das Gefühl habe, ich müsste jeden Augenblick explodieren.

Und dann wird es mir klar. Das ist genau das, was sie will. Diese Person, die mir diese Briefe hinterlässt, die mich quer über die Insel verfolgt, die mich in meinem eigenen Zuhause bedroht. Sie will mich leiden sehen.

Ich denke an Robin, an alles, was sie im Lauf ihres kurzen Lebens niemals gesehen hat. Und ich merke, wie meine Beklommenheit sich wandelt, eine andere Gestalt annimmt. Wie sie zu Wut wird.

Ich stehe ruckartig auf. Die Entscheidung nimmt meinen ganzen Körper in Beschlag.

Schluss damit. Ich werde nicht zulassen, dass dieser Fremde gewinnt. Ich werde mich nicht hilflos am Boden krümmen und darauf warten, dass er etwas unternimmt. Die Befriedigung gönne ich ihm nicht.

Ich lasse den Blick über die Schönheit von Koh Sang schweifen, über diese perfekte Insel, die ich zu meinem Zuhause gemacht habe, über dieses Leben, das irgendein Unbekannter mir jetzt wegnehmen will, und ich bin mir ganz sicher.

Ich werde ihn finden, und ich werde alles, was in meiner Macht steht, tun, um ihn aufzuhalten.

KAPITEL 21

BROOKE

Die Stille, nachdem ich hektisch mein Handy stummgeschaltet habe, zieht sich unendlich in die Länge. Ich halte den Atem an, während ich unter Cass' und Logans Wohnzimmerfenster kauere.

Bis jetzt ist alles ganz reibungslos gelaufen. Die Tür ließ sich mit dem Haarnadeltrick, der schon bei Lucys Zimmer funktioniert hat, problemlos öffnen. Die Sicherheitsmaßnahmen auf Koh Sang könnten ganz eindeutig ein Update vertragen. Bevor ich die Haarnadel zum Einsatz gebracht habe, habe ich zwar angeklopft, aber trotzdem bin ich im Flur erst einmal stehen geblieben und habe gelauscht. Von Cass weiß ich, dass Logan am Nachmittag, bevor seine Schicht im Frangipani anfängt, meistens ins Fitnessstudio geht, aber ich hatte ja keine Ahnung, wo Cass sein könnte. Leise habe ich die Namen der beiden gerufen und hatte auch eine Ausrede vorbereitet, falls jemand zu Hause sein sollte – die Haustür stand einen Spalt offen, und ich wollte nur nachsehen, ob alles in Ordnung ist –, aber da war nichts als Stille.

Mit dem Schreibtisch im Wohnzimmer habe ich angefangen. Als ich mich gerade durch die oberste Schublade gewühlt habe, habe ich ein Geräusch gehört. Ein sanftes Brummen draußen auf der Straße, dann einen Motor in der Einfahrt. Noch bevor ich begriffen habe, was das bedeuten könnte – Logan kommt früher als erwartet vom Fitnessstudio zurück, Cass von irgendwo anders –, hat mein schriller Klingelton die Stille durchbrochen. Mit hektischen Bewegungen habe ich das Handy zum Schweigen gebracht, von dessen Display mir Cass' Name entgegengestarrt hat.

Ich bin an die Außenwand des Zimmers gehuscht und habe mich mit angehaltenem Atem unter das Fenster geduckt.

Jetzt entspanne ich mich ganz bewusst, recke behutsam den Kopf ein Stückchen höher und linse zwischen den Lamellen der billigen Jalousie hindurch nach draußen.

Cass starrt in meine Richtung.

Sofort lasse ich mich zu Boden fallen und schlage die Hand vor den Mund. Den Rücken gekrümmt, den Kopf in den Händen vergraben, so bleibe ich dort liegen. Nach einer gefühlten Ewigkeit stemme ich mich wieder nach oben und spähe so vorsichtig wie nur möglich zum unteren Fensterrand hinaus.

Ich seufze laut. Sie hat das Motorrad abgestellt und geht auf die Bäume am Anfang des Khrum Yai Trail zu. Doch meine Erleichterung hält nicht lange an. Es ist eine kurze Wanderung und sie wird bald zurück sein.

Ich lasse die Jalousie sinken, sperre die Sonne aus und mache mich wieder an die Arbeit. Der Schreibtisch hat bis jetzt keine neuen Erkenntnisse gebracht, darum räume ich ihn so gut wie möglich wieder auf und gehe zurück ins Schlafzimmer.

Es dauert nur eine Sekunde, dann weiß ich, auf welcher Seite Cass schläft. Auf dem linken Nachttischchen liegen mehrere Proteinriegel-Verpackungen und eine Wasserflasche, die mit pinkfarbenen Pulverspuren überzogen ist. Auf dem rechten steht nichts als ein gerahmtes Foto von Cass und Logan, die in die Kamera lächeln.

Ich nehme es in die Hand, und meine Haut fängt kurz an zu brennen, während ich ihr Lächeln auf mich wirken lasse. Dann stelle ich es wieder zurück, vielleicht ein klein wenig heftiger als nötig.

Die Schublade ist dicht gefüllt und enthält, so kommt es mir vor, Cass' sämtliche persönlichen Dinge. Ich gehe sie eines nach dem anderen durch, bis ich ganz hinten auf eine Pappschachtel stoße. Ich schiebe alles andere zur Seite und bringe eine weiße Schachtel mit roter Aufschrift zum Vorschein. Xanax. Ich stutze, mache die Schachtel auf und sehe mir die drei Blisterpackungen an. Eine ist fast ganz leer. Dann stoße ich mit dem Finger gegen etwas Festes. Es ist ein zierlicher goldener Ring, ganz unten in der Schachtel. Ich nehme ihn heraus und registriere die Gravur auf der Innenseite. *Wir zwei, für immer.* Ihr Verlobungsring. Aber warum bewahrt sie den hier in der Schublade auf? Als wollte sie ihn verstecken?

Doch der Anblick der länglichen weißen Tabletten, die fein säuberlich verpackt sind, verdrängt zunächst all diese Fragen und erweckt nebulöse Erinnerungen zum Leben, zum Beispiel an den kreideartigen Geschmack auf der Zunge, nachdem die desinteressierte Krankenschwester auf der College-Krankenstation mir eine Packung gegeben hatte. Ich sehe mich in meinem Zimmer zusammenbrechen, auf dem Bett, das ich danach wochenlang nicht verlassen werde. So lange jedenfalls, dass meine Mitbewohnerin ein anderes Zimmer beantragt und das College mir eine Bewährungsfrist gesetzt hat. Tagtäglich eine Handvoll Tabletten. Tagtäglich die Frage, wie viele ich wohl brauchen würde, um dem allen ein Ende zu setzen. Immer kurz davor aufgehört, mit trockenem Mund, pochendem Schädel und dem Gefühl des Bedauerns aufgewacht, weil ich nicht noch eine Pille mehr hinuntergewürgt habe.

Ich habe keine Ahnung, wie lange ich mit dieser Schachtel in der Hand dagestanden und mich meinen nebulösen Erinnerungen überlassen habe. Bis heute bringt der Anblick dieser Tabletten seit Jahren vergangenes Elend wieder zum Vorschein. Ich reiße mich zusammen, werfe die Tabletten aufs Bett und mache mit meiner Durchsuchung der Schublade weiter. Unter einer halbvollen Tube mit Sonnencreme und einem verschimmelten Taschenbuch-Krimi liegt Cass' Reisepass. Ich klappe ihn auf, weiß genau, was ich dort zu sehen bekomme, und mache ein Foto mit meinem iPhone.

Dann, in einem letzten verzweifelten Versuch, beschließe ich, einen Blick unter das Bett zu werfen, und gehe auf die Knie. Das Bett ist aber so niedrig, dass ich nicht vernünftig sehen kann, darum schiebe ich meinen Arm in den schmalen Spalt und schwenke ihn, so gut es geht, nach links und rechts.

Meine Hand stößt gegen etwas Hartes. Plastik scharrt über den Holzfußboden, während das Ding ein paar Zentimeter zur Seite rutscht. Ich strecke den Arm noch weiter hinein und taste blind nach dem geheimnisvollen Gegenstand, bis ich ihn mit den Fingern greifen kann.

Ich ziehe den Arm heraus, dann starre ich ein Handy an, wie ich es seit etlichen Jahren nicht mehr gesehen habe. Es ist eines von diesen alten Nokias, die inzwischen nur noch von fremdgehenden Ehepartnern und Drogendealern verwendet werden.

Doch noch bevor ich mich fragen kann, wieso Cass ein Prepaidhandy unter dem Bett hat, höre ich ein Geräusch an der Haustür. Ich spitze die Ohren und spanne sofort sämtliche Muskeln an. Da ist es schon wieder, Metall auf Metall. Ein Schlüssel wird ins Schloss gesteckt.

Das muss Logan sein. Oder Cass.

So oder so bin ich aufgeschmissen.

Ich stopfe die ganzen Sachen so schnell wie möglich zurück in die Schublade und stecke das Handy in die vordere Tasche meiner Shorts. Dann blicke ich mich um. Welche Möglichkeiten bleiben mir? Das Badezimmer, aber dorthin wollen sie vermutlich als Erstes. Oder der Schrank, der mit Kleidern und Schuhen vollgestopft ist. Oder die Terrasse, direkt über dem steilen Abhang zum Strand.

Ich sitze in der Falle.

KAPITEL 22

CASS

Noch bevor ich den Türknauf unserer Haustür berühre, weiß ich, dass Logan zu Hause ist. Im Wohnzimmer brennt Licht, und die Jalousien sind ganz geschlossen. Beim Näherkommen werfe ich einen Blick auf die Türschwelle und mache mich darauf gefasst, dass dort wieder ein Briefumschlag für mich liegt. Aber das ist nicht der Fall.

Ich hole tief Luft. Ich weiß, was ich zu tun habe.

Logan hört die Tür und kommt aus dem Schlafzimmer. Er hat sich ein Handtuch locker um die Hüften gebunden, und auf seinem T-Shirt haben die Wassertropfen, die nach der Dusche aus seinen Haaren rinnen, sichtbare Spuren hinterlassen. Ohne ein Wort zu sagen, schließt er mich in die Arme, sodass das Wasser auf seiner Haut mein dünnes Shirt durchnässt.

Als wir uns wieder trennen, sieht er mich tief besorgt an.

»Ich glaube, wir müssen reden.« Seine Stimme klingt sanft, aber entschlossen.

Ich nicke. »Das stimmt.«

Wir setzen uns auf die Couch im Wohnzimmer. Irgendwie habe ich das Gefühl, dass sich hier drin etwas verändert hat, aber ich kann es nicht näher bestimmen. Eine Art Luftstrom, der vorher nicht da war. Ich lasse Logan anfangen, weil ich weiß, dass das, was ich ihm sagen muss, alles verändern wird.

»Cass«, sagt er mit gerunzelter Stirn und sieht mich mit seinen dunkelblauen Augen voller Entschlossenheit an. »Was ist auf der Vollmondparty passiert? Wofür habe ich dir gestern ein Alibi gegeben?«

Ich warte einen Moment ab und hole Luft. »Ich kann mich nicht mehr erinnern.«

Das ist nicht das, was er erwartet hat. »Wie meinst du das?«, hakt er nach. Und dann macht es klick. »Moment mal. Hattest du etwa einen Blackout?«

»Logan …«, fange ich an, aber er unterbricht mich sofort.

»Im Ernst? Mein Gott, wie viel hast du denn getrunken? Und dann hast du am nächsten Tag einen Kurs gegeben?«

Seine Enttäuschung ist mit Händen zu greifen.

»Es war nicht nur …«, setze ich noch einmal an, aber er lässt mich nicht ausreden.

»Und du hast keine Ahnung, was du gemacht hast? Das war der Abend, an dem Lucy gestorben ist. Dir ist schon klar, wie das aussieht, oder? Und dann muss ich auch noch lügen, um dich zu schützen.«

Ich merke, wie meine Schultern sich spreizen, wie meine Rückenmuskulatur sich verkrampft. Die Wut, die sich auf dem Khrum Yai in mir angesammelt hat, verfestigt sich und füllt meine Blutbahnen. Welches Recht hat Logan, mich dafür anzumachen, dass ich zu viel getrunken habe? Er ist Barkeeper, verdammt noch mal. Er serviert angetrunkenen Touristen – von Doug ganz zu schweigen – tagein, tagaus einen Schnaps nach dem anderen. Und ich kann mich noch sehr gut daran erinnern, dass er sich aus dieser Flasche mit Thai-Whisky, die bei unserer Verlobungsparty im Frangipani um unseren Tisch gekreist war, reichlich bedient hat. Und jetzt ist er sauer, weil er *mich* decken musste? Ich habe seinen gottverdammten Verlobungsring auf dem Meeresboden neben Lucys Leichnam gefunden und habe *auch* zu niemandem ein Sterbenswörtchen gesagt.

Eigentlich müsste ich jetzt erst mal kurz Pause machen und meinen Atem wieder unter Kontrolle bekommen. Ich müsste ihm das mit dem Xanax erklären. Aber noch bevor ich sie aufhalten kann, haben sich meine bitteren Worte schon über meine Lippen geschlichen.

»Als wärst du so perfekt.«

»Was soll das denn heißen?«, kontert Logan.

Ich balle die Hände zu Fäusten. Die Empörung, die Enttäuschung und die Traurigkeit, die ich empfunden habe, als ich ihn vor ein paar Wochen mit Jacinta zusammen gesehen habe, mischen sich mit meiner zum Leben erwachten Wut. Und alles das wirbelt jetzt wie ein Tornado durch mein Inneres.

»Ich habe dich gesehen«, speie ich hervor.

Er legt verwirrt die Stirn in Falten.

»Mit ihr. Mit Jacinta.«

Als hätte ich plötzlich ein Messer gezogen, weicht er von mir zurück. »Cass. Das war nicht, wonach es ausgesehen …«

»Du hast sie geküsst. Und genau so hat es auch ausgesehen.«

Mir ist sehr wohl bewusst, wie weit sich dieses Gespräch von meinem ursprünglichen Plan entfernt hat, aber jetzt kann ich nicht mehr zurück. »Und dann hab ich deinen Verlobungsring neben Lucy gefunden, auf dem Meeresgrund im Sand, direkt neben ihrer Leiche. Dabei hast du mir erzählt, dass du ihn verloren hast. War das also auch gelogen?« Noch bevor er mir eine Antwort geben kann, mache ich weiter. »Hast du dich an Lucy rangemacht, kurz vor ihrem Tod? Hat sie deswegen deinen Ring bei sich gehabt? Oder war alles noch viel schlimmer? Hast du sie womöglich *umgebracht?*«

Das Gift sprudelt nur so aus mir heraus. Eifersüchtige Vorwürfe, nur zur Hälfte ausformuliert. Ich weiß nicht mehr, was ich sage. Ich habe niemals gedacht, dass Logan etwas mit Lucys Tod zu tun hat oder dass er irgendwie an ihr interessiert sein könnte.

Aber mit einem Mal bin ich wieder in diesem Hotelzimmer und stehe mit dem Rücken zur Wand. Ich greife nach jedem Strohhalm, nur um seine Wut, seine Enttäuschung abzuwehren.

Doch bevor jemand von uns noch etwas sagen kann, höre ich etwas. Einen leisen Knall aus dem hinteren Teil des Hauses.

»Was war das? Ist da jemand?«, stoße ich in heller Panik hervor.

Sekunden später bin ich im Schlafzimmer. Die Schranktüren sowie die Tür zum Badezimmer stehen immer noch offen, und die Luft ist nach Logans Dusche noch ganz feucht. Ich mache die Terrassentür auf und strecke den Kopf hinaus, aber da ist niemand.

Ich habe keine Ahnung, wonach ich suche oder womit ich eigentlich rechne, aber jetzt kommt das Gefühl, das ich schon während der vergangenen Tage hatte, mit voller Wucht zurück. Ich werde beobachtet, beschattet. Irgendjemand verfolgt jede meiner Bewegungen. Und jetzt ist dieser Jemand hier, in meinem Zuhause.

Wie eine Wahnsinnige durchwühle ich den Schrank und knie mich hin, um unter dem Bett nachzuschauen. Nichts. Falls sich hier drin jemand versteckt hat, dann macht er das verdammt gut.

»Hier ist niemand, okay?«, sagt Logan beschwichtigend. »War wahrscheinlich bloß ein Zweig, der das Haus gestreift hat, oder so was. Du musst dich unbedingt beruhigen.«

Ich beachte ihn nicht, aber er hat recht. Ich muss mich beruhigen. Diese Wut bringt mich überhaupt nicht weiter.

Ich lasse den Blick ein letztes Mal durch das Schlafzimmer schweifen und bleibe an meinem Nachttischchen hängen. Alles ist genau so, wie es sein sollte, bis auf das Foto von Logan und mir. Es müsste eigentlich so stehen, dass wir es vom Bett aus sehen können, aber jetzt lächeln wir fast schon demonstrativ mitten ins Zimmer hinein.

»Hast du das umgestellt?« Mein vorwurfsvoller Tonfall entgeht Logan keineswegs.

»Das Foto? Warum sollte ich das tun?«

»Das zeigt sonst immer in die andere Richtung. Hast du etwa in meiner Schublade rumgewühlt?« Ich muss an das Xanax denken, das ich dort versteckt habe. Das darf er auf keinen Fall erfahren.

»Natürlich nicht. Was ist denn bloß los, Liebes?« Logan sieht mich voller Besorgnis an.

Ich weiß nicht, wo ich anfangen soll. Seit heute Morgen habe ich keine Tablette mehr genommen und allmählich wird mir der Mund wässrig. Ich werfe noch einen schnellen Blick zur Schublade. Nur eine Armeslänge entfernt.

»Cass, bitte, setz dich hin.« Seine Stimme ist sanft und er deutet neben sich auf das Bett. Sobald ich sitze, wendet er sich mit dem Oberkörper zu mir und nimmt meine Hände in seine. Trotz allem spüre ich, wie sie von Wärme durchströmt werden.

»Das mit Jacinta stimmt«, sagt er, und ich merke, wie in mir etwas zerbricht. Obwohl ich es mit eigenen Augen gesehen habe, habe ich mir gewünscht, dass er mich vom Gegenteil überzeugen kann. Dass alles nur ein großes Missverständnis war. Stattdessen blickt er mir ununterbrochen in die Augen und fährt leise fort: »Ich habe einmal mit ihr zu Mittag gegessen. Ich hätte mich nicht darauf einlassen dürfen, das ist mir klar, aber wir hatten uns am Abend davor in der Bar kennengelernt. Und nach dem Mittagessen hat sie … da hat sie mir einen Kuss gegeben. Ich weiß auch nicht, Cass, ich habe keine Erklärung dafür. Am Tag davor hatte ich die Ringe gekauft – unsere Verlobungsringe – und ich wollte dir in derselben Woche noch einen Antrag machen. Aber mit einem Mal ist mir das alles so real vorgekommen, so festgelegt. Ich habe Angst bekommen. Wie sagt man …? Kalte Füße?«

Er wartet meine Antwort nicht ab. »Dafür gibt es keine Entschuldigung. Ich kann nur sagen, dass sie – Jacinta – danach noch mehr von mir wollte, aber sobald wir aus dem Restaurant gekommen sind, habe ich es abgebrochen. Als wäre ich schließlich doch noch zur Vernunft gekommen. Mir ist klar geworden, was ich alles aufs Spiel setzen würde, was ich alles verlieren würde. Und ich wollte dich auf gar keinen Fall verlieren. Du bedeutest mir alles. Unser gemeinsames Leben, das, was wir uns gemeinsam aufgebaut haben – das bedeutet mir alles.«

Beim letzten Wort bricht seine Stimme, und er hält inne, beugt den Kopf nach vorne, als wollte er die Fassung wiedergewinnen. Als er mich wieder ansieht, klebt eine lockige Strähne an seiner Stirn, und er hat Tränen in den Augen.

»Ich habe keine Ahnung, was mich da geritten hat. Aber danach war ich mir absolut sicher. So sicher wie noch nie zuvor bei irgendwas. Du bist der Mensch, mit dem ich mein Leben verbringen will. Der Mensch, den ich liebe.«

Meine Tränen fließen jetzt ununterbrochen.

»Und das mit dem Ring«, sagt er. Ich will ihn aufhalten. Er muss mir nichts erklären. Ich habe mich lächerlich verhalten. Ich glaube ihm. Lucy muss den Ring gefunden haben und dann hat sie ihn eingesteckt und ist schwimmen gegangen. Ich habe mich getäuscht, in allem.

Aber bevor ich etwas sagen kann, löst er sich von mir, steckt die Hand in den Ausschnitt seines T-Shirts und holt etwas darunter hervor.

Ich halte den Atem an.

Das ist sein Ring. Er hängt an der feinen Goldkette um seinen Hals, genau wie er es versprochen hat.

»Cass, den hat Sengphet mir heute Morgen gegeben. Er hat gesagt, er hätte ihn am Strand gefunden, am Tag nach der Vollmondparty, beim Saubermachen.«

»A…aber …«

Das kann nicht wahr sein. *Ich* habe seinen Ring. Ich habe ihn in die Xanax-Schachtel gesteckt. In ein paar Tagen wollte ich ihn ihm zurückgeben und so tun, als hätte ich ihn am Strand gefunden. Schuldbewusst huscht mein Blick zu dem Nachttischchen.

»Wenn du also auch einen Ring gefunden hast, dann ist es jedenfalls nicht meiner.« Logan seufzt erneut und nimmt Anlauf. »Mir ist schon klar, dass du in den letzten Tagen eine Menge durchgemacht hast, deshalb wollte ich eigentlich gar nichts sagen.«

Er blickt zu Boden, und ich warte mit angehaltenem Atem auf das, was gleich kommen wird.

»Du musst mit dem Xanax aufhören.«

Seine Worte fühlen sich an wie ein Faustschlag in die Magengrube. Das darf er gar nicht wissen.

»Du hast in meinen Sachen rumgewühlt.« Die Kälte in meiner Stimme ist regelrecht greifbar.

»Ich habe mir Sorgen um dich gemacht. Zuerst dieser Albtraum und dann noch der ganze Stress. Du warst überhaupt nicht mehr du selbst. Immer angespannt. Ich habe nur kurz in deine Schublade geschaut und dabei habe ich die Tabletten gesehen.«

Ich weiß nicht, was ich sagen soll. Ich kann ja schlecht abstreiten, dass ich die Tabletten genommen habe.

»Dieses Teufelszeug ist nicht gut für dich. Das bringt dein ganzes Hirn durcheinander. Ich habe mir mal die Nebenwirkungen angesehen und bin fast durchgedreht. Stimmungsschwankungen, Schlafstörungen, Paranoia, Probleme mit dem Erinnerungsvermögen, sogar Halluzinationen.« Er zählt sie der Reihe nach an den Fingern ab.

Natürlich weiß ich über die Nebenwirkungen Bescheid. Als mir der Arzt vor drei Jahren das Medikament verschrieben hat, habe ich mir das alles sorgfältig durchgelesen. Aber ich habe nie etwas davon gemerkt. Damals war meine Stimmung sowieso nicht so stabil, dass mir irgendwelche Schwankungen hätten auffallen können, zudem wollte ich mich auch an nichts erinnern. Und ich glaube kaum, dass man es Paranoia nennen kann, wenn man das ganze Land gegen sich hat.

Aber jetzt ist die Situation eine andere. Ich muss an das Gefühl denken, das mich in den letzten Tagen begleitet hat, diese nagende Gewissheit, dass mich jemand beobachtet.

Trotzdem lässt mir eine Frage keine Ruhe. »Aber wenn der Ring, den ich gefunden habe, nicht dir gehört, wem gehört er dann?«

Wir kennen die Antwort, noch bevor ich meine Frage beendet habe.

»Cass«, sagt Logan und hebt meine Hand hoch, sodass wir sie beide sehen können. »Wo ist eigentlich *dein* Ring?«

Ich starre den schmalen blassen Streifen an meinem Ringfinger an. Einen Augenblick lang bin ich verwirrt, dann fällt es mir wieder ein. »Ich habe ihn vor dem Tauchgang am Samstagvormittag abgenommen, weil ich ihn nicht verlieren wollte. Ich habe ihn in die Ringschachtel in meiner Schublade gelegt.« Ich weiß es noch genau. Ich habe vor dem Nachttisch gestanden und die Schublade aufgezogen. Logan hat noch geschlafen. Es war nie eine Frage, dass mein Ring dort in dieser kleinen roten Schachtel liegt, sicher und behütet.

Aber dann muss ich daran denken, was Logan gerade über die Nebenwirkungen gesagt hat. *Probleme mit dem Erinnerungsvermögen, Halluzinationen.*

Ich reiße die Schublade auf und wühle darin herum, bis ich die Schachtel gefunden habe, in der der Ring liegen muss. Sie ist leer.

Hektisch suche ich nach der Xanax-Schachtel, die ich unter irgendwelchem Müll begraben habe, und zerre sie hervor. Ich schüttele alles, was darin ist, auf das Bett und entdecke zwischen den Blisterpackungen auch einen zierlichen goldenen Ring. Den Ring, den ich neben Lucy gefunden habe.

Und dann passt mit einem Mal alles zusammen.

Wahrscheinlich habe ich meinen Ring am Morgen vor dem Tauchgang gar nicht in die Schachtel gesteckt. So muss es gewesen sein.

Weil ich nicht Logans Ring neben Lucys Leichnam gefunden habe. Sondern meinen eigenen.

»Cass.« Behutsam berührt Logan mich an der Schulter. »Wir müssen darüber reden.«

KAPITEL 23

BROOKE

Ein Blutstropfen stiehlt sich durch den Riss in meiner Lippe und der Kupfergeschmack breitet sich in meinem Mund aus. Trotzdem presse ich die Zähne weiter fest auf meine Unterlippe. Der Schmerz ist eine willkommene Ablenkung von den einsetzenden Krämpfen, die meine Beinmuskeln steinhart werden lassen. Nur ein einziges Mal habe ich versucht, mich zu bewegen, und dabei hat mein Fuß das Geländer gestreift. Nachdem der anschließende Knall laut wie ein Pistolenschuss die Stille der Landschaft durchbohrt hatte, war Cass durch die Terrassentür gestürmt.

Ich habe den Atem angehalten und habe mir noch fester auf die Lippe gebissen, als die Tür gegen mein Schienbein geknallt ist. Ich hatte mich in die winzige Nische auf der Seite der Terrasse gequetscht, direkt neben der Tür, sodass Cass mich nicht sehen konnte. Wäre sie auch nur eine Sekunde länger draußen geblieben oder hätte sie ein bisschen weiter nach unten geschaut, sie hätte mich bemerkt, weil meine Füße in dem schmalen Zwischenraum unterhalb der Tür zu sehen waren. Aber sie hat es nicht getan, und als sie wieder reingegangen ist, hat sie die Tür nicht vollständig zugezogen. Jetzt lehnt sie also ganz sanft am Rahmen und ihre Stimmen dringen aus dem Schlafzimmer bis zu mir auf die Terrasse.

Ich habe alles gehört. Dass Logan Jacinta geküsst hat und dass Cass neben Lucys Leichnam einen Ring gefunden hat. Eine Tatsache, die sie auch vergessen hat zu erwähnen, als sie mir einreden wollte, dass wir gemeinsam, als Team, die genauen Umstände von Lucys Tod aufdecken würden.

Und dann natürlich das Xanax.

»Wie ist mein Ring da hingeraten? Wieso hat er direkt neben der Toten gelegen?« Weinerlich und schwach dringt Cass' Stimme durch den Türspalt. Die kämpferische Energie, die sie noch vor wenigen Augenblicken ausgestrahlt hat, ist völlig verpufft. »Ich kann das auf keinen Fall getan haben«, sagt sie.

»Ich weiß, Liebes, ich weiß.« Logans Stimme klingt tief und besänftigend. »Wir kriegen das wieder hin, ganz egal, was passiert ist. Aber ich muss dir eine wichtige Frage stellen.« Logans Stimme wird leise, und ich recke den Kopf in Richtung Tür, um seine Frage verstehen zu können. »Kannst du dich wirklich an nichts mehr erinnern, was auf der Vollmondparty vorgefallen ist? Absolut gar nichts?«

Sie bleibt einen Augenblick lang stumm. Als sie schließlich antwortet, klingt ihre Stimme so schwach, dass ich mich gewaltig anstrengen muss, um sie zu verstehen.

»Bloß einzelne Bilder. Die Feuerakrobaten und die Musik und …« Sie verstummt.

»Sonst nichts?«, hakt Logan nach.

Sie sagt nichts mehr, und ich stelle mir vor, wie sie den Kopf schüttelt. »Ich hätte niemals Alkohol trinken dürfen, nachdem ich das Xanax genommen habe.«

Logan schweigt eine Zeit lang. Wahrscheinlich tröstet er sie jetzt. »Alles okay, alles okay.« Er hält inne. »Aber warum hast du das Zeug überhaupt genommen? Hast du irgendwelche Probleme, von denen ich nichts weiß?«

Noch erwidert sie nichts. Ich würde unglaublich gern einen Blick durch das Fenster werfen, aber das kann ich nicht riskieren.

»Nein, das liegt am Stress«, sagt sie schließlich. »Die ganze Sache mit der Verlobung und so. Das wächst mir alles ein bisschen über den Kopf.« Logan muss irgendeine stumme Reaktion gezeigt haben, jedenfalls fährt Cass hastig fort: »Nein, Babe, so war das nicht gemeint. Ich bin so glücklich wie nie. Es ist bloß … es verändert sich gerade so viel.«

Kurz darauf höre ich wieder Logans Stimme, ein leises, sanftes Murmeln. »Cass, ich muss dir etwas sagen.«

Ich spanne alle Muskeln an, will auf keinen Fall auch nur eine Silbe von Logans Geständnis verpassen.

»Gestern Abend, als Brooke uns gefragt hat, wo wir während der Vollmondparty waren … also, da habe ich sie angelogen.«

Mein Herz bleibt ruckartig stehen. Jetzt reicht es auch nicht mehr aus, mir einfach nur auf die Lippe zu beißen. Ich drücke die Fingernägel der einen Hand in die Handfläche der anderen und halte vor Anspannung den Atem an.

»Ich habe Lucy an dem Abend *tatsächlich* gesehen. Und ich habe mit ihr geredet. Nicht geflirtet oder so was«, beeilt er sich zu sagen, »… nur ganz normal geredet, wie es ihr hier gefällt und ob sie sich wohlfühlt auf der Insel. Es ist bloß … also … meinst du, du hast mich vielleicht dabei gesehen?«

»Ich weiß es nicht«, erwidert Cass kleinlaut. »Kann sein. Wieso?«

»Nichts, Liebes, gar nichts.« Logan klingt irgendwie abgelenkt, als würde er sich verschiedene Szenarien durch den Kopf gehen lassen.

Cass schluchzt leise.

»Alles okay«, höre ich ihn sagen, während Cass' Atem immer lauter und abgehackter wird. Er hört sich so an, als müsste Logan sich selbst ebenso sehr beruhigen wie Cass.

Ich rechne nicht damit, dass sie noch etwas sagt, darum zucke ich zusammen, als ich ihre Stimme höre.

»Logan, ich … ich bin in letzter Zeit nicht mehr ich selbst.« Sie unterbricht sich, und ich habe das Gefühl, als würden meine Beine gleich in Stücke brechen, so sehr muss ich meine Muskeln anspannen. »Ich habe schon einmal die Kontrolle verloren …« Sie verstummt. Ich warte darauf, dass sie weiterspricht, aber stattdessen höre ich nur ersticktes Schluchzen, als hätte sie die Hände vors Gesicht geschlagen.

»Pscht, Liebes. Was immer hier auch passiert sein mag, wir kriegen das wieder hin«, sagt Logan im gleichen beschwichtigenden Tonfall wie vorhin.

Eine kurze Weile ist es still, dann fährt er fort: »Hör zu, es tut mir wirklich leid, aber ich muss das Frangipani aufmachen. Ich würde alles dafür geben, wenn ich jetzt hier bei dir bleiben könnte, aber ich habe keine Vertretung, und heute Abend gibt es eine Kneipentour, also wird ziemlich viel los sein.« Er scheint kurz nachzudenken. »Warum kommst du nicht einfach mit?«

»Nein«, höre ich Cass leise sagen. »Geh ruhig. Ich komme schon klar.«

Logan seufzt. »Also gut. Entspann dich. Stell dich schön lange unter die Dusche, geh ins Bett und versuch zu schlafen.« Ich höre ein Knistern, als würde jemand eine Pappschachtel zusammendrücken. »Das da nehme ich mit, damit du nicht in Versuchung kommst.«

Das Xanax, nehme ich an. Er nimmt es ihr weg.

Die Stimmen werden leiser, und ich stelle mir vor, wie die beiden zur Haustür gehen. Ein paar Minuten später höre ich die Tür zuklappen. Logan muss gegangen sein. Doch Cass kommt nicht zurück ins Schlafzimmer.

Ich warte ein paar Minuten und versuche, das, was ich gehört habe, zu verarbeiten. Hat Cass es getan? Hat sie tatsächlich Lucy ermordet? Habe ich von Anfang an richtiggelegen?

Ich sitze da und warte auf ein Gefühl der Bestätigung, aber stattdessen nimmt ein anderes, überaus vertrautes Gefühl von mir Besitz, eines, das ich im Lauf meines Lebens schon viel zu oft gespürt habe. Enttäuschung.

Ich wühle mich also weiter durch mein Gedankenchaos, bis ich höre, wie Cass ins Schlafzimmer geht. Es plätschert leise, dann fängt das Wasser an zu rauschen. Sie hat sich wohl unter die Dusche gestellt. Ich warte noch eine Minute oder so, bis sich der heiße Wasserdampf auf der Glasscheibe der Terrassentür niederschlägt, dann packe ich die Gelegenheit beim Schopf.

So behutsam wie nur möglich ziehe ich die Terrassentür auf und schleiche zurück ins Schlafzimmer. Jeden Augenblick rechne ich mit einem lauten Knarren, aber es ist nichts zu hören. Ich werfe einen schnellen Blick in Richtung des Wasserrauschens, wo mich ein dünner Vorhang vor Cass' Blicken schützt, dann husche ich ins Wohnzimmer, zur Haustür hinaus und die Treppe hinunter. Kaum spüre ich den Asphalt unter meinen Füßen, renne ich im Vollsprint zu meinem Motorrad. Das Prepaidhandy, das ich unter Cass' Bett gefunden habe, schlägt durch die Shortstasche gegen mein Bein.

Als ich wieder im Resort ankomme, ist das Adrenalin in meinem Körper weitgehend abgebaut. Ich stoße meine Zimmertür auf und lasse mich von der vertrauten, feuchtwarmen Luft umhüllen. Dann hole ich das Prepaidhandy aus meiner Tasche.

Warum hat Cass so ein Ding? Und warum hat sie es so halbherzig unter ihrem Bett versteckt?

Über diese Fragen denke ich nach, während ich die Einschalttaste suche und das Handy zum Leben erwecke. Als Erstes sehe ich in der Anrufliste nach. Sie ist lang. Es gibt deutlich mehr ausgehende als ankommende Anrufe. Zwei davon stammen von einem gewissen »Dan«, und mit einem Mal wird mir klar, dass sie von Daniel gekommen sein müssen, obwohl ich nie gehört habe, dass Cass ihn so genannt hat. Ich werfe einen schnellen Blick auf die Zeiten – vielleicht habe ich ja die Person gefunden, mit der Daniel gestern Abend verabredet war –, aber beide Anrufe sind vom

Samstagvormittag, wo er beim Tauchkurs gewesen sein müsste. Ich weiß sogar noch, wie er dort bei Cass und dem israelischen Paar am Strand gestanden hat, während ich im Tiki Palms auf meinen Kaffee gewartet habe. Wenn er sowieso die ganze Zeit mit Cass zusammen war, wieso hätte er sie dann anrufen sollen?

Die Erkenntnis trifft mich wie eine Gewehrkugel.

Und was, wenn dieses Handy gar nicht Cass gehört?

Die übrigen Anrufe – sowohl die ankommenden als auch die ausgehenden – gelten sämtlich einer Nummer ohne Namen. Zehn Ziffern und eine Länderkennung, die mir nichts sagt. Ich überlege, ob ich sie anrufen soll, aber ich habe keine Ahnung, was ich sagen soll, falls sich jemand meldet. Zuerst brauche ich mehr Informationen.

Darum sehe ich mir die gespeicherten Fotos an. Doch die Galerie ist völlig leer. Ich gehe weiter zu den Textnachrichten. Dort finde ich eine Kommunikation mit der unbenannten Nummer aus der Anrufliste.

Schon beim ersten Blick wird mir klar, dass ein großer Teil der Kommunikation gelöscht worden ist. Mehr als eine Handvoll Nachrichten ist nicht übrig, und die sind alle vor drei Tagen, am Abend der Vollmondparty, eingetroffen. Der Besitzer des Telefons hat sie zwar gelesen, aber nicht darauf reagiert.

Ist alles in Ordnung? Wo steckst Du denn?

Bitte antworte doch.

Ich habe ein ganz schlechtes Gefühl bei der Sache. Ich hätte Dich niemals mit ihr allein losziehen lassen dürfen. Sie wohnt hier. Sie hat einen Heimvorteil.

Komm einfach zurück zur Party. Wir können über alles reden. Sag ihr, dass Du Dich anders entschieden hast. Ich traue ihr nicht über den Weg.

Die Nachrichten wurden jeweils kurz hintereinander abgeschickt. Ich kann regelrecht spüren, wie der Absender von Mal zu Mal panischer wird, und auch bei mir ballt sich ein dumpfer Schmerz in der Magengegend zusammen. Wenn dieses Handy Cass gehört, wem hat sie dann geschrieben und wen wollte sie an dem Abend, als Lucy ermordet wurde, noch treffen?

Der dumpfe Schmerz macht sich erneut bemerkbar, als ich zur letzten Nachricht komme. Ein letztes Flehen, ein letzter Versuch, sich zu vergewissern, dass die Angesprochene in Sicherheit ist.

Bitte sag, dass es Dir gut geht, *Lucy*.

Das letzte Wort raubt mir den Atem.

Das war Lucys Handy.

Sie war in der Nacht, als sie ermordet wurde, mit jemandem verabredet. Mit einer Frau. Die auf Koh Sang lebt.

Ich muss daran denken, dass dieses Telefon noch vor einer Stunde unter Cass' Bett gelegen hat. Und dann muss ich daran denken, dass Cass nicht mehr weiß, wo sie an dem Abend, als Lucy ermordet wurde, gewesen ist. Und an Daniels Fotos von der blonden Frau im Gespräch mit Lucy. Und an die Wut und die Eifersucht, die sie empfunden haben muss, als sie Logan und Jacinta zusammen gesehen hat. Und wie diese Eifersucht wieder an die Oberfläche gespült worden sein muss, als sie ihn während der Vollmondparty mit Lucy gesehen hat.

Und mit einem Mal passen all die vielen Puzzleteile zusammen.

Cass hat Lucy umgebracht.

KAPITEL 24
DIENSTAG

CASS

Ein Vorteil der Schlaflosigkeit besteht darin, dass man keine Albträume haben kann. Ich starre auf die hölzernen Rotorblätter unseres Deckenventilators, die gleichmäßig ihre Runden drehen. Ich beobachte sie seit Stunden und warte darauf, dass irgendwann einmal eines seinen Kurs verlässt, ausbricht aus dem monotonen Kreislauf und eigene Wege geht. Aber sie bleiben, wo sie sind. Sie werden ihrer Verantwortung gerecht. Im Gegensatz zu mir.

In der Nacht habe ich mir wieder und wieder mein Gespräch mit Logan durch den Kopf gehen lassen und darüber nachgedacht, was das alles zu bedeuten hat. Allein die Erinnerung an seinen sanften Tonfall jagt mir einen Schauer den Rücken hinunter. Schuldgefühle und Bedauern überlagern sich.

Trotz alldem sehne ich mich nach einer Tablette. Ich könnte in meiner Nachttischschublade nachsehen, aber ich weiß, dass das vergeblich wäre. Logan hat sie mitgenommen, hat den Ring – *meinen* Ring – aus der Schachtel geholt und die Tabletten vor mir versteckt. Als wäre ich eine durchgeknallte Süchtige. Aber wahrscheinlich ist es besser so. Das Xanax ist schließlich schuld daran, dass ich mich nicht mehr an die Vollmondparty erinnern kann. Und vermutlich auch daran, dass ich mich immer noch ständig beobachtet fühle und mich in letzter Zeit überhaupt nicht mehr im Griff habe. Als würde ich mir einen Film über mein Leben ansehen, den ich weder anhalten noch zurückspulen kann.

Logan ist gestern Abend spät nach Hause gekommen, später als sonst. Ich habe mich schon wieder schlafend gestellt. Das scheint mittlerweile zur Gewohnheit zu werden. Aber noch mehr Lügen hätte ich einfach nicht verkraftet.

Gestern hatte ich mir eigentlich vorgenommen, ihm alles zu erzählen. Aber dann sind die Dinge so schnell außer Kontrolle geraten. Und als er mich nach dem Xanax gefragt hat und wieso ich es brauche, da hat die Wahrheit in meiner Kehle festgesteckt wie eine Tablette, die nicht rutschen will. Ich habe es schlicht und einfach nicht fertiggebracht, nicht nach allem, was er herausgefunden hatte – die Tabletten, das mit meinem Verlobungsring. Es wäre zu viel gewesen. Zu viele Lügen, um je wieder zusammenzukommen.

Ich habe ihm die wenigen Dinge verraten, die ich von der Vollmondparty noch weiß. Aber von dem Gefühl, dass ich etwas in meiner Tasche hatte, oder von dieser anderen Erinnerung, diesem Ausruf, der ständig gegen meine Schädeldecke prallt und mich dabei jedes Mal wieder in diesen Abend zurückkatapultiert, davon habe ich ihm nichts erzählt.

Diese Frauenstimme, verzweifelt und laut, vertraut, aber nicht identifizierbar. »Nein, nein, nein!«

Wie konnte das alles geschehen?

Sosehr ich mir auch das Gehirn zermartere, ich bringe die verschiedenen Teile einfach nicht zusammen. Es sei denn …

Du hast sie umgebracht.

Im Flüsterton erwacht dieser Satz zum Leben, so plötzlich, dass ich es nicht verhindern kann. Ich kneife die Augen zusammen, aber das Echo bleibt.

Ich muss daran denken, wie wütend ich war, als ich Logan mit

Jacinta gesehen habe, wie betrogen ich mich gefühlt habe. Wie sehr ich sie in diesem Augenblick gehasst habe. Und wie schnell ich in der Auseinandersetzung mit Ariel die Beherrschung verloren habe.

War es denkbar, dass ich so wütend geworden bin, dass ich Lucy getötet habe?

Diese Vorstellung kommt mir absolut lächerlich vor, und ich versuche, sie zu verdrängen.

Es wäre ja nicht das erste Mal gewesen. Da ist die Stimme wieder. Die Wahrheit legt sich wie ein glitschiger, düsterer Film über meinen Geist.

Ich tue alles, um sie nicht zu beachten, nehme mein Handy vom Nachttisch und versuche verzweifelt, mich abzulenken. Das Erste, was mir auffällt, ist eine Nachricht von Doug. Er hat sie vor neunzehn Minuten abgeschickt.

Die Polizei hat rausgekriegt, wer Daniel ermordet hat.

Ich setze mich senkrecht auf, nehme mein Handy fest in die Hand und zwinge mich, die Nachricht sehr genau zu lesen. Der Text verändert sich nicht.

Ich tippe, so schnell ich kann. Nur ein Wort, aber ich muss mehr als einmal korrigieren und wirre Buchstaben löschen, die sich dank meiner zitternden Finger in meine Nachricht eingeschlichen haben.

Wer?

Ich starre das Display an, hoffe auf eine sofortige Antwort, aber vergeblich. Schlagartig bekomme ich keine Luft mehr. Ich muss hier raus, weg von diesem Bett. Ich muss wissen, wer das getan hat. Ich muss aus Dougs Mund hören, dass es derselbe Täter war, der auch Lucy auf dem Gewissen hat. Ich muss aus seinem Mund hören, dass ich es nicht war.

So leise wie nur möglich mache ich die Terrassentür auf und drücke, noch bevor ich ganz draußen bin, auf das grüne Telefonsymbol neben Dougs Eintrag in meiner Anrufliste. Es klingelt endlos und jedes Trillern versetzt meinem Trommelfell einen nervösen Stromstoß.

Während ich darauf warte, dass Doug sich meldet, blicke ich aufs Meer hinaus. Es ist noch früh, aber die Sonne hängt bereits schwer am roten Himmel über mir. Das ist kein gutes Zeichen.

Aus den Tiefen meiner Erinnerung höre ich meine Mutter sagen: *Morgenrot, schlecht Wetter droht.* Jedes Mal, wenn der Tag mit einem mehr oder weniger stark geröteten Himmel begann, hat sie diese Bauernregel aufgesagt. Und jedes Mal fiel, noch bevor der Abend hereinbrach, dichter Regen auf unsere Stadt.

Es sieht alles danach aus, als würde die Insel heute einen Gewittersturm erleben.

Das ist etwas, was ich eigentlich wissen müsste. Es gehört zu meinem Job, das Wetter zu beobachten und die Tauchgänge entsprechend zu organisieren. Aber bei allem, was zurzeit los ist, habe ich mich darum überhaupt nicht gekümmert.

»Na, Cass, wie geht's?«

Als Doug sich meldet, zucke ich unwillkürlich zusammen. Ich habe ganz vergessen, dass ich ihn angerufen habe. Seine Stimme klingt entspannt, ohne jede Besorgnis, ohne Bezug zu der Hölle, die ich gerade durchmache. Ich zwinge mich zu schlucken. Eklige Galle steigt mir in die Kehle.

»Was gibt's Neues, Doug?« Ich möchte bewusst so ruhig wie möglich klingen, aber meine Frage klingt gepresst und unsicher wie eine schwingende Saite.

»Gestern Abend war die Polizei hier. Ich habe anschließend Logan angerufen, und er hat gesagt, dass du krank bist und dass ich dich lieber in Ruhe lassen soll, darum habe ich bis heute Morgen gewartet. Geht's dir denn schon ein bisschen besser?«

Es ist nett, dass er sich nach mir erkundigt, aber trotzdem sträuben sich vor Wut die Härchen an meinen Armen. Wie kann er sich für irgendetwas anderes interessieren als die neuesten Ermittlungsergebnisse?

»Mir geht es gut. Also, was gibt es?« Meine Frage klingt knapp und ungeduldig.

Trotzdem bleibt er stumm.

»Doug!«

»Ah, ja, tut mir leid. Ich checke gerade das Radar. Da kommt ein übles Gewitter auf uns zu.« Und dann, endlich, lässt er die Katze aus dem Sack. »Die Polizei sagt, dass Sengphet gestanden hat.«

Mit einem Mal fängt der Terrassenboden unter meinen Füßen an zu schwanken wie das Deck eines Bootes in rauer See. Ich halte mich am Geländer fest und versuche, mich einigermaßen senkrecht zu halten. Vergeblich.

Eigentlich müsste ich erleichtert sein, dass der Täter gefunden worden ist. Aber Sengphet? Das ergibt überhaupt keinen Sinn. Niemals wäre er in der Lage gewesen, Daniel umzubringen.

»Sengphet?« Nur mühsam und mit zitteriger Stimme schaffe ich es, seinen Namen auszusprechen. »Der Kellner aus dem Tiki Palms?«

»Ja, genau. Unglaublich, oder? Hätte ich ihm niemals zugetraut. Frederic ist verständlicherweise wahnsinnig sauer.«

Ich sehe Sengphets Gesicht vor meinem geistigen Auge auftauchen. Sein immerwährendes Lächeln, während er kreuz und quer durch das Restaurant flitzt und die Gäste bedient, und wie er sich jedes Mal mit zusammengelegten Handflächen vor den Gästen verneigt. Immer sanftmütig, immer freundlich. Nur ab und zu habe ich gesehen, dass er die Stirn in Falten legt, immer dann, wenn er das Englisch eines Gastes nur schwer verstehen kann.

»Aber wi…wieso? Wie kommen sie darauf, dass er das getan hat?«

»Die Polizei meint, dass bei einer Drogenübergabe was schiefgelaufen ist. Ich schätze mal, Sengphet hat gedealt. Vielleicht wollte Daniel ihn bescheißen oder so was.«

»Sind die sich auch ganz sicher?« Ich kann mir beim besten Willen nicht einmal ansatzweise vorstellen, dass der fröhliche Sengphet ein Drogendealer und Mörder sein soll.

»Ja, sie sagen, dass er gestanden hat«, versichert mir Doug. »Ich meine, es klingt schon einleuchtend. Weißt du noch, wie Frederic vor der Personalversammlung nach Sengphet gefragt hat, weil er einfach nicht aufzutreiben war? Anscheinend war das genau die Zeit, in der Daniel ermordet worden ist.«

Ich denke an jenen Abend zurück. Da hatte Brooke vermutet, dass Daniel mit jemandem verabredet gewesen war. Ich hätte nur niemals geglaubt, dass Sengphet dieser Jemand war.

»Aber er hat doch Familie in Laos.« Ich muss an einen Vormittag im Tiki Palms denken, als er mir in gebrochenem Englisch erzählt hat, dass er seiner Frau und seinem Kind regelmäßig Geld schickt.

»Vielleicht hat Frederic ihm nicht genug bezahlt«, mutmaßt Doug. »Und er musste irgendwo noch zusätzlich Kohle auftreiben.«

Zumindest oberflächlich betrachtet klingt das alles einleuchtend. Aber Sengphet? Im Ernst? Das kriege ich einfach nicht zusammen.

Da kommt mir ein Gedanke. »Moment mal«, sage ich. »Sengphet spricht kein Thai, richtig? Und sein Englisch reicht gerade mal für das, was er als Bedienung im Tiki Palms braucht. Wie kann er also gegenüber der Polizei ein Geständnis abgelegt haben?«

Ich kann Dougs Achselzucken beinahe durchs Telefon hören.

»Keine Ahnung, aber irgendwie wird er's schon hingekriegt haben. Vielleicht mithilfe eines Dolmetschers.«

Aber für wen hat er gearbeitet? Und was ist zwischen ihm und Daniel Schreckliches vorgefallen, dass er ihn ermorden musste? Und wo ist da die Verbindung zu Lucy – falls es überhaupt eine gibt?

Gerade als ich all diese Fragen loswerden will, fängt Doug an, mit der Zunge zu schnalzen. Ich arbeite lange genug mit ihm zusammen, um diesen Tick zu kennen. Er ist abgelenkt, wahrscheinlich schon wieder in die Wetterkarte vertieft.

»Verdammt, dieser Sturm sieht wirklich heftig aus. Und er wird immer größer. Jedenfalls wollen Frederic und ich das Ganze heute noch besprechen. Wir müssen versuchen, eine Sprachregelung zu finden, die dem Resort möglichst wenig Schaden zufügt. Vielleicht müssen wir sogar einen PR-Profi von außerhalb engagieren.«

Ich bekomme kaum mit, was er sagt. Stattdessen habe ich immer noch das Bild eines lächelnden, fröhlichen Sengphet vor Augen.

»Der Laden bleibt heute geschlossen, also brauchst du auch nicht herzukommen. Bei dem Wetter können wir nicht tauchen. Ach übrigens, hast du schon gehört, dass der Fährbetrieb eingestellt worden ist?«

Ich gebe einen Laut von mir, der sich als Zustimmung interpretieren lässt. Diese Neuigkeit ist nicht weiter überraschend. Bei einem solchen Sturm ist es auf dem Wasser nicht sicher. Der Fährbetrieb ist, seit ich hier bin, schon oft eingestellt worden, und es hat mir noch nie etwas ausgemacht. Ich hatte ja sowieso nicht vor, irgendwo anders hin zu gehen. Aber dieses Mal, nach allem, was passiert ist, und dazu auch noch Sengphets Verhaftung, dieses Mal fühlt es sich anders an. Als wären wir vom Rest der Welt abgeschnitten.

Oder als würden wir in der Falle sitzen.

Ich blicke noch einmal aufs Wasser hinaus, das vor einem Augenblick noch in das rote Schimmern der aufgehenden Sonne getaucht war. Aber nachdem ich einige wenige Minuten telefoniert habe, ist der Schimmer verblasst, hat die Luft eine dunklere Färbung angenommen, sind die zuvor noch klaren Wellen trüb geworden und verhüllen die Geheimnisse, die das Meer dort unten birgt.

»Am besten bleibst du zu Hause und räumst ein bisschen auf oder so.« Dougs Stimme drängt sich in meine Gedanken. »Lass dein Telefon eingeschaltet. Kann gut sein, dass Frederic später alle seine Leute dabeihaben will, um ein paar Ideen durchzusprechen.«

Ich nicke, als könnte er das durchs Telefon hören.

»Sag Logan, er soll die Kneipe verrammeln. Dafür ist noch genügend Zeit. Der Regen soll erst am späten Nachmittag einsetzen.«

Wir verabschieden uns voneinander und kurz darauf hat Doug aufgelegt.

Eigentlich müsste ich erleichtert sein. Wenn Sengphet Daniel ermordet hat, dann gibt es keinen Zusammenhang zu Lucy und Jacinta. Dann sind diese beiden Frauen tatsächlich einem Unfall zum Opfer gefallen. Und ich hatte nichts damit zu tun. Mein Ring ist rein zufällig neben Lucys Leichnam gelandet. Das Ganze war dann nur eine Verkettung unglücklicher Zufälle.

Aber ich glaube kein einziges Wort.

Ich weiß, dass Sengphet nichts damit zu tun hat. Bei dem Gedanken, dass dieser arme Kerl hierhergezogen ist und alles aufgegeben hat, um seiner Familie ein besseres Leben zu ermöglichen, nur um nun eines Mordes beschuldigt zu werden, den er nicht begangen hat, dreht sich mir der Magen um. Er ist nicht mehr als ein bequemer Sündenbock. Er soll dafür sorgen, dass die Touristen sich keine Gedanken machen und sich nicht womöglich für ein anderes Reiseziel entscheiden.

Aber das ist nicht der einzige Gedanke, der mir Magenschmerzen verursacht.

Denn wenn ich recht habe, bedeutet das, dass der wahre Mörder sich vermutlich immer noch unbehelligt auf der Insel aufhält.

KAPITEL 25

BROOKE

Die Sonne scheint zum Fenster herein und ich lege mein Handy auf den Schreibtisch. Erschöpfung macht sich in meiner Muskulatur breit, aber die Nervosität in meinen Adern lässt mich nicht zur Ruhe kommen. Ich neige den Kopf zuerst nach rechts, dann nach links und registriere zufrieden das zweifache Knacken.

Es ist vollbracht.

Gestern Abend habe ich mir kurz überlegt, ob ich Cass darauf ansprechen soll, auf Lucy und alles, was davor passiert ist. Aber irgendetwas hat mich davon abgehalten. Ich hatte ihre Ausflüchte und ihre ständigen Lügen bereits im Ohr.

Jeder Mensch wird dich enttäuschen, wenn du ihm die Möglichkeit dazu gibst. Und manche machen es wieder und wieder.

Nein, das ist der einzig richtige Weg.

Ich greife erneut nach meinem Smartphone und lese mir zum x-ten Mal den längeren Instagram-Eintrag durch, den ich gerade verfasst habe. Keine Rechtschreibfehler. Ich kann ihn abschicken. Mein Finger schwebt schon über der »Senden«-Taste, da überlege ich es mir doch wieder anders. Ich speichere den Text und schließe die App. Ich werde mir das Ganze mit etwas Abstand noch einmal durchlesen und erst dann veröffentlichen.

Aber mir ist natürlich klar, dass es nicht meine eventuellen Rechtschreibfehler sind, die mich zögern lassen. Ich denke an gestern Vormittag zurück, an den Kuss mit Neil und daran, was der Text für ihn bedeuten würde. All die Möglichkeiten, die mir gestern für eine kleine Weile durchaus realistisch erschienen waren – eine Beziehung aufzubauen, mich mit ihm auf dieser Insel niederzulassen, ja sogar eine Permanente zu werden und die Familie zu finden, die ich nie hatte –, werden sich, sobald ich diese Taste gedrückt habe, in Luft auflösen.

Ich sehe noch einmal in meinem Posteingang nach, aber Alice hat immer noch nicht geantwortet und auch auf meine Freundschaftsanfrage hat sie nicht reagiert.

Ich schiebe den Stuhl ein Stück zurück und empfinde augenblicklich eine große Leere, ein schmerzhaftes Vakuum in meinem hohlen Inneren. Da wird mir bewusst, dass ich seit gestern Abend nichts mehr gegessen habe. Ich war so konzentriert bei meiner Geschichte, so sehr damit beschäftigt, die einzelnen Teile aufeinander abzustimmen, dass ich meinen Hunger überhaupt nicht gespürt habe. Ich bin zwar hundemüde, aber trotzdem muss ich jetzt dringend etwas essen. Ein fast schon irres Verlangen erfüllt mich – ich will diese Leere verjagen. Also schnappe ich mir meine Leinentasche und packe Laptop und Portemonnaie ein.

Aber zuerst muss ich noch eine Sache erledigen.

Ich greife mir mein Smartphone und öffne die Anrufliste. Die Nummer, die ich suche, steht ganz oben, und mein Handy informiert mich darüber, dass ich sie seit gestern Abend nicht weniger als ein Dutzend Mal angerufen habe.

Es ist die Nummer, die ich in Lucys Handy gefunden habe, die Nummer, von der die vielen ängstlichen Nachrichten stammen. Als ich sie das erste Mal angerufen habe, hat es dreimal geklingelt, bevor sich jemand gemeldet hat. Oder besser: bevor jemand abgenommen hat. Aber der- oder diejenige hat kein Wort gesagt. Ich habe lediglich hastige Atemzüge gehört, und bevor ich etwas sagen konnte, war die Verbindung schon wieder unterbrochen.

Seither landet jeder meiner Anrufe sofort bei der Mailbox. Die automatische Ansage wiederholt die Nummer, die ich gewählt habe. Ich rufe sie noch ein letztes Mal an, aber wieder passiert dasselbe. Wer immer da Angst um Lucy hatte, hat das Handy ausgeschaltet. Entweder das oder Lucys Mörder hat noch ein weiteres Opfer gefunden.

Ich bestelle mir in einem der Restaurants auf der Kumvit Road ein komplettes englisches Frühstück, bezahle mit meinen letzten Baht-Scheinen und checke, während ich warte, meine E-Mails. Das Honorar für einen Instagram-Post, den ich für ein Hotel in Tschechien verfasst habe, ist immer noch nicht eingetroffen. Ich versuche, mich von solchem Kleinkram nicht belasten zu lassen – im Moment habe ich jedenfalls sehr viel größere Probleme. Trotzdem bleibt die Sorge, denn ohne dieses Honorar kann ich mir kaum noch eine Woche auf Koh Sang leisten, von einer Weiterreise gar nicht zu reden.

Ich lasse mir das Frühstück einpacken, um nicht zufällig einem der Permanenten über den Weg zu laufen. Sobald ich losgegangen bin, tagträume ich von dem herrlichen Frühstück, das ich verschlingen werde, sobald ich wieder in meinem Zimmer bin. Ich biege in eine schmale Seitenstraße ab, die zur Uferstraße führt, doch kaum habe ich die Ecke umrundet, bleibe ich stehen.

Irgendjemand beobachtet mich.

Ich drehe mich um. Einige wenige Frühaufsteher schlendern die Straße entlang, aber hinter ihnen sehe ich eine Person, die regungslos dasteht und mich anstarrt.

Es dauert einen Moment, bis ich sie erkannt habe. Das ist die junge dunkelhaarige Frau, die ich neulich nach der Personalversammlung im Tiki Palms gesehen habe. Und da hat sie mich genauso angestarrt wie jetzt auch.

Unter ihrem zerknitterten T-Shirt ragen zwei braun gebrannte Beine hervor, und ihre inzwischen vertrauten Augen liegen in dunklen Höhlen. Trotzdem strahlen sie dieselbe unangenehme Intensität aus wie vor zwei Tagen im Tiki Palms. Irgendetwas an dieser jungen Frau, an der bedürftigen Art und Weise, wie sie mich anschaut, beunruhigt mich. Mit einem Mal wird mir klar, dass Lucy mich, als sie mich angesprochen hat, mit genau demselben Blick fixiert hat.

Ich mache einen Schritt auf sie zu. Ich werde sie fragen, was sie von mir will. Doch kaum habe ich mich in Bewegung gesetzt, huscht sie davon, ebenso geschmeidig wie am Sonntagabend. Ich will ihr nach und haste zurück auf die Straße, wo ich mir das Frühstück besorgt habe, aber als ich um die Ecke biege, ist sie nirgendwo mehr zu sehen. Zwischen den Bäumen hinter dem Restaurant gibt es eine kleine Lücke. Ich glaube, dort gelangt man in das Gassengewirr von Kumvit, und ich überlege kurz, ob ich das machen soll. Aber ich weiß, dass es sinnlos wäre. Sie hat zu viel Vorsprung. Jetzt kann ich sie nicht mehr einholen.

Ich drehe mich wieder um und setze meinen Weg fort, aber in Gedanken bin ich bei der jungen Frau.

Als ich zu meinem Zimmer komme, weiß ich sofort, dass da etwas nicht stimmt. Die Tür steht einen Spalt weit offen. Ich zermartere mir das Gehirn, vollziehe jeden meiner hastigen Schritte beim Verlassen des Zimmers nach. Ich weiß, dass ich die Tür zugezogen und abgeschlossen hatte. So wie jedes Mal.

Vorsichtig lege ich die Hand an die Tür und mache mich auf alles Mögliche gefasst.

Drinnen herrscht das reinste Chaos. Meine sämtlichen Klamotten sind aus den Schubladen gerissen und überall verstreut worden. Die einzige Lampe liegt zerbrochen auf dem Fußboden und jemand hat die Laken vom Bett gerissen. Die Matratze liegt schief auf dem Bettgestell.

Ich drücke meine Tasche an mich, spüre das Gewicht des

Laptops an meiner Hüfte und atme erleichtert auf. Ich habe meinen Laptop und mein Handy. Ich lasse den Blick durch das Zimmer schweifen, aber meine Ladegeräte sind nicht zu sehen.

Dann fällt mir etwas anderes ein. Ich haste zum Schreibtisch und ziehe die oberste Schublade auf.

Dort, wo Daniels Smartphone und das Prepaidhandy, das ich unter Cass' Bett gefunden habe, waren, herrscht gähnende Leere.

Ich blicke mich noch einmal im Zimmer um und suche nach irgendeinem Hinweis auf die Person, die das getan haben könnte. Es gibt keine schriftliche Nachricht, aber die Botschaft ist vollkommen klar: *Lass die Finger davon. Kümmere dich um deinen eigenen Kram. Sonst …*

Worte, die ich in meinem Leben mehr als einmal zu hören bekommen habe.

Ich spüre, wie etwas in mir aufflackert, wie eine Flamme an dem Pulverfass der Wut in meinem Inneren leckt. Trotz alledem fange ich an zu lächeln. Glauben die ernsthaft, dass mich das aufhalten wird?

Sie wissen ja nicht, welchen Weg ich schon hinter mir habe, welche Opfer ich schon gebracht habe. Den wahren Grund für meine Reise nach Koh Sang können sie niemals kennen.

Ich setze mich auf die Matratze und ziehe mein Smartphone hervor. Mir ist klar, dass ich nicht viel Zeit habe – ohne das Ladegerät reicht mein Akku höchstens noch ein paar Stunden.

Ich lade den Instagram-Post, den ich vorhin geschrieben habe, und gehe ihn noch einmal durch.

Es wird Zeit, reinen Tisch zu machen. Es wird Zeit, den wahren Grund für meine Reise nach Koh Sang offenzulegen. Es war nicht die Sonne oder das Tauchen und auch nicht der ganze Hype um das Inselleben.

Der Grund war eine Person. Eine Frau.

Und bevor ihr auf irgendwelche schlüpfrigen Gedanken kommt – nein, es hat nichts mit Sex oder Liebe oder so was zu tun.

Die meisten von euch – zumindest meine amerikanischen Follower – werden sich an Meghan Morris erinnern. Meghan, die Mörderin. Die für das Hudson-Massaker verantwortlich war. Die vor einigen Jahren skrupellos ihren eigenen Vater und ihre kleine Schwester ermordet hat. Ihr erinnert euch vielleicht daran, dass die Boulevardpresse sie als gewissenlose, blutrünstige Gewalttäterin beschrieben hat. Und ich kann bestätigen, dass das alles wahr ist. Meghan interessiert sich für niemanden außer sich selbst. Das weiß ich aus persönlicher Erfahrung.

Selbst nach den Morden, die das ganze Land – ach was, die ganze Welt – in Atem gehalten haben, hat sie jede Antwort auf die Frage verweigert, wieso sie getan hat, was sie getan hat. Sie hat kein einziges Interview gegeben, sondern hat sich beinahe ein Jahr lang im Haus ihrer Großmutter verschanzt, während wir alle uns gefragt haben, wie ein scheinbar so normales Mädchen so durch und durch böse sein kann.

Als die Presse dann irgendwann Ruhe gegeben hat, hat Meghan ihre Chance erkannt. Niemand wusste, wohin sie geflohen war oder wo sie sich in den letzten Jahren verkrochen hatte.

Bis jetzt …

Meghan ist hier, auf der Insel Koh Sang, wo ich mich seit einigen Wochen aufhalte. Sie hat sich den Namen Cass Morris zugelegt, hat tauchen gelernt und führt nun ein Leben, das sie offensichtlich weder ihrer Schwester noch ihrem Vater gönnen wollte.

Aber jetzt sieht es so aus, als wäre Meghan wieder ganz die Alte. Denn wo immer sie ist, kommen Menschen zu Schaden. Oder müssen sterben, wie in diesem Fall.

Ich lese mir den Rest des Textes auch noch durch. Darin beschreibe ich detailliert die Indizien, die ich auf der Insel zusammengetragen habe: Cass' Verbindung zu den drei Toten, ihr praktisches kleines Drogenproblem und das Handy, das ich in ihrem Zimmer entdeckt habe.

Der Text steht unter einer kleinen Fotosammlung mit vier Bildern: ein Standbild aus Daniels Video, auf dem Lucy und Cass sich während der Vollmondparty unterhalten; ein Screenshot von den Textnachrichten, die der geheimnisvolle Absender Lucy am Abend ihres Todes geschickt hat; ein Foto von Cass' Reisepass, auf dem alles bis auf das Passfoto und ihr Name – Meghan Morris – geschwärzt ist. Die Krönung aber ist das erste Foto, das auch das Cover der Sammlung bildet. Eine Aufnahme von Cass von unserer Wanderung auf den Khrum Yai neulich, zu dem ich sie mühsam überredet habe. Ich habe einen Schwarz-Weiß-Filter darübergelegt, der ihr deutlich sichtbares Unbehagen noch verstärkt und ihre Augen, die in die grelle Sonne blicken, viel zu dunkel, fast schon ängstlich wirken lässt. Sie hat mich angefleht, das Foto nicht auf Instagram zu stellen, und ich habe es ihr versprochen. Aber jetzt breche ich dieses Versprechen.

Weil ich mit einem einzigen Ziel nach Koh Sang gekommen bin: Cass zu finden. Sie zur Rede zu stellen. Und sie zu zerstören.

Ich hatte nur nicht damit gerechnet, dass sie gleich eine ganze Spur von Toten hinter sich herzieht.

Seit meiner Ankunft habe ich sie so oft wie nur möglich beschattet und habe mitbekommen, wie sie auf Zehenspitzen durchs Leben schleicht, als könnte eine falsche Bewegung alles zum Einsturz bringen. Ich habe mir bestimmte Plätze wie zum Beispiel meinen Lieblingstisch im Tiki Palms bewusst so ausgesucht, damit ich sie beim Tauchunterricht beobachten kann, habe mir ihren Terminplan gemerkt, mit wem sie redet, was sie macht, und habe sie verfolgt, sobald sie sich auf ihr Motorrad gesetzt hat. Dabei habe ich immer genügend Abstand gehalten, sodass sie keinen Verdacht schöpft.

Ich habe ihr kleine Nachrichten vor die Tür gelegt, damit ihr klar wird, dass sie sich nicht verändert hat. Dass sie immer noch dieselbe ist wie vor Jahren. Die mir so viel Schmerz zugefügt hat. Die mich ruiniert hat.

Ich denke an das Versprechen, das ich ihr gestern gegeben habe.

Bald werden alle die Wahrheit erfahren.

Ich hole tief Luft, dann lege ich den Zeigefinger kräftig auf die »SENDEN«-Taste. Meine Zögerlichkeit hat sich längst in Luft aufgelöst. Ich darf mich durch nichts von meinem Weg abbringen lassen.

Es wird Zeit, dass ich meine Drohung wahr mache.

KAPITEL 26

CASS

Als ich den Hügel hinabsause, um mein Haus so schnell wie möglich hinter mir zu lassen, hat der Himmel seine grelle Pinkfärbung verloren und den Farbton einer frischen Prellung angenommen. Ich muss raus, obwohl Doug mir geraten hat, zu Hause zu bleiben. Es geht mir nicht nur darum, Logan aus dem Weg zu gehen, obwohl das mit Sicherheit auch eine Rolle spielt. Aber vor allem muss ich jetzt Wasser auf meiner Haut spüren, muss die Meeresoberfläche über mir haben. Ich muss tauchen.

Es ist eine Weile her, seit ich zum letzten Mal eine solche Sehnsucht danach hatte, abzutauchen. In letzter Zeit habe ich jedes Bedürfnis mithilfe von Tabletten unterdrückt. Aber jetzt ist mein Kopf zum ersten Mal seit Tagen frei von allen chemischen Helfern. Jetzt sausen nur noch tausend verschiedene Ängste durch meinen Schädel. Und das Tauchen ist die einzige Möglichkeit, wie ich sie mit Sicherheit zum Schweigen bringen kann.

Die Fahrt quer über die Insel dauert rund zwanzig Minuten. Zum Pho Tau Beach wäre es wesentlich kürzer, aber ich will jetzt auf keinen Fall irgendjemandem begegnen. Das ist eine unerträgliche Vorstellung, genau wie die Lawine an Bildern, die der Anblick des Tiki Palms auslösen würde: Sengphet, der mir lächelnd einen Kaffee serviert; Sengphet, der hinter dem Tresen steht und mir fröhlich zuwinkt; Sengphet, wie er zerschlagen und blutüberströmt in einer unscheinbaren Zelle liegt.

Ich habe mit eigenen Augen gesehen, wozu die Polizei fähig ist. Im letzten Jahr hat einer meiner Tauchschüler sich während eines Besäufnisses am helllichten Tag mit einem Polizisten, der dienstfrei hatte, angelegt. Dessen Kollegen haben mit großer Brutalität reagiert, indem sie meinen Schüler aus seinem Zimmer in den Terrace Rooms geschleift und im Gefängnistrakt neben der Polizeiwache von Koh Sang eingesperrt haben. Frederic hat mich dann mit einem zerknitterten Umschlag voller US-Dollars dorthin geschickt. Die Übergabe – Bargeld gegen Feriengast – verlief reibungslos. Der Tourist war ein Südafrikaner Anfang zwanzig gewesen. Ich hatte ihn als aufmüpfigen Charakter kennengelernt, der meine Anweisungen während des Kurses nur zögerlich befolgt hatte, so ähnlich wie Daniel zu Beginn auch. Aber als ich ihn im Gefängnis abgeholt habe, hatte er sich vollkommen verändert. Auf seinen Lippen und seinem Kinn hatte sich eine dicke Blutkruste gebildet, auf den Schultern waren Brandflecken zu sehen gewesen, und ein Fingernagel hatte ihm auch gefehlt.

Und das alles wegen einer Körperverletzung. Ich kann mir nicht einmal ansatzweise vorstellen, was sie jemandem wegen eines Mordes antun würden.

Beim Lamphan Beach angelangt, verdränge ich diesen Gedanken wieder. Wie erhofft ist der Sandstrand menschenleer. Lediglich am hinteren Ende ist ein vertäutes Langboot zu sehen. In diesem Teil der Insel gibt es keine der Touristenattraktionen, die Pho Tau so interessant machen, also weder Strandbars noch Wassersport-Verleihe. Nur seidigen weißen Sand und türkisblaues Wasser bis an den Horizont.

Ich halte kurz inne, mache mir wieder einmal klar, wie glücklich ich mich trotz allem schätzen kann, dass ich das hier mein Zuhause nennen darf. Ich hole tief Luft, genieße den frischen, salzigen Duft und lasse den Blick über das Wasser schweifen. Dieser Strandabschnitt wird von den umgebenden Klippen geschützt und ist daher normalerweise besonders ruhig. Aber heute, mit dem näher kommenden Gewitter, sind die Wellen höher als sonst, verunstalten ein paar weiße Schaumkronen die friedlich daliegende Wasseroberfläche.

Nachdem ich mein Motorrad abgestellt habe, gehe ich ein paar Meter weit auf den Strand und setze die Sauerstoffflasche und die Tarierweste ab, die ich von zu Hause mitgebracht habe. Anschließend leere ich die Tasche aus, die ich mir um den Arm gebunden habe. Flossen, eine Maske, der Atemregler und mein Neoprenanzug plumpsen auf den Sand. Den Rest lass ich einfach am Strand liegen. Ich habe keine Angst, dass hier etwas gestohlen wird. Dieser Teil der Insel ist und war schon immer ein sicherer Hafen. Wenige Minuten später stehe ich an der Wasserkante und lasse die beruhigenden Wellen genüsslich über meine Füße schwappen.

Zum ersten Mal seit Tagen entspanne ich mich. Meine Muskeln werden locker, meine Sorgen ziehen sich in den Hintergrund zurück und ich genieße einfach nur. Die Sonne ist heute nicht zu sehen. Dunkle Wolken und der zunehmende Wind werfen einen unergründlichen Widerschein über das Wasser. Trotzdem, es sieht aus wie gemalt. Kleine Fische huschen erschreckt davon, als ich mich ihnen nähere und genüsslich die wunderschön schimmernden Korallen betrachte, die auf dieser Seite der Insel leben. Aber ich bin nicht wegen des Anblicks hierhergekommen, sondern wegen der Atempause, der kurzen Flucht aus der realen Welt, die mich umgibt.

Ich bleibe viel länger unter Wasser als ich eigentlich dürfte. Jedes Mal, wenn ich aufsteigen will, packt mich ein solches Widerstreben, dass ich jeden Gedanken daran verwerfe.

Erst als mein Luftvorrat fast völlig aufgebraucht ist, durchbreche ich die Wasseroberfläche. Ich lasse mich noch einen Augenblick lang auf meiner aufgeblasenen Weste treiben und drehe mich einmal im Kreis, gönne mir einen vollständigen Rundumblick.

Der Himmel hat sich seit meinem Abtauchen sichtlich verfinstert und der zunehmende Wind weht Sand über den menschenleeren Strand. Die Zweige der wenigen vereinzelt stehenden Palmen biegen sich bedenklich.

Als ich es nicht mehr länger hinauszögern kann, schwimme ich ans Ufer und breche neben meiner Tasche einfach zusammen. Eine ganze Weile sitze ich nur da und spüre ein paar wenige leichte Regentropfen auf der Haut. Irgendwann erwacht mein Unbehagen wieder zum Leben, breitet sich aus wie ein Virus und verjagt meine innere Ruhe. Ich hole mein Handy aus der Tasche.

Noch bevor ich eine einzige Taste drücken kann, leuchtet mein Display auf und meldet siebzehn neue Nachrichten.

Ich hatte eigentlich gehofft, mich ganz allmählich wieder an die Ängste der Realität gewöhnen zu können, aber jetzt überrollen sie mich wie eine Riesenwelle und ziehen mich nach unten. Ich öffne meinen Messenger und scrolle. Panik hämmert in meiner Brust, als ich die verschiedenen Absender registriere: Greta, Neil, Doug, Logan und Brooke.

Da stimmt ganz eindeutig etwas nicht.

Ich beschließe, mit Brookes Nachricht anzufangen. Noch während ich sie anklicke, wird mir klar, wie sehr ich unsere Gespräche vermisst habe, und frage mich zum ersten Mal, wieso sie eigentlich auf meinen Anruf von gestern Nachmittag gar nicht reagiert hat. Bis ich die Nachricht lese.

Vielleicht denkst Du jetzt noch einmal darüber nach,
was Du getan hast.

Wie ein Trommelfeuer jagt die Angst durch meinen Körper, gefolgt von Verwirrung. Was habe ich getan – beziehungsweise, viel wichtiger: Was *glaubt* Brooke, was ich getan habe? Was weiß sie? Ich kneife die Augen fest zusammen, als würde das ausreichen, um diese Nachricht aus der Welt zu schaffen, aber die Worte brennen sich in die Rückseite meiner Augenlider. *Was Du getan hast.*

Urplötzlich habe ich das Gefühl, als stünde der Moment, den ich fürchte, seitdem ich vor zwei Jahren meinen Fuß auf diese Insel gesetzt habe, seitdem mir klar geworden ist, dass ich eine zweite Chance auf ein Leben bekommen habe, unmittelbar bevor.

Ich zwinge mich dazu, mich Brookes Aussagen zu stellen. Ich will Gewissheit haben. Also öffne ich Logans Nachrichten.

Bitte melde Dich.
Sag, dass das nicht wahr ist.
Cass, das sind doch alles Lügen, oder?

Sie scheinen sich alle um dasselbe Thema zu drehen. Irgendetwas Schreckliches ist geschehen. Etwas, das mit mir zu tun hat.

Und ich weiß es. Ich muss nicht erst nachschauen, um zu wissen, dass die Zeit gekommen ist. Wer immer diese Briefumschläge vor meine Tür gelegt hat, hat seine oder ihre Drohungen jetzt wahr gemacht.

Ich scrolle nach oben bis zu Logans erster Nachricht.

Ich klicke sie an, aber meine Finger zittern so sehr, dass ich mehrere Versuche brauche, bis ich den Link so sauber treffe, dass er auch wirklich anfängt zu laden. Ich bin weit weg vom Gewimmel in Kumvit und Pho Tau Beach und das Internet ist unglaublich langsam. Irgendwann merke ich, dass ich den Atem anhalte.

Der Link verbindet sich mit meiner Instagram-App und lädt ein Profil, das ich fast auswendig kenne. Von der linken oberen Bildschirmecke blickt mir eine wunderschöne Frau entgegen. Die glänzenden Haare hat sie zu einem festen Knoten gebunden. Ich klicke ihren neuesten Post an und habe seine Bedeutung schon erkannt, bevor er das Display ausfüllt. Und plötzlich ergibt alles einen Sinn.

Weshalb Brooke, diese schöne, selbstbewusste Influencerin, von Anfang an solches Interesse an mir gezeigt hat. Weshalb jemand mit ihrer Popularität sich zu einer stillen, unbedeutenden Tauchlehrerin hingezogen fühlt.

In Wirklichkeit hat es diese sofortige Verbindung zwischen uns gar nicht gegeben. Sie war niemals die Freundin oder Mentorin, für die ich sie gehalten habe.

Sie hat mich betrogen.

Die ganze Zeit schon.

Sie hat mir diese Briefe vor die Tür gelegt, hat gedroht, mich auffliegen zu lassen. Der einzige Grund, weshalb sie meine Nähe gesucht hat, war, um mich zu benutzen.

Ich bleibe kurz an dem Foto hängen, das sie auf dem Gipfel des Khrum Yai von mir gemacht hat. Ich habe sie gebeten, es nicht zu posten, angeblich, weil es mir nicht gefallen hat, und nicht etwa deshalb, weil ich nicht wollte, dass einer ihrer vielen tausend Follower darauf *Meghan* erkennt. Jetzt, mit dem gespenstischen Filter, den sie über das Foto gelegt hat, und zusammen mit ihrem Text wirkt es fast dämonisch. Und genau das hat sie beabsichtigt, da bin ich mir sicher.

Ich lese den dazugehörigen Text so schnell wie möglich und stolpere über meinen Namen – also, meinen echten Namen – zusammen mit den Bezeichnungen, mit denen die Zeitungen mich so überaus freundlich beglückt haben: Meghan, die Mörderin; Massaker-Meghan. Aber die Worte, die Brooke unter diese Bezeichnungen geschrieben hat, verletzen mich noch mehr.

Ich starre diesen Post so lange an, bis das Display irgendwann schwarz wird und ich mein Spiegelbild darin sehe. Meine Haare sind völlig zerzaust, meine Wangen rau vom Salzwasser.

Ich sehe aus wie eine Frau, die ohne Weiteres einen Mord begehen könnte.

Die bereits gemordet *hat.*

Mein Herz sinkt gegen meine Rippen, und ich fühle mich, als würde ich lebendig begraben. Ich stelle mir vor, wie Sand in meine Lunge rieselt, so wie die Sandkörnchen einer Sanduhr in den unteren Glaskolben. Ich ringe um Atem und sauge so viel wie nur möglich von der warmen, feuchten Luft ein. *Eins, zwei, ein.* Ich versuche, meinen Atem genauso zu regulieren wie unter Wasser, stelle mich aufrecht hin, für den Fall, dass das hilft.

Aber dieses Mal hilft es nicht. Ich versuche es noch einmal, aber es ist, als hätte meine Luftröhre einfach komplett dicht gemacht. Ich sinke auf die Knie.

In meinen Augenwinkeln tauchen flackernde schwarze Punkte auf. Mein Blickfeld rollt sich an den Rändern ein wie die kaputten selbst gemachten Super-8-Filme, die wir uns auf dem alten Projektor meines Dads immer angeschaut haben.

Erinnerungen tauchen auf. Robin und ich, wahrscheinlich damals in der sechsten und der vierten Klasse, und Mom, die am Strand entlangrennt. Dad ist nicht im Bild. Er hält die Kamera, die bei jedem seiner Schritte hüpft. »Ich kann nicht mehr«, schreie ich Robin und Mom hinterher. Sie bleiben stehen. Robin dreht sich um und kommt zu mir. Dann sagt sie mit liebevoller Stimme. »Natürlich kannst du. Du bist meine große Schwester. Du kannst alles.«

Erneut versuche ich zu atmen, reiße die Nasenlöcher so weit auf, wie es nur geht, ringe verzweifelt nach Luft. *Ich kann das. Ich bin deine große Schwester.*

Ich zwinge mich, wieder aufzustehen. Es wird Zeit, dass ich mich meinen Taten stelle. Ich will es wiedergutmachen, so gut es eben möglich ist.

Trotzdem lässt mir eine Frage keine Ruhe. Was habe ich Brooke bloß angetan, dass ich so etwas verdient habe?

KAPITEL 27

BROOKE

Es ist drei Jahre her. Ich war neu am College, gerade achtzehn Jahre alt. So alt wie Lucy bei ihrer Ermordung.

Wir waren in der Bibliothek verabredet.

Als ich die nur selten genutzte Treppe hinaufging, versuchte ich ununterbrochen, mich zu beruhigen. Ist doch bloß ein Typ, sagte ich mir, ein paar Jahre älter als du. Und es war bloß eine unbedeutende Geschichte.

Aber ich wusste, dass es mehr war als das. Es war mein erster großer Artikel für den *Hudson Herald*. Das erste Mal, dass die Chefredaktion mir mehr zugetraut hatte als eine kurze Meldung, die sie irgendwo auf den letzten Seiten verstecken würden. Das war mein großer Durchbruch, so groß, wie er bei einer Collegezeitung im Bundesstaat New York eben sein kann. Ein Interview mit Eric Verrino, dem Kapitän des Schwimmteams der Hudson University, das in diesem Jahr als großer Favorit auf die Meisterschaft in seiner Leistungsklasse galt.

Mein Chefredakteur hatte mir seine Handynummer gegeben, und ich habe Erics Anweisungen genau befolgt. Nachdem ich mich zwischen Stapeln mit alten, überflüssig gewordenen Büchern durchgekämpft hatte, gelangte ich schließlich zu drei engen Leseabteilen, von deren Existenz ich bis dahin nicht einmal etwas gewusst hatte. Und da war er.

Olivbraune Haut, pechschwarzes Haar und leuchtend schwarze

Augen, dazu eine weinrote Jogginghose und ein schwarzer Anorak, die inoffizielle Uniform des Schwimmteams. Er lächelte, sodass auf einer seiner Wangen ein süßes Grübchen entstand, und entblößte dabei eine Reihe ebenmäßiger ultraweißer Zähne.

»Du musst Brooke sein.« Seine Stimme war freundlich und von seinem wunderschönen Lächeln durchdrungen.

Ich nickte viel zu eifrig. »Wie schön, dich kennenzulernen, Eric«, sagte ich mit bebender Stimme. Gleichzeitig erschrak ich darüber, wie derb mein Kentucky-Akzent sich in der leeren Bibliothek anhörte.

Eigentlich hatte ich noch nie wegen eines Typen den Verstand verloren, so bin ich einfach nicht. Aber du lieber Himmel, ich kam mir vor, als würde mir ein griechischer Gott in Fleisch und Blut gegenüberstehen. Ich verfluchte mich im Stillen. Das Interview machte mich schon nervös genug, da konnte ich so was echt nicht gebrauchen.

Er deutete auf den Stuhl in dem Abteil neben seinem und ich setzte mich. Während ich meinen alten Laptop und mein Handy herausholte, damit ich mir Notizen machen und das Gespräch aufzeichnen konnte, versuchte ich die ganze Zeit, nicht daran zu denken, wie nahe mein Arm neben seinem lag oder dass der Klang seines Atems die kleinen blonden Härchen auf meinem Arm senkrecht stehen ließ.

»Dann sprechen wir mal darüber, wie du im Halbfinale letzte Woche die achthundert Meter Freistil gewonnen hast. Das war ein Riesenerfolg und du warst dabei so …«

Er hob die Hände und lachte, dass seine Augen dabei funkelten.

»Warum lernen wir uns nicht erst mal kennen, bevor wir anfangen?«

Meine Wangen wurden heiß und ich verfluchte mich schon wieder. Wie war es nur möglich, dass ich das Ganze in so kurzer Zeit so dermaßen verkackt hatte?

»Entschuldige«, murmelte ich verlegen.

»Dafür gibt es doch gar keinen Grund«, erwiderte Eric, und ich konnte seine Blicke spüren, obwohl ich ununterbrochen auf die Tischplatte starrte. »Ich würde nur gerne zuerst ein bisschen mehr über dich erfahren.«

Ich hatte mich den ganzen gestrigen Abend auf dieses Interview vorbereitet, hatte mir Fragen zurechtgelegt und mir verschiedene Einstiege überlegt, aber damit hatte ich nicht gerechnet. Was konnte ihn an mir schon interessieren?

»Du bist im ersten Jahr, stimmt's?«, fragte er. Ich nickte. Wie mühelos er mir die Führung aus der Hand genommen hatte! Aber es machte mir nichts aus. Ich hätte seine Stimme den ganzen Tag lang hören können. »Wie gefällt es dir bis jetzt an der Hudson University?«

Ich hätte nicht sagen können, dass es mir besonders viel Spaß machte. Mit meiner Mitbewohnerin wechselte ich kaum ein Wort. Etliche meiner Professoren waren autoritäre Säcke. Und ich litt unter einer allgegenwärtigen Angst, dass ich nicht die Noten schaffen würde, die nötig waren, um mein Vollstipendium zu behalten.

Aber was mich am meisten belastete, war das, was ich nicht hatte. Ich hatte noch keinen einzigen Menschen kennengelernt, zu dem ich eine Verbindung gespürt hätte. Es war, als wäre mir das Stigma der Wohnwagensiedlung meiner Mutter von Kentucky bis hierher gefolgt. Als würde es an mir kleben wie ein Gestank, den ich niemals loswerden konnte. Alle meine Mitstudentinnen mit ihren Lululemon-Leggings und ihrem perfekten Make-up schienen es zu riechen und sofort zu wissen, dass es reine Zeitverschwendung gewesen wäre, sich mit mir zu befassen.

Eigentlich wollte ich mit einer klassischen Ausflucht antworten: »Gut« oder »prima« oder vielleicht sogar »Macht echt Spaß hier«. Umso erschrockener war ich, als meine Stimme sich einfach nicht darum kümmerte, was ich eigentlich wollte. »Es ist eine ziemliche Umstellung«, hörte ich mich sagen.

»Das verstehe ich«, sagte er und in jedem seiner Worte schwang großes Mitgefühl mit. »Als ich hier angefangen habe, hatte ich auch gewisse Schwierigkeiten.«

Mein Blick machte deutlich, wie unglaublich ich das fand. Ich konnte mir nicht vorstellen, dass es eine Situation gab, in der Eric Verrino sich unwohl fühlte. Er lachte und ich spürte ein Flattern in meiner Brust.

»Es stimmt. Mit den anderen Typen im Schwimmteam habe ich mich nicht gleich auf Anhieb verstanden. Ich war noch so an meine Freunde und mein altes Team in Connecticut gewöhnt. Es hat ein paar Monate gedauert, bis ich gewusst habe, wie ich mich hier einsortieren kann.« Dass er seine Verletzlichkeit so offen zeigte, bewirkte bei mir, dass ich am liebsten mit dem Teppichboden der Bibliothek verschmolzen wäre. Als wäre ich nicht ohnehin schon hingerissen von ihm gewesen. »Hast du schon ein Hauptfach gewählt?« Ganz geschmeidig wechselte er das Thema.

»Ja. Journalismus«, erwiderte ich. Das war schon immer mein Ziel gewesen.

»Journalismus«, wiederholte er und hob die Augenbrauen. »Das ist ein sehr respektabler Beruf.«

»Als ich klein war, habe ich sehr viele Nachrichtensendungen gesehen. Meine Mom hat mich alleine großgezogen und sie … sie hat viel gearbeitet, darum war ich abends meistens allein mit dem Fernseher. Das war fast eine Art Obsession.«

Ich verriet ihm nicht, wie abhängig ich von den Leuten auf dem Bildschirm geworden war, die damals meine besten Freunde waren. Die einzigen Menschen, denen ich vertrauen konnte. Stattdessen spürte ich, wie meine Wangen immer heißer wurden. Und dann wurde mir klar, wie viele persönliche Informationen ich gerade völlig ungefragt preisgegeben hatte. Aber Eric schien sich nicht daran zu stören, sondern hörte zu. Er hörte wirklich zu. Seine Augen weiteten sich immer genau an den richtigen Stellen. Nach einer Weile fing auch er an, mir von seiner Familie zu Hause in Greenwich zu erzählen, von seinen Freunden aus dem Schwimmteam und von seinem Hauptfach – Wirtschaft –, das seine Eltern ihm gewissermaßen aufgezwungen hatten.

Wir hatten schon eine Stunde lang geredet, als mir plötzlich klar wurde, dass ich ihm keine einzige Frage über das Schwimmen gestellt hatte. Aber zum ersten Mal, seit ich an die Hudson gekommen war, hatte ich das Gefühl, als sei alles in Ordnung.

Die Nachricht traf spät am Abend ein, als ich gerade auf dem Weg in mein Zimmer war. Stunden nachdem Eric sich unter vielfachen Entschuldigungen verabschiedet hatte, weil er noch einen Kurs besuchen musste.

Sollen wir das Interview noch zu Ende bringen?
Wie wär's morgen Abend, bei mir?

Das Erste, was mir auffiel, als ich am nächsten Abend aus dem Taxi stieg, war die Stille. Nirgendwo wummerte House-Musik aus irgendwelchen Boxen, keine Bierfässer im Hinterhof, keine spärlich bekleideten Mädchen, die laut lachend im Vorgarten standen. Nur ein einzelnes Licht im Erdgeschoss des Hauses.

Ja, sicher hatte Eric geschrieben, dass er das Interview zu Ende bringen wollte, aber ich hatte das als Vorwand interpretiert und stattdessen mit einer Party gerechnet. War das nicht das, was Studenten freitagabends machten?

Ich klingelte und musste mich beinahe zwingen, weiter zu atmen, während ich wartete, bis mir jemand die Tür aufmachte. Nachdem gefühlt mehrere Minuten vergangen waren, war es so weit. Ein Mädchen mit langen braunen Haaren, die wohl eine halbe Ewigkeit mit dem Glätteisen bearbeitet worden waren, stand vor mir. Ihre Stirnfransen wirkten wie angeklebt. Sie musterte mich von Kopf bis Fuß. Was sie sah, schien sie nicht im Geringsten zu beeindrucken.

»Was kann ich für dich tun?«

»Ähm, ich möchte Eric sprechen?« Mit einem Mal war ich mir sicher, dass ich einen Fehler gemacht hatte. Wahrscheinlich hätte ich früher kommen müssen oder wir waren doch auf dem Campus verabredet. Hatte ich seine Nachricht missverstanden?

»Das ist für mich!«

Sobald ich seine Stimme hörte, entspannte ich mich. Er tauchte hinter dem Mädchen auf und legte ihr eine Hand auf die Schulter. Ihre Miene hellte sich auf, aber ihr Blick blieb unverändert kühl auf mich gerichtet.

»Brooke, komm doch rein. Ich stelle dich den anderen vor.« Eric nahm meine Hand und zog mich ins Wohnzimmer. Auf den Sofas hingen eine Handvoll Leute mit ineinander verschlungenen Armen und Beinen herum. Nur das Mädchen, das mir die Tür aufgemacht hatte, saß allein in einem Sessel. Sie und etliche der anderen Mädchen hatten rote Plastikbecher in der Hand, während die Typen anscheinend nichts tranken.

»Also, Leute, das hier ist Brooke«, sagte Eric laut, ohne dass einer der Jungs eine Reaktion zeigte. Ein paar Mädchen hoben zwar den Kopf, wandten sich aber nach einem teilnahmslosen Blick wieder ihren Drinks zu. Lediglich die Braunhaarige, die mir die Tür aufgemacht hatte, starrte mich ununterbrochen an. »Brooke, das sind die anderen. Kann ich dir was zu trinken besorgen?«

Ich bejahte mit einer Stimme, die sich nicht wie meine anhörte. Er verschwand und kam mit einer einzigen Dose Light-Bier wieder zurück. Die drückte er mir in die Hand.

»Du trinkst nichts?«, fragte ich ihn.

»Nein, wir haben Trockenzeit. Anweisung des Trainers. Einen

Monat vor den Meisterschaften sind Alkohol und Partys streng verboten. Jetzt sind es noch zwei Wochen und es ist die reinste Folter.«

»Aber es lohnt sich garantiert«, ließ sich ein rothaariger Typ mit buschigen dunklen Augenbrauen vom Sofa her vernehmen. Den kannte ich schon von den Fotos auf Erics Facebook-Seite.

Seine Bemerkung führte zu einem lebhaften Gespräch über den bevorstehenden Schwimmwettkampf. Nachdem ein paar Minuten ohne meine Beteiligung vergangen waren, wandte Eric sich endlich mir zu.

»Soll ich dir mal das Haus zeigen?« Er hatte seine Frage so leise gestellt, dass die anderen sie gar nicht mitbekommen hatten.

Ich wusste genau, was das war. Nämlich das, worauf ich gewartet hatte. Ein Vorwand, um auf sein Zimmer zu gehen.

»Na klar«, erwiderte ich, fast bevor er seine Frage beendet hatte. Weil es absolut klar *war.* Ich wollte mit ihm nach oben gehen. Ich verzehrte mich danach, ihn zu berühren, seine Lippen auf meinen zu spüren. Trotzdem schlug mein Herz schneller, als ich aufstand.

Als wir das Wohnzimmer verließen, johlten die anderen Typen. Die Mädchen gaben keinen Ton von sich.

Im ersten Stock führte Eric mich einen schmalen holzgetäfelten Flur entlang. Abgesehen von einem großen Whiteboard, waren die Wände kahl. Auf dem Whiteboard stand Erics Name neben denen seiner Mitbewohner und einiger anderer Mitglieder des Schwimmteams, die ich durch meine Recherchen kannte. Und neben jedem Namen war eine Ansammlung von Strichen zu sehen. Ich wollte stehen bleiben und einen Blick darauf werfen, doch Eric drückte mir die Hand in den Rücken.

»Na, komm«, murmelte er. »Mein Zimmer ist da hinten.«

Vor der letzten Tür im Flur blieben wir stehen. Eric machte sie auf und wir betraten einen schwach beleuchteten Raum mit Holzfußboden. Überall hingen Poster an der Wand und lagen Kleidungsstücke herum. Es roch feucht und auch ein bisschen nach

Chlor, was wahrscheinlich dem Stapel aus zusammengeknüllten Badehosen in der hinteren Zimmerecke zu verdanken war.

Er lenkte mich zum Bett und ich setzte mich. Ich nahm nichts anderes wahr als ihn. Sein Gesicht, dieses wunderschöne Gesicht.

Und jetzt lag es auf meinem. Seine Lippen, zunächst ganz weich, aber nur kurz. Schnell schob sich seine Zunge zwischen meine Lippen und erkundete meinen Mund. Ich konnte den Lippenstift schmecken, den ich so sorgfältig aufgetragen hatte, während seine Hand auf meinen Rücken und unter mein Shirt wanderte und nach dem Verschluss meines BHs suchte.

Was passierte da? So hatte ich mir das nicht vorgestellt.

Ich zog den Kopf zurück, legte die Hände auf seine Brust und drückte ihn ein Stückchen weg.

»Was ist los?« Seine Stimme klang hart und kalt. Ganz anders als die Stimme in der Bibliothek gestern. »Willst du etwa nicht?«

»Doch, aber …«

Noch bevor ich fertig war, lag sein Mund wieder auf meinem. Kaum hatte er meinen BH geöffnet, packte er unsanft meine Hand und schob sie zwischen seine Beine.

»Eric, nicht.« Es klang ziemlich undeutlich, weil seine Zunge immer noch in meinem Mund steckte.

»Mein Gott!« Jetzt war er sauer. »Was denn?«

Ich wusste nicht, was ich sagen sollte, darum sagte ich nichts. Er brachte sein Gesicht wieder dicht vor meines, so, als wollte er mich küssen. Doch dann fing er an zu reden.

»Hör zu, gestern warst du doch noch ganz scharf auf mich. Ich hab jedenfalls nicht meine Zeit in der Bibliothek verschwendet, bloß damit du's dir in letzter Minute noch anders überlegst.«

Während ich noch dabei war, das Gesagte zu verarbeiten, starrte ich ihn an. Ich empfand gleichzeitig Schock, Traurigkeit und Wut und konnte nicht klar genug denken, um zu entscheiden, welches dieser Gefühle das stärkste war.

Er wartete nicht auf eine Antwort, sondern legte mir die Hand auf den Mund und drehte mich mit einem Ruck auf den Bauch. Ich spürte, wie er mir mit der anderen Hand die Hose herunterzerrte. Ich versuchte zu schreien, oder zumindest glaube ich, dass ich das versuchte. Aber bis heute bin ich mir nicht sicher, ob ich tatsächlich einen Laut von mir gegeben habe.

Und dann kam der Schmerz.

Jeder Stoß ließ einen heißen, sengenden Blitz hinter meinen Augenlidern aufzucken.

Ich hatte das Gefühl, als würde er mein Innerstes Stück für Stück zerreißen. Ich hatte aufgehört zu atmen und er hielt mir den Mund und ein Nasenloch zu. Es war, als wollte mein Körper sich ausschließlich auf den Schmerz konzentrieren, als würde er alles andere schlicht verweigern.

Seine Hand wickelte sich um meine Haare und riss mir den Kopf nach hinten. Meine Kopfhaut brannte, was eine willkommene Ablenkung von dem stechenden Schmerz zwischen meinen Beinen war. Ich fokussierte mich darauf, führte mir jedes einzelne ausgerissene Härchen vor Augen.

Und so plötzlich, wie es angefangen hatte, war es auch wieder zu Ende. Ich merkte, wie er sich von mir herabwälzte, konnte mich aber nicht bewegen.

»Das war gut«, sagte er, während er deutlich hörbar seinen Reißverschluss zuzog. »Wir sehen uns dann unten.«

Und damit war er verschwunden.

Vollkommen erschüttert blieb ich eine Zeit lang liegen. Ob er noch einmal zurückkommen würde? Konnte ich jetzt gehen? Mir war klar, dass ich mit jeder Sekunde, die ich länger in seinem Bett lag, um eine Wiederholung bettelte. Aber es war, als wäre ich festgefroren, festgeklebt an diesen zerknitterten Laken, während der Geruch nach Blut und noch etwas anderem, Säuerlichem, mir in die Nase stieg.

Ich hörte ihn die Treppe nach unten trampeln. Und wenige Sekunden später seine triumphierende Stimme.

»Sechsundzwanzig!«

Jubel ertönte, eine Mischung aus männlichen und weiblichen Stimmen. Ich hatte keine Ahnung, was das bedeuten sollte, aber mir war klar, dass es etwas mit mir zu tun hatte.

Als ich dann endlich die Kraft fand, aufzustehen, hatte ich nichts, um mich abzutrocknen. Mein Blick fiel auf das Laken, das voller Rostflecken zu sein schien. Es dauerte ein bisschen, bis mir klar wurde, dass das Blut war, und dann dauerte es noch ein bisschen, bis mir klar wurde, woher das Blut stammte. Ich hob meine Jeans vom Boden auf und zog sie an. Gott sei Dank war sie dunkel, sodass man nichts sehen würde.

Auf Zehenspitzen und möglichst leise verließ ich das Zimmer. Aus dem Wohnzimmer waren Gelächter und gedämpfte Gespräche zu hören.

Auf dem Weg zur Treppe blieb ich vor dem Whiteboard stehen. Erics Name stand ganz oben und darunter waren fünf mal vier senkrechte Striche mit je einem waagerechten Balken zu sehen. Fünf mal fünf. Fünfundzwanzig.

Ich war zwar benommen, aber nicht so sehr, dass ich nicht begriff, was das war. Ich war Nummer sechsundzwanzig.

Wann hatte dieser Wettbewerb angefangen? Am Anfang des Studienjahrs? Am Anfang des Monats? Nicht dass das eine Rolle gespielt hätte. Für ihn war ich nichts weiter als eine Nummer und in gewisser Weise war er das auch für mich.

Er war mein erster.

Ich bemühte mich nicht mehr, leise zu sein, sondern rannte die Treppe hinunter. Dabei trat ich so laut wie möglich auf. Bevor ich bei der Haustür war, blickte ich ins Wohnzimmer.

Dabei sah ich das Mädchen, das mir die Tür aufgemacht hatte. Sie starrte mich ohne jede Gefühlsregung an. Als wäre sie leer.

Der Anblick dieser Augen hat mich seitdem nicht wieder losgelassen. Trotz der Wut, die ich gegenüber Eric empfunden habe: Dieses Mädchen kam mir noch schlimmer vor. Sie hatte mir die Tür geöffnet, hatte mich hereingebeten und hatte ganz genau gewusst, was passieren würde. Sie hatte dagesessen, als Eric mich nach oben gebracht hat, und genau gewusst, was er vorhatte. Und dann hatte sie das alles ignoriert und keinerlei Anstalten gemacht, mir zu helfen.

Diese Wut tobt unaufhörlich weiter in mir. Ich versuche, sie einzudämmen, aber sie ist immer da, selbst in meinen glücklichsten Momenten. Als säuerlicher Geschmack ganz hinten in meiner Kehle. Als dumpfer Unterleibsschmerz, der nur darauf wartet, dass ich einen Moment unachtsam bin, um dann wie giftiger Efeu durch meine Adern zu kriechen und jedes andere Gefühl zu ersticken.

Noch Jahre später habe ich nächtelang wach gelegen, habe irgendwo in irgendeinem osteuropäischen Hotel an die Decke gestarrt und mir ausgemalt, wie ich sie alle beide zugrunde richten würde, Eric genauso wie das Mädchen, das alles das zugelassen hat. Aber das waren nie mehr als Fantasien. Ich wusste, dass ich Eric niemals etwas anhaben konnte. Ich habe über die sozialen Medien seinen Weg verfolgt, seinen Einstieg bei einem Finanzinstitut an der Wall Street einschließlich seines sechsstelligen Anfangsgehalts, seine glückliche Ehe – ausgerechnet mit Cass' ehemaliger Mitbewohnerin – und dann die Geburt des Babys, das das Familienglück schließlich perfekt gemacht hat. Er hat ausreichend Charme, ausreichend Geld, ausreichend Einfluss, um mit allem davonzukommen, zumal wenn es sich bei der Anklägerin um eine leidlich erfolgreiche Reise-Bloggerin mit einer Vorliebe für Bikinifotos handelt. Und er hat Freunde wie beispielsweise das Mädchen damals, die bereit sind, alles Notwendige zu tun, um ihn zu decken.

Natürlich habe ich auch ihren Weg verfolgt. Ich habe die Geschichten über sie und ihre Familie gelesen. Ich war begeistert, dass sie ihre verdiente Strafe empfangen sollte, dass ihr all die Schimpfworte an den Kopf geworfen wurden, mit denen ich sie innerlich auch schon bedacht hatte. Aber dann, nach allem, was geschehen war – nach allem, was sie getan hatte –, kam sie frei. Ich war unglaublich wütend, voller Bitterkeit darüber, dass es ihr gelungen war, sich aus all den Grausamkeiten, die sie begangen hatte, irgendwie herauszumanipulieren. Und kurz darauf war sie spurlos verschwunden, wie vom Erdboden verschluckt.

Bis vor einigen Monaten. Ich saß in einem Hotelzimmer in Rumänien und scrollte mich durch ein paar Posts von anderen Reise-Influencerinnen, denen ich folge. Da, plötzlich, fiel mir etwas auf. Es war ein ganz banaler Eintrag, zusammen mit ein paar Fotos von der ersten Taucherfahrung der Influencerin. Aber ganz unten befand sich ein Bild, das mir sofort die Kehle zuschnürte. Darauf waren die Influencerin und drei andere Personen zu sehen. Sie saßen um einen kleinen Tisch voller Gläser. Im Hintergrund war eine wunderschöne Landschaft mit weißem Strand und türkisblauen Wellen zu erkennen. »Ich bin jetzt offiziell geprüfte Tiefseetaucherin. Das feiern wir mit den tollen Ausbildern im Koh-Sang-Tauchresort!«, hatte sie unter das Foto geschrieben. Markiert war es mit den Koordinaten des Tiki Palms Restaurants. Flüchtig betrachtete ich die beiden Männer am Tisch – einer mit einer Boxernase und dreckigen Haaren, der andere ein Rothaariger mit einem süßen Lächeln – und dann die Frau. Sie machte ein verdutztes Gesicht, als hätte der Blitz sie überrascht. Natürlich sah sie jetzt anders aus: blonde Haare, sonnengebräunte Haut, ein neuer Name. Aber ihre Augen waren noch genau dieselben wie vor drei Jahren.

Leer.

Es war das Mädchen aus dem Schwimmerhaus. Das Mädchen aus den Zeitungen. Sie.

Ich habe Wochen damit zugebracht, alles über sie in Erfahrung zu bringen, habe die Webseite des Resorts und die sozialen Medien nach jeder noch so winzigen verfügbaren Information durchsucht. Und jedes Mal wurde meine Wut noch größer. Sie war aus New York weggegangen und hatte neu angefangen – ein brandneues Leben, einen festen Partner, einen Job, einen engen Freundeskreis auf dieser paradiesischen Insel. Diese Ungerechtigkeit versetzte mir einen Stich bis ins Mark. Das hatte sie nicht verdient. Nichts von alledem hatte sie verdient.

Also habe ich einige Monate lang gespart und recherchiert und geplant, um schließlich all mein Geld in die Reise auf diese Insel zu investieren. Ich wollte sie suchen. Ich wollte wissen, ob sie sich verändert hat. Und falls nicht, dann wollte ich Rache nehmen.

Gleich am nächsten Morgen nach meiner Ankunft auf Koh Sang habe ich das Tiki Palms aufgesucht. Ich wusste, dass unsere Wege sich dort zwangsläufig kreuzen mussten. Aber vor Aufregung konnte ich kaum ruhig sitzen, und mein Herz pochte so laut, dass ich fest davon überzeugt war, dass sie es hören würde, sobald sie das Restaurant betrat. Ich war mir sicher, dass sie mich erkennen würde, dass mein Vorhaben auffliegen würde, noch bevor es überhaupt angefangen hatte. Ich hatte zwar meinen Kentucky-Akzent einigermaßen ausgemerzt, mir eine andere Haarfarbe zugelegt und gelernt, wie man Make-up benutzt – danke, Instagram! –, aber trotzdem sehe ich immer noch so aus wie das Mädchen damals an der Hudson University. Aber Cass war völlig blauäugig. Sie hat niemals an meiner Fassade gezweifelt, was meinen Hass auf sie nur noch weiter angestachelt hat. Sie ist genau dieselbe Person wie damals. Sie sucht verzweifelt die Anerkennung derjenigen, die heller strahlen als sie, ganz egal, welchen Preis andere dafür bezahlen müssen. Als schillernde Instagram-Influencerin passe ich natürlich sehr gut ins Schema.

Jetzt sitze ich auf der Spitze des Hügels, an dessen Flanke sie wohnt. Alles in mir verzehrt sich danach, in diese Augen zu sehen, die mich seit dem Abend, als ich das Schwimmerhaus betreten habe, verfolgen. Ich muss mit eigenen Augen sehen, dass sie verstanden hat. Ich muss mit eigenen Augen sehen, dass ich sie genauso gebrochen habe, wie sie mich gebrochen hat.

KAPITEL 28

CASS

Sobald der Schock nach dem Lesen der diversen Posts nachlässt, schwinge ich mich auf mein Motorrad und lasse Lamphan Beach hinter mir. Wut und Verrat schwappen wie Wellen durch meinen Schädel, aber das alles wird überlagert durch ein einziges Ziel: Ich muss Logan finden.

Seine letzte Nachricht nagt an den wenigen Bindfäden, die noch dafür sorgen, dass ich nicht schon längst zusammengebrochen bin. *Sag, dass das nicht wahr ist.* Ich muss ihn sehen, muss ihm alles erklären, was ich ihm eigentlich gestern schon hätte sagen sollen. Die Dinge, die ich ihm schon vor Jahren hätte gestehen müssen, sobald das mit uns ernster wurde. Ich muss das alles wieder geraderücken.

Eine bedrohliche Übelkeit setzt sich als fetter Kloß in meiner Kehle fest, während ich überlege, was das alles für uns bedeuten könnte. Meine Verzweiflung von gestern kommt mit voller Wucht zurück, schnürt mir die Luft ab, drückt immer fester zu. Ich brauche ihn. Zum ersten Mal fange ich an zu begreifen. Ich habe ja Robins Verlust kaum überlebt. Wenn ich jetzt auch noch Logan verlieren würde … das könnte ich nicht ertragen.

Ich fahre, als ginge es um mein Leben – was eine durchaus realistische Einschätzung ist –, und mit jedem Meter auf dem Asphalt wird meine Entschlossenheit größer. Ich werde ihm alles sagen. So, dass er mich versteht. Wir stehen das durch. Wir müssen.

Ich hätte sie beinahe übersehen. Als ich auf unser Haus zufahre und feststellen muss, dass Logans Motorrad nicht in der Einfahrt steht, bin ich am Boden zerstört.

Ich sehe mich nach allen Seiten um und rechne fest damit, dass er gleich in mein Blickfeld tritt. Erst jetzt nehme ich sie wahr. Sie hat ihr Motorrad an der Mündung des Khrum Yai Trails abgestellt und die Lippen zu einem gehässigen Grinsen verzogen.

Ich habe das Motorrad kaum abgestellt, da stürme ich schon mit geballten Fäusten auf sie los. Ich habe keine Ahnung, was ich vorhabe. Dann komme ich zum Stehen, mein Gesicht nur wenige Zentimeter von ihrem entfernt, und mich durchfährt ein Hauch von Befriedigung, als ich sehe, wie sie zusammenzuckt.

»Wie konntest du!« Es klingt wie ein Knurren, weniger eine Frage als vielmehr eine Aufforderung.

Aus der Nähe sieht Brooke so aus, als hätte sie seit Tagen nicht geschlafen. Dunkle Augenringe und aufgeplatzte Kapillaren verunstalten ihr Gesicht und ihre Augen sind gerötet. Trotzdem ist ihr die Verachtung, die sie für mich empfindet, deutlich anzusehen. Vermutlich hat sie keinen Grund mehr, ihre wahren Gefühle zu verbergen.

»Du kannst dich wirklich nicht mehr an mich erinnern, stimmt's?«, sagt Brooke lauernd. Ich mache den Mund auf und will ihr sagen, dass sie sich irren muss, dass wir uns noch nie zuvor begegnet sind. Doch dann nehme ich – wieder einmal – den Nachhall eines vertrauten Klangs in ihrer Stimme wahr. Die lang gezogenen Vokale, der leichte Singsang. Etwas, was mir bisher nur gelegentlich aufgefallen war, immer dann, wenn sie besonders konzentriert oder verärgert war.

»Was ist denn das für ein Akzent? Wo stammst du eigentlich her?«, frage ich sie beklommen. »Du hast doch gesagt, du kommst aus dem Westen.«

Spöttisch legt sich Brooke einen Finger an die Lippen.

»Hmmm. Ich schätze, dein Studium an der Hudson hat wirklich Wunder bewirkt, was?« Sie fängt an, hin und her zu gehen, und schlenkert dabei lässig mit den Armen. »Ach übrigens, hast du eigentlich noch Kontakt zu deinen alten Freunden dort? Zu deiner Mitbewohnerin? Oder zu Eric?« Ihre Stimme klingt scharf, ihr Blick ist giftig.

Und dann kommt es mir. Wir sind uns *doch* schon einmal begegnet.

Ein einziges Mal, vor Jahren, wenn auch nur für wenige Minuten.

Dieses dünne Mädchen mit den deutlich erkennbaren Secondhandklamotten und den schlecht gefärbten Haaren. Die Schweigsame mit dem starken Südstaatenakzent und der Unsicherheit, die ihr überdeutlich ins Gesicht geschrieben war.

Im Schwimmerhaus, drei Jahre ist das her. Ein Abend, der sich mit Hunderten solcher Abende überlagert hätte, hätte er nicht, wenige Wochen bevor mein Leben implodiert ist, stattgefunden. Dieses Mädchen mit dem bedürftigen Lächeln war zum Haus gekommen. Ich habe sie voller Verachtung angesehen, während sie sich im Glanz von Erics Aufmerksamkeit gesonnt hat. Sie hat wirklich geglaubt, so etwas Besonderes zu sein, dass sie diese Aufmerksamkeit verdient hat. Aber es war klar, dass sie irgendwann dahinterkommen würde, dass sie sich geirrt hatte, dass Eric sie lediglich benutzen wollte, um diesen bescheuerten Wettbewerb zu gewinnen. Es ging darum, wer in der Trockenzeit die meisten Frauen ins Bett bekommt. Rückblickend war das natürlich absolut ekelhaft, aber damals habe ich mit allen anderen darüber gelacht. Ich habe getan, was getan werden musste, um in Erics Nähe und in der Nähe meiner Mitbewohnerin geduldet zu werden. Sie haben mir durch ihre unangreifbare Popularität das Gefühl gegeben, etwas Besonderes zu sein, so wie Brooke in den vergangenen Wochen auch. Bis jetzt.

An diesem Abend, nachdem sie mit Eric auf seinem Zimmer

gewesen und er siegreich ins Wohnzimmer zurückgekehrt war, hat sie uns eine Szene gemacht. Sie kam die Treppe runtergetrampelt und hat die Haustür hinter sich ins Schloss geknallt. Ich weiß noch, wie ich ihr hinterhergesehen habe, als sie aus dem Haus gestürmt ist. Ich habe mich für sie geschämt. Sie hat mich angestarrt, als hätte ich etwas falsch gemacht. Das habe ich nicht verstanden und danach habe ich kaum einen Gedanken mehr an sie verschwendet.

Die Brooke, die ich kenne, hat keinerlei Ähnlichkeit mit diesem Mädchen. Sie hat sich komplett verändert, hat die Secondhandkleidung gegen einen eleganteren Stil, die schrecklichen schwarzen Haare gegen sanfte honigblonde Locken, die knochigen Gliedmaßen gegen attraktive Kurven ausgetauscht.

Aber jetzt, wo sie mich aus rot geränderten Augen anstarrt, wo ihre Armbänder klirren, während sie sich mit der Hand durch die Haare fährt, jetzt kann ich eine Andeutung davon in ihrem Gesicht erkennen. Genau dieselbe Bedürftigkeit nach Anerkennung, die sie schon im Schwimmerhaus ausgestrahlt hat. Ich denke zurück an die wenigen Male, als ich sie zu einem Treffen mit den Permanenten mitgenommen habe, noch bevor das mit Lucy passiert ist, vor dem ganzen Chaos, das sich danach überall ausgebreitet hat. Wie schnell sie über jeden Witz gelacht oder Greta Komplimente gemacht hat. Sie hat es wohl geschafft, dieses Verlangen nach Zugehörigkeit besser zu unterdrücken – jedenfalls war es längst nicht so offensichtlich wie damals im Schwimmerhaus –, aber im Rückblick kann ich durchaus erkennen, dass ihre Sehnsucht nach Anerkennung an verschiedenen Stellen immer wieder mal durchgebrochen ist.

»Sollen wir reingehen?«, fragt Brooke jetzt, drei Jahre älter und sehr viel rachsüchtiger als diese Collegeanfängerin im Schwimmerhaus. Sie zeigt mit einer Kopfbewegung hügelabwärts, wo einer meiner Nachbarn gerade in Erwartung des drohenden

Sturms seinen Rinnstein reinigt. Dabei wirft er immer wieder neugierige Blicke in unsere Richtung. »Oder willst du mir eine öffentliche Szene machen?«

Normalerweise hätte ich ihr zugestimmt. Die normale Cass hätte sie ins Haus gebeten, ihr etwas zu trinken angeboten und sie dann ihre Sicht der Dinge erzählen lassen. Aber genau das hat mich ja erst in diese verzwickte Lage gebracht. Mein Eifer, es immer allen recht zu machen.

Nein, diese Cass gibt es nicht mehr.

»Was denn? Glaubst du etwa, dass jemand mithören könnte, was du gerade in die ganze beschissene Welt hinausposaunt hast? Nein, wir bleiben schön hier und klären das an Ort und Stelle.« Meine Hände zittern und ich stecke sie in meine Hosentaschen. Aber im Gegensatz zu sonst zittern sie nicht vor Nervosität, sondern vor Wut.

Brooke zieht die Augenbrauen leicht nach oben, und ich bin ein bisschen stolz darauf, dass es mir endlich gelungen ist, sie zu verblüffen. Aber das macht mich nur noch wütender.

»Aha, hat sie also endlich ihre Stimme gefunden«, sagt Brooke in einem gleichgültigen Tonfall, den ich bei ihr noch nie gehört habe. Ich kenne sie überhaupt nicht mehr. Diese Person, das ist nicht Brooke. Das ist nicht die Frau, die mir das Gefühl gegeben hat, etwas Besonderes zu sein, ja sogar wirklich gemocht zu werden. Die Frau, die innerhalb weniger Wochen meine beste Freundin geworden ist, ohne dass ich je gewagt hätte, mir das einzugestehen.

Aber ich schätze mal, genau das ist der Punkt. Dass sie eine mir völlig Fremde ist und immer schon war.

»Wer bist du, verdammt noch mal? Was bist du für ein Mensch, dass du so was machst?«

Brooke reagiert sofort. »Ein Mensch, wie du es ganz eindeutig niemals sein wirst. Ein Mensch, der böse Menschen nicht so einfach mit ihren bösen Taten davonkommen lässt. Dazu braucht man nämlich Mut.«

Ihr Ton ist verletzend und sie vibriert vor Wut.

»Und jetzt weiß ich, dass das mit deiner Schwester und deinem Vater, alles das, was du in der Vergangenheit angerichtet hast, dass das noch nicht alles war. Dass du noch zu ganz anderen Dingen fähig warst, stimmt's?« Brookes Stimme trieft vor Gehässigkeit. »Ich habe gehört, wie du mit Logan über das Xanax und seinen kleinen Fehltritt gesprochen hast. Und ich habe Lucys Handy gefunden. Echt clever, Cass, dass du das unter deinem Bett versteckt hast. Ich meine, wie blöd kann man sein?«

Bei diesen Worten scheint sich ihre Wut zu verflüchtigen. Stattdessen kommt eine arrogante Selbstgefälligkeit zum Vorschein, die aber irgendwie noch schlimmer ist. Ich bin verwirrt und merke, wie sich Falten auf meiner Stirn bilden. Das war die eine Stelle in ihrem Post, die ich mir nicht erklären konnte – wieso sie behauptet hat, dass ich Lucys Handy an mich genommen habe, wieso sie in diesem Punkt gelogen hat –, aber noch bevor ich sie danach fragen kann, redet sie weiter.

»Also, was war das? Hast du Jacinta deshalb vom Khrum Yai gestoßen? Weil dein Freund dich mit ihr betrogen hat? Und Lucy? Er hat sich doch bloß mit ihr unterhalten, aber du warst so eifersüchtig, dass du nicht einmal das ertragen hast. Daniel … ich wette, mit ihm wolltest du bloß deine Spuren verwischen. Aber das muss ich dir lassen: Ihn zu ermorden, das war ganz schön mutig. Wie genau hast du das eigentlich angestellt? Ich meine, er war so viel größer und stärker als du. Hast du ihn von hinten überrumpelt und ihm die Kehle durchgeschnitten? Ich hab die Tauchermesser gesehen, die ihr im Laden habt. Hast du es mit einem von denen gemacht?« Sie beugt sich spöttisch nach vorne, die Faust unters Kinn gelegt, als wollte sie mir den neuesten Tratsch entlocken. »Na komm, sag schon. Ich möchte es unbedingt wissen.«

Ihre Fragen dürften mich nicht weiter überraschen. Ich weiß ja, welchen Verdacht sie gegen mich hegt. Das hat sie schließlich schon gepostet. Aber jetzt drehen sich alle meine Gedanken um einen bestimmten Satz, den sie gerade eben gesagt hat. *Ich habe gehört, wie du mit Logan gesprochen hast.*

Ich habe gewusst, dass gestern Abend jemand in unserem Haus war! Ich weiß zwar nicht, wo sie sich versteckt haben könnte, aber sie war da, hat uns beobachtet und uns belauscht, hat alles das gehört, was ich keinem Menschen verraten wollte. Und jetzt passt mit einem Mal alles zusammen.

»Du hast mich beschattet.« Dieses Mal ist es nicht die Wut, die meine Stimme zittern lässt. Trotz des Instagram-Posts, trotz der Drohbriefe vor meiner Haustür kommt mir diese Erkenntnis wie das Allerschlimmste vor, was sie mir angetan hat. In den vergangenen Tagen habe ich gedacht, ich wäre verrückt, weil ich mich überall beobachtet gefühlt habe. Weil da eine erdrückende Paranoia war, aber ohne konkreten Beweis. Und die ganze Zeit über hat Brooke, die ich für meine Freundin gehalten habe, mich beschattet.

»Wow, du bist echt schwer von Begriff. Willkommen in der Realität, Cass.« Brooke hat die Mundwinkel zu einem selbstgefälligen Lächeln verzogen und die Übelkeit wallt erneut in mir auf.

»Aber wieso?« Nur mühsam presse ich diese Worte hervor, verwirrt und enttäuscht zugleich.

»Wieso? Ist das dein Ernst?« Da ist wieder dieses bellende Lachen, aber dann wird Brookes Stimme hart und scharf wie ein Messer. »Er hat mich vergewaltigt, Cass. Eric Verrino, dein Freund. Und du hast einfach nur dagesessen und es geschehen lassen.«

»N-n-nein«, stammele ich. So war es nicht. Das hätte ich gewusst. Ja, sicher, Eric und die anderen Schwimmer hatten diesen widerlichen Wettbewerb. Absolut entsetzlich. Aber er war doch kein *Vergewaltiger.*

»J-j-ja«, äfft Brooke mein Stottern nach. Doch trotz ihres Sarkasmus spüre ich, dass sich an ihrer inneren Haltung etwas verändert hat. »Du hättest es verhindern können. Du hättest mich warnen können, aber das war noch nicht mal das Schlimmste. Weil du anschließend nämlich gelogen hast. Du hast ihn gedeckt!«

Ich bin wie vom Donner gerührt und verstehe absolut nicht, was sie damit andeuten will.

»Weißt du, wie schwierig es für mich war, einen Rechtsanwalt zu finden? Wie viele Telefonate ich führen musste, wie oft ich meine Geschichte erzählen musste, nur um immer wieder zu hören zu bekommen, dass es meine eigene Schuld war? Hast du eine Ahnung, wie grässlich das war? Und dann, als ich endlich die eine Rechtsanwältin gefunden hatte, die sich für mich einsetzen wollte, ist sie zu dir gekommen, Meghan.« Wie ein Schimpfwort speit sie meinen Namen aus, meinen richtigen Namen. »Sie hat dich gefragt, ob du weißt, was an jenem Abend geschehen ist. Und du hast sie angelogen. Du hast sie verdammt noch mal angelogen.« Sie fängt an zu schluchzen, ihre Wut verwandelt sich in Trauer. Sie versucht, das zu überspielen, und ihre Stimme wird immer lauter. »Du hast zu ihr gesagt, ich sei von ihm besessen. Dass ich zu ihm gekommen sei, um mit ihm Sex zu haben. Dass ich bloß sauer bin, weil mir klar geworden ist, dass ich nur eine Nummer in einem bescheuerten Spiel war.«

Jetzt fällt es mir wieder ein. Eine Erinnerung, die durch die Ereignisse kurz darauf in diesem Hotelzimmer schnell überlagert worden war. Eine streng wirkende Frau in einem schwarzen Hosenanzug hatte mich und meine Mitbewohnerin vor unserem Wohngebäude angesprochen. Sie hatte uns mit Fragen bombardiert, wo wir am vorangegangenen Wochenende waren und wie gut wir Eric kannten. Es war klar, dass sie ihm etwas anhängen wollte. Und dann hatte sie uns gefragt, ob er dieses Mädchen im Schwimmerhaus vergewaltigt hat. Erst dann sind meine Mitbewohnerin und ich stehen geblieben.

Meine Mitbewohnerin hat mit eisiger Stimme geantwortet: »Eric ist ein guter Mensch. Wenn das Mädchen behauptet, dass er sie vergewaltigt hat, dann ist sie wahrscheinlich bloß eifersüchtig.«

In meinen Ohren hatte sich das zwar sofort falsch angehört, aber meine Mitbewohnerin hatte mich auffordernd angesehen, darum habe ich sie unterstützt. »Ja klar, das Mädchen ist doch überhaupt bloß vorbeigekommen, weil sie Sex mit Eric haben wollte. Sie war bloß sauer, weil sie gemerkt hat, dass er nichts von ihr will.«

Die Erinnerung überfällt mich wie eine Ohrfeige.

»Du hast gesagt, dass ich es *wollte*!« Jetzt schreit Brooke mich aus voller Kehle an und ich nehme im Augenwinkel meinen Nachbarn wahr. Er tut schon lange nicht mehr so, als würde er seinen Rinnstein säubern, sondern starrt uns mit offenem Mund an. »Was für eine Frau bist du eigentlich? Was bist du für ein *Mensch*?«

Ich versuche, ihre Fragen zu verstehen, aber die Antworten entgleiten mir.

Es sind dieselben Fragen, die ich mir seit meinem Gespräch mit Logan gestern Abend auch stelle. Was für ein Mensch bin ich? Warum hat mein Verlobungsring neben Lucys Leichnam gelegen?

»Hör zu«, sage ich, und meine Stimme zittert stärker, als mir lieb ist. »Es tut mir leid, was ich getan habe, aber wir waren am College. Und ich habe doch gar nicht gewusst, was er dir angetan hat. Wie auch? Und warum ich? Eric genießt sein schönes Leben gerade in vollen Zügen.« Ich denke an die vielen Male, die ich Erics Profil angeklickt habe, nachdem ich für den Tauchladen ein Instagram-Foto gepostet habe. Wie ich mich durch unzählige Fotos von ihm und meiner Mitbewohnerin und ihrem gemeinsamen, perfekten Leben gescrollt habe. »Du fragst, was ich für ein Mensch bin, aber was bist du eigentlich für ein Mensch?« So langsam komme ich in Schwung. Ihre Geschichte hat mich kurz aus der Bahn geworfen, aber allmählich baut meine Wut sich wieder auf. »Du hast mich ins Visier genommen, aber warum eigentlich? Du verbringst Jahre deines Lebens damit, mich aufzuspüren und mich zu ruinieren? Meinst du nicht, dass ich nach dem College sowieso schon durch die Hölle gegangen bin? Du weißt, was ich durchmachen musste, du weißt, was sie alle über mich gesagt haben. Aber verfolge ich deswegen die Leute, die mich so runtergemacht haben? Nein, oder? Mein Gott, du bist wirklich total durchgeknallt.«

Brookes Augen blitzen, und ich rechne damit, dass sie mich gleich anbrüllt oder loskreischt. Doch als sie schließlich den Mund öffnet, ist nur eine eisige Wut zu hören.

»Ja, genau das haben sie auch im Krankenhaus gesagt.« Sie blickt auf ihre Handgelenke. »Du hast mich doch gleich bei unserem ersten Treffen nach meinen Armbändern gefragt.« Damit habe ich nicht gerechnet und ich weiche zurück. Brooke schiebt die Armbänder nach oben und hebt die Arme, um ihre Handgelenke zu entblößen.

Als mir klar wird, was sie mir da zeigt, halte ich den Atem an. Gespenstische weiße Schnittwunden ziehen sich diagonal über beide Handgelenke. Fragile Hautfalten, die wirken wie zwei ätherische Armreifen.

»Das warst du«, sagt sie. »Du hast das getan.«

KAPITEL 29

BROOKE

Beim Anblick von Cass' Gesichtsausdruck, als sie die Narben sieht, empfinde ich eine makabre Freude.

Ich verrate ihr nicht, was mich letztendlich dazu getrieben hat. Die Tage nach diesem Abend im Schwimmerhaus, als ich mich nicht aus den schmutzigen Laken meines Wohnheimbettes lösen wollte, aus Angst, ich könnte Eric oder ihr oder einem der anderen begegnen, die in diesem Wohnzimmer gesessen haben, als es passiert ist. Die Dutzende Telefonate mit Rechtsanwälten, die mir nicht helfen wollten. Wie ich endlich eine Anwältin überreden konnte, meinen Fall zu übernehmen, nur um eine Woche später zu erfahren, dass sie keinen einzigen Zeugen hatte auftreiben können, der meine Version der Geschichte stützte. Dass das Mädchen, das ich ihr auf Facebook gezeigt hatte, ausgesagt hatte, ich hätte freiwillig mitgemacht. Nachdem die Anwältin aufgelegt hatte, habe ich an meinem Schreibtisch gesessen und mein Telefon angestarrt. Und dann, ohne großen Wirbel, ganz unaufgeregt, habe ich mir mit einer Schere beide Handgelenke aufgeschlitzt, jeweils mit zwei Schnitten, sodass die Haut wie zwei Vorhänge runzelige Falten gebildet hat.

Das Nächste, woran ich mich erinnern kann, ist, wie ich im Krankenhaus aufgewacht bin. Meine Mutter war neben mir, aber sie war nicht etwa traurig darüber, dass ihr einziges Kind gerade versucht hatte, sich umzubringen, sondern vielmehr stinksauer, dass sie von Kentucky bis nach Hudson hatte fahren müssen. Und dann, als ich schon geglaubt hatte, dass es nicht mehr schlimmer werden kann, haben sie mich auf die psychiatrische Station verlegt. Drei Wochen voll mit farblosem Schmerz, als meine Welt aus nichts anderem bestand als Grau und dem Nachhall der Schreie, die durch die Gänge waberten.

Als ich dann endlich entlassen wurde, nahm ich alles Geld, was ich noch auf dem Konto hatte, und buchte einen einfachen Flug nach Prag, den billigsten nach Europa, den ich finden konnte. Ich musste weg, musste so viel wie möglich Abstand von allem bekommen. In den wenigen Tagen vor meinem Abflug besorgte ich mir in einem Ramschladen jede Menge Armbänder, um die beiden übergroßen Pflaster an meinen Handgelenken zu verstecken. Auf meinen Reisen habe ich dann etliche davon gegen andere eingetauscht, Souvenirs aus den vielen Städten, die ich abgearbeitet habe, immer auf der Suche nach etwas, mit dem ich die Narben verdecken konnte.

Ich sehe, wie Cass den Mund auf- und wieder zuklappt, wie ein Fisch. Schon wieder spüre ich eine Woge des Ekels durch meinen Körper ziehen.

»Brooke …«, fängt sie an, und ich weiß genau, dass jetzt gleich irgendeine beschissene, erbärmliche, halbherzige Entschuldigung für das, was ich durchmachen musste, kommen wird.

»Hör auf, hör bloß auf«, fauche ich sie an. »Sag mir einfach nur die Wahrheit. Warum hast du Lucy umgebracht?«

»Das war ich nicht. Das müsstest du eigentlich am besten wissen.«

Ich sehe, wie sie den Rücken durchdrückt, wie ihr Kampfeswille wieder zum Leben erwacht.

»Wenn ich das gewesen wäre, hätte ich dann mit dir zusammen ihr Zimmer durchsucht? Und wieso hätte ich dir helfen sollen, dich zu verstecken, als der Einbrecher dort vor der Tür gestanden hat?«

Daran habe ich bereits gedacht und zumindest einen Grund gefunden, wieso sie sich auf die Suche eingelassen hat. »Weil du genau wissen wolltest, was ich dort finde. Um sicherzugehen, dass ich nur das finde, was ich finden soll.«

Sie schweigt für einen Moment, als würde sie ihre verschiedenen Möglichkeiten gegeneinander abwägen. »Aber warum hätte ich sie umbringen sollen?«

»Ich habe dich belauscht, erinnerst du dich? Ich habe gehört, wie du zu Logan gesagt hast, dass du gesehen hast, wie er dich betrogen hat, und zwar mit Jacinta, die zufälligerweise wenige Stunden später in den Tod gestürzt ist. Und dann beobachtest du deinen ach so kostbaren Verlobten auf der Vollmondparty im Gespräch mit einer anderen Frau. Du drehst durch. Du schaffst es irgendwie, sie ein Stück von der Party wegzulocken, sodass niemand mitkriegt, was du da tust, dann erdrosselst du sie und wirfst ihren Leichnam ins Meer. Hab ich recht?«

Verwirrung schleicht sich in ihren Blick.

»Ach ja, richtig. Du kannst dich gar nicht erinnern. Wie praktisch.« Ich halte inne. »Ich meine, jetzt mal ehrlich«, sage ich und beuge mich verschwörerisch zu ihr. »Du hast wirklich gar keine Erinnerung an diesen Abend? Keine einzige? Du kannst es mir ruhig sagen, wir sind schließlich Freundinnen.« Dieses letzte Wort spreche ich ganz gedehnt und triefend vor Sarkasmus aus.

Ihr Blick huscht blitzschnell zur Seite, und ich weiß sofort, dass sie etwas verbirgt. Dass sie sich doch an etwas erinnern kann, etwas, was sie weder mir noch Logan noch sonst jemandem verraten hat.

»Ich weiß wirklich gar nichts mehr«, sagt sie schließlich. »Aber ich habe Lucy nicht umgebracht. Unmöglich. Ich habe sie doch am nächsten Morgen entdeckt. Ich … das hätte ich niemals fertiggebracht.«

»Das klingt, als müsstest du vor allem dich selbst überzeugen«, entgegne ich, während meine Wut allmählich wieder anschwillt.

»Ich wünschte nur, du hättest dich nicht so klischeemäßig benommen. Ich meine, die eifersüchtige Freundin, im Ernst jetzt? Ich persönlich kann mir ja überhaupt nicht vorstellen, jemanden umzubringen, egal aus welchem Grund und schon gar nicht wegen etwas so Banalem. Aber bei dir ist das schon Gewohnheit, stimmt's? Ich meine, du hast das ja nicht zum ersten Mal gemacht. Und dann auch noch deine eigene Familie.«

Ich sehe, wie sie rot anläuft und die Hände zu Fäusten ballt. Für einen Augenblick glaube ich, dass sie gleich auf mich losgeht.

»Du hast doch keinen blassen Schimmer.«

»Also los, dann sag's mir«, fauche ich sie an. »Wo liege ich falsch, raus mit der Sprache.« Ich habe jede Maske fallen lassen. Ich will es jetzt wissen. Oder besser: Ich *muss* es wissen. Angefangen hat es als Geschichte, als Reportage, die einen doppelten Sinn haben sollte. Einerseits wollte ich mich an Cass rächen, andererseits endlich meine Karriere als Journalistin in Schwung bringen. Aber Lucys Tod ist mir unter die Haut gegangen. Diese riesigen blauen Augen an jenem Abend, als sie mich um Hilfe gebeten hat. Die Stärke, die sie trotz ihres zierlichen Körperbaus ausgestrahlt hat. Ihr unerschütterliches Selbstbewusstsein. Alles das einfach weggeworfen, ins Meer gestoßen, der Fäulnis preisgegeben.

Cass steht vor mir. Sie schüttelt den Kopf, ihr Blick ist wie versteinert. »Das mit Robin war ein Unfall«, sagt sie irgendwann mit kaum hörbarer Stimme. »Mein Dad war krank. Ich wollte ihm helfen, wollte ihm die notwendigen Medikamente besorgen. Aber dann ist alles irgendwie schiefgelaufen.«

In mir löst sich etwas. Endlich kommt Bewegung in das Ganze. Gleich wird sie gestehen.

»Und was war mit Lucy?«, hake ich hastig nach. »War das auch ein Unfall? Wie soll dein Verlobungsring sonst neben ihre Leiche kommen? Und warum hast du ihr Handy unter deinem Bett aufbewahrt?«

»Ich habe ihr Handy nicht genommen«, erwidert Cass leise.

»Es hat doch keinen Sinn, das abzustreiten. Ich hab es ja unter deinem Bett gefunden.« Cass bleibt stumm und runzelt die Stirn. Ich ändere meine Taktik.

»Und was ist mit Jacinta? Was hast du an dem Abend, als sie gestorben ist, gemacht?«

»Ich war im Frangipani. Sie war auch da. Aber … aber dann bin ich nach Hause gegangen. Ganz sicher.«

Moment mal. Ganz *sicher*? »Du kannst dich nicht mehr daran erinnern?«

Ihre Miene fällt in sich zusammen. »Das war der Tag, an dem ich wohl zu viele Xanax auf einmal genommen habe …«

Sie verstummt, und ich lasse das, was sie gesagt hat, auf mich wirken. Trotz der vielen Indizien war da immer noch eine Stimme in mir, die meine Theorien nicht wirklich glauben wollte. Aber was Cass gerade gesagt hat, bestätigt alles.

»Cass, du hast Jacinta ermordet. Du hast sie auf den Khrum Yai gelockt und sie dann über die Kante gestoßen. Und dann hast du Lucy erdrosselt. Deshalb hatte sie diese blauen Striemen am Hals.«

Sie lässt den Blick hinüber zu dem Pfad auf den Khrum Yai schweifen. Als würde es ihr wieder einfallen.

Sie macht den Mund auf und ich mache mich auf ein Geständnis gefasst.

Und dann hallt ein Motorengeräusch von den Bäumen wider und durchbricht schmerzhaft die Stille.

Logan kommt nach Hause.

KAPITEL 30

CASS

»Verschwinde! Sofort. Sonst rufe ich die Polizei.«

»Ach so, na klar, die tanzt natürlich nach deiner Pfeife, stimmt's?«, gibt Brooke zurück. »Muss ziemlich bequem sein, jetzt, wo du bald eine Mörderin heiraten willst.«

Alle möglichen Gefühle fluten meinen Körper, und ich muss mich anstrengen, um überhaupt atmen zu können, nachdem Brooke diese Bemerkung gemacht hat. Logan zuckt sichtbar zusammen, weil er zum ersten Mal damit konfrontiert wird, was ich tatsächlich bin. *Eine Mörderin.*

»Aber in Wirklichkeit weißt du gar nichts über sie«, fährt Brooke fort. »Du weißt nicht, was …«

»Verschwinde, habe ich gesagt.«

Logans Stimme klingt so barsch, wie ich sie noch nie gehört habe. Ich sehe ihn die Hände zu Fäusten ballen, sehe, wie seine Muskeln sich spannen. Bisher habe ich ihn nur einmal so wütend gesehen, und das war, nachdem er entdeckt hatte, dass einer seiner Angestellten im Frangipani Geld aus der Kasse genommen hatte. An jenem Abend ist er mit wutverzerrter Miene und aufgeschürften Knöcheln nach Hause gekommen.

Brooke registriert das auch und macht einen Schritt zurück. Angst blitzt in ihren Augen auf. Sie öffnet noch einmal den Mund, aber Logan ist schneller.

»Komm rein«, sagt er zu mir.

Ich höre auf ihn, aber zuerst drehe ich mich noch einmal zu Brooke um. Sie steht immer noch an Ort und Stelle, hat die Lippen leicht geöffnet, während die Wut in ihren Augen flackert.

Ich wende mich ab und folge Logan, während Brookes Vorwürfe als Endlosschleife durch meinen Schädel dröhnen. *Du hast Jacinta ermordet … du hast Lucy erdrosselt.*

Ich versuche, es abzustreiten, aber ich bin mir nicht sicher, dass ich das noch länger kann. Ich war so eifersüchtig, so verletzt, als ich Logan und Jacinta zusammen gesehen habe. Das hat mein ganzes Leben aus der Bahn geworfen.

Und alles, was Brooke gesagt hat, klingt vernünftig. Die Indizien fügen sich nahtlos zusammen.

Ich bekomme kaum mit, dass wir inzwischen reingegangen sind. Zum ersten Mal fühlt sich dieses Haus nicht an wie ein Zuhause.

Logan setzt sich in den Sessel am hinteren Ende des Wohnzimmers und birgt den Kopf in den Händen. Das Sinnbild eines geschlagenen Mannes.

»Logan«, sage ich und gehe zu ihm. Aber als ich ihm die Hand auf die Schulter lege, zuckt er zurück, als hätte ich ihn verbrannt.

Ich kann spüren, wie das Leben, das ich mir hier auf dieser Insel aufgebaut habe, rundherum in sich zusammenstürzt. Angefangen hat es, als ich Logan mit Jacinta gesehen habe, da sind schon ein paar Sandkörner abgebröckelt. Als ich dann den ersten Brief vor meiner Haustür gefunden habe, ist die erste Wand eingestürzt. Und jetzt ist alles zu Staub geworden, haben die Wellen meine trutzige Sandburg davongespült.

Mit dieser Erkenntnis überfällt mich auch die Panik, die in den letzten Tagen schon an meinen Zehen geleckt hat. Ich habe alles um Logan herum aufgebaut, um diesen Mann, der mich geliebt hat, der den Rest seines Lebens mit mir verbringen wollte. Ich weiß nicht, wo ich hingehen soll und wer ich ohne ihn bin. Eine zwanghafte Bedürftigkeit hüllt mich ein und droht mich zu erdrücken.

»Bitte. Ich liebe dich.« Panik schwingt in meinen Worten mit, aber Logan dreht sich nicht einmal um. »Lass mich erklären.«

»Erklären?« Jetzt ist es so weit. Als hätte ich ihn verflucht, so speit Logan mir das Wort entgegen und dreht sich zu mir um. »Was denn erklären? Dass du mich die ganze Zeit über angelogen hast? Dass du behauptet hast, dein Vater und deine Schwester wären bei einem Verkehrsunfall ums Leben gekommen? Dass ich nicht das Geringste über dich weiß? Nicht einmal, wie du heißt?«

»Bitte.« Ich versuche es erneut.

»Ich dachte, dass Brooke die Lügnerin ist. Doug hat mir von ihrem Instagram-Post erzählt, aber den wollte ich mir nicht mal anschauen. Ich habe Doug gesagt, dass das ein Haufen Scheiße ist, dass du mich niemals anlügen würdest. Ich dachte, ich kenne dich …« Er verstummt und räuspert sich. »Und dann ist mir der Zeitungsausschnitt eingefallen, den ich neulich in der Schublade gefunden habe, als ich auf der Suche nach einer Speisekarte war. Da stand was von einem Massaker, zusammen mit dem Bild einer jungen Frau. Ich hab das für Schwachsinn gehalten und hab's weggeschmissen. Mein Gott, ich hab dich auf dem Foto nicht mal erkannt. Meine eigene Verlobte. Du musst mich für unglaublich dämlich gehalten haben.«

»Nein, Logan, niemals. Bitte, versteh mich doch. Ich konnte dir nicht sagen, wer ich wirklich bin. Du hättest dich niemals in mich verliebt.«

Logan macht ein Geräusch irgendwo zwischen Husten und Lachen. »Aber das habe ich getan, Cass … Meghan, wer immer du bist. Ich liebe dich so sehr.«

Aber offensichtlich nicht so sehr, um mich nicht mit Jacinta zu betrügen. Diese Worte sind aus dem Nichts plötzlich da, steigen mir wie Säure in die Kehle, heiß und niederträchtig. Mit aller Macht würge ich sie wieder hinunter. Es fühlt sich an, als würde ich Stecknadeln schlucken.

»Ich habe dich vor so vielen Dingen hier beschützt, von denen du keine Ahnung hast. Ich habe es mir zur Aufgabe gemacht, dich zu beschützen. Als es darum ging, wo du an dem Abend von Lucys Ermordung warst, habe ich für dich gelogen. Und ich war bereit, wieder für dich zu lügen.« Dass Logan die Vergangenheitsform verwendet, lässt all meine Muskeln verkrampfen. »Und dann finde ich raus, dass das nicht das erste Mal war, dass du jemanden ermordet hast. Du hast deinen eigenen Vater und deine Schwester umgebracht, verdammt noch mal. Ich hab's gegoogelt. Das ergibt doch alles keinen Sinn.« Seine Stimme bricht. Ich will ihn trösten, aber als er zusammenzuckt, halte ich mich zurück. »Du hast mir erzählt, dass sie bei einem Verkehrsunfall ums Leben gekommen sind. Einem Verkehrsunfall!« Er schüttelt den Kopf, als könnte er es immer noch nicht glauben. »Ehrlich gesagt, mir wird richtig übel, wenn ich daran denke, dass ich jahrelang neben dir geschlafen habe.«

»Logan, bitte«, jammere ich. Jedes seiner Worte fühlt sich an, als würde er mir die Haut aufschlitzen.

Er wendet sich ab, sagt aber kein Wort mehr. Und mir wird klar, dass das meine Chance ist. Vielleicht die einzige, die mir noch bleibt. Ich muss ihn dazu bringen, dass er mich versteht. Also hole ich tief Luft und lasse endlich all die Worte raus, die ich so lange schon zurückgehalten habe.

»Mein Vater war krank«, fange ich an. Logan hat immer noch den Kopf abgewandt. »Es war höchstwahrscheinlich eine nicht diagnostizierte bipolare Störung. Als ich jünger war, hatte er es wohl einigermaßen unter Kontrolle, zumindest, soweit ich mich erinnern kann. Aber dann ist meine Mutter gestorben. Ich war noch ein Teenager … und ich glaube, die Trauer hat die Krankheit dann vollends ausgelöst. Er hatte diese, wie soll ich sagen, manischen Phasen. Dann wurde er gewalttätig gegenüber mir und Robin, so, dass er uns richtig wehgetan hat.

Aber er hat uns nie wirklich schwer verletzt. Die blauen Flecken und die Kratzer haben wir normalerweise einfach bedeckt, sodass niemand etwas davon mitbekommen hat. Als ich dann aufs College gegangen bin, musste Robin die Belastung mit meinem Vater ganz alleine schultern. Ich dachte damals, dass er auf dem Weg der Besserung war – wir beide dachten das. Sonst hätte ich sie niemals alleine mit ihm zurückgelassen.

Aber als ich mein zweites Collegejahr angefangen habe, hat er seinen Job verloren. Und danach ist es immer schlimmer geworden. Immer häufiger hat er Robin eine ernsthafte Verletzung zugefügt. Wir haben alles versucht, damit er zum Arzt geht, aber er hat sich konsequent geweigert. In den Herbstferien wollte ich ihn dazu bringen, unseren Hausarzt aufzusuchen. Das hat mir eine ausgekugelte Schulter eingebracht. Aber wir hatten überhaupt keine andere Wahl. Unsere Eltern waren beide Einzelkinder, die Eltern meiner Mom waren schon lange tot und seine Mutter wollte mit uns nichts zu tun haben.

Ich musste Robin helfen, aber sie war erst siebzehn. Minderjährig. Wenn ich das Jugendamt angerufen hätte, hätten die sie in eine Pflegefamilie gesteckt. Das hätte meinen Vater umgebracht. Und ich war auch erst neunzehn und außerdem am College. Ich konnte ja auch nicht alleine für sie sorgen.« Ich kneife die Augen zusammen und sammle Kraft für den schlimmsten Teil der Geschichte. »Also habe ich etwas getan, was in meinen Augen die einzige Möglichkeit war, um alle beide zu retten, Robin *und* meinen Dad.«

Bis jetzt hat Logan die ganze Zeit auf den Fußboden gestarrt, aber bei diesen Worten dreht er sich endlich zu mir um. Das ist die Bestätigung, die ich brauche, um weiterzureden.

»Ich wusste, dass mein Vater unbedingt medizinische Hilfe

braucht. Aber ich wusste auch, dass Robin und ich es niemals schaffen würden, ihn zu einem Arzt zu bringen. Also habe ich beschlossen, ihm die notwendige Medizin selbst zu beschaffen.

Ich weiß noch, wie mir die Idee gekommen ist, irgendwann nachts, als ich mich in meinem Wohnheimbett hin und her gewälzt habe. Der Gedanke war so naheliegend, dass ich mich aufgesetzt habe. Wenn es funktionierte, dann würden alle gewinnen. Meinem Dad würde es besser gehen, Robin wäre nicht mehr in Gefahr und das Leben würde wieder seinen normalen Gang gehen. So, wie vor dem Tod meiner Mom.

Also habe ich mir einen Termin in der Collegeklinik besorgt und habe dem Arzt dort vorgemacht, dass ich selbst sämtliche Symptome habe, die mein Vater hatte. Ich habe meine hyperaktiven Phasen geschildert, die oftmals in Gewalttätigkeit münden, und dann wieder die wochenlange Antriebslosigkeit, die es mir unmöglich macht, aus dem Bett zu kommen. Ich habe gerade so viele Einzelheiten eingebaut, dass meine Geschichte glaubwürdig war. Und es hat funktioniert. Der Arzt hat mir Xanax verschrieben.«

Kaum habe ich das Medikament erwähnt, wird Logan noch aufmerksamer.

»Ich habe angefangen, das Zeug zu horten. Mein Vater und Robin wollten mich in diesem Jahr zu Thanksgiving besuchen kommen. Ich hatte mir das Ganze so vorgestellt, dass ich meinem Dad während dieses Besuchs das Medikament unterjubeln würde. Und wenn er dadurch ruhiger wurde, eher so, wie er früher gewesen war, dann würde ich Robin den Rest mitgeben und ihr erklären, wie sie die zerkleinerten Tabletten in sein Essen und seine Drinks mischen musste. Ich dachte, ich hätte an alles gedacht. Wenn ich es mir jetzt überlege, dann verstehe ich überhaupt nicht mehr, wie ich auf die Idee gekommen bin, dass das funktionieren könnte. Es war wirklich total dämlich – so vieles dabei hätte schiefgehen können. Was, wenn mein Arzt mir kein Xanax mehr verschrieben hätte? Oder wenn es gar nicht das Medikament war, das mein Dad gebraucht hätte? Er hätte zum Beispiel auch merken können, dass irgendetwas anders war als sonst, und wäre vielleicht in Panik geraten. Aber so weit voraus habe ich gar nicht gedacht. Ich war einfach nur froh, eine Lösung gefunden zu haben, eine Möglichkeit, wie ich Robin helfen konnte, nachdem ich sie in dem ganzen Chaos zurückgelassen hatte.«

Ich huste und versuche, mir nicht anmerken zu lassen, dass die Erinnerungen und meine Wut über meine eigene Naivität mich in einen emotionalen Würgegriff genommen haben.

»In den Tagen, bevor mein Vater und Robin zu Besuch kommen sollten, habe ich kaum geschlafen. Und als sie dann da waren, hat mein Vater überhaupt nicht gemerkt, dass mit mir etwas nicht stimmte. Dazu hätte er ja wenigstens kurz mal aufhören müssen zu reden, aber das hat er nicht getan. Er hatte uns eine Suite in einem Hotel dicht beim College gebucht, mit zwei getrennten Schlafzimmern, einem Wohnzimmer und einer kleinen Küchenzeile. Sie war eigentlich viel zu groß für uns.

Beim Auspacken hat er dann eine Kühlbox hervorgezaubert, die ich bis dahin gar nicht bemerkt hatte. Darin war eine Flasche Champagner und eine Tupperdose mit Erdbeeren. Er hat gesagt, dass er stolz auf uns ist und dass er mit uns feiern will …« Tränen schießen mir in die Augen, und ich merke, wie meine Kehle immer mehr zuschwillt.

»Deshalb warst du so komisch, als wir bei unserer Verlobungsparty den Champagner getrunken haben«, sagt Logan, und ich nicke wie wild. Vielleicht ist ja doch noch nicht alles verloren. Vielleicht kann ich ihn dazu bringen, mir zu glauben.

»Dad hat die Flasche aufgemacht und uns eingeschenkt. Und er hat Robin gebeten, die Erdbeeren aufzuschneiden und sie in unsere Gläser zu legen. Er hat sich umgedreht, um ihr dabei zuzuschauen, und ich wusste, dass das meine Chance ist. Ich habe die kleine Plastiktüte mit den zwei zerstampften Xanax-Tabletten herausgeholt, die ich am Abend zuvor vorbereitet hatte, habe den Inhalt in eines der Gläser gekippt und mit dem Finger umgerührt, so schnell und so leise wie ich konnte. Sie haben beide nichts davon bemerkt.«

Ich sehe zu Logan hinüber, der mich immer noch mit großen Augen anstarrt. Wie sehr ich mir wünsche, dass er meine Hand nimmt. Dass er mich tröstet so wie immer. Aber er rührt sich nicht von der Stelle.

»Dann sind sie mit den Erdbeeren aus der Küche gekommen. Mein Dad hat sie in die Gläser gefüllt. Ich habe dafür gesorgt, dass er das richtige Glas bekommt, wir haben angestoßen, und er hat einen Schluck getrunken. Ich war unglaublich erleichtert und ganz sicher, dass das alles funktionieren würde.

Robin hatte ich davon überhaupt nichts erzählt, weil ich sie schützen wollte. Falls mein Vater doch noch dahinterkam, was ich vorhatte, dann wollte ich die gesamte Schuld auf mich nehmen.

Mein Dad war völlig euphorisiert und hat geredet wie am Fließband. Und dann hat er uns geschnappt, eine nach der anderen, und ist mit uns durch das Zimmer gewirbelt, hat mit uns getanzt, obwohl wir gar keine Musik hatten. Er hat die Gläser genommen und uns jeweils eines in die Hand gedrückt. Ich hatte mir fest vorgenommen, sie genau im Auge zu behalten, ganz bestimmt, aber ich habe nicht gesehen, ob er wirklich das richtige für sich selbst behalten hat.«

Erneut halte ich inne, und mein Atem geht flacher, während ich mich dem Ende nähere.

»Irgendwie hätte ich dafür sorgen müssen, dass Dad wirklich aus dem richtigen Glas trinkt. Ich hätte Robin ihres aus der Hand schlagen oder sie sonst irgendwie warnen müssen. Aber ich war wie erstarrt, als wäre ich festgefroren. Und sie hat es so schnell leer getrunken, in zwei Zügen. Sie war so aufgeregt. Ihr erstes Glas Champagner.«

Trotz alledem dringt ein trauriges, tränenersticktes Lachen aus meinem Mund, das schnell in Schluchzen übergeht. Ich schlucke es hinunter und zwinge mich, meinen Bericht fortzusetzen.

»Plötzlich hat Robin gesagt, dass ihr schlecht ist. Sie ist ins nächste Schlafzimmer getorkelt, hat es gerade noch ins Bett geschafft und dann … dann hat sie sich nicht mehr gerührt.«

Ich höre, wie Logans Atem stockt, genau wie Robins vor Jahren. Ich nehme all meine Kraft zusammen, während mir die Tränen über die Wangen laufen, und bringe das Ganze so schnell wie möglich zu Ende.

»Dad hat sofort gewusst, dass etwas nicht stimmt. Er ist zu ihr gerannt, hat sie geschüttelt, hat ihren Namen geschrien, aber sie hat überhaupt nicht mehr reagiert. Er hat nachgesehen, ob sie noch atmet, hat ihren Puls gefühlt, aber mir war da schon klar, dass sie nicht mehr lebt. Und dann ist er ausgetickt. So wie immer.«

Die Tränen sammeln sich an meinen Augenlidern, und ich habe seine Stimme im Ohr, diesen tiefen, hasserfüllten Tonfall, den ich noch nie bei ihm gehört hatte, nicht einmal in seinen schlimmsten manischen Phasen. »*Du*. Du warst das! Was hast du ihr da reingetan? Ihr Herz, Meghan!«

»Anscheinend hatte meine Schwester einen Herzfehler, aber ich habe nichts davon gewusst«, fahre ich fort. »Die Ärzte hatten es ein paar Monate zuvor festgestellt, aber sie hat mir nichts davon erzählt. Wahrscheinlich, damit ich mir keine Sorgen mache. Sie sollte keinen Alkohol trinken, aber das hat meinen Vater eindeutig nicht interessiert. Und das Xanax zusammen mit dem Champagner war dann mehr, als sie verkraften konnte.« Ich kneife mich in die Nase und spüre, wie mir eine Träne über die Wange läuft.

»Mein Dad ist quer durch das Wohnzimmer auf mich losgestürmt.« Ich muss mich richtig überwinden weiterzusprechen.

»Ich habe es in seinem Blick gesehen, Logan. Er wollte mich umbringen. Noch nie zuvor hatte ich so eine ungezügelte Wut gesehen. Ich bin immer weiter zurückgewichen, bis ich mit den Beinen an den Küchentresen gestoßen bin. Da hat er zugepackt. Er hat mir die Hände um den Hals gelegt und zugedrückt, immer fester zugedrückt. Ich weiß bis heute nicht, wieso er mir nicht das Genick gebrochen hat.«

Unwillkürlich lege ich die Finger an meine Kehle und spüre die Hände meines Vaters dort. Als hätten sie sich irgendwie nie davon gelöst. Die gespenstischen blauen Striemen an Lucys Hals huschen vor meinem geistigen Auge vorbei, aber ich schüttele sie wieder ab. Daran kann ich im Moment wirklich nicht denken.

»Ich habe mit den Händen nach irgendwas gesucht, womit ich mich wehren kann, egal was. Hauptsache, er lässt die Finger von mir. Und dann habe ich das Messer gestreift, mit dem Robin die Erdbeeren aufgeschnitten hatte. Ich habe es in die Hand genommen und ausgeholt, aber Dad hat es gesehen. Er hat meinen Hals losgelassen und es mir aus der Hand gerissen. Ich hatte überhaupt keine Chance.«

Wie aufs Stichwort fängt jetzt unser Deckenlicht an zu flackern. Ich mache eine kurze Pause und lausche dem gleichmäßigen Trommeln des Regens auf unserem Dach. Meine Geschichte hat mich so in Beschlag genommen, dass ich gar nicht gemerkt habe, dass das Gewitter inzwischen eingesetzt hat.

»Er hat keinen Augenblick gezögert. Ich habe nicht einmal gemerkt, wie das Messer in meine Brust eingedrungen ist. Es war, als würde ich einen Film schauen. Als ihm klar geworden ist, was er getan hatte, da hat Dad einfach die Hände sinken lassen und ist ein Stück zurückgewichen, wie unter Schock.«

Erst jetzt merke ich, dass meine Finger sich von meinem Hals gelöst haben und an der Narbe über meiner Brust entlangstreichen. Logans Blick wandert ebenfalls dort hin.

»Daher stammt also die Narbe. Nicht von einem Autounfall«, sagt er. Erkenntnis durchbricht die Trauer in seinem Blick. Ich kann nichts weiter tun, als zu nicken.

»Der Arzt hat mir später gesagt, dass es ein Wunder war. Die Klinge hat meine Aorta um weniger als einen Zentimeter verfehlt. Er hat gesagt, dass ich dankbar sein soll, aber ich habe nicht einmal begriffen, was das heißen soll.

Irgendwie habe ich es geschafft, das Messer mit beiden Händen wieder rauszuziehen«, berichte ich Logan. »Und ungelogen, es war, als würde das alles jemand anderem passieren. Ich habe überhaupt nichts gespürt. Dann war das Messer plötzlich in meiner Hand und einen Augenblick später hat es im Bauch meines Vaters gesteckt.«

Ich schweige erschöpft. Am liebsten würde ich an Ort und Stelle zusammenbrechen und eine Ewigkeit lang schlafen. Aber ich kann nicht. Ich muss wissen, was Logan empfindet, nachdem er diese Geschichte gehört hat, die ich ihm eigentlich niemals erzählen wollte. Ich mache mich auf seine Abscheu, seine Wut von vorhin gefasst.

Doch in seinen Augen ist nichts davon zu sehen. Stattdessen sieht er mich mit einer Mischung aus Beschämung und Mitleid an. Er schüttelt feierlich den Kopf, und zum ersten Mal seit dem Tag, als ich Brookes Drohbrief auf meiner Türschwelle entdeckt habe, lasse ich ganz vorsichtig die Hoffnung zu, dass zwischen uns alles wieder in Ordnung kommen könnte.

»Cass«, sagt Logan, und ich merke, wie mein Herz anfängt zu rasen. »Das alles tut mir furchtbar leid. Ich kann überhaupt nicht fassen, was du alles hast durchmachen müssen.«

Ich möchte die Hand nach ihm ausstrecken, lasse es aber sein. Ich warte lieber ab, bis er mir ein Signal gibt.

»Aber das kann ich unmöglich alles auf einmal verkraften.« Seine Worte lassen mich zusammensinken. »Warum hast du mir das nicht gleich von Anfang an erzählt? Warum all diese Lügen?«

»Ich hatte einfach nicht …«

»Du hast mir überhaupt keine Chance gelassen«, fällt er mir ins Wort. »Du hast nicht darauf vertraut, wie sehr ich dich liebe.«

Ich klammere mich an diese Worte, an die Gegenwartsform. »Wir können alles wieder in Ordnung bringen, Logan. Wir können das alles hinter uns lassen.«

Logan schüttelt den Kopf, nur ein einziges Mal, aber mir ist, als würde eine Kugel in meine Brust einschlagen. »Brookes Post geht bei Instagram viral.« Er starrt auf seine Hände hinab. »Und dadurch ist alles, was wir hier haben, in Gefahr.«

Er erhebt sich und ich hätte mich am liebsten an ihn geklammert. Dann geht er zur Tür.

»Aber du … du verlässt mich nicht?«, presse ich mühsam hervor.

Ich sehe, wie er die Haustür öffnet, und fühle mich so weit von ihm entfernt, so hilflos.

»Ich brauche jetzt ein bisschen Zeit. Ich muss mir das alles durch den Kopf gehen lassen«, sagt er. »Tut mir leid, aber ich glaube, es ist besser, wenn du heute irgendwo anders übernachtest. Ich … ich brauche ein bisschen Raum für mich. Jetzt fahre ich erst mal ein bisschen rum. Und wenn ich wiederkomme, sei bitte nicht mehr da.«

Und dann ist er weg. Er zieht die Tür hinter sich ins Schloss und alle meine Albträume sind Wirklichkeit geworden. Er verlässt mich. Und ich bin vollkommen allein.

Ich renne zur Tür und reiße sie auf. Ich will ihn aufhalten, aber ich habe keine Worte mehr. Stattdessen sehe ich von der Türschwelle aus zu, wie er seinen Helm aufsetzt. Während er auf seinem Motorrad den Hügel hinabfährt, lässt der Sturm Regentropfen auf meinen Arm prallen, mit einer Wucht wie Dutzende Faustschläge.

Ich spüre sie kaum.

KAPITEL 31

BROOKE

Als Logan nach Hause kommt, tue ich so, als würde ich wegfahren. Eine Auseinandersetzung mit ihm ist etwas anderes als ein Streit mit Cass. Ich habe seine kaum verhüllte Abneigung gegen mich sehr wohl bemerkt. Als würde er nur darauf warten, dass ich einen falschen Schritt mache, um seine Gefühle bestätigt zu sehen. Und jetzt habe ich ihm genau dies – und sehr viel mehr – auf dem Silbertablett serviert.

Als er mich anbrüllt, zucken die Muskeln, die er sich im täglichen stundenlangen Training erarbeitet hat, und machen mir überdeutlich klar, was er mir alles antun könnte. Ich muss an Erics Muskeln denken, mit denen er mich auf sein Bett gedrückt hat. Obwohl ich Cass gegenüber Stärke demonstrieren will, halte ich mich unwillkürlich zurück.

Deshalb füge ich mich auch – zumindest vorerst. Ich gehe zu meinem Motorrad und setze den Helm auf.

Es hat zu regnen begonnen. Der gleichmäßige Niesel ist ein Vorbote der sintflutartigen Regenfälle, die das Internet vorhergesagt hat. Ich sollte eigentlich in mein Zimmer zurückkehren. Hier auf Koh Sang habe ich alles erledigt, was zu erledigen war. Es ist vorbei. Ich sollte die Zeit vor dem Gewittersturm nutzen, um einen längeren Artikel über die Insel zu entwerfen und meine nächsten Schritte zu planen. Mich um das tschechische Hotel kümmern, das mir noch ein Honorar schuldet. Damit ich genügend Geld zur Verfügung habe, um als Erste die Insel zu verlassen, sobald die Fähren wieder fahren.

Aber wo soll ich hin?

Die Frage nistet sich tief in meinen Eingeweiden ein, und mir wird klar, dass ich nicht einmal ansatzweise eine Antwort darauf habe. Ich habe keine Arbeit mehr, kaum mehr Geld, keinen Plan, keine Zukunft.

Das ist doch Schwachsinn. Ich müsste eigentlich total euphorisiert sein. Schließlich habe ich gesiegt. Ich habe das getan, worauf ich jahrelang gewartet habe.

Und doch kann ich nichts anderes fühlen als die Leere von vorhin, die sich wie ein Ballon immer weiter in meinem Inneren ausbreitet. Dort, wo bisher die Wut gewohnt hat, herrscht jetzt ein hohles Vakuum, sodass ich mir beinahe die Wut zurückwünsche. Und ganz langsam, Tröpfchen für Tröpfchen, sickert das schlechte Gewissen ein.

Ich überlege, ob ich Neil anrufen soll, denke an den flüchtigen Moment des Glücks gestern Morgen, als er mich geküsst hat. Aber kaum habe ich das Handy aus der Tasche geholt, fällt es mir wieder ein. Ich habe auch ihn hintergangen.

Ich male mir seine Reaktion aus, als er meinen Post sieht, sein Entsetzen, wenn ihm klar wird, was ich getan habe. Mein Instagram-Eintrag hat das Potenzial, den gesamten Tourismus auf dieser Insel zunichtezumachen oder ihm zumindest schweren Schaden zuzufügen. Neil und Cass und die anderen werden gezwungen sein, irgendwo anders hinzuziehen, ganz neu anzufangen. Und trotzdem habe ich ihn gepostet, obwohl Neil mir in aller Offenheit gebeichtet hat, weshalb er hierhergekommen ist, wovor er weggelaufen ist und dass Koh Sang der einzige Ort ist, an dem er jemals wahrhaft glücklich war. Er hat sich mir anvertraut und ich habe sein Vertrauen einfach weggeworfen.

Ich weiß schon, was ich dadurch aufgegeben habe. Ich habe die Rache einer möglicherweise glücklichen Zukunft vorgezogen.

Ich setze den Helm wieder ab. Ich muss etwas machen, muss mich ablenken. Die Vorstellung, jetzt in mein leeres Hotelzimmer zurückzukehren, kommt mir unerträglich vor. Ich lasse das Motorrad stehen und stapfe los. Der Regen wird allmählich stärker, die Tropfen klatschen mir auf die Schultern, die Waden, den Kopf, sodass meine Haare links und rechts an meinem Schädel kleben. Ich gehe einfach weiter, schlage mich zwischen die Bäume, nehme denselben Weg, den Cass und ich vor einer Woche gegangen sind. Den Khrum Yai Trail.

Kaum habe ich mich in den Dschungel geduckt, habe ich das Gefühl, als hätte ich eine andere Welt betreten. Der Regen ist nur noch ein Tröpfeln, weil der Großteil des Wassers vom dichten Dach der Baumwipfel abgehalten wird. Die Vögel sind verstummt und haben Gott weiß wo Unterschlupf gefunden. Das einzige Geräusch ist das rhythmische Summen des Regens, der hoch über mir auf die Blätter und Zweige prasselt. Allmählich sammelt sich Wasser auf dem Pfad, und ein frischer erdiger Duft erfüllt die Luft.

Ich bin nicht für eine Wanderung angezogen und meine Flip-Flops versinken im dichten, treibsandähnlichen Schlamm. Jeder Schritt kommt einem Kampf zwischen mir und der Erde gleich. Jedes Mal entsteht ein Augenblick der Spannung, bevor meine Latsche sich befreien kann und sich mit einem befriedigenden Schmatzen wieder an meine Fußsohle schmiegt.

Das macht mir nichts aus. Kämpfen hat mir immer schon Spaß gemacht und ich bin noch nie davor zurückgeschreckt. Vielleicht ist genau das mein Problem. Ich sehne mich nach Konfrontation, will unbedingt Böses wiedergutmachen. Ich hatte nie eine andere Wahl. Wäre ich gewesen wie Cass, immer sanftmütig und freundlich, dann hätte ich wie meine Mutter geendet. Dann würde ich jetzt mit ihr im selben verwahrlosten Wohnwagen hausen, und wir würden uns widerwärtige Männer und die Drogen teilen, die wir brauchen, um das alles irgendwie zu ertragen.

So zu enden wie sie, kam für mich nicht infrage. Ich musste also kämpfen. Oder nicht?

Vielleicht hätte ich auch einfach mit Cass reden können. Vielleicht hätte ich ihr unter vier Augen sagen sollen, wie sehr sie mich im College verletzt hat, ohne gleich die ganze Welt in dieses Chaos zu verwickeln. Aber das war mir nicht genug. Ich wollte mehr. Ich wollte, dass sie genauso leidet wie ich.

Als Logan unsere Auseinandersetzung unterbrochen hat, war ich mir hundertprozentig sicher, dass ich Cass in ihrem selbst geschaffenen Lügengebäude eingesperrt hatte. Dass sie Lucy und Jacinta und – nur Gott weiß, wie – auch Daniel umgebracht hat. Aber mit jedem meiner Schritte nimmt meine Gewissheit ein kleines bisschen ab.

Weil es einfach keinen Sinn ergibt. Sicher ist es denkbar, dass sie Jacinta vom Khrum Yai gestoßen hat, aber würde sie das wirklich tun, wenn sie weiß, dass Jacinta und Logan sich nur einmal geküsst haben? Und reichen ein paar Xanax wirklich aus, um komplett zu vergessen, dass sie Jacinta mitten in der Nacht diesen Berg hinaufgelockt hat, um sie dann von dort in den Tod zu stürzen?

Und dann ist da noch Daniel. Er war groß und stark. Wieso hat er sich überhaupt nicht gewehrt? Und selbst wenn sie ihn tatsächlich ermordet hat, hätte sie dann nach der Personalversammlung nicht voller Blut sein müssen? Aber als sie an dem Abend in den Tauchladen gekommen ist, saß sogar ihre Frisur absolut perfekt.

Und natürlich Lucy. Cass hatte ihr Handy bei sich versteckt und hat auch zugegeben, dass sie ihren eigenen Verlobungsring neben Lucys Leichnam gefunden hat. Das sind schwerwiegende Indizien, ja, aber irgendwie passt das alles nicht zusammen. Warum hat sie Logan beschuldigt, dass es *sein* Ring war? Und noch etwas fällt mir ein, ein Satz, den sie erst vor wenigen Minuten zu mir gesagt hat. Wenn sie Lucy umgebracht hat, warum hat sie mir dann geholfen, ihr Zimmer zu durchsuchen? Warum hatte sie so offensichtliche Angst, als wir diesen Einbrecher gehört haben? Warum hat sie mir dann dabei geholfen, mich zu verstecken?

Ich lasse mir die Worte, die sie vor wenigen Minuten von sich gegeben hat, diese Erklärungsversuche, die ich als billige Ausreden abgetan habe, noch einmal durch den Kopf gehen. Einer davon hat sich in meinen Gedanken festgesetzt und lässt sich nicht wieder vertreiben.

Ich habe sie doch am nächsten Morgen entdeckt.

Erst habe ich gar nicht begriffen, weshalb Cass das für einen Beweis ihrer Unschuld hält. Die Tatsache, dass sie mutmaßlich Lucys Leichnam entdeckt hat, beweist ja nicht, dass sie sie nicht ermordet hat.

Aber jetzt geht mir durch den Kopf, was ich ihr vorgeworfen habe: dass sie nämlich Lucy erdrosselt und dann im seichten Wasser zurückgelassen hat.

Wenn das stimmen würde, dann wäre Lucys Leichnam an den Strand gespült worden, wo ihn irgendein Gast bei einem frühmorgendlichen Strandspaziergang gefunden hätte. Aber so war es nicht. Cass hat Lucy am nächsten Vormittag auf dem Meeresgrund entdeckt, verhakt am Korallenriff und gute hundert Meter vom Ufer entfernt. Wenn Cass Lucy wirklich getötet hätte, dann hätte sie mit ihr im Schlepptau hinaus zum Riff schwimmen und viele Meter tief tauchen müssen.

Das erfordert eine Menge Kraft, vor allem, nachdem man mit bloßen Händen einen Menschen umgebracht hat. Für jemanden, der so viel Xanax intus hatte wie Cass offensichtlich an jenem Abend, wäre das nahezu unmöglich gewesen.

Ich muss daran denken, wie zerbrechlich sie am Schluss unserer Auseinandersetzung gewirkt hat und wie sehr sie mit der Vorstellung zu kämpfen hatte, dass sie Lucy tatsächlich ermordet haben könnte. Eigentlich war ich davon ausgegangen, dass sie alles abstreitet oder irgendeine Ausrede parat hat, um alles wegzurationalisieren. Aber ihre Reaktion erschien mir absolut ehrlich. Was mich mit einer Frage zurücklässt.

Kann Cass diese Taten wirklich begangen haben?

Ganz egal, wie ich es auch drehe und wende, die einzige Antwort, die mir darauf einfällt, lautet: *Nein.*

Mir wird klar, dass ich ihr überhaupt keine Chance gelassen habe, die anderen Indizien zu erklären, die ich für meine Schlussfolgerungen hinzugezogen habe. Warum sie Lucys Handy hatte beispielsweise, oder was vor Jahren dort in diesem Hotelzimmer passiert ist. Über die Todesumstände hat die Polizei damals jedenfalls so gut wie nichts verlauten lassen. Umso wilder waren dann die Spekulationen der Presse ausgefallen. Ich war einfach so begeistert, endlich meine Rache zu bekommen, und zwar so, dass ich etwas davon habe, so, dass ich wieder zurück in das Leben befördert werde, das ich mir erträumt hatte. Weil ich genau weiß, was passiert, wenn dieser Post genügend Presseecho bekommt. Dann brauche ich nicht mehr irgendwelchen kleinen Zeitungen hinterherzulaufen und ihnen einen Artikel anzubieten. Dann kommen sie in Scharen zu mir und werfen mit Geldscheinbündeln nur so um sich, um einen Bericht über meine persönliche Begegnung mit der Hudson-Mörderin zu bekommen, ganz besonders wenn er mit deftigen Anspielungen auf ihre Verwicklung in weitere Mordtaten gespickt ist. Dann bekomme ich endlich die journalistische Karriere, die mir – davon bin ich überzeugt – schon immer zugestanden hat. Die vielleicht schon längst begonnen hätte, wenn Cass die Wahrheit gesagt hätte, nachdem Eric mich vergewaltigt hat.

Seit meiner Ankunft auf der Insel hatte ich mir ausgemalt, wie edel mein Kreuzzug wirken würde. Zunächst würde ich Cass mit ihren Taten konfrontieren und mich anschließend auf die Seite der drei so gnadenlos auf Koh Sang Ermordeten stellen. Aber jetzt erkenne ich in dieser Vorstellung eine Selbstsucht, die mir zuvor einfach nicht aufgefallen war.

In meinem Rücken ertönt ein Knacken. Ein brechender Zweig, laut genug, um den prasselnden Regen zu übertönen.

Hastig drehe ich mich um, aber es ist wieder ruhig. Die Bäume stehen so dicht beisammen, dass sich problemlos jemand dahinter verstecken könnte. Ich bleibe ein paar Sekunden lang regungslos stehen und kneife die Augen zusammen, aber hinter den Bäumen sehe ich nur Dunkelheit. Ich warte ab, ob es noch einmal knackt, aber abgesehen vom Trommeln des Regens auf dem Dach des Waldes ist es still.

Dann gehe ich weiter und folge dem Pfad bis zum Gipfel. Er führt auf ein Plateau, wo die Bäume mir nicht länger Deckung geben. Der Wind weht mir ins Gesicht. Behutsam nähere ich mich dem Klippenrand, wo die zerklüftete Kante steil abbricht. Tief unten befinden sich das Meer und die Felsen. Hier habe ich zusammen mit Cass erst vor wenigen Tagen gestanden. Und hier muss auch Jacinta gestanden haben, nur wenige Sekunden bevor sie auf den Felsen zerschellt ist.

Im dichten Regen schiebe ich ganz langsam einen Fuß in Richtung Felskante, immer weiter, bis meine Zehen ins Freie ragen. Es wäre so einfach. Nur noch ein einziger Schritt, und all diese Gedanken würden für immer verstummen. Ich müsste diese neuen Schuldgefühle nicht mehr spüren, die jetzt frisch und unverdaut in meinem Magen liegen, müsste nicht mehr an alles andere denken, was ich in meinem Leben schon falsch gemacht habe, was ich hätte anders machen sollen. Dann müsste ich mir auch nicht überlegen, wohin ich mich wenden soll, wie ich neu anfangen soll.

Ich habe es schon einmal versucht. Ich könnte es noch einmal versuchen. Und zwar besser, ohne Raum für ein Versagen zu lassen.

Da ertönt wieder das Knacken hinter mir. Ich kann es trotz des Windes hören. Dieses Mal ist es lauter als ein Zweig, es klingt menschlicher.

Ich wirbele herum und komme ins Rutschen, sodass kleine Steinchen über die Klippe fallen. Der Regen übertönt das Geräusch ihres Aufpralls unten auf den Felsen.

»Wer ist da?«, rufe ich, aber der Wind scheint meine Worte einfach über die Felskante zu fegen.

Ich warte.

»Wer ist da?«, wiederhole ich lauter als zuvor. Ich starre in den Regen. Hat sich da hinter einem der Bäume am Rand des Pfades etwas bewegt? War es ein Mensch? Ein Tier? Oder doch nur ein Produkt meiner Paranoia? Schlagartig wird mir klar, dass Cass sich in den letzten Wochen genauso gefühlt haben muss, während ich sie auf ihren Wegen über die Insel beschattet habe.

»Cass?«, rufe ich.

Zunächst hoffe ich, dass sie es tatsächlich ist, dass sie mir hinterhergelaufen ist, um mir noch eine Chance zu geben. Eine Chance, mich dafür zu entschuldigen, dass ich das alles so dermaßen falsch verstanden habe. Aber noch während dieser Gedanke in meine Gehirnwindungen eindringt, wird er von der Realität wie eine Seifenblase zum Platzen gebracht. Nach allem, was ich ihr angetan habe, wird sie mir ganz bestimmt jetzt nicht helfen wollen.

Wer immer mich da verfolgt, dürfte weitaus finsterere Absichten haben.

Ich hole mein Handy aus der Tasche. Erst dann fällt mir ein, dass ich niemanden habe, den ich um Hilfe bitten könnte.

Voller Panik blicke ich mich nach allen Seiten um und versuche, den Ausgangspunkt des Knackgeräuschs ausfindig zu machen. Aber auf der einen Seite sind nichts als dicht stehende Bäume zu sehen und auf der anderen die Klippen. Keine Fluchtmöglichkeit. Überall geht es nur nach unten. Ich werfe einen Blick über die Kante. Die scharfen Zacken der Felsen, die gen Himmel zeigen, sind im Regen fast nicht zu erkennen.

All die Gedanken, die mich vor wenigen Augenblicken noch beschäftigt haben, sind schon wieder vergessen. Mit plötzlicher Klarheit erkenne ich, dass ich auf keinen Fall so wie Jacinta zerschmettert und einsam am Fuß dieser Kippen enden will.

Wieder ertönt das Knacken.

Und mit ihm kommt die Erkenntnis. Wenn Cass tatsächlich nichts mit diesen drei Morden zu tun hat, dann läuft die Person, die für Jacintas, Lucys und Daniels Tod verantwortlich ist, immer noch frei herum. Und zwar höchstwahrscheinlich hier auf der Insel.

Ich möchte schreien, möchte brüllen. Aber mir ist klar, dass das keinen Zweck hätte. Wer würde mich hören? Wen würde es überhaupt interessieren, nach allem, was ich getan habe?

Trotzdem hole ich tief Luft und mache mich bereit, so laut wie möglich loszukreischen. Doch der Laut bleibt mir in der Kehle stecken. Ich drehe mich wieder um, ganz vorsichtig, als könnte ein einziger falscher Schritt das empfindliche Gleichgewicht, in dem ich mich befinde, aus der Balance bringen.

Und dann sehe ich sie. Eine düstere Gestalt tritt hinter einem Baum hervor.

Sie rückt näher, immer näher. Bis allmählich, unerträglich langsam, die Umrisse erkennbar werden, bis ich erkenne, wer das ist. Aber es ergibt keinerlei Sinn.

Die Gestalt kommt auf mich zu.

Und endlich fange ich an zu schreien.

KAPITEL 32

CASS

Ich will einfach nur eine Tablette nehmen und mich ins Bett legen. Ich will unter meiner Decke Trost finden und bis in alle Ewigkeit dort bleiben.

Aber das ist keine Option, das hat Logan mir unmissverständlich klargemacht. Und er hat recht. Wenn wir dieses Kapitel jemals gemeinsam hinter uns lassen wollen – eine Möglichkeit, an die ich mich mit aller Hoffnung dieser Welt klammere –, dann muss ich ihm den Raum lassen, den er braucht.

Also stopfe ich ein paar frische Klamotten in meinen Rucksack, verlasse schweren Herzens das Haus und fahre los. Der rötliche Schimmer, der sich heute Morgen am Himmel gezeigt hat, ist nicht mehr als eine ferne Erinnerung. Einzelne Silberstreifen blitzen durch die gewaltigen grauen Gewitterwolken, die sich über der Insel auftürmen, und die Straßenlaternen machen die Fahrbahn nur unwesentlich heller. Der Wind hat, seit ich mit Logan zusammen ins Haus gegangen bin, stark zugenommen, und ich klammere mich mit aller Kraft am Lenker fest. Nur mit Mühe kann ich verhindern, dass das Motorrad in einer der zahlreichen Pfützen, die sich inzwischen gebildet haben, ins Rutschen kommt. Kurze, heftige Gewitter sind hier auf der Insel an der Tagesordnung, aber auf einen solch lang anhaltenden Wolkenbruch sind wir nicht vorbereitet. An vielen Stellen wird es zu Hochwasser und Überschwemmungen kommen. Als ich mich der Abzweigung kurz vor meinem Ziel nähere, lässt ein krachender Donner die Insel beben, und auf einen Schlag flackern alle Straßenlaternen, bis viele von ihnen erlöschen. Ein teilweiser Stromausfall taucht nahezu die ganze Insel in Finsternis.

Der Wind fegt mir ins Gesicht, der Regen prasselt vom Himmel, und als ich endlich an den einen Ort gelange, an dem ich vielleicht immer noch willkommen bin, bin ich nass bis auf die Knochen.

»Oje, du liebes Ding«, sagt Greta, als sie mir die Tür aufmacht. »Du bist ja völlig durchnässt. Komm rein, komm rein.«

Kaum habe ich sie gesehen, durchbrechen meine Gefühle sämtliche Dämme. Hysterisches Schluchzen schüttelt meinen Körper und ich bekomme kaum mehr Luft.

Wir stehen einfach da, direkt in der Tür, und mit einem Mal kann ich mich nicht mehr bewegen. Ich sacke zu Boden und reiße mir auf dem harten Beton ihrer Türschwelle die Knie auf. Sie bleibt bei mir und reibt mir in ihrer mütterlichen Art den Rücken. Während ich versuche, ihr alles zu erzählen, werde ich immer wieder vom Schluchzen geschüttelt. Dazu kommen das Chaos in meinem Kopf und das lautstarke Prasseln des Regens, sodass meine Geschichte zu einer Sammlung zusammenhangloser Brocken wird.

»Ich hab alles kaputt gemacht. Ich glaub, ich hab Lucy ermordet. Und Logan ist weg …«

Meine Erklärungsversuche gehen in unverständlichem Schluchzen unter, aber das scheint Greta gar nicht zu stören. Und auch mein Geständnis hindert sie nicht daran, zugewandt und liebevoll zu bleiben. Damit habe ich nicht gerechnet.

»Ist ja gut, ist ja gut«, murmelt sie, ohne die Hand von meinem Rücken zu nehmen. »Na komm, Liebes. Bringen wir dich mal rein. Und dann überlegen wir uns, wie wir aus diesem Schlamassel wieder rauskommen.«

Mit Gretas Hilfe betrete ich ihr kleines Zweizimmerapartment, das nur wenige Querstraßen vom Frangipani entfernt liegt. Ich lehne mich an sie. Mein Atem geht in abgehackten Stößen und ich lasse mich von ihr stützen.

Im Inneren angekommen, gibt sie mir ein Handtuch und führt mich zu einem Stuhl. Sie hat bereits Kerzen angezündet und überall verteilt, sodass das ganze Wohnzimmer in einen sanften Schimmer getaucht ist.

»Warte mal ganz kurz.«

Greta huscht in die kleine Küche und kommt mit einem Glas Wasser zurück. Das drückt sie mir behutsam in die zitternden Hände.

»Trink das, aber schön langsam«, ordnet sie an. »Ich hole inzwischen ein paar trockene Kleider, damit wir dich aus diesen klatschnassen Sachen befreien können.«

Dieses Mal geht sie den kleinen Flur entlang in ihr Schlafzimmer.

Ich sehe mich in ihrem Wohnzimmer um. Der Anblick ist mir vertraut. Hier wirkt alles immer sehr aufgeräumt und durchorganisiert, aber ich habe das Gefühl, dass sich in den vergangenen Wochen, zumindest seit Alice weg ist, ein gewisser Verfall bemerkbar macht. Der sonst so makellose Couchtisch zum Beispiel ist jetzt mit Verpackungsmüll, Zeitschriften und vollgekritzelten Zetteln übersät.

Während ich das Durcheinander beiseiteschiebe, um mein Glas abzustellen, ganz vorsichtig, damit ich mit meinen zitternden Händen nichts verschütte, fällt mein Blick auf einen Gegenstand unter einem Stapel mit Fast-Food-Schachteln aus Styropor. Ich lege die Behälter auf den Boden und habe nun ein schweres gebundenes Buch vor mir. Es ist aufgeklappt, und als ich mich darüber beuge, sehe ich, dass auf den Seiten reihenweise hochglänzende Porträtfotos abgebildet sind.

Die wenigen Textzeilen sind in einer fremden Sprache verfasst, aber trotzdem ist völlig klar, was ich da vor mir habe. Gretas Jahrbuch. Sie muss es aus Sentimentalität nach Alice' überstürztem Abgang hervorgekramt haben, um in alten, besseren Zeiten zu schwelgen.

Da sehe ich ganz oben auf der Seite ein Foto von Greta. Sie sieht im Prinzip genauso aus wie heute, nur jünger. Ihr eisblondes Haar umschmeichelt als schicker Bob ihr Kinn und sie lächelt mit geschlossenen Lippen in die Kamera. Unter dem Foto steht ein Wort in kursiver Schrift: *Engelskalärare.* Vielleicht hat sie einen Preis gewonnen und wurde deshalb ganz oben auf der Seite platziert? Das würde mich nicht überraschen, so klug, wie sie ist.

Ich betrachte die anderen Fotos, während Greta noch in ihrem Schlafzimmer herumkramt. Die meisten Schülerinnen und Schüler sind ebenfalls blond und lächeln, aber sie sehen alle noch ein bisschen jünger aus als sie. Greta wirkt eigentlich sehr reif für ihr Alter.

Schließlich landet mein Blick bei einem Mädchen, das sich deutlich vom Rest der Klasse unterscheidet. Dunkelbraune Haare und pechschwarze Augen, die mir irgendwie vertraut vorkommen. Alice. Ich hatte vergessen, dass sie und Greta sich in der Schule kennen- und lieben gelernt hatten.

Aber die Fotos lösen noch eine andere Erinnerung in den Tiefen meines Gedächtnisses aus, irgendetwas … aber ich bekomme es nicht zu fassen.

Als ich Greta den Flur entlangkommen höre, klappe ich das Jahrbuch zu und lasse mich an die Lehne sinken. Ich will nicht, dass sie denkt, ich hätte in ihren Sachen gewühlt. Sie kommt mit einem Arm voller Kleidungsstücke zu mir und lässt die Sachen auf die Couch fallen.

»Hier, bitte sehr, Schätzchen«, sagt sie, kniet sich vor mich hin und legt mir die Hände auf die Oberschenkel. Ein trauriges

Lächeln umspielt ihre Augenwinkel. »Es tut mir wirklich leid, was passiert ist, Cass. Uns allen tut es leid. Du sollst wissen, dass Brookes Post nichts daran ändert, was wir für dich empfinden. Wir alle haben irgendwelche Dinge, vor denen wir uns verstecken. Und wir sind für dich da, egal, was passiert.«

Ich möchte mich bei ihr bedanken, möchte ihr zeigen, wie sehr ich ihre Freundlichkeit zu schätzen weiß, besonders weil ich vermutlich schuld daran bin, dass diese Insel für niemanden mehr eine Zukunft bietet. Aber ich kann nur an eine einzige Sache denken.

Die Gefühle, die ich gerade so halbwegs in den Griff bekommen hatte, machen sich erneut bemerkbar. »Nur leider sieht Logan das nicht so.«

Sie packt meine linke Hand. »Er wird schon wieder zur Vernunft kommen. Das weiß ich. Er braucht bloß ein bisschen Zeit. Alles wird gut.«

Im sanften Kerzenschein, während draußen der Regen niederprasselt, versuche ich, mir einzureden, dass Greta recht haben könnte. Vielleicht ist das ja wirklich nicht das Ende. Vielleicht gibt es einen Weg zurück, für mich und Logan, für uns alle.

Ich spüre, wie sie meine Hand streichelt, wie ihre Finger meinen Ringfinger entlangfahren.

»Oh nein, sag bloß, du hast deinen Ring auch verlegt. Das kann doch nicht wahr sein«, sagt Greta. Ich bin so in Gedanken, dass ich gar nicht begreife, was sie da gerade gesagt hat. »Logan war total verzweifelt gestern, als er mir erzählt hat, dass er seinen schon so kurz nach der Verlobung verloren hat«, fährt sie fort.

»Was?« Ein nervöses Unbehagen ergreift von mir Besitz. »Das hat er dir gestern erzählt?«

»Ja, am Nachmittag. Wir haben uns auf einen Kaffee getroffen, nachdem er und Doug im Fitnessstudio waren.« Jetzt bemerkt sie mein entgeistertes Gesicht. »Oh nein. Hat er dir das gar nicht erzählt? Oh Gott, ich und meine große Klappe. Ich will ihn doch nicht in Schwierigkeiten bringen!« Greta schlägt die Hände vors Gesicht.

Ich versuche, zu erfassen, was das zu bedeuten hat.

Jedenfalls hat Logan seinen Ring nicht gestern früh von Sengphet zurückbekommen, obwohl er das behauptet hat. Vielmehr war der Ring gestern Abend, als ich ihn danach gefragt habe, immer noch verschwunden.

Und dann hat er mir eingeredet, dass ich *meinen* Ring verloren habe, obwohl er ihn eigenhändig aus der Schachtel in meinem Nachttischchen genommen haben muss, um dann so zu tun, als sei es *seiner*. Und er hat mir eingeredet, dass es *mein* Ring war, nicht seiner, der neben Lucys Leichnam gelegen hat.

Aber warum?

Obwohl ich diese Frage von allen Seiten betrachte, lande ich immer bei ein und derselben Antwort: Weil er etwas mit Lucys Tod zu tun hat.

Ich habe das Gefühl, als würden die Zimmerwände um mich herum in sich zusammenstürzen.

»Cass? Ist alles in Ordnung?«

Ich weiß nicht, wie oft Greta schon meinen Namen genannt hat, aber es ist eindeutig nicht ihr erster Versuch.

»Oh Liebes, du bist ja bleich wie ein Gespenst.«

Ich mache den Mund auf, überlege, wie ich ihr das alles erzählen soll, doch dann bringe ich nur einen einzigen kurzen Satz heraus.

»Ich glaube, dass Logan vielleicht Lucy umgebracht hat.«

Gretas Augen werden groß und ich will es ihr erklären, will ihr von dem Ring und all den Lügen erzählen. Doch bevor ich dazu komme, drückt sie mir den Kleiderstapel in die Hand, den sie gerade eben aus dem Schlafzimmer geholt hat.

»Vielleicht ziehst du dich erst mal um. Und sobald du trockene

Kleider anhast, können wir versuchen, ein bisschen Ordnung in dieses Durcheinander zu bringen.«

Ich will protestieren, will ihr alles erzählen, noch während ich selbst die Zusammenhänge begreife, doch dann läuft ein Beben durch meinen Körper, und ich weiß, dass sie recht hat. Ich nicke, nehme die Kleider an mich und verlasse wie ferngesteuert das Wohnzimmer.

Auf meinem Weg durch den Flur spüre ich vertraute Blicke auf meinem Rücken. Ich drehe mich um, aber Greta hat sich nicht vom Fleck bewegt. Sie sieht mich immer noch an, mit einem Gesichtsausdruck, den ich nicht recht deuten kann.

Aber das bemerke ich kaum. Weil ich nur einen einzigen Gedanken habe.

Logan hat mich angelogen.

KAPITEL 33

BROOKE

»Was willst du hier?«

Die Gestalt kommt behutsam näher, Schritt um Schritt.

»Bleib stehen!« Ich höre, wie meine Stimme zittert, und weiß, dass die Gestalt das ebenfalls hört. Sie hält kurz inne, dann geht sie langsam weiter.

Voller Panik sehe ich mich um, suche nach irgendetwas, was ich als improvisierte Waffe verwenden kann, um mich zu verteidigen. Ich greife nach einem Stein, nur um festzustellen, dass es eher ein Steinchen ist. Aber es nützt ja nichts. Ich hole aus und mache mich zum Wurf bereit.

»Was machst du denn da? Stopp!«

Die Gestalt hebt schützend die Arme. Als sie sie wieder sinken lässt, sehe ich, dass ihre langen schwarzen Haare genauso nass sind wie meine. Ihre mandelförmigen Augen sehen mich beunruhigt an, und ihre gerunzelte Stirn lässt die Fältchen bereits ahnen, die erst in vielen Jahren zum Vorschein kommen werden. Sie kommt mir bekannt vor, denn es ist unsere dritte Begegnung.

»Wer bist du? Und warum verfolgst du mich?«

Sie kommt noch einen Schritt näher. »Bevor ich deine Frage beantworte, könntest du das da vielleicht weglegen?« Ihr Akzent klingt vertraut … irgendwie australisch, auch wenn noch etwas anderes darin mitschwingt.

Ich hebe den Blick und stelle verdutzt fest, dass ich immer noch den Stein in der Hand halte. Ich lasse den Arm sinken. Das Entsetzen, das ich noch vor wenigen Sekunden empfunden habe, kommt mir jetzt lächerlich vor. »Tut mir leid«, murmele ich, dann habe ich meine Fassung wiedergefunden. »Aber was willst du von mir? Warum hast du mich bis hier hoch verfolgt?«

»Bitte immer nur eine Frage.« Für ihren Gesichtsausdruck fällt mir kein anderes Wort ein als »gehetzt«. »Und können wir uns vielleicht wieder auf den Weg stellen? Ich möchte nur ungern so dicht am Klippenrand mit dir reden. Ich hab doch schon die ganze Zeit gerufen, dass du zurückkommen sollst. Ein falscher Schritt und du fällst runter.«

Sie hat recht. Ich habe so gut wie keinen Spielraum mehr nach hinten. Das hat sie also die ganze Zeit gewollt. Sie hat sich vorsichtig angenähert, weil sie mich nicht erschrecken wollte. Ich habe sie bloß wegen des prasselnden Regens nicht gehört.

Eine Minute lang bin ich verunsichert, weiß nicht, wem ich noch trauen soll. Es könnte auch eine Falle sein. Vielleicht ist diese junge Frau ja die Mörderin. Dann schaue ich erneut in ihre dunklen Augen und meine Neugier siegt über die Angst.

Ich lasse den Stein fallen und gehe auf sie zu.

Wir setzen uns auf einen Felsblock neben dem Wanderweg, unter dem schützenden Blätterdach. Erst jetzt wird mir bewusst, wie triefnass ich dort am Klippenrand geworden bin. Die Kleider kleben mir am Leib, und während der Schock, den mir der Anblick dieser jungen Frau zunächst versetzt hat, allmählich nachlässt, fühlen sie sich schwerer und schwerer an. Die feuchte Kälte lässt mich am ganzen Körper zittern, und dann wird mir bewusst, dass ich auf dieser Insel bis jetzt noch nie gefröstelt habe. Die junge Frau ist ein wenig trockener als ich, da sie die meiste Zeit im Schutz des Waldes gestanden hat. Der Felsblock, auf dem wir sitzen, ist kaum groß genug für uns beide, sodass ich ihre Körperwärme spüren kann.

Stumm sitzen wir nebeneinander. Jede wartet darauf, dass die andere anfängt zu sprechen.

»Also dann, wer bist du?«, durchbreche ich schließlich das Schweigen.

»Ich heiße Alani«, erwidert sie. »Ich war mit Lucy befreundet. Wir sind zusammen nach Koh Sang gekommen.«

Bei diesen Worten schnellt mein Puls, der sich nach dem Besuch an der Klippenkante gerade wieder einigermaßen beruhigt hatte, erneut in die Höhe. In all dem Durcheinander habe ich gar nicht mehr an die zweite Zahnbürste gedacht, die ich in Lucys Zimmer entdeckt hatte. Jetzt wird mir klar, dass sie Alani gehört haben muss. Und jetzt kann ich mir auch ihren Akzent erklären. Sie muss aus demselben Ort wie Lucy stammen: aus Greymouth in Neuseeland.

»Warum bist du mir gefolgt?«

»Ich dachte, dass ich dir vertrauen kann«, erwidert sie. »Und Lucy hat das auch gedacht. Ich meine, du warst ja noch gar nicht auf der Insel, als Jacinta abgestürzt ist. Und wir haben dich beobachtet, wenn du mit diesen Leuten zusammen warst. Wir haben gesehen, wie du sie ansiehst, wenn sie dich nicht beachten. Lucy hat gedacht, dass du vielleicht mehr weißt, als du dir anmerken lässt, und das Gefühl hatte ich auch.« Vor meinem geistigen Auge flackert eine Erinnerung auf – Lucy, die mich vor meinem Zimmer abpasst und offensichtlich genau weiß, seit wann ich auf der Insel bin.

»Aber nachdem das mit Lucy passiert ist, konnte ich das nicht mehr riskieren«, fährt Alani fort. »Ich musste mir ganz sicher sein, dass du mir helfen würdest. Darum bin ich dir gefolgt. Ich wollte rausfinden, auf welcher Seite du stehst. Aber als ich dann heute deinen Post gelesen habe, da war es klar. Ich habe beobachtet, wie du dich mit dieser Cass gestritten hast, doch da wollte ich mich nicht einmischen. Dann ist sie ins Haus gegangen und ich bin dir bis hierher gefolgt. Und ich wollte mir ganz sicher sein, dass du dich nicht mit irgendjemandem treffen willst. Deswegen habe ich erst mal unter den Bäumen abgewartet, bevor ich mich bemerkbar gemacht habe.«

Jedes für sich genommen, ergeben ihre Worte durchaus einen Sinn, aber zusammen ist es, als würde sie eine fremde Sprache sprechen. Ich stelle ihr die erste einer ganzen Reihe von Fragen.

»Was meinst du damit, auf welcher Seite ich stehe? Auf welcher Seite wovon?«

Sie lässt mich kaum ausreden. Als hätten sich nach vielen Tagen des Schweigens endlich die Schleusentore geöffnet.

»Die haben sie umgebracht.«

Ich schlucke und zwinge mich, ruhig zu bleiben. »Okay, okay. Ganz ruhig, und fang noch mal von vorne an.«

Alani holt tief Luft.

»Vor ein paar Wochen ist Lucys Schwester hier auf Koh Sang angekommen. Sie war ein ganz toller Mensch. Sie war immer so liebevoll zu mir und Lucy und hat uns immer überallhin mitgenommen. Sie hat uns nie das Gefühl gegeben, dass wir eine Last sind oder dass sie nichts mit uns zu tun haben will, bloß weil wir jünger sind. Ganz anders als meine großen Schwestern.« Die Traurigkeit auf Alanis Miene kommt mir sehr bekannt vor. Genau so sehe ich aus, wenn ich an meine Mutter denke.

»Na ja, jedenfalls war sie auf einer Reise quer durch Südostasien und hat in Thailand Station gemacht. Sie hat jeden Tag zu Hause angerufen und uns auf dem Laufenden gehalten. Lucy und ich, wir fanden das super. Dann hat Lucy jedes Mal den Lautsprecher eingeschaltet, und ihre Schwester hat uns erzählt, was sie alles erlebt hat, was es da zu essen gibt und so. Und das Beste war, dass sie uns auch von ihren Erlebnissen mit den vielen scharfen Jungs erzählt hat. Sie war wunderschön, also sind ihr die Typen natürlich in Scharen hinterhergelaufen. Ganz ehrlich, das war sogar besser als *Love Island*.«

Alani lässt ein trauriges Lächeln sehen. Ich lege ihr eine Hand auf den Ellbogen und sie sieht zu mir auf, kehrt wieder in die Gegenwart zurück.

»Aber seit ihrem dritten Tag auf Koh Sang hat sie sich nicht mehr gemeldet.«

Ich nicke und mache mich auf den Rest der Geschichte gefasst.

»Sie ist an einem Mittwoch angekommen, relativ spät erst. Am Donnerstagvormittag hat sie uns angerufen. Sie war total aufgeregt, weil sie zum ersten Mal im Leben tauchen gehen wollte. Sie hatte im Taucherhotel ein Zimmer bekommen, wo sie umsonst wohnen konnte. Am nächsten Tag, also am Freitag, hat sie uns wieder angerufen und uns von der Tauchschule erzählt. Sie fand das alles wahnsinnig toll, das Tauchen, die Schule, die Insel. Sie hat uns ein bisschen was über ihren Tauchkurs erzählt, aber hauptsächlich hat sie von einem Typen gesprochen, den sie kennengelernt hatte. Das war ein Europäer, der schon länger auf der Insel lebt. Sie war total aufgeregt.

Und sie hat erzählt, dass sie sich am Abend wieder treffen wollten und dass der Typ irgendwas Besonderes geplant hatte, aber dass sie keine Ahnung hatte, was es war.« Alanis Stimme bricht. »Und danach nichts mehr. Wir haben kein Wort mehr von ihr gehört. Lucy hat immer wieder bei ihr angerufen, aber irgendwann ist dann jedes Mal sofort die Mailbox angesprungen. Anscheinend war das Handy ausgeschaltet. Eine ganze Woche später hat dann die Polizei bei ihren Eltern angerufen und gesagt, dass Jacinta tot ist. Dass sie wohl frühmorgens allein zu einer Wanderung aufgebrochen und über eine Klippe gestürzt ist.«

»Jacinta Taylor«, sage ich. Das hatte ich von Anfang an vermutet, sobald Alani mit ihrem Bericht begonnen hatte, aber ich wollte es nicht wahrhaben. Jacinta, die junge Frau, deren zerschmetterter Körper auf den Felsen unterhalb des Khrum Yai gefunden worden war, war Lucys Schwester gewesen.

»Genau«, bestätigt Alani mit belegter Stimme. »Und genau dort ist sie abgestürzt.« Sie deutet mit dem Finger auf die Stelle, wo ich noch vor wenigen Augenblicken gestanden habe, und ich zittere vor Kälte, einer Kälte, die absolut nichts mit dem Regen zu tun hat.

»Wir konnten uns das nicht erklären«, fährt Alani fort. »Jacinta war eine Nachteule. Sie wäre niemals freiwillig so früh aufgestanden, schon gar nicht für eine Wanderung. Und Selbstmord stand und steht überhaupt nicht zur Debatte. Sie hat das Leben viel zu sehr geliebt. So was wäre ihr niemals in den Sinn gekommen. Lucys Eltern haben die Version der Polizei einfach geschluckt. Sie waren viel zu erschüttert, um sich irgendwie dagegen aufzulehnen. Und sie konnten die Vorstellung, hierherzukommen, einfach nicht ertragen. Aber Lucy und ich, uns hat das alles keine Ruhe gelassen. Weil wir das Gefühl hatten, dass da etwas überhaupt nicht stimmen kann.

Wir haben tagelang alle ihre Nachrichten noch mal durchgelesen und ihre Sprachnachrichten abgehört. Wir haben uns alle verfügbaren Informationen über die Insel besorgt. Wir haben versucht, den Typen, mit dem Jacinta sich getroffen hat, auf Social Media ausfindig zu machen, aber das Einzige, was sie uns über ihn verraten hat, war, dass er Europäer ist und außerdem ›total scharf‹.« Alani hält inne. Ein trauriges Lächeln umspielt ihre Lippen, während sie an Jacintas Worte denkt. »Fotos hat sie normalerweise immer erst nach ein paar Tagen gepostet. Deswegen wussten wir überhaupt nicht, wie er aussieht, und hatten so gut wie keine Anhaltspunkte. Und nur online sind wir einfach nicht mehr weitergekommen. Deshalb fand Lucy, dass wir selber hierherkommen müssen, um der Sache auf den Grund zu gehen.«

Alani zittert am ganzen Körper, und mir wird klar, dass sie trotz allem, was sie geleistet hat, trotz der Risiken, die sie auf sich genommen hat, immer noch ein junges Mädchen ist.

»Lucy und ich hatten sowieso gerade ein Jahr Pause zwischen der Schule und dem College«, fährt sie dann fort. »Und wir hatten schon etliche Monate gejobbt. Also haben wir alles, was wir gespart hatten, zusammengeworfen und die billigsten Flugtickets gekauft, die wir uns leisten konnten. Unseren Eltern haben wir erzählt, dass wir ein bisschen über die neuseeländische Nordinsel reisen wollen, also, um irgendwie mit der Trauer klarzukommen …« Alani verstummt, und als sie mich wieder ansieht, stehen ihr Tränen in den Augen.

»Als wir dann hier waren, wollten wir genau nachvollziehen, wo Jacinta überall gewesen ist. Wir waren gut vorbereitet. Wir hatten jede einzelne Person im Tauchladen gründlich recherchiert.« Ich denke an die Ausdrucke, die Cass und ich in Lucys Zimmer gefunden haben, und dass Lucy allen Permanenten – und mir – auf Instagram gefolgt ist. »Lucy hat sich für einen Tauchkurs angemeldet. Dadurch hat sie ein Gratiszimmer bekommen, so wie Jacinta auch, und ich habe heimlich auch dort gewohnt. Es war grässlich. Ich dachte ja, dass der Sommer in Neuseeland schon schlimm ist, aber ein Zimmer ohne Klimaanlage in Thailand, und wir zu zweit in diesem engen Bett … die reinste Folter.«

Alani lacht ein kehliges Lachen, das sie selbst zu überraschen scheint. Sie schnieft es wieder weg.

»Am Morgen, nachdem Lucy eingecheckt hat, haben wir uns getrennt. Sie ist zu ihrem Tauchkurs gegangen und ich bin über die Insel spaziert. Ich wollte mich mit der Umgebung so vertraut wie irgend möglich machen. Dabei habe ich auch die Kneipe gefunden, von der Jacinta uns erzählt hatte, da, wo die ganzen Permanenten abhängen – ich glaube, sie heißt Frangipani.

Am Abend habe ich mich mit Lucy nach ihrem Tauchkurs im Tiki Palms getroffen. Sie war mit ein paar anderen Leuten unterwegs, unter anderem auch mit diesem Daniel …« Ich halte den Atem an, als sie seinen Namen erwähnt. »… aber trotzdem hat sie mich in eine Ecke gezogen, weil sie mir kurz das Neueste mitteilen wollte. Sie hatte eine Frau kennengelernt, die sich an ihre

Schwester erinnern konnte. Sie hat Lucy erzählt, dass sie etwas wüsste, und dann haben sie verabredet, bei der Vollmondparty ausführlicher darüber zu sprechen. Lucy und ich haben dann aber beschlossen, dass wir das lieber gemeinsam machen wollen.« Leises Bedauern ist in ihren Worten spürbar.

»Aber dann ist die Party unten am Strand losgegangen und es war von Anfang an total chaotisch«, fährt Alani fort.

Ich denke zurück an jenen Abend, an die aneinandergeschmiegten Körper, an die Feuertänzer, so dicht vor den Flammen, dass sie sich beinahe verbrannt hätten.

»Und dich habe ich zwischendurch auch mal gesehen«, sagt Alani.

»Bei der Party?«, gebe ich vorsichtig zurück. Der Gedanke macht mich unruhig.

Alani nickt feierlich. »Ich wusste ja, wie du aussiehst. Lucy ist dir auf Instagram gefolgt. Ich glaube sogar, dass sie dir mal eine Nachricht geschickt hat.«

Heiße Scham erfasst jeden Zentimeter meines Körpers. Ich erinnere mich genau an Lucys unbedarften Hilferuf und auch daran, dass ich ihn unbeachtet in meinem Posteingang habe liegen lassen.

»Aber da hast du so abweisend ausgesehen, als wolltest du nicht belästigt werden.« Sie wendet den Blick ab, als wäre es ihr peinlich.

Ich denke an den Abend der Vollmondparty zurück, und wie wir gemeinsam aus dem Frangipani am Strand eintreffen. Ich denke an Neils Hand, die warm und beruhigend in meiner liegt, und verdränge die Erinnerung wieder. Sie ist zu schmerzhaft. Während er und die anderen etwas zu trinken besorgen, mache ich mich auf den Weg Richtung Toilette, aber inmitten der zuckenden Scheinwerfer, der bemalten Haut und der markerschütternden Bässe aus den Lautsprechern kehrt mein Körper wieder zu jenem Abend vor drei Jahren zurück. Ich rette mich in einen abgelegenen Bereich weit weg vom Partygetümmel, wo niemand mich sehen kann – glaube ich zumindest. Ich will so weit wie möglich von den sich windenden Körpern entfernt sein, und dann überfällt mich dieses Gefühl, als würden Finger nach meinem Innersten greifen und mich von innen her erwürgen. Mein Herz klopft so rasend, als wollte es sich aus meinem Brustkorb befreien, als könnte es jeden Augenblick nach draußen hüpfen. Ich atme so ruckartig, dass ich mehr Luft ausstoße als einatme. Und dann die Erinnerungen, in kurzen, überfallartigen Sequenzen. Der Geruch von Erics Kissen, eine Mischung aus billigem Haargel und Chlor. Die Schmerzen, die durch meinen Schädel dröhnen. Die Scham.

»Ich hatte eine Panikattacke«, gestehe ich Alani. »Die kriege ich manchmal. Aber ich dachte eigentlich, dass mich niemand sehen kann.«

Den Permanenten hatte ich nichts davon erzählt. Ich wollte ihnen nicht verraten, wie schnell ich die Kontrolle über mich selbst verlieren kann.

Alani nickt. »Das habe ich mir gedacht.«

Ich halte unwillkürlich den Atem an und hoffe stumm, dass sie ihren Bericht fortsetzt.

»Irgendwie habe ich Lucy aus den Augen verloren, ich weiß auch nicht, wie. Ich habe mich nur eine Sekunde lang umgedreht, und als ich wieder in ihre Richtung geschaut habe, war sie nicht mehr da. Ich habe sie überall gesucht, aber zwischen all den Leuten, die mich ständig angeschubst haben … ich … also, ich konnte sie einfach nicht mehr finden.«

Alani fängt an zu schluchzen und schlägt eine Hand vor den Mund, um es zu unterdrücken. Schweigend halte ich ihre andere Hand. Nach einer Minute hat sie sich so weit gefasst, dass sie weitersprechen kann.

»Dann habe ich Daniel gesucht. Er ist Lucy und mir während der Party ständig hinterhergelaufen. Und er wollte Lucy immer dazu überreden, mit ihm zu tanzen, obwohl es total klar war, dass sie kein Interesse an ihm hat.« Bei der Erinnerung verzieht sie die Mundwinkel zu einem traurigen Lächeln und plötzlich erschließt sich auch Daniels Video. Er war Lucy gefolgt, hatte ein bisschen verzweifelt und ziemlich betrunken versucht, ihre Aufmerksamkeit zu bekommen. Nicht bösartig, nur ziemlich nervtötend und ein bisschen unheimlich. Daniel eben.

»Aber zu dem Zeitpunkt war Daniel schon mit einem anderen Mädchen beschäftigt«, fährt Alani fort. Ich muss sofort an die Rothaarige denken, die auf Dutzenden seiner Selfies von dem Abend zu sehen war. »Es war nicht ganz einfach, ein paar halbwegs verständliche Sätze aus ihm rauszukriegen, aber irgendwann hat er dann gesagt, dass er gesehen hat, wie Lucy sich mit diesem Australier aus dem Tauchladen unterhalten hat, Doug, und später noch mit einer anderen von den Permanenten. Mir war sofort klar, dass das die Frau gewesen sein muss, von der Lucy gesprochen hatte, mit der sie sich auf der Party unterhalten wollte. Aber wir hatten doch abgemacht, dass sie sich nicht alleine mit ihr trifft. Ich hätte bei ihr sein sollen, um sie zu beschützen …«

Wieder fängt sie an zu schluchzen und ich rutsche instinktiv ein Stückchen näher an sie heran.

»Dann irgendwann habe ich weit weg, am anderen Ende des Strandes, zwei Gestalten gesehen. Sie waren wirklich kaum zu erkennen, und ich habe sofort gewusst, dass da etwas nicht stimmt. Ich hatte einfach das Gefühl, dass Lucy in Gefahr ist. Dass diese Frau ihr etwas antun will. Also habe ich ihr geschrieben, mehrfach, dass sie wieder auf die Party kommen soll, aber sie hat nicht geantwortet.«

Die Nachrichten auf Lucys Prepaidhandy. Sie stammen also von Alani.

»Dann bin ich losgerannt, so schnell ich nur konnte. Aber als ich endlich in der Nähe war, da war es schon zu spät.«

Sie verstummt, als könnte sie es nicht ertragen, die Geschichte zu Ende zu bringen.

»Alani«, sage ich leise. »Was ist passiert?«

Sie antwortet, ohne zu zögern. »Sie hat sie umgebracht.« Ihre Stimme klingt klar und voller Überzeugung, ohne jede Spur der emotionalen Erschütterung, die sie noch vor wenigen Sekunden fest im Griff gehabt hatte.

»Wen meinst du?«

Sie geht nicht auf meine Frage ein. »Die führen alle ein Doppelleben. Die stecken alle mit drin.« Ihre Worte verlieren jegliche Bedeutung, sondern taumeln nur noch zwischen all den Fragen herum, die mir durch den Kopf jagen.

»Die Frau, mit der Lucy sich an diesem Abend getroffen hat, die hat sie ermordet«, fährt Alani fort.

Bei diesen Worten gefriert mir das Blut in den Adern.

»Die Blonde.«

»Cass?«, platze ich hervor. Auf Daniels Foto war im Hintergrund eine blonde Frau zu erkennen gewesen. Sie hatte mit Lucy gesprochen und ich hatte sie mit Sicherheit als Cass identifiziert. Wenn das stimmt, dann waren all meine Ahnungen korrekt. Dann hätte sich alles gelohnt, was ich unternommen habe. Aber noch bevor ich ihren Namen ausgesprochen habe, weiß ich, dass ich mich irre.

»Nein«, erwidert Alani und ich lasse die Schultern sinken. »Die andere Blonde. Die Schwedin.«

Ich starre sie an. Das muss ich erst einmal verarbeiten. Dann kommt mir der Name über die Lippen.

»Greta.«

KAPITEL 34

CASS

Ich höre Greta in der Küche rumoren, während ich in ihre Kapuzenjacke schlüpfe. Dabei stoße ich mir an der Wand ihres winzigen Badezimmers den Ellbogen.

Das Rumoren verstummt. Die Wände sind dünn, wie in den meisten Apartments hier auf der Insel, und nach einer kurzen Stille höre ich Gretas Stimme, allerdings so leise, dass ich kein einziges Wort verstehe.

Neugierig lege ich das Ohr an die Tür und lausche angestrengt. Ist da jemand bei ihr? Logan vielleicht?

Ganz behutsam drücke ich die Klinke nach unten und stoße die Badezimmertür auf. Das laute Quietschen hallt durch den gekachelten Raum. Ich erstarre. Gleich wird Greta in den Flur treten und nach mir sehen. Aber sie bleibt, wo sie ist.

Kein Laut ist zu hören und ich will mich gerade wieder ins Badezimmer zurückziehen, da fängt Greta an zu reden, ganz leise nur, als wollte sie bewusst verhindern, dass ich etwas davon mitbekomme.

Langsam mache ich einen ersten Schritt den Flur entlang in Richtung Küche. Ich komme mir ein bisschen lächerlich vor. Ausgerechnet Greta will ich ausspionieren? Die einzige Person, zu der ich mich in so einer Situation flüchten kann? Aber warum redet sie dann so leise?

Ich gehe weiter, bis ich fast in der Küche bin. Doch als ich den nächsten Schritt mache und die Zehenspitzen aufsetze, lässt der Fußboden ein verräterisches Knarren hören.

Greta wirbelt herum. Im Licht der Kerzen, die in der Küche verteilt sind, sieht sie irgendwie anders aus, und für einen kurzen Augenblick habe ich das Gefühl, als hätte ich eine Fremde vor mir.

»'tschuldigung«, ist das, was mir als Erstes einfällt. »Ich hab mich umgezogen und gehört, dass du telefonierst. Ich wollte dich nicht stören.«

Greta winkt ab und lächelt. Und schlagartig ist die alte Greta wieder da.

»Das ist toll«, sagt sie mit normaler Lautstärke in ihr Handy. »Wir sind gleich da. Sie freut sich bestimmt.«

Sie legt auf und kommt zu mir. »Das war Logan. Ich hoffe, du bist mir nicht böse, dass ich ihn angerufen habe, aber ich wollte dir helfen. Damit das alles wieder in Ordnung kommt.«

Sie reibt mir den Arm und meine Wangen werden warm. In meiner Brust tobt eine Mischung aus Dankbarkeit und Beschämung. Wie komme ich bloß auf die Idee, einer meiner besten Freundinnen nachzuspionieren?

»Komm mit, Liebes«, sagt sie, während sie zur Tür geht. Ich folge ihr, immer noch ganz in Gedanken.

Bei der Tür bleibt sie stehen und schlüpft in ihre Regenjacke. Ich sehe mich noch einmal in dem winzigen Wohnzimmer um, und mein Blick bleibt an dem Couchtisch und dem Jahrbuch hängen, das mir vorhin aufgefallen war. Und wieder macht sich derselbe Gedanke wie vorhin in meinem Hinterkopf bemerkbar, aber ich bekomme ihn einfach nicht richtig zu fassen.

»Greta?«

»Hmm?«, erwidert sie mit gesenktem Kopf. Sie ist gerade dabei, den Reißverschluss ihrer Jacke zuzumachen.

»Was bedeutet eigentlich *engelskalärare*?« Meine Zunge stolpert über die fremden Konsonanten.

»Englischlehrerin«, erwidert sie abgelenkt. »Wieso?«

Und dann macht es klick. Mit einem Mal ist mir klar, was mir, seitdem ich mir dieses Jahrbuch angeschaut habe, keine Ruhe lässt. Ich muss an das erste Gespräch mit Greta nach meiner Ankunft auf der Insel denken. Da hat sie mir erzählt, wie sie sich in der Schule in Alice verliebt hatte und wie sehr Alice' Eltern dagegen gewesen waren. *Sie konnten sich nicht vorstellen, dass ihre Tochter mit einer anderen Frau zusammen ist.*

Greta war keine von Alice' Klassenkameradinnen gewesen. Sondern ihre Lehrerin.

Ich muss daran denken, wie unglücklich Alice immer gewirkt und wie sie ständig in Erinnerungen an Schweden geschwelgt hat. Sie wollte eigentlich gar nicht hier sein. Das war alles Gretas Idee gewesen. Gretas – möglicherweise sogar erzwungene – Beziehung mit Alice war nichts anderes als Freiheitsberaubung gewesen. Greta hatte Alice nicht hierhergebracht, weil sie unbedingt aus Schweden wegwollte, sondern weil es die einzige Möglichkeit war, mit ihr als Paar zusammen zu sein.

Da wird mir klar, dass ich Gretas Frage noch gar nicht beantwortet habe. Sie sieht mich neugierig an.

»Nur so«, sage ich, aber meine Lüge wirkt verkrampft.

Wenn Greta bezüglich ihrer Beziehung zu Alice also gelogen hat, welche Lügen hat sie dann sonst noch verbreitet?

Ich denke zurück an ihr Gemurmel am Telefon vorhin. Wenn sie, wie sie behauptet hat, mit Logan gesprochen hat, warum hat sie dann so leise gesprochen? Was sollte ich nicht mitbekommen?

Es sei denn, sie hat gar nicht mit Logan telefoniert.

Ich muss an Brookes Post denken, der nicht nur mich, sondern auch alle anderen auf der Insel bloßgestellt hat. Und wie besorgt Logan deswegen war. *Dadurch ist alles, was wir hier haben, in Gefahr.* Ganz besonders Greta.

Ich sehe, wie Greta meinem Blick folgt und schließlich bei dem

Jahrbuch auf dem Couchtisch landet. Das Lächeln auf ihrem Gesicht erstirbt. Und als sie mich anschließend wieder ansieht, verströmt sie eine Kälte, die mir die Kehle eng werden lässt.

KAPITEL 35

BROOKE

»Ich habe alles vom Strand aus beobachtet, während ich ihnen entgegengerannt bin«, fährt Alani erklärend fort. »Als ich dann nahe genug war, habe ich gesehen, dass diese blonde Frau – Greta – Lucy niedergeschlagen hat und dann … dann hat sie ihr die Hände um den Hals gelegt und ihren Kopf unter Wasser gedrückt.«

Ich muss an die blauen Würgemale denken, die Cass an Lucys Hals aufgefallen waren. Und dann an Gretas schlanke, sehnige Muskeln, gestählt durch jahrelanges Yoga. Ich zweifle nicht daran, dass sie stark genug ist, um jemanden wie Lucy zu ermorden. Ich hätte es nur niemals für möglich gehalten.

»Ich wollte schreien. Ich wollte Greta wegstoßen, aber ich war wie gelähmt.« Alani dreht sich zu mir um. Tränen stehen ihr in den Augen und Schuldgefühle spiegeln sich auf ihrer Miene.

»Du hattest einen Schock«, sage ich und muss an meine eigene Erstarrung denken, damals, als ich regungslos auf Erics Bett gelegen habe. »Das ist nicht deine Schuld.«

Alani wendet sich ab, und mir ist klar, dass sie mir nicht glaubt. »Als ich dann zu der Party zurücklaufen und Hilfe holen wollte, sind mir ein paar Typen entgegengekommen. Ich schätze mal, Greta hat sie angerufen. Ich habe sie erkannt und mich schnell hinter Bäumen versteckt, damit sie mich nicht sehen können. Es waren die drei Typen, die ich schon von unseren Recherchen gekannt habe. Logan, Doug und …« Alani zählt die Namen an den Fingern ab.

»Neil.« Ich hauche seinen Namen aus und bringe ihren Gedanken zu Ende. Dass er auch in das alles verwickelt ist, zieht mir den Boden unter den Füßen weg. Ich hatte gedacht, er sei anders, sei das genaue Gegenteil von Eric. Aber unter der charmanten Oberfläche war er ganz gleich.

»Genau, der Engländer«, fährt Alani fort. »Als er mitgekriegt hatte, was passiert ist, ist er zum Tauchladen gelaufen und war ein paar Minuten später mit zwei Taucherausrüstungen wieder da. Die hat er den beiden anderen Typen gegeben und die haben sie angelegt. Dann haben sie Lucy gepackt, der eine an den Füßen, der andere an den Schultern, und haben sie ins Wasser getragen. Ich habe keine Ahnung, was sie mit ihr gemacht haben, aber wahrscheinlich wollten sie die Leiche verstecken. Sie waren vielleicht zwanzig Minuten lang weg. Greta und Neil haben die ganze Zeit den Strand beobachtet. Und Greta hat immer wieder ›Nein, nein, nein‹ gesagt, als könnte sie nicht glauben, was sie getan hatte. Sie war ganz schön laut – komisch, dass das niemand gehört hat.

Irgendwann sind die beiden Typen dann aus dem Wasser gekommen und eine Weile später sind sie zu viert wieder abgezogen. Ich bin in meinem Versteck geblieben, fast die ganze Nacht. Ich konnte es einfach nicht glauben. Meine beste Freundin war tot, ermordet von denselben Leuten, die auch Jacinta getötet hatten. Wir hätten niemals hierherkommen dürfen …« Alani lässt den Kopf in die Hände sinken.

»War Cass auch dabei?«, frage ich sie. »Hast du sie auch gesehen?«

Alani hebt den Blick und schüttelt den Kopf. »Nein. Die habe ich an dem Abend überhaupt nicht gesehen.«

Ich stoße den Atem aus. Cass hat Lucy nicht ermordet. Und

wenn sie das nicht getan hat, dann hatte sie höchstwahrscheinlich auch mit den anderen Morden nichts zu tun.

»Und was ist mit Daniel?«, will ich wissen. »Wer hat dann ihn umgebracht?«

Alani schüttelt den Kopf. »Das weiß ich auch nicht«, sagt sie niedergeschlagen. »Ich war an dem Abend im Tiki Palms und habe mich ganz hinten versteckt, weißt du noch?«

Ich nicke.

»Am Tag nach Lucys Tod habe ich noch mit ihm geredet. Ich bin ihm zufällig begegnet und habe ihn angesprochen.«

»Was hat er gesagt?« Gespannt hänge ich an ihren Lippen.

»Er hatte sein Handy durchforstet. Dabei war er auf das Video von Lucy bei der Vollmondparty gestoßen, das er gleich auf Instagram gepostet hatte, einfach so, damit seine Follower einen Eindruck davon bekommen, was ihnen entgeht. Und um mit den ›scharfen Schnecken‹ anzugeben, die er schon kennengelernt hatte.«

Trotz alledem muss ich unwillkürlich grinsen, als Alani ihre dramatische Daniel-Parodie mitsamt einem ziemlich schlechten Cockney-Akzent zum Besten gibt.

»Aber nachdem Lucy tot war, hat er sich das Video dann noch mal angeschaut und hat gemerkt, dass es da eindeutig einen Kontakt zwischen ihr und den Permanenten gibt. Er hat geglaubt, er kann das gegen sie verwenden und sie dazu zwingen, den Mord zu gestehen. Er hat gesagt, dass er sich darum kümmern will. Aber danach habe ich nichts mehr von ihm gehört, bis ich erfahren habe, dass er tot ist. Das nächste Opfer dieser gottverdammten Insel.«

Zum ersten Mal sehe ich bei diesen Worten so etwas wie Zorn in Alanis Augen aufblitzen. »Ich habe keine Ahnung, wer ihn umgebracht hat«, fährt sie fort, »aber es kann niemand anders als Greta gewesen sein. Oder jemand, der den Verdacht auf sie lenken will. Aber auf jeden Fall einer von den Permanenten, das steht fest.«

Ich lasse mir ihre Worte durch den Kopf gehen, während ich die einzelnen Teile der Geschichte neu sortiere. Aber immer noch passt nicht alles zusammen.

»Warum hat Lucy eigentlich unter einem falschen Namen eingecheckt und sich auf ihrem Anmeldeformular bei der Tauchschule als Australierin ausgegeben? Und was ist mit dir? Wieso gibt es überhaupt keinen Nachweis, dass du im Hotel gewesen bist?« Ich fühle mich unwohl dabei, dieses Mädchen einem Verhör zu unterziehen, aber ich muss mir wirklich sicher sein, dass sie die Wahrheit sagt.

»Ich schätze mal, wir haben es ein bisschen übertrieben«, erwidert Alani geknickt. »Wir wollten keinerlei Risiko eingehen. Lucy wollte unbedingt vermeiden, dass jemand auf der Insel eine Verbindung zwischen ihr und Jacinta ziehen kann, darum hat sie den Mädchennamen ihrer Mutter benutzt und ein anderes Herkunftsland angegeben. Und an der Hotelrezeption hat sie einfach behauptet, dass sie ihren Reisepass verloren hat, damit die den Namen nicht überprüfen können. Das Zimmer war ja im Tauchkurs mit inbegriffen, aber es war klar, dass das Resort nicht mitkriegen darf, dass ich auch da wohne. Sonst hätte ich ebenfalls einen Tauchkurs buchen oder das Zimmer bezahlen müssen. Und ich meine …« Sie zuckt mit den Schultern. »… so viel Geld hatten wir einfach nicht.«

»Und was war mit den Prepaidhandys?« Ich muss an Lucys Uralt-Nokia und Alanis Textnachrichten denken.

»Lucys Telefon lief auf ihre Eltern«, erwiderte Alani. »Wenn sie auf der Abrechnung die internationalen Verbindungen gesehen hätten, dann hätten sie Verdacht geschöpft und hätten sich ins nächste Flugzeug gesetzt, um uns hier wegzuholen. Also haben wir uns noch in Neuseeland die beiden Prepaidhandys gekauft und sie dann hier verwendet. Ich habe keine Ahnung, was aus Lucys Handy geworden ist, nachdem sie …« Alanis Stimme versagt, als könnte sie das Geschehene nicht aussprechen. »Ich habe es überall am Strand gesucht, ich habe es x-mal angerufen, aber jedes Mal war sofort die Mailbox dran. Es muss ausgeschaltet sein.« Sie zögert und sieht mich tief besorgt an. »Aber gestern habe ich mehrere Anrufe von einer unbekannten Nummer bekommen. Keine Ahnung, wer das war.«

»Das war ich.« Ich muss daran denken, wie ich gestern Abend, nachdem ich Lucys Handy gefunden hatte, ununterbrochen diese Nummer gewählt habe.

Mit einem Mal ergibt alles einen Sinn, scheinen sich all die widersprüchlichen Puzzleteile zu einem stimmigen Ganzen zusammenzufügen.

»Aber was war nach der Vollmondparty? Warum hast du dich nicht einfach an die neuseeländische Botschaft gewandt?«

Alani schluckt. »Als ich mitbekommen habe, was die Permanenten gemacht haben, wie mühelos sie Lucys Leichnam losgeworden sind, da war mir klar, dass das sehr gefährliche Leute sind. Ich war mir nicht sicher, ob sie gewusst haben, dass ich hier bin, aber ich durfte kein Risiko eingehen. Und dass ich mich auf die Polizei nicht verlassen kann, das wusste ich schon, seit ich mitbekommen habe, wie die mit Jacintas Tod umgegangen sind. Ich habe mir überlegt, ob ich die Botschaft anrufen soll, aber selbst wenn von dort jemand hergekommen wäre und Ermittlungen angestellt hätte, dann hätte mein Wort gegen das der Permanenten und der Polizei gestanden. Ich wusste nicht, wem ich vertrauen kann. Darum habe ich beschlossen, einfach zu verschwinden und Lucys Tod erst anzuzeigen, wenn ich in Sicherheit bin. Jedenfalls nicht mehr auf dieser Insel.«

Ich nicke. Die beiden hatten einen solchen Lügenberg aufgeschüttet, dass jede Wahrheit, die Alani zu sagen gehabt hätte, darunter verloren gegangen wäre.

»Später dann«, fuhr Alani fort, »habe ich mich in unser Zimmer zurückgeschlichen. Ich habe versucht, alles zu vernichten, was auf unsere Identität hinweisen konnte. Anschließend habe ich alles zusammengepackt, was ich tragen konnte, und den Rest weggeschmissen. Nur Lucys Ausweis konnte ich nirgends finden, obwohl ich das ganze Zimmer auseinandergenommen habe. Ich wusste, dass sie ihn irgendwo versteckt hatte, aber wie gesagt, ich habe ihn nicht mehr gefunden.«

Ich muss an das Chaos in Lucys Zimmer denken, als Cass und ich dort eingebrochen waren, an den Ausweis, den ich eingeklemmt zwischen dem Bettrahmen und der Wand entdeckt hatte, so, als sei er, ohne dass Lucy es mitbekommen hatte, in die Ritze gerutscht.

»Ich weiß, wo er ist«, erwidere ich. »Cass und ich haben ihn gefunden.«

Alani schaut mich für einen Moment etwas verwirrt an, dann macht sie weiter. »Ich wusste nicht, welchen Einfluss die Permanenten haben. Es hätte ja sein können, dass sie irgendwelche Leute beauftragt haben, am Fähranleger nach mir Ausschau zu halten. Ich dachte, es ist das Beste, abzuwarten, bis sich alles ein bisschen beruhigt hat. In Lucys Hotelzimmer konnte ich nicht bleiben, und ich konnte auch nicht riskieren, mich im Resort einzumieten, also habe ich mir vor ein paar Tagen ein ziemlich schmutziges Apartment mitten in Kumvit genommen. Und ganz in der Nähe habe ich dich heute Morgen gesehen. Inzwischen habe ich so gut wie gar kein Geld mehr, die Fähren fahren nicht und ich … ich hänge hier fest.«

Ich sitze eine Minute lang nur da und füge das Ganze zu einem Bild zusammen. Alani und ich sind also in einer ganz ähnlichen Situation. Da überfällt mich urplötzlich ein Gedanke.

Cass ist unschuldig. Und ich habe sie und diese ganze Insel vor aller Welt bloßgestellt.

Ich mache mir bewusst, wie weit die Permanenten schon gegangen sind, um sich zu schützen, und was sie alles tun würden, um zu verhindern, dass wir noch mehr Geheimnisse zutage fördern. Die Gefahr ist groß, dass Cass dabei zwischen die Fronten gerät. Ich überlege, ob ich die US-Botschaft anrufen soll, aber bei einem Blick auf mein Handydisplay stelle ich fest, dass ich keine Verbindung habe. Bei Alani ist es dasselbe. Trotz des miserablen Netzes habe ich normalerweise überall auf der Insel immer mindestens einen Balken. Der Sturm muss nahezu das gesamte Inselnetz lahmgelegt haben.

Ich schaue auf die Uhr und stelle erschrocken fest, dass das Gespräch mit Alani schon eine Stunde dauert. Ich blicke mich um. Es ist dunkel geworden und das liegt nicht nur am Sturm. Auch die Sonne, die bis vor Kurzem noch die Wolkendecke durchdrungen hat, wenn auch schwach und nur ab und zu, ist längst untergegangen.

»Wir müssen Cass suchen«, sage ich entschlossen.

Alani zuckt verwirrt zusammen. »Cass?«

»Sie hat mit dem allem überhaupt nichts zu tun. Sie hat weder von Lucy noch von Jacinta etwas gewusst. Aber ich habe sie an den Pranger gestellt und dadurch in Gefahr gebracht.« Unzählige Fragen flackern in Alanis Augen auf, aber ich habe jetzt keine Zeit für Erklärungen.

»Bitte. Ich muss meinen Fehler wiedergutmachen.«

Ich kann fast zusehen, wie die Gedanken durch ihren Kopf wirbeln. Und ich verstehe ihr Zögern. Sie hat mitbekommen, wie diese Leute ihre Freundin ermordet und dann alles vertuscht haben. Sie hat sich tagelang vor ihnen versteckt, ganz allein.

»Ich bleibe bei dir«, muntere ich sie auf. »Ich lasse nicht zu, dass dir etwas zustößt.«

Irgendwann nickt sie schließlich. Und Sekunden später fassen wir einen Plan. Wir wollen Cass suchen und uns dann gemeinsam in Alanis Apartment verstecken. Dort warten wir ab, bis das Handynetz wieder funktioniert, dann rufen wir die US-Botschaft an und bitten um Hilfe.

Ich ziehe Alani von dem Felsen herab und wir laufen los.

Wenige Minuten später brechen wir aus dem Schutz des dichten Dschungels hervor und landen auf der Straße, wo Cass wohnt. Kaum haben wir die Lücke zwischen den Bäumen hinter uns gelassen, ist klar, dass der Sturm mit voller Kraft wütet. Von allen Seiten zerrt der Wind an uns und der Regen prasselt auf uns herab. Jeder Tropfen fühlt sich auf meinen Armen an wie ein Nadelstich, aber ich spüre es kaum. Wir rennen an meinem Motorrad vorbei, das ich am Rand des Dschungels abgestellt habe, und direkt auf Cass' Haus zu. Betrübt stelle ich fest, dass hinter den Fenstern kein Licht brennt, aber dann erkenne ich, dass die ganze Straße im Dunkeln liegt. Auf beinahe der gesamten Insel muss der Strom ausgefallen sein.

Ich schlage mit der Faust mehrfach an die Haustür und hoffe inständig, dass Cass alleine ist, dass ich mich nicht erst mit Logan auseinandersetzen muss. Aber ich bekomme keine Reaktion. Da ist niemand.

»Sie ist weg«, sage ich zu Alani, während wir uns unter Cass' schmalem Türsturz zusammendrängen. »Entweder ist sie von selbst gegangen oder …«

»Sie haben sie schon mitgenommen«, beendet Alani meinen Satz.

Ich versuche, logisch zu denken. Wo könnte sie hingegangen sein? Wo könnten die anderen sie hingebracht haben? Aber meine Gedanken schwärmen wie ein Insektenschwarm wild durcheinander.

»Sollen wir es mal in der Bar versuchen?«, schlägt Alani vor.

»Du meinst das Frangipani?«

Alani nickt.

Ich halte es für unwahrscheinlich, dass sie bei diesem Wetter tatsächlich dort sind, aber einen Versuch ist es wert. Außerdem liegt das Frangipani gar nicht weit von Gretas Apartment und kaum weiter von Neils und Dougs Wohnung entfernt. Wenn wir recht haben mit unserer Vermutung und sie tatsächlich in Gefahr schwebt, dann besteht durchaus die Chance, dass sie irgendwo dort in der Nähe ist.

»Dann los.«

Wir hasten zurück zu meinem Motorrad.

Alani schwingt sich auf den Soziussitz und ich stecke den Schlüssel ins Zündschloss. Der Motor springt an, durchbricht mit seinem Röhren das Regenrauschen und lässt die Sitzbank vibrieren.

Bei jeder Kurve bete ich, dass uns niemand entgegenkommt. Bei der Dunkelheit und dem dichten Regen kann ich nur wenige Meter weit sehen. Das Mietmotorrad, auf dem ich mich in den vergangenen Wochen so sicher gefühlt habe, kommt mir jetzt ziemlich gefährlich vor. Die Regentropfen verschmelzen zu einer dichten Wand aus Wasser, und meine Reifen rutschen über die matschigen Stellen, während Alani meine Hüften umklammert.

Trotz dieser Bedingungen entschließe ich mich, den weiteren Weg zum Frangipani zu nehmen und fahre über die Uferstraße am Tauchladen vorbei. Vielleicht hat Cass sich ja dorthin geflüchtet. Das schwache Licht meines Scheinwerfers kann nur einen kleinen Teil des Strandes beleuchten und der fremdartige Anblick raubt mir den Atem.

Dunkle Wolken hängen tief über dem für gewöhnlich fein säuberlich aufgeräumten Strand, der jetzt mit Palmenblättern und Algen übersät ist, die das Meer ausgespuckt hat. Die sonst so glatte Wasseroberfläche wird von tiefen Wellentälern durchschnitten. Die Brecher krachen mit einer Brutalität auf den Strand, die der der Permanenten in nichts nachsteht. Als wir uns dem Tauchladen nähern, sehe ich auch, dass die Langboote, die normalerweise fest vertäut auf dem Strand liegen, auf die Felsen gespült worden sind.

Der Laden ist, genau wie das Tiki Palms und die umliegenden Bars, fest verrammelt, das bunte abendliche Treiben am Pho Tau Beach nur noch eine ferne Erinnerung. Schon nach wenigen Sekunden ist mir klar, dass dieser Umweg vergeblich war. Das Resort ist menschenleer.

Während wir zurück zur Hauptstraße fahren und schließlich die kleine Nebenstraße zum Frangipani nehmen, rutschen wir an einer glitschigen Stelle aus, sodass mir der Lenker aus der Hand gerissen wird. Ich höre Alanis lauten Aufschrei, aber dann schaffe ich es im allerletzten Moment noch, die Maschine wieder aufzurichten und uns vor einem Sturz zu bewahren.

»Tut mir leid. Wir sind gleich da«, brülle ich, obwohl ich wenig Hoffnung habe, dass Alani mich bei dem Sturm verstehen kann.

Bei der letzten Abzweigung auf den Trampelpfad, der zum Frangipani führt, scheint mir ein grelles Licht vom Straßenrand aus genau in die Augen und blendet mich. Ich war davon ausgegangen, dass alle Inselbewohner zu Hause sitzen und auf das Ende des Sturms warten.

Ich kneife die Augen zusammen und nehme zum Schutz eine Hand vom Lenker. Im selben Augenblick sehe ich einen Schatten von der Seite heranfliegen und direkt vor uns landen.

Ich reiße den Lenker herum und komme von der Fahrbahn ab.

»Brooke!«, schreit Alani und umklammert meine Hüfte, während wir auf die Bäume am Straßenrand zurasen. Erneut versuche ich auszuweichen, aber dann spüre ich, wie mein Vorderrad das Hindernis, das uns vor die Nase geflogen ist, trifft.

Ich segle über den Lenker, die Welt dreht sich im Kreis und der Boden kommt in rasendem Tempo näher.

Und dann bewegt sich gar nichts mehr.

KAPITEL 36

CASS

Allmählich verändern sich Gretas Züge. Alle Emotionen weichen aus ihrem Gesicht und ihre Augen werden hart wie zwei Perlen. Hochkonzentriert wie ein Raubtier, bereit zum Angriff.

Sie springt auf mich zu.

Ich drehe mich um und stürze den Flur entlang. Greta ist fast im selben Moment bei mir, so dicht, dass ihre ausgestreckten Finger die Haut in meinem Nacken ritzen. Ich werfe mich gegen die Badezimmertür, dem einzigen Ort hier, der mir so etwas wie Schutz bieten kann.

Und dann spüre ich sie. Ihre Hand krallt sich in die Kapuzenjacke, die ich übergestreift habe, und reißt sie mir einfach vom Leib. In meinem Eifer, ihr Telefonat zu belauschen, habe ich vergessen, den Reißverschluss zuzumachen.

Damit hat wiederum Greta nicht gerechnet. Sie gerät durch den plötzlichen Ruck aus dem Gleichgewicht, sodass ich einen Schritt Vorsprung bekomme. Mit einer blitzschnellen Drehung gelange ich zurück in das kleine Badezimmer und will die Tür zuziehen, aber sie ist schneller, umklammert das Türblatt von außen und zerrt daran. Ich halte dagegen, so gut ich nur kann, und lege all die Wut hinein, die sich im Lauf des Tages in mir angestaut hat. Zuerst auf Brooke, dann auf Logan und jetzt auf Greta. Auf all die Menschen, denen ich bedingungslos vertraut habe, nur um von ihnen hintergangen zu werden.

Schmerz durchdringt meine Oberarmmuskeln, und es fühlt sich an, als könnten die Sehnen jeden Moment reißen. Aber ich lasse nicht locker, bis ich merke, dass der Spalt schmaler wird und Gretas Finger zwischen der Tür und dem Rahmen eingeklemmt werden. Als sie ihre Hand, begleitet von einem Schmerzensschrei, schließlich wegzieht, kracht die Tür so fest ins Schloss, dass das ganze Haus zu vibrieren scheint. Die Verriegelung funktioniert problemlos, sie ist einfach und billig. Und leicht aufzubrechen.

Ich habe nicht viel Zeit.

Gretas Schritte entfernen sich, aber ich weiß, dass sie bald zurück sein wird. Fieberhaft durchsuche ich das spartanisch eingerichtete Badezimmer nach irgendetwas, womit ich mich verteidigen kann. Meinc nassen Kleider liegen auf dem Fußboden verteilt. Auf dem Waschbecken stehen ein Seifenspender aus Plastik und ein Zahnbürstenhalter, daneben eine Kerze, die zuckende Schatten auf die Wandfliesen wirft.

Und dann sehe ich es. Ein Fenster, relativ hoch, direkt über der Toilette. Meine einzige Fluchtmöglichkeit.

Hinter mir ertönen die ersten lauten Schläge, so kraftvoll, dass sie das ganze Badezimmer erzittern lassen. Es hört sich an, als würde Greta sich mit voller Wucht gegen die Tür werfen. Bei jedem Aufprall ertönt lautes Knarren, biegt sich das Holz unter der Wucht ihres Gewichts. Die Kerze wackelt bedenklich auf dem Waschbeckenrand, bis sie schließlich zu Boden fällt und das Badezimmer in Dunkelheit taucht.

Jetzt oder nie.

Während meine Augen sich an die Lichtverhältnisse gewöhnen, schnappe ich mir mein klatschnasses T-Shirt vom Fußboden und wickele es mir so oft wie nur möglich um den Ellbogen. Ich versuche, sämtliche Gedanken aus meinem Kopf zu vertreiben, aber wie gewöhnlich kennen sie alle nur ein Ziel.

Robin.

Unter dem gewaltigen Druck, der von allen Seiten auf mich einwirkt, wird auch meine Erinnerung immer dichter, wird wie zu einem Diamanten gepresst, und mit einem Schlag ist alles wieder da. Der Strand während der Vollmondparty. Ich ziehe mich unter einem Vorwand von den anderen zurück, sodass die Musik zu einer Art ferner Erinnerung wird und bereitwillig dem Xanax weicht, das mich in einen sentimentalen Schleier hüllt. Ich suche mir einen Platz bei den Bäumen, die den Strand von der Straße trennen. Dort bohre ich meine Zehen in den Sand und rede mir ein, dass Robin bei mir ist, dass sie das Leben lebt, das sie sich immer erträumt hat, das sie verdient hat. Bevor ich einschlafe, weht die sanfte Abendbrise eine Frauenstimme an mir vorüber. »Nein, nein, nein.«

Das waren nicht meine Worte. Auch nicht Lucys. Und wenn doch, dann war ich nicht der Grund dafür.

Ich erinnere mich, wie ich aufgewacht bin, desorientiert und mit trockenem Mund. Wie ich zu meinem Motorrad zurückgegangen und dabei über etwas gestolpert bin, was am Strand lag. Ein Handy. Wie ich es in die Tasche meiner Shorts gesteckt habe, um es am nächsten Morgen in die Fundkiste des Tauchladens zu legen. Es muss mir noch am Abend aus der Tasche gefallen sein, vielleicht als ich meinen Pyjama angezogen habe, und als ich dann am nächsten Morgen aufgewacht bin, war meine Erinnerung komplett ausgelöscht. Alles, was mir geblieben ist, war das vage Gefühl, dass ich irgendetwas in meiner Tasche mit nach Hause gebracht hatte. Deshalb also hat Brooke Lucys Handy unter meinem Bett gefunden.

Trotz allem, was sich gerade vor Gretas Badezimmertür abspielt, empfinde ich ein wenig Erleichterung. Ich habe Lucy nicht umgebracht.

Ich klappe den Toilettendeckel herunter und stelle mich darauf. Hoffentlich hält er! Und bevor ich noch darüber nachdenken kann, was ich da eigentlich mache, lege ich mein ganzes Gewicht in einen Ellbogenschlag gegen die Fensterscheibe. Sie wackelt nicht einmal und ich werde mit heftig schmerzendem Arm nach hinten geschleudert.

Jetzt taucht die Erinnerung an dieses alte Familienvideo wieder auf, wie Robin und ich hinter unserer Mutter hergerannt sind: »Du bist meine große Schwester. Du kannst alles.«

Ich ignoriere die Schmerzen und hole noch einmal aus, die Hand zur Faust geballt, sodass sich die Nägel in meine Handfläche bohren. Und ich lege all meine Kraft in diesen einen Schlag.

Dieses Mal zeigt der Aufprall sofort Wirkung.

Scherben fliegen mir um die Ohren und ich kneife instinktiv die Augen zusammen. Glasfragmente landen in meinem Gesicht und auf meinen nackten Armen, und als ich endlich die Augen öffne, rieseln feine Splitter aus meinen Wimpern. Ich wickele mir das zusammengeknüllte T-Shirt um die Hand und fahre damit am Fensterrahmen entlang, um so viele Scherben wie möglich zu entfernen.

Jetzt.

Die Toilettenschüssel schwankt unter meinem Gewicht, aber ich habe keine andere Wahl. Meine Finger umklammern den Fensterrahmen, sodass sich die verbliebenen Glassplitter in meine Handflächen bohren. Ich ziehe mich allein mit der Kraft meiner Oberarme nach oben und bin froh um jeden einzelnen Tag, an dem ich die Sauerstoffflaschen aus dem Tauchladen zum Übungspool geschleppt habe.

Bis mir bewusst wird, wie still es plötzlich geworden ist. Seit fast einer Minute habe ich keinen Ton mehr von Greta gehört.

Wie auf Kommando dröhnt jetzt ein lauter Knall durch das Badezimmer. Ich kauere auf dem Fensterbrett wie eine Kunstturnerin am Beginn ihrer Stufenbarrenübung. Trotzdem werfe ich einen schnellen Blick zurück zur Tür. In der Mitte hat sich ein Schlitz aufgetan. Links und rechts davon ist das Holz aufgesplittert.

Dann ertönt der nächste Knall und ein zweiter Schlitz tut sich auf, fast unmittelbar neben dem ersten. Das Loch wird größer. Ich sehe etwas Metallisches aufblitzen. Ein Messer, nur wenige Zentimeter von meiner Wade entfernt.

Greta hackt sich durch die Tür.

Ich bin erst zur Hälfte aus dem Fenster und versuche, den Glasscherben, die sich in meinen Oberkörper bohren, so wenig wie möglich Beachtung zu schenken, da hat sie es geschafft.

Ich wage nicht, mich umzudrehen. Und selbst wenn ich es versucht hätte, ich könnte sie aus meiner Position gar nicht sehen. Stattdessen trete ich mit aller Macht nach hinten aus.

Aber ich treffe auf keinerlei Widerstand. Ich fluche leise, kralle die Fingernägel in den Fensterrahmen, um das Gleichgewicht zu halten, und höre ein metallisches Klirren. Mein Tritt hat Greta zwar nicht getroffen, aber offensichtlich so überrascht, dass ihr das Messer aus der Hand gefallen ist.

Meine Erleichterung hält nicht lange an.

Fast gleichzeitig packt sie meine Fußgelenke mit festem Griff. Dann zerrt sie daran und zieht mich nach hinten, sodass die Glassplitter mir den Bauch aufschürfen und sich tiefer in mein Fleisch fressen.

Noch ein Ruck.

Ich komme hier nicht weg. Ich bin verletzt. Ich blute, liege auf Glassplittern in einem Fensterrahmen, halb draußen, halb drinnen, ungefähr einen Meter über dem Boden.

Und dann denke ich an Lucy, die auf dem Meeresgrund zurückgelassen wurde. Und an Jacinta, an ihren zerschmetterten Körper auf den Felsen am Fuß des Khrum Yai. An Daniel und seine aufgeschlitzte Kehle, aus der nie wieder ein dummer Spruch kommen wird.

Und natürlich denke ich an Robin in diesem Hotelbett.

Und ich trete noch einmal aus. Für sie. Für mich.

Dieses Mal höre ich ein Knacken, als mein Fuß Gretas Gesicht trifft, und anschließend einen leisen Schmerzenslaut. Sie lässt meine Fußgelenke los.

Ich nutze diese Freiheit und krabbele weiter, spüre die Glassplitter an meinem Oberkörper, meinen Hüften und schließlich an meinen Oberschenkeln.

Dann bin ich frei und falle zu Boden.

Ein schmatzendes Knacken ertönt, als ich auf dem Asphalt lande.

Ich liege für einen Moment still und versuche, das Ausmaß meiner Verletzungen abzuschätzen. Als ich meine Position ein klein wenig verändern will, jagt ein glühend heißer Schmerz durch mein Schienbein. Mehrere tiefe Schnitte ziehen sich über meinen Oberschenkel. Die habe ich den im Fensterrahmen verbliebenen Glassplittern zu verdanken. Verblüfft registriere ich, wie sich der Asphalt um mich herum dunkelrot verfärbt. Schnell, viel zu schnell. Allerdings spült der Regen das Blut gleich wieder die Straße hinunter. Ich müsste das Bein eigentlich abbinden, um die Blutung zu stoppen, aber dafür ist jetzt keine Zeit.

Ich muss aufstehen. Ich muss weiter.

Es wird nicht lange dauern, bis Greta sich von meinem Tritt erholt hat. Sie wird nur wenige Sekunden brauchen, bis sie aus dem Badezimmer auf die Straße gelaufen ist. Ich blicke mich nach beiden Seiten um. Im dichten Regen ist es nicht leicht zu erkennen, aber es scheint, als sei sonst niemand auf der Straße. Das bedeutet also: keine Zeugen.

Dieser Gedanke reicht aus, um mich auf die Beine zu bringen. Jede Bewegung fühlt sich so an, als würde ich bei lebendigem Leib in Stücke geschnitten werden, aber ich lasse mich davon nicht aufhalten. Nach einer gefühlten Ewigkeit stehe ich aufrecht da, gerade rechtzeitig, um ein krachendes Geräusch zu hören.

Die Haustür wird aufgestoßen.

Ich drehe mich um und sehe Greta auf der Straße stehen. Rote Flüssigkeit läuft ihr aus der Nase. Nur wenige Sekunden, dann wird sie bei mir sein.

Ich renne los. Mein rechtes Bein lahmt und bei jedem Schritt schießt mir ein brennender Schmerz durch den Körper. Aber das Adrenalin ist stärker.

Ich gelange bis zum Ende der Straße, doch bei jedem Schritt höre ich, wie sie näher kommt. Ohne nachzudenken, biege ich um die Ecke, laufe quer über die leere Kreuzung und halte mich links, renne blind vor Schmerzen weiter, während rote und schwarze Blitze auf meiner Netzhaut zucken.

Nach wenigen Schritten wird mir klar, dass ich sie nicht mehr hören kann. Habe ich sie etwa abgehängt?

Das kann nicht sein. Sie muss schneller sein als ich.

Ich drehe mich um, ohne anzuhalten, aber der Regenvorhang ist so dicht, dass ich sie nirgendwo sehen kann. Immer noch im Laufen, blinzele ich mehrfach und versuche, all das Blut und das Wasser aus den Augen zu bekommen.

Ich hebe den Blick und im selben Moment stoße ich mit etwas zusammen.

Die Wucht des Zusammenpralls lässt darauf schließen, dass es ein Lastwagen ist, jedenfalls schreit jeder Zentimeter meines Körpers auf vor Schmerz, und ich werde zu Boden geschleudert, lande auf dem Rücken. Mir wird schwarz vor Augen, und ich klammere mich an das bisschen Bewusstsein, das ich noch habe.

Ganz allmählich kann ich wieder etwas sehen, allerdings irgendwie verpixelt, wie bei einem schlechten Handyvideo.

Die Farben fügen sich zu einem vertrauten Bild zusammen, und jetzt wird mir klar, wieso Greta mich nicht weiter verfolgt hat.

Langsam gleitet mein Blick höher, nimmt die muskulösen, tätowierten Waden, die von Jahren in der Sonne ausgebleichten Surfershorts, die regennassen, zurückgestreiften Locken wahr.

»Es tut mir so leid, Liebes.« Die Stimme klingt so vertraut, als wäre sie ein Teil von mir.

Logan.

KAPITEL 37

BROOKE

Als ich zu mir komme, läuft mir etwas Nasses in die Augen. Dann wird allmählich die Erinnerung wieder wach: der Sturm, das Licht, der Unfall. Ich wische mir mit den Händen übers Gesicht, aber als ich sie wieder wegnehme, sind sie mit etwas Dickerem, Dunklerem als Regenwasser bedeckt.

Ich blute. Ich weiß nicht, woher das Blut kommt, ja nicht einmal, wo es mir wehtut. Bis es mir wieder einfällt.

Alani.

»Alles in Ordnung, Brooke«, sagt sie mit schmerzverzerrter Stimme. Erst jetzt wird mir klar, dass ich ihren Namen gerufen haben muss. Sie liegt nicht weit von mir entfernt. Ich drehe mich zu ihr um, kann aber immer noch nur verschwommen sehen. Der Regen und das Blut machen es auch nicht besser.

Dann höre ich noch etwas – Schritte, die von der anderen Seite näher kommen.

»Na, so was, du schon wieder, Brooke. Und wer ist das?« Die Stimme klingt vertraut, aber ich kann sie in dem prasselnden Regen nicht eindeutig zuordnen. Irgendwann erkenne ich dann ein Paar schmutzige Tennisschuhe. Gleichzeitig versuche ich, mich aufzurappeln.

Jemand schnalzt tadelnd mit der Zunge, und dann sagt die Stimme: »Nicht so hastig. Komm, ich helfe dir.«

Ich werde auf die nackten Füße gezogen – die Flip-Flops muss ich wohl bei dem Unfall verloren haben. Der Ruck ist so heftig, dass ich das Gefühl habe, als würde mir die Schulter ausgerissen. Ich schreie laut auf, aber das nützt auch nichts. Schließlich stehe ich, gestützt auf einen Arm, der sich um meinen Rücken gelegt hat, einigermaßen aufrecht da und blicke in das Gesicht neben mir. Die zotteligen Haare, nass und verfilzt, stecken unter einer schwarzen Sweatshirtkapuze. Haselnussbraune Augen und kurze blonde Bartstoppeln am Kinn.

»Doug«, bringe ich mit trockenem Mund hervor. Ich drehe ganz leicht den Kopf, und sofort schießt mir der Schmerz in den Hals, dann sehe ich einen Palmenzweig, dick wie ein Baumstamm, quer über der Straße liegen. Das ist die Unfallursache. Doug muss ihn vor mein Motorrad geworfen haben, als er uns hat kommen sehen. Er wollte, dass wir stürzen.

»Halt's Maul, du Schlampe.« Der neckische Tonfall von vorhin ist längst Vergangenheit. Ich denke daran, wie oft ich schon ähnlich lautende Kommentare unter meinen Instagram-Fotos gelesen habe. Aber das hier ist etwas anderes. Es dauert einen Augenblick, bis ich Dougs Feindseligkeit einordnen kann, aber dann fällt mir mein Instagram-Post wieder ein, mit dem ich meinen Followern die Geheimnisse von Koh Sang preisgegeben habe. Ich habe die Augen der Weltöffentlichkeit auf dieses Paradies gelenkt, wo Menschen nur bleiben, wenn sie vor etwas entkommen wollen. Doug ist da auch nicht anders als die anderen.

Mein Blick gleitet über seine breite Brust und seine schwarze Sweatshirtjacke. Kaltes Entsetzen ergreift mich. Ich hatte angenommen, dass Daniel der Mann im schwarzen Kapuzenshirt war, der neulich versucht hatte, in Lucys Zimmer einzudringen. Aber das stimmt nicht. Das war Doug gewesen.

Bevor ich das aussprechen kann, schleift Doug mich mit sich. Meine kraftlosen Zehen hinterlassen dünne Schleifspuren im Schlamm.

»Und du kommst auch mit, wer immer du verdammt noch mal bist«, herrscht er Alani an.

Sie schreit auf, und mir wird klar, dass er stark genug ist, um sie mit seinem anderen Arm ebenfalls mitzuschleppen.

»Wo bringst du uns hin?«, will ich wissen, aber ich kann mich selbst kaum hören. Alles klingt, als würde es aus einem Kilometer Entfernung kommen.

Seine Antwort jagt mir einen kalten Schauer durch die Knochen.

»Das merkt ihr noch früh genug.«

KAPITEL 38

CASS

Logan hilft mir auf. Wie so oft spüre ich seine Hände auf meinen Armen.

Ich hatte nicht darüber nachgedacht, wie ich ihm bei unserer nächsten Begegnung gegenübertreten würde, aber ich war fest davon ausgegangen, dass ich dann fuchsteufelswild wäre. Er hat mich schließlich nicht nur belogen und unsere Verlobungsringe vertauscht, sondern sogar versucht, mir einzureden, dass ich Lucy umgebracht habe.

Aber kaum habe ich ihn wahrgenommen, fühle ich mich unwillkürlich sicher. Er rettet mich vor Greta, so wie er mich vor dem verpfuschten Leben gerettet hat, das ich in Hudson zurückgelassen habe. Er ist Logan, mein Verlobter, der Mann, den ich liebe.

Kurz durchzuckt mich die Panik, als mir einfällt, dass Greta irgendwo hinter mir sein muss. Aber als ich mich umdrehe, ist sie nirgendwo in Sicht.

Logan stellt mich auf die Füße und stützt mich und ich klammere mich an seinem Shirt fest.

»Logan, was ist denn bloß los?« Die Verzweiflung in meiner Stimme lässt sich nicht überhören. Wie sehr ich jetzt die Zusage brauche, die er mir neulich abends gegeben hat, als er mir versprochen hat, dass alles gut werden wird.

Aber in meiner Frage schwingt so vieles mit und seine Erwiderung ist auf nichts eine Antwort.

»Es tut mir leid. Ich wollte nicht, dass es so weit kommt.«

Ich bin vollkommen verwirrt, aber noch bevor er zu einer Erklärung ansetzen kann, fange ich an, mich zu verteidigen. »Logan, ich kann mich wieder an den Abend, als Lucy gestorben ist, erinnern. Ich war am Strand, aber ich habe sie nicht umgebracht. Und auch die anderen nicht.« Meine Stimme klingt schwach.

»Ich weiß«, entgegnet Logan. Sein Tonfall ist sanft, aber etwas in seinen Worten löst ein unangenehmes Kribbeln auf meiner Haut aus.

»Aber du hast gesagt …« Das kann doch nicht wahr sein. Bitte, mach, dass das nicht wahr ist.

Er betrachtet mich kurz, ohne zu antworten. Sein Blick wandert über mein Gesicht, und mit einem Mal komme ich mir vor wie ein kleines Kind, das von seinen Eltern wissen will, wieso sie ihm so lange vorgemacht haben, dass es einen Weihnachtsmann gibt. Aber Logans Lügen sind etwas anderes. Er hat mich glauben lassen, dass ich einen Mord begangen habe.

Er verlagert sein Gewicht ein wenig und drückt mich an sich. Während die Erleichterung darüber, dass ich Greta entkommen bin, langsam abnimmt, baut meine Wut sich immer mehr auf. Allmählich passt alles zusammen und ich sehe unsere gesamte Beziehung in einem neuen Licht.

Er war so sauer auf mich, weil ich ihm über meine Vergangenheit nicht die Wahrheit gesagt habe. Aber was ist mit ihm? Alles, was er mir erzählt hat, war eine Lüge.

»*Du.* Du hast Lucy ermordet. Und Jacinta. Oder etwa nicht? Wie konntest du nur!« Meine Stimme ist kalt, ganz fremd und Logan zuckt zusammen.

»Ich habe sie nicht umgebracht«, entgegnet er mit funkelndem Blick.

»Und wie kommt dein Verlobungsring dann neben Lucys Leichnam?« Er macht den Mund auf, will protestieren, aber ich fahre ihm sofort über den Mund. »Ich weiß, dass es dein Ring war. Ich weiß, dass du dir meinen genommen hast. Ich weiß, dass du sie ermordet hast.«

Weil es so ist. Ich glaube, ein Teil von mir hat es schon immer gewusst, seit ich von Jacintas Tod erfahren habe. Aber ich wollte es einfach nicht glauben. Ich habe seine Lügen in großen Bissen verschlungen, war immer die geduldige Freundin, die allzu leicht zu täuschende Partnerin.

Er seufzt. »Ich habe sie wirklich nicht umgebracht«, wiederholt er resigniert. »Aber ich habe geholfen, ihre Leiche zu verstecken. Darum hast du meinen Ring dort gefunden. Irgendwann muss meine Halskette aufgegangen sein. Ich habe sie noch am selben Abend in meinen Kleidern gefunden, aber ohne den Ring. Und später habe ich dann unsere beiden Ringe vertauscht, damit es so aussieht, als wäre meiner deiner.«

Das alles kommt mir völlig surreal vor. Noch vor wenigen Tagen habe ich den Heiratsantrag dieses Mannes angenommen und geschworen, den Rest meines Lebens mit ihm zu teilen. Und jetzt stellt sich heraus, dass ich ihn überhaupt nicht kenne. Meine Schwindelgefühle lassen diese Erkenntnis zusehends verschwommener werden. Ich werfe einen verstohlenen Blick hinab auf mein Bein, aus dem immer noch Blut fließt.

»Aber warum?«, stoße ich endlich hervor. Ich will unbedingt die Zusammenhänge begreifen. »Warum hast du das getan? Und, großer Gott, was hat dieses arme Mädchen verbrochen, dass sie den Tod verdient hatte?«

Er senkt den Blick, als könnte er es vor Scham nicht ertragen, mich anzusehen. Gut so. Das ist wirklich das Mindeste.

»Du musst das verstehen. Wir wollten nicht, dass das passiert. Es war so nicht geplant. Greta dachte, sie könnte das Ganze mit einer Warnung aus der Welt schaffen. Sie wollte sich mit dem Mädchen treffen …«

»Mit Lucy«, verbessere ich ihn. »Ihr Name war Lucy.«

»Ähm, genau«, sagt er und leise Verwunderung huscht über sein Gesicht. »Greta wollte *Lucy* klarmachen, dass sie aufhören soll, überall Schmutz aufzuwühlen. Sie hat alle möglichen Fragen gestellt …«

»Was denn für Fragen?«

Er gibt keine Antwort, aber ich weiß, worauf er anspielt. Die andere Tote. Jacinta.

»Es ist einfach aus dem Ruder gelaufen«, fährt Logan fort.

»Und dann hat Greta es getan.« Ich muss beinahe lachen, so absurd hätte diese Feststellung noch vor einer Stunde geklungen, als Greta noch die Unschuld in Person war.

Aber als Logan nickt, bin ich nicht weiter überrascht.

»Greta hat Hilfe gebraucht. Wir wussten nicht, was wir mit dem Mädchen – Lucy – anfangen sollten. Die Vollmondparty war ja in vollem Gang und wir konnten sie schlecht an allen anderen vorbeischleppen. Also haben wir sie im Wasser gelassen. Doug und ich sind getaucht und haben sie mitgenommen. Dann haben wir sie an den Korallen festgemacht, damit sie nicht auftreibt. Es sollte eigentlich nur etwas Vorübergehendes sein. Ein Ort, wo sie in Frieden ruhen kann, bis wir etwas Besseres gefunden haben.«

In Frieden. Bei den Worten dreht sich mir der Magen um. Greta hat Lucy getötet, und Logan hat ihr geholfen, die Tat zu vertuschen. Nichts daran war friedlich.

»Wir hätten nicht gedacht, dass du sie findest«, macht Logan weiter. »Doug hatte die Tauchgänge für den nächsten Tag getauscht und du hättest mit deiner Gruppe eigentlich zuerst nach Turtle Cove fahren sollen. Du wärst beschäftigt gewesen und wir hätten sie dann irgendwo anders hingebracht. Es wäre ja immer noch so früh gewesen, dass niemand sonst beim Tauchladen herumgeschnüffelt hätte. Aber dann haben sich die Dinge … na ja, du weißt schon …«

Ich denke zurück an jenen Morgen. Wie Doug mir in der letzten Minute mitgeteilt hat, dass wir bei Turtle Cove tauchen sollen, und wie dann der Bootsmotor nicht anspringen wollte, sodass wir doch beim ursprünglichen Plan geblieben sind: Tauchen vor der Küste. Es wäre in vielerlei Hinsicht so viel einfacher gewesen, wenn der Motor funktioniert hätte. Dann hätte ich Lucy niemals entdeckt. Logan, Greta und Doug hätten sich eine realistischere Geschichte ausgedacht, was mit ihr passiert sein könnte. Ich wäre jetzt nicht hier und würde nicht den Mann, den ich zu lieben geglaubt habe, zur Rede stellen, während gleichzeitig möglicherweise die letzten Minuten meines Lebens verstreichen.

»Wenn alles nach Plan gelaufen wäre …« Ich zwinge diese Frage an der aufsteigenden Galle in meiner Kehle vorbei. »… was hättet ihr dann mit Lucys Leichnam gemacht?«

Logan seufzt erneut. »Cass, das brauchst du wirklich nicht zu wissen, das ist nicht …«

»Sag schon.«

Logan hält inne, bevor er schließlich doch zögerlich zu einer Antwort ansetzt. »Doug und ich wollten sie aus dem Wasser holen, während du bei Turtle Cove bist. Wir wollten sie in eine der Planen wickeln, mit denen wir die Frangipani-Terrasse abdecken, wenn es regnet. Und dann wollten wir sie … also, wir wollten sie in die Mitte der Insel bringen. Da, wo die Einheimischen ihren Müll und so weiter verbrennen. Und da …« Er räuspert sich. »Da wollten wir sie dann entsorgen.«

Vergeblich versucht mein Geist, zu erfassen, was er da gerade gesagt hat.

»Anschließend hätten wir sie als vermisst gemeldet«, fährt er fort, als ich stumm bleibe. »Und hätten die Polizei ihre Schlussfolgerungen ziehen lassen.« Er verstummt und sieht mich an. Aber dieses Mal vermitteln seine dunkelblauen Augen mir weder

Wärme noch Liebe. Stattdessen wird mir kalt. Furchtbar kalt. »Wir wollten dich da niemals mit reinziehen, ganz ehrlich.«

Ich denke an seine Hände, die Hände, die mein Gesicht umfasst haben, wenn wir uns geküsst haben, die unzählige Male die Konturen meines Körpers nachgezeichnet haben, die ich in meinen halten wollte, bis wir alt werden. Und dann denke ich daran, dass diese Hände Lucys leblosen Körper hinaus aufs Meer gezogen haben, dass sie sie einfach wegwerfen, verbrennen wollten. Wie Müll.

Es gibt so vieles, was ich ihm sagen will. Ich möchte schreien und kreischen und ihn Arm um Arm und Bein um Bein in Stücke reißen, nicht nur für das, was er Lucy angetan hat, sondern auch für das, wie er mich behandelt hat. Er hat mich betrogen, mich manipuliert, mich belogen. Doch als ich den Mund öffne, fällt mir nur ein einziger Satz ein, ein Satz, der alles enthält, was ich empfinde.

»Ich kenne dich überhaupt nicht.«

Er verzieht das Gesicht, als hätte ich ihm eine Wunde geschlagen. »Du verstehst das nicht. Das alles habe ich nur für dich getan. Für *uns*. Damit wir weiter gemeinsam hier leben können. Ich wollte doch nicht, dass du da mit reingezogen wirst. Und als ich Brookes Post gelesen habe, da war ich verletzt, wirklich verletzt, Cass. So viele Lügen, du musst verstehen …« Er verstummt. Ob ihm die Heuchelei in seinen Worten bewusst geworden ist? »Ich wollte doch nie etwas anderes als dich. Ein friedliches Leben auf dieser Insel, zusammen mit *dir*.«

»Nein!« Der Zorn kocht in mir hoch und trotz meines blutenden Beins und des Blutverlustes kehrt die Kraft in meine Muskeln zurück. »Das hast du nicht für mich getan. Du hast keinen einzigen Gedanken an mich verschwendet. Das alles hast du ganz allein für dich getan.«

»Ach, glaub doch, was du willst.« Der Schmerz auf seiner

Miene verhärtet sich, seine perlengleichen Augen sehen nun hart wie Stein aus. »Du hättest nicht in irgendwelchen Dingen rumschnüffeln dürfen, die dich nichts angehen. Warum konntest du das nicht einfach lassen? Und dann hast du dich auch noch mit dieser Brooke angefreundet.« Wie ein Schimpfwort spricht er ihren Namen aus. »Wenn du sie nicht angeschleppt hättest, hätte sie diesen Post vielleicht niemals geschrieben. Dann wäre vielleicht alles noch so wie früher.«

»Nein«, entgegne ich. »Das schiebst du mir nicht erneut in die Schuhe. Und Brookes Schuld ist es genauso wenig wie meine.«

Ich merke, wie der Boden unter meinen Füßen schwankt und dass Logans Arm immer noch um meine Hüfte liegt. Wenn er mich nicht stützen würde, würde ich einfach umkippen. Aber war es nicht immer ganz genau so? Seit ich hierhergezogen bin, war ich immer in allem von ihm abhängig. Ursprünglich habe ich mich auf den Weg gemacht, um herauszufinden, wer ich bin, und um mir ein eigenes Leben aufzubauen. Und was ist dabei herausgekommen? Ich habe Logan gefunden.

Einerseits möchte ich ihm alle möglichen Fragen stellen. Ich möchte verstehen, warum diese drei Menschen sterben mussten. Andererseits möchte ich weglaufen, so schnell wie möglich diesen Ort verlassen und weder Logan noch Greta noch die anderen jemals wiedersehen müssen.

Logan stapft los und zieht mich in Richtung Ende der Straße. Ich will ihn aufhalten, stemme mich mit meinem ganzen Gewicht dagegen, aber ohne jede Wirkung. Er zerrt mich weiter, als wäre ich gar nichts, und dann sehe ich auch die dünne rote Spur, die ich auf dem Asphalt hinterlasse.

Ich richte den Blick auf sein Gesicht. Er hat die Lippen zusammengepresst und die Zähne fest aufeinandergebissen. Und da wird mir klar, dass auch er mich nicht kennt.

Er sieht nur meine Schwäche, meine Nachgiebigkeit, genau

das, was sie alle immer nur gesehen haben. Greta, Brooke, mein Vater. Sie haben nie erfahren, wer ich wirklich bin, wer ich sein könnte, wenn ich mir nur selbst eine Chance geben würde.

Angefangen bei Jacintas tödlichem Sturz, war ich bei jedem einzelnen Todesfall zu feige, um ihn zur Rede zu stellen. Ich wollte es nicht wissen und wollte niemanden verärgern oder unnötige Aufmerksamkeit auf mich ziehen. Darum habe ich geschwiegen. Habe meinen Argwohn für mich behalten. Ich war das brave Mädchen, genau das, was diese Inselfamilie von mir erwartet hat. Das stille Wasser.

Aber damit ist jetzt Schluss. Das brave Mädchen lebt nicht mehr.

Ich reiße den Mund weit auf und sammle alle Energie, die ich noch in mir habe. Und dann schreie ich.

KAPITEL 39

BROOKE

Doug lässt mich in den Schlamm fallen, dass meine Knochen krachen. Ich höre Alani neben mir landen und strecke die Hand nach ihr aus. Sie nimmt sie und drückt sie leicht.

Ich blinzele mehrfach und versuche, mit meinen vernebelten Augen den vertrauten Anblick um mich herum wahrzunehmen. Logan hat zwischen den Holzpfosten auf der Terrasse eine Plane gespannt, die einen gewissen Schutz bietet, aber der Wind treibt den Regen von allen Seiten herein.

Ich sehe mich in der baufälligen Kneipe um, die jetzt wie ein verlassenes Stück Brachland wirkt. Überall liegen Blätter und Zweige herum, die der Sturm aus dem Dschungel über die Straße gefegt hat, und auch den einsamen Picknicktisch hat der Wind umgekippt. Die Lichterketten, die um diese Zeit normalerweise leuchten, sind dunkel. Dafür verbreiten vier Bauscheinwerfer, die mir bis jetzt noch nie aufgefallen waren und die an den vier Ecken der Terrasse montiert sind, ihr grelles, von einem Generator erzeugtes Licht. Es fällt auch auf die beiden Menschen, die jetzt vor uns stehen. Doug und Greta. Ihre Nase ist mit Blut verkrustet und auf ihrer Wange bildet sich ein deutlich sichtbarer blauer Fleck.

Doug tritt auf mich zu. Sekunden später spüre ich seine Hände und muss mich zusammenreißen, um nicht zurückzuzucken. Ein raues Seil schneidet mir in die Haut, als er meine Füße fesselt und mir die Hände auf den Rücken bindet.

Ich versuche, ihn zu treten, aber er hält mich mit einer Hand locker in Schach. Dann sehe ich zu, wie er dasselbe bei Alani macht, die nur wenige Meter von mir entfernt im Schlamm sitzt. Schuldgefühle brechen in mir auf. Ich hätte sie in ihr Apartment zurückbringen und mich alleine auf die Suche nach Cass machen sollen. Nach allem, was dieses bedauernswerte Mädchen durchgemacht hat, habe ich sie jetzt auch noch in Lebensgefahr gebracht. Ich muss an mein Versprechen denken, dass ich auf sie aufpassen werde, und mir wird übel. Am liebsten würde ich Doug von ihr wegzerren, würde zu ihr laufen und sie beschützen. Aber gefesselt, wie ich bin, gibt es dafür absolut keine Möglichkeit.

Für einen kurzen Moment habe ich Angst, dass er uns knebelt, damit wir nicht schreien können, aber dann wird mir klar, dass das gar nicht notwendig ist. Bei diesem Sturm ist hier in der Gegend sowieso niemand unterwegs. Und selbst wenn, dann würden sie bei dem Getöse nicht das Geringste hören.

Kurz darauf sehe ich eine dritte Person eintreffen, einen Mann. Er kommt mit hastigen Schritten näher, als hätte er sich verspätet. Ich erkenne den kräftigen Oberkörper auch von hinten, aber als er die Kapuze seines Anoraks abnimmt und der rote Haarschopf über dem sommersprossigen Gesicht zum Vorschein kommt, sinke ich noch ein Stückchen tiefer in den Schlamm.

Die Enttäuschung, die mich jetzt ergreift, ist unvorstellbar groß. Das Einzige, was sich annähernd damit vergleichen lässt, ist das Gefühl, das ich nach Eric hatte. Aber Neils Verrat verletzt mich noch mehr. Ich dachte, er sei anders. Ich dachte, bei ihm könnte ich endlich genügend Sicherheit finden, um meine Gefühle für einen anderen Menschen zuzulassen. Aber ich habe mich geirrt.

Jetzt steht er mit gesenktem Kopf neben Greta und weicht meinen Blicken aus.

Ein Schrei ertönt, ein durchdringendes Kreischen, und zwar ganz in der Nähe. Als ich mich umdrehe, sehe ich, wie Logan einen leblosen Körper auf den Boden neben dem Picknicktisch legt. Es dauert einen Augenblick, bis ich Cass erkannt habe. Um sie herum sammelt sich Blut und auch Logans Shirt weist zahlreiche rote Flecken auf. Ihre Kleider sind vom Regen vollkommen durchweicht und kleben ihr an der Haut. Sie sieht so klein und geschlagen aus. Wie konnte ich nur je annehmen, dass sie hinter all diesen Grausamkeiten steckt?

Hilflos sehe ich zu, wie Doug ihr die Arme auf den Rücken bindet, so wie er es schon bei mir und Alani gemacht hat. Allerdings fesselt er ihr nicht auch noch die Füße. Anscheinend ist er zum selben Schluss gekommen wie ich: Nachdem sie so viel Blut verloren hat, würde sie nicht allzu weit kommen.

Ich starre sie an. Sie ist so blass wie nie. Und als könnte sie meinen Blick spüren, dreht sie sich zu mir um und sieht mich an. Trotz des Blutverlustes sind ihre Augen klar und wach.

»Es tut mir leid«, sage ich leise. »Das alles tut mir leid.«

»Mir auch«, erwidert sie, ohne den Blick abzuwenden, und ich weiß – mit einer Gewissheit, wie ich sie noch nie zuvor gespürt habe –, dass wir beide es absolut ernst meinen.

Ich möchte gerne noch mehr sagen, aber dann ziehen die anderen meine Aufmerksamkeit auf sich. Sie haben sich ein Stück entfernt und diskutieren miteinander. Das laute Trommeln der Regentropfen auf der Plane übertönt ihre Worte, aber Greta fuchtelt wütend mit den Armen. Ich sehe, wie Doug Alani einen scharfen Blick zuwirft.

Was haben sie vor?

Lange muss ich nicht auf eine Antwort warten. Logan greift sich an den Rücken und zieht etwas aus seinem Hosenbund. Als er den Arm wieder nach vorne bringt, hat er einen Gegenstand in der Hand, der im harten Licht der Bauscheinwerfer silbrig funkelt.

Es ist eine Pistole.

Ich habe keine Ahnung, wo er die versteckt hatte, aber diese Leute haben so viel Dreck am Stecken, dass mich inzwischen gar nichts mehr wundert.

Doug greift nach der Waffe, als würde sie ihm gehören, und Logan überlässt sie ihm ohne Gegenwehr.

Dann fängt Doug wieder an, energisch zu reden, und als der Wind für einen Moment in unsere Richtung weht, nehme ich über dem beständigen Regenrauschen drei Wörter wahr. Sie bohren sich schmerzhaft in meine Eingeweide. *Mord mit Selbstmord.*

Das passt. Sie wollen alles auf Cass schieben. Es soll so aussehen, als hätte sie an mir Rache genommen und sich anschließend selbst umgebracht. Nur Alani hatten sie nicht mit einkalkuliert.

Sämtliche Muskeln meines Körpers verkrampfen sich. Ich darf diesen Leuten nicht zum Opfer fallen, ich will nicht sterben. Ich werde nicht sterben.

Und Cass und Alani auch nicht!

Ganz behutsam schiebe ich den Daumen meiner rechten Hand nach oben bis zu dem Seil, das um meine Handgelenke liegt. Im Verlauf der vergangenen drei Tage haben meine perfekt selbst manikürten Fingernägel zahlreiche Risse bekommen und am schlimmsten sieht der rechte Daumennagel aus. Ich fange also an, damit das Seil zu bearbeiten. Schnell wird mir klar, dass es deutlich weniger robust ist, als ich ursprünglich gedacht hatte. Eigentlich eher Schnur als Seil. Vermutlich hat Doug sich etwas dabei gedacht. Eine kräftigere Fessel hätte Spuren an unseren Handgelenken hinterlassen, und dann wäre es sogar der Polizei von Koh Sang schwergefallen, das Ganze als Mord mit anschließendem Selbstmord zu deklarieren. Und außerdem … falls wir tatsächlich fliehen sollten, würden wir, verfolgt von vier durchtrainierten Verbrechern, nicht allzu weit kommen.

Ich merke bereits, wie sich die ersten Seilfäden auflösen, aber es reicht noch nicht.

Die anderen sind inzwischen wohl zu einem Entschluss gekommen, jedenfalls drehen sie sich zu uns um. Ich sehe, wie Doug die Pistole fester packt, und weiß, dass ich noch ein bisschen Zeit herausschinden muss.

»Wir haben die amerikanische Botschaft angerufen«, behaupte ich. »Wir haben ihnen alles erzählt. Wenn ihr uns umbringt, dann wissen die genau, dass ihr das wart.«

Rau und bellend durchschneidet Gretas Lachen die Nacht. »Der Sturm hat nahezu die gesamte Stromversorgung lahmgelegt. Kein Telefon funktioniert mehr. Ihr habt niemandem Bescheid gesagt.«

Ich halte kurz inne. Die Verzweiflung zwingt mich, meine Taktik zu ändern.

»Ihr müsst das nicht tun«, sage ich, an alle gewandt, auch wenn meine Bemerkung ganz besonders einer Person gilt. Neil.

Obwohl er jetzt vor mir steht und alle Indizien auf das Gegenteil hindeuten, sagt mir eine innere Stimme, dass er mit diesen Verbrechen nichts zu tun hatte. Nach all unseren Gesprächen, nach all der Zeit, die wir zusammen verbracht haben, nach diesem intimen Kuss gestern kann ich einfach nicht glauben, dass er mitgeholfen haben soll, Lucy oder Jacinta oder Daniel zu ermorden. Und auch die Art und Weise, wie er jetzt dasteht – mit gebeugten Schultern und gesenktem Blick, als würde er sich schämen oder fürchten –, sorgt dafür, dass ich mich weiter daran festhalte.

Aber Cass hat von Logan vermutlich genau dasselbe gedacht. Sie hätte ihm auch nicht das Ja-Wort gegeben, wenn sie ihn für einen Mörder gehalten hätte.

Ich versuche, Neil durch bloße Willenskraft dazu zu bewegen, den Blick zu heben, mich anzuschauen, aber er weigert sich konsequent, hält den Nacken stur gebeugt.

»Du hast uns keine große Wahl gelassen«, erwidert Doug. »Du hättest dein hübsches kleines Näschen nicht in Dinge stecken dürfen, die dich nichts angehen. Wenn du dich einfach bloß um deinen eigenen beschissenen Kram gekümmert hättest, könntest du jetzt weitermachen und deine niedlichen Tittenbildchen in die ganze Welt posten.«

»Ihr dämlichen Mädchen«, sagt Greta mit einem Hauch Traurigkeit in der Stimme. »Ihr seid wirklich selbst schuld. Wir haben doch gesagt, dass ihr eure Schnüffeleien bleiben lassen sollt, aber ihr wolltet ja nicht hören. Das gilt auch für dich.« Verächtlich deutet sie auf Alani. »Was hast du überhaupt mit alldem zu tun, verdammt noch mal?«

»Lucy war meine beste Freundin.« Alanis Stimme klingt kalt, ohne jede Spur von Angst. Ich bin mächtig stolz auf sie.

»Lucy hat genau gewusst, worauf sie sich einlässt«, macht Doug weiter. »Sie ist hierhergekommen, um uns bloßzustellen. Sie wusste, welches Risiko sie damit eingeht. Und du hättest das auch wissen müssen.«

»Und darum hat Greta sie umgebracht?« Obwohl ich die Antwort kenne, gelingt es mir, meine Stimme viel kräftiger klingen zu lassen, als ich mich fühle.

Ruckartig wendet Greta sich mir zu und ich spüre ein nervöses Zucken in meinen Eingeweiden.

»Ja, genau, Greta. Ich weiß, was du getan hast. Du hast Lucy bei der Vollmondparty zu einem Strandspaziergang überredet. Aber als du ihr weismachen wolltest, dass Jacintas Tod ein Unfall war, hat sie dir nicht geglaubt. Sie wollte ihre Nachforschungen nicht beenden und das konntest du nicht zulassen. Weil ihr alle etwas zu verbergen habt, stimmt's? Also dann, wie lautet dein Geheimnis?«

Greta starrt mich mit kaltem Blick an, sagt aber kein Wort.

»Alice war gar nicht in Greta verliebt. Greta war ihre Lehrerin.« Völlig verblüfft höre ich Cass' Stimme neben mir. Ich drehe mich zu ihr um. Sie liegt immer noch auf dem Boden, hat die

Zähne zusammengebissen und umklammert mit beiden Händen ihr Bein. »Greta muss sie mit irgendeinem Trick hierhergelockt haben.«

Ich versuche, meine Überraschung hinter einem Nicken zu verbergen. »Ach so, das ist es also. Klingt logisch.« Greta starrt mich durchdringend an. Sie hat den Mund zu einer hämischen Fratze verzogen und die Augen zu schmalen Schlitzen verengt.

»Und irgendjemand von euch hat auch Daniel umgebracht«, meldet sich Alani zu Wort. Ihre Stimme zittert kaum.

Niemand macht sich die Mühe, ihr zu widersprechen, und ich sehe, wie Neils Blick zu Doug hinüberzuckt.

»Das warst du, Doug, stimmt's?«, spreche ich ihn an. »Auf Daniels Video kann man sehen, wie du Lucy ansprichst und ihr einen Drink in die Hand drückst. Hast du ihr damit das MDMA verpasst?«

An Dougs Hals erscheinen rote Flecken. »Er wollte uns erpressen, dieser Schwachkopf. Er wollte uns ausnehmen.«

»Und darum hast du ihm die Kehle aufgeschlitzt. Das war die einzige Möglichkeit, hab ich recht?«

Doug läuft jetzt knallrot an und ich schlucke meinen Ekel hinunter.

»Aber warum Jacinta?«, höre ich Alani in flehendem Tonfall fragen. »Was kann sie euch denn getan haben?«

»Das war Logan.« Ruckartig fliegt mein Blick zu Cass. Ihr Gesicht ist mit regennassem Matsch verschmiert. Ihre Stimme klingt weicher als vorhin, und ich stelle besorgt fest, dass die Schnittwunden an ihrem Bein immer noch bluten. Doch trotz der gebrochenen Knochen und ihrer aufgeschürften Haut wirkt sie stärker, als ich sie jemals erlebt habe. In ihren Augen liegt eine unbezähmbare Wildheit. »Du hast mich für so dämlich gehalten. Du hast geglaubt, ich könnte nicht zwei und zwei zusammenzählen …«, fährt sie fort, ohne Logan eine Sekunde lang aus den Augen zu lassen. »Hast du sie wegen eurer Affäre umgebracht, damit sie nichts ausplaudern kann? Oder war es etwas anderes?«

Ich muss daran denken, was Alani mir vorhin erzählt hat. Dass Jacinta kurz vor ihrem Tod ein Date mit einem gut aussehenden Europäer hatte. Wie weit wäre Logan gegangen, um Jacinta daran zu hindern, Cass von seiner Affäre zu erzählen?

Ausnahmsweise zeigt sich Schmerz auf Logans Miene. Ich habe immer gedacht, dass ich vor allem seine Hochnäsigkeit nicht ausstehen kann. Aber jetzt erkenne ich, was mich in Wirklichkeit immer an ihm gestört hat: die langen dunklen Haare, der muskulöse Körperbau, das bösartige Grinsen. Er ist genau wie Eric. Noch so ein Mann, der glaubt, er könnte mit den Frauen machen, was er will, und damit durchkommen.

»Ich habe bloß nie etwas gesagt«, fährt Cass fort, »weil ich dachte, dass ich dich liebe. Aber jetzt weiß ich, dass das nicht stimmt. Ausgeschlossen.«

»Cass …«, setzt Logan an.

»Nein, Logan. Du hast mich auch nicht geliebt. Wir haben einander benützt. Eine künstliche Familie als Ersatz für die, die wir verlassen haben. Lass uns doch wenigstens einmal ehrlich sein.«

Logan sieht aus, als hätte er eine Ohrfeige bekommen, und ich mache mich darauf gefasst, dass er gleich zu Boden sackt. Vielleicht hat er ja doch geglaubt, dass er sie liebt. Aber kurz darauf verzieht er das Gesicht und vertreibt jede emotionale Regung, die eben noch zu erkennen gewesen war. Er spitzt die Lippen und blickt von Cass zu mir. Wut flackert in seinen Augen. Ich weiß, was er sagen wird, noch bevor er den Mund aufgemacht hat. Er hat ein anderes Ziel für seinen unbändigen Zorn gefunden.

»Das ist alles deine Schuld, Brooke! Du und dieser gottverdammte Instagram-Post. Wir waren so glücklich, bevor du hier aufgetaucht bist. Die Insel war unser Zuhause und du hast es zerstört. Vom ersten Tag an habe ich gewusst, dass irgendwas an dir faul ist. Du warst immer da, hast immer alles beobachtet. Und ich hatte recht. Du hast uns die ganze Zeit ausspioniert. Du wolltest uns ruinieren.«

Mit einer einzigen schnellen Bewegung nimmt Logan Doug die Pistole aus der Hand.

»Tja, es wird Zeit, dass wir uns dafür revanchieren«, sagt er.

Ich spüre, wie mein Brustkorb sich zusammenzieht, als er die Pistole hebt und sie direkt auf mein Herz richtet.

Ich kneife die Augen fest zusammen und mache mich auf den Schuss gefasst.

KAPITEL 40

CASS

Die Anklagen kommen wie von selbst aus meinem Mund. Jede einzelne bestätigt, was ich schon längst wusste, ohne dass ich es mir eingestehen konnte.

War das mit Jacinta das erste Mal, dass Logan mich betrogen hat, oder war es nur das erste Mal, dass ich ihn dabei erwischt habe? Und wie vielen anderen Frauen hat er in der Zeit, in der wir zusammen waren, Verletzungen zugefügt?

Doch meine glühende Wut gilt nicht nur Logans Lügen. Sie gilt auch der Art und Weise, wie ich damit umgegangen bin. Ich habe sie ohne Widerspruch für bare Münze genommen, habe mich selbst gezwungen, alles zu glauben, habe zusammen mit den Tabletten auch all meine Zweifel einfach geschluckt. Genau dasselbe, was ich vor Jahren für Eric getan habe. Brooke hatte recht. Wie viele Leben habe ich wohl zerstört, nur weil ich es nicht geschafft habe, für mich selbst einzustehen?

Damit ist jetzt Schluss, ein für alle Mal.

Ich sehe, wie Logan die ausgestreckten Arme hebt. Die Finger hat er fest um den Pistolengriff gelegt. Er zielt damit auf Brooke. Ein drohendes Knurren kommt über seine Lippen, ein Laut, den ich aus seinem Mund noch nie gehört habe.

Ich werfe einen schnellen Blick auf mein Bein. Aus mehreren tiefen Schnittwunden fließt Blut, und ich merke, dass die nächste Schwindelattacke bereits im Anmarsch ist. Ich weiß, wie das ausgehen wird. Selbst wenn sie mich am Leben lassen würden, in diesem Zustand würde ich nicht weit kommen. Und angesichts des tosenden Sturms werden auch sämtliche medizinischen Versorgungsstellen auf der Insel geschlossen sein.

Die Zeit zerrinnt mir zwischen den Fingern.

Ob es Robin genauso ergangen ist, nachdem sie dieses Glas Champagner getrunken hatte? Ob Lucy sich auch so gefühlt hat, während sie darauf gewartet hat, dass das Wasser in ihre Lunge drängt, oder Jacinta, während sie über die Klippe gestoßen wurde? Was war mit Daniel, als das Messer seine Kehle durchstoßen hat? So viele Menschen, die nicht hätten sterben müssen. Die nicht hätten sterben dürfen.

Ich habe Menschen vertraut, denen ich niemals hätte vertrauen dürfen, und dadurch viele andere enttäuscht.

Aber vielleicht gibt es eine Möglichkeit, wie ich das zumindest zum Teil wieder ins Lot bringen kann. Eine Möglichkeit, wie ich diese Leute hier – meine sogenannte Familie – daran hindern kann, noch einem Menschen das Leben zu nehmen. Eine Möglichkeit, wie ich wiedergutmachen kann, dass ich Brooke vor Jahren so im Stich gelassen habe.

Ich drücke meine Handflächen in den matschigen Boden und verschaffe mir dadurch gerade genügend Halt, um aufstehen zu können. Doug hatte mir ja nicht einmal die Füße gefesselt. Wieder einmal hat man mich unterschätzt.

Ich nehme mein allerletztes bisschen Kraft zusammen, und bevor mein Geist vollständig erfassen kann, was ich da eigentlich vorhabe, setzen meine Beine sich in Bewegung. Die Schmerzen, die zuvor jeden einzelnen Schritt begleitet haben, sind verschwunden. Es ist, als würde mein Körper völlig selbstständig agieren.

Ich höre nicht die Schreie, die von allen Seiten auf mich einprasseln, als die Pistole in Logans Hand einen Schuss abgibt. Ich spüre nicht den Schmerz, auf den ich mich eingestellt habe, als ich mich vor Brooke werfe. Stattdessen umfängt mich eine tiefe Dunkelheit, noch bevor ich die Kugel, die meine Brust zerfetzt, überhaupt wahrnehmen kann.

KAPITEL 41

BROOKE

Als ich den Schuss höre, kneife ich die Augen zusammen und mache mich auf den brennenden Schmerz gefasst, der mich gleich durchströmen wird. Doch einen Augenblick später nehme ich nichts weiter wahr als ein grässliches Klingeln in meinen Ohren und ferne Schreie. Ich muss einen Schock erlitten haben – mein Körper will mich vor den Auswirkungen der Pistolenkugel schützen.

Als ich die Augen aufschlage, sehe ich als Erstes einen leblosen Körper vor mir liegen. Eine dunkle Pfütze bildet sich davor. Die blonden Haare, die dünnen Beine.

Wie ist Cass bloß hierhergekommen? Sie hat doch gerade noch gefesselt neben dem Picknicktisch gelegen. Doch dann schieben sich ein paar halbgare, abstrakte Gedanken durch den Nebel meiner Verwirrung. Ihre nicht gefesselten Füße. Sie muss, als Logan die Pistole gehoben hat, zu mir gelaufen sein. Die Kugel hat sie getroffen, nicht mich.

Und dann höre ich es. Ein kehliges, verstümmeltes Heulen wie aus tiefster Tiefe. Zunächst kann ich nur verschwommen sehen, aber nachdem meine Augen die Umgebung wieder scharf gestellt haben, sehe ich auch den Ursprung des Geräuschs. Es stammt von Logan, der jetzt auf mich zugelaufen kommt.

Greta will ihn aufhalten, aber er reißt sich mühelos wieder los. Sekunden später liegt er neben der leblosen Cass auf dem Boden.

Er nimmt ihren Kopf in seinen Schoß, während heftiges Schluchzen seinen Körper schüttelt.

Auf Cass' pinkfarbenem Tanktop bildet sich ein roter Fleck, an den Rändern leicht verwaschen durch den Regen, sodass er wie ein groteskes Aquarell aussieht. Der Blick ihrer Augen starrt den Himmel an, ohne etwas zu sehen. Ihre Brust bewegt sich nicht.

In diesem Augenblick wird mir klar, genauso wie es Logan klar wird, dass Cass nicht mehr lebt. Sie hat sich in die Schussbahn der Kugel geworfen, die für mich gedacht war.

»Das hab ich alles für uns getan, alles für uns«, murmelt er ihr immer wieder ins Ohr.

In diesem Augenblick merke ich, wie das Seil, das meine Handgelenke umschließt, endlich nachgibt. Ich befreie mich davon und will schnell meine Fußfesseln lösen, solange die anderen noch abgelenkt sind.

Ich muss Alani helfen.

Doch noch bevor ich mich aufrichten kann, sieht Logan mich an, als sei ihm gerade erst eingefallen, dass ich hier bin.

»Du.« Zahlreiche Gefühle winden sich wie Efeu um dieses eine Wort. Eine bösartige Drohung schwingt darin mit, gerinnt in meinen Knochen und sorgt dafür, dass meine Füße regungslos im Schlamm feststecken. Ein Gedanke schlägt in meinen Schädel ein, ein Wort, das in dem Sekundenbruchteil, den Logan braucht, um auf die Beine zu kommen, von meinem Gehirn in alle Richtungen verschickt wird.

Die Pistole.

Kreuz und quer jagt das Wort durch meinen Kopf. Logan hat immer noch die Pistole in der Hand.

Bevor er auf mich anlegen kann, renne ich quer über die Terrasse, hebe ab und fliege durch die Luft. Die Pistole knallt so dicht neben mir, dass ich die Vibrationen des Laufs spüren kann, und ich lande hinter dem Picknicktisch.

Die Kugel schlägt neben mir ein und lässt den Schlamm aufspritzen wie Feuerwerk.

Ich ducke mich hinter den Tisch, mache mich auf den nächsten Schuss gefasst, doch die Pistole bleibt stumm. Ich höre nichts als Schreie und Stöhnen.

Als ich die Augen aufschlage, habe ich das Chaos auf der Terrasse des Frangipani wie ein Standbild vor mir. Ich sehe Logan mit der Pistole, die aber nicht länger auf mich gerichtet ist. Er steht auch nicht mehr, sondern liegt im Schlamm, nur wenige Meter von seiner toten Verlobten entfernt. Ich blinzele, will mit aller Gewalt erzwingen, dass ich wieder klar sehen kann.

Als es so weit ist, sehe ich einen Mann vor Logan stehen. Ich nehme seine rötlichen Haare, seine sommersprossige Haut wahr. Ich sehe das Blut auf seiner Hand und schließlich auch das kleine Messer, das seitlich aus Logans Hals ragt.

Das alles registriert mein Hirn blitzlichtartig.

Neil hat Logan erstochen. Um mich zu beschützen.

Ich sehe, wie Doug und Greta zu den beiden eilen. Greta sinkt neben Logan zu Boden, während Doug mit fliegenden Fäusten auf Neil losgeht.

Ich möchte etwas unternehmen, um Doug aufzuhalten. Um Neil zu beschützen, so wie er mich beschützt hat. Aber mir ist klar, dass das sinnlos wäre. Gegen Doug habe ich keine Chance, zumal er die Pistole in Reichweite hat.

Also laufe ich zu Alani und mache mich völlig panisch an ihren Handfesseln zu schaffen. Als ich den Knoten endlich gelöst habe, höre ich sie schreien.

»Brooke!« Sie ruft meinen Namen, auch wenn er sich sehr verstümmelt anhört. Ich hebe den Kopf und sehe, dass Greta auf uns zugerannt kommt. Ihre fliegenden Haare schimmern fast weiß im Licht der Scheinwerfer und sie sieht aus wie eine bösartige Hexe.

Dann ist sie über mir. Die Wucht des Aufpralls wirft mich zu Boden. Sämtliche Luft entweicht aus meiner Lunge und ich ringe um Atem. Sie drückt mir mit einer Hand die Kehle zu und starrt mich mit einer Mischung aus Trauer und unbändiger Wut an. Mit der anderen Hand holt sie aus, um mir eine gewaltige Ohrfeige zu verpassen. Sie ist stark, aber es ist eine Kraft aus dem Fitnessstudio, erworben auf bequemen Yogamatten. Sie musste noch nie kämpfen. Sie hat nie von einem Lover ihrer Mutter ein paar Nachhilfestunden in Selbstverteidigung bekommen, damit sie in der Schule nicht ständig verprügelt wird.

Ich hingegen schon.

Ich kann gerade noch den Kopf zur Seite reißen, bevor Gretas Faust in den Schlamm neben mir einschlägt. Damit hat sie nicht gerechnet. Für einen kurzen Moment löst sie ihre Hand von meinem Hals. Mehr brauche ich nicht.

Ich werfe sie locker zur Seite ab und setze mich auf sie, sodass sie jetzt mit dem Gesicht nach unten im Schlamm liegt. Anschließend ziehe ich ihre Arme nach hinten, klemme sie mit einer Hand ein, packe mit der anderen Hand Gretas Haare. Und dann drücke ich ihren Kopf so kräftig, wie ich nur kann, in den Matsch. Und halte ihn fest, so, wie sie Lucy unter Wasser gedrückt hat.

Sie windet sich und zittert unter mir, aber ich gebe nicht nach. Nach wie vor habe ich ihre Haare fest im Griff und lasse all die Wut frei, die sich seit Jahren in mir angestaut hat. Ich habe keine Ahnung, wie viel Zeit vergeht. Zwei Sekunden? Fünf? Zehn? Ich male mir aus, wie der Schlamm in ihre Mundhöhle eindringt, wie er sich in Klumpen um ihre Zunge legt. Ich stelle mir vor, wie sie ihn schluckt, wie er in ihre Luftröhre eindringt.

In diesem Augenblick scheint die Zeit stillzustehen. Nichts ist wirklich, bis auf das Gefühl von Gretas Haaren um meine Finger. Alles andere verschwimmt.

Dann reißt mich ein lautes Geräusch in die Realität zurück.

Ein Schuss hallt über die Terrasse und der ohrenbetäubende Knall lässt mein Blut in den Adern eiskalt werden.

Ich wirbele herum, will wissen, woher das Geräusch stammt, und löse ganz automatisch die Finger aus Gretas Haaren. Das Nächste, was ich sehe, ist Blut. Noch mehr Blut! Das hätte ich nicht für möglich gehalten. Aber jetzt schießt es aus Neils Bein. Er liegt auf dem Boden und umklammert es mit beiden Händen.

»Lass sie los.« Doug steht keinen Meter von mir entfernt und hat Logans Pistole in der Hand.

Er hat auf Neil geschossen.

Wieder wird die Pistole auf mich gerichtet, dieses Mal aus so kurzer Entfernung, dass ein Schuss mir den Kopf von den Schultern pusten könnte. Ich lasse Greta los, spüre, wie ihr Körper sich verkrampft, während sie sich aufrichtet und dabei verzweifelt um Atem ringt. Langsam hebe ich meine schlammverkrusteten Hände über den Kopf und sehe Doug an.

Ich ergebe mich.

Dann sehe ich zu Neil hinüber, der immer noch auf dem Boden liegt. Auch er hat eine Hand erhoben, während er mit der anderen immer noch sein verletztes Bein hält.

»Auf den Boden«, herrscht Doug mich an. »Du auch.« Das gilt Alani.

Und ich weiß, dass es vorbei ist. Dieses Mal gibt es keinen Ausweg.

Ich lasse mich auf die Knie sinken, die begleitet von einem hörbaren *Schmatz* auf dem Boden landen. Das Geräusch der Niederlage. Ich höre, dass Alani es ebenso macht, und dann hocken wir zu dritt im Schlamm, drei Opfer in einer Reihe vor dem Exekutionskommando.

Und schon wieder mache ich mich auf das gefasst, was gleich kommen wird. Bilder aus den vergangenen Wochen huschen vor meinem inneren Auge vorbei. Ich erwarte eigentlich, dass sie voller

Wut sind, voll mit der Wut, die mich seit Jahren verfolgt. Aber zu meiner großen Überraschung sehe ich Cass vor mir. Wie ich ihr auf dem Gipfel des Khrum Yai den Arm um die Schultern lege. Und Neil und ich, gemeinsam lachend im Tiki Palms.

»Waffe fallen lassen!«

Dieses Mal bin ich ganz sicher, dass ich die Stimme nicht kenne. Mein Blick huscht hin und her, bis mir endlich klar wird, dass niemand von uns dreien das gesagt hat.

»Waffe fallen lassen! Sofort!«

Unsicherheit spiegelt sich in Dougs Miene, während er seine Möglichkeiten abwägt. Ich bin viel zu nervös, um ihn auch nur eine Sekunde lang aus den Augen zu lassen und nachzusehen, woher die Stimme kommt.

Nach einer endlos langen Pause gehorcht Doug und bückt sich, um die Pistole in den Schlamm zu legen. Wenige Sekunden später werden er und Greta von schwarz gekleideten Gestalten überwältigt. Die Uniformen sehen sehr viel offizieller aus als die der Polizisten von Koh Sang, genau wie die Waffen, die sie in den Händen halten, und die anderen, die noch in ihren Halftern stecken.

Wer sind diese Männer? Woher wissen sie, dass wir hier sind? Und sind sie wirklich auf unserer Seite?

Doch keine dieser Fragen ist so wichtig wie der Mann an meiner Linken. Ich krieche die paar Meter zu Neil und drücke meine Hand auf die Wunde an seinem Bein. Er hat ganz eindeutig große Schmerzen, ist aber bei Bewusstsein. Ich bringe meinen Mund dicht vor sein Gesicht, sodass er mich in dem Chaos um uns herum auch wirklich hören kann.

»Du hast mich gerettet«, sage ich.

KAPITEL 42
ZWEI WOCHEN SPÄTER

BROOKE

Mein Körper wird ruckartig durchgeschüttelt und ich klammere mich erschrocken an den hölzernen Balken. Der Stoß kam unerwartet, und ich kann nur mit Mühe das Gleichgewicht halten, während das Brummen des Motors die Inselluft durchschneidet. Ich stehe auf dem Deck der Fähre und sehe, wie die Berge sich allmählich entfernen, wie ihre imposanten Umrisse kleiner werden, je weiter wir das Ufer hinter uns lassen. Weg von Koh Sang, weg von der Insel, die mich so vieles gekostet hat.

Die beiden vergangenen Wochen sind wie in Trance vergangen, ein einziges Durcheinander aus Polizeibeamten, Journalisten und Krankenhauszimmern. Und einem Besuch in der Leichenhalle der Insel.

Zwei Tote. Cass war noch am Tatort für tot erklärt worden, Logan starb anschließend am Blutverlust in der improvisierten Notaufnahme, die in der baufälligen Krankenstation von Koh Sang eingerichtet worden war.

Und wäre die Polizei nicht gewesen, dann hätte ich das gleiche Schicksal erlitten.

Als ich mir am Nachmittag, nachdem ich meinen Instagram-Eintrag gepostet hatte, die Statistiken angesehen hatte, da war klar, dass er gut laufen würde. Ich hatte nur keine Ahnung gehabt, wie gut.

Etliche meiner Follower, aber auch andere Reise-Influencer mit zum Teil sehr vielen Followern haben den Post jedenfalls weiterverbreitet, sodass er schließlich sogar im britischen Konsulat in Bangkok Aufmerksamkeit erregt hat. Die Briten haben mit politischen Konsequenzen gedroht, sollte die thailändische Polizei Daniels Ermordung nicht sorgfältig untersuchen und dafür sorgen, dass sein Leichnam in die Heimat überführt wird. Auch wenn Daniel seine Bewährungsauflagen verletzt hatte, war er immer noch Brite, und die britische Regierung würde es nicht hinnehmen, wenn sein Mord ungesühnt bliebe. Der einheimischen Polizei war gar nichts anderes übrig geblieben, als eine Einheit von Sonderermittlern von Bangkok nach Koh Sang zu entsenden.

Und wären sie nur etwas später aufgebrochen, hätten sie ihr Ziel niemals erreicht. Ihr Hubschrauber war jedenfalls, nur wenige Minuten bevor der Sturm jeden Flugverkehr unmöglich gemacht hatte, am Lamphan Beach gelandet.

Nach der Landung hatten sie sich aufgeteilt – zwei Beamte waren ins Resort gegangen, um Frederic zu befragen, die anderen beiden zur Polizeiwache. Als sie die Wache ohne Strom und unbesetzt vorgefunden hatten – die zuständigen Polizisten waren schon längst nach Hause gegangen, um während des Sturms bei ihren Familien zu sein –, hatten sie beschlossen, die Insel abzusuchen. Und als sie schließlich die Schüsse aus dem Frangipani gehört hatten, brauchten sie nur wenige Minuten, um auf die Terrasse der Bar vorzudringen.

Doug und Greta wurden an Ort und Stelle verhaftet. Doug leistete natürlich Widerstand und gab erst auf, als ihn einer der Sonderermittler mit dem Kolben seiner Dienstwaffe niedergeschlagen hatte. Greta zeigte sich daraufhin deutlich kooperativer.

Sie gab alles zu, angefangen bei ihrer Beziehung mit Alice, deren Anfänge Cass irgendwie herausgefunden hatte. Als alles vorbei war, habe ich mit Alice über Instagram Kontakt aufgenommen, und sie hat bereitwillig meine Wissenslücken geschlossen. Greta war dreiundzwanzig gewesen und hatte gerade ihren Master in Pädagogik gemacht. In ihrem ersten Jahr als Lehrerin war Alice, damals vierzehn Jahre alt, eine ihrer Schülerinnen gewesen. Alice erzählte mir, wie Greta sie umworben und zum Schluss sogar erpresst hatte. Sie hatte ihr gedroht, Alice' Eltern von der Beziehung zu erzählen, wenn Alice sie nicht auf eine Reise begleiten würde. Sie hatte ihr aber nie verraten, wohin genau die Reise gehen sollte, und nachdem sie Schweden verlassen hatten, konnte Alice nicht mehr zurück. Greta hielt ihren Reisepass unter Verschluss und zwang Alice so dazu, mit ihr auf dieser über zehntausend Kilometer von zu Hause entfernten Insel das glückliche Paar zu geben. Erst im letzten Monat, in dem Durcheinander nach Jacintas Tod, muss Gretas Wachsamkeit etwas nachgelassen haben, sodass Alice ihren Pass suchen, finden und fliehen konnte.

Nach ihrer Rückkehr nach Schweden hatte sie zwar überlegt, Greta anzuzeigen, hatte es aber nicht getan. Trotz allem, was Greta ihr angetan hatte, brachte Alice es nicht übers Herz, sie zu hassen. In gewisser Weise – auch wenn sie mit einer Therapeutin intensiv an diesem Punkt arbeitete – liebte sie Greta immer noch.

Aber Alice war auch klar gewesen, dass ihr Schweigen für andere gefährlich werden konnte. Deshalb hatte sie die Permanenten sowie die anderen, die mit ihnen in Kontakt traten – so wie ich zum Beispiel –, immer im Blick. Nachdem sie die Fotos gesehen hatte, die ich von der Gruppe gepostet hatte, hatte sie mir diese Instagram-Nachrichten geschickt, sozusagen als Warnung. Sie wollte, dass ich von der Verbindung zwischen den Permanenten und Jacinta erfuhr, aber kaum hatte sie das getan, hatte sie wieder ein schlechtes Gewissen Greta gegenüber bekommen. Darum hatte sie auf meine Nachfragen nicht geantwortet und versucht, die Schuldgefühle, die an ihr nagten, zu verdrängen …

bis sie dann mitbekommen hatte, was sich im Frangipani zugetragen hatte.

Als die Polizei Greta mit Alice' Aussagen konfrontierte, legte sie ein umfassendes Geständnis ab. Dass sie Alice entführt hatte, dass sie Lucy ermordet und mitgeholfen hatte, die anderen Morde zu vertuschen.

Aber Greta und Cass waren nicht die Einzigen, die nach Koh Sang gekommen waren, um vor etwas, was sie getan hatten, wegzulaufen; Koh Sang ist – oder war – schließlich ein Ort, den man aufsucht, um zu verschwinden.

Logan war ein sehr gutes Beispiel dafür. Nach seinem Tod lieferten sich die schottischen Medien einen erbitterten Kampf darum, wer die Informationen, die sie ausgegraben hatten, als Erstes an die Öffentlichkeit bringen konnte. Logans Bruder Alec war in Logans Auto gestorben, und zwar, nachdem Logan den Wagen in betrunkenem Zustand gegen einen Baum gerammt hatte. In Aberdeen war eine große Mehrheit der Überzeugung, dass Logan den Unfall absichtlich herbeigeführt hatte, um seinen Bruder zu töten oder zumindest zu verletzen. Dieser hatte sich mit einem Mädchen eingelassen, auf das auch Logan scharf gewesen war. Logan hatte dann wortlos die Stadt verlassen, noch bevor die Strafverfahren wegen Trunkenheit am Steuer und seiner Schuld an Alecs Tod abgeschlossen waren.

Und dann Doug. Doug aus der kleinen Stadt Bendigo, Australien, dessen richtiger Name eigentlich Michael Williams lautete. Der wegen der Vergewaltigung einer Minderjährigen per Haftbefehl gesucht wurde und im Verdacht stand, noch andere Sexualverbrechen begangen zu haben.

Doug stritt natürlich alles ab, auch seine Beteiligung an der Vertuschung der Morde an Jacinta und Lucy. Sogar, dass er Daniel ermordet hatte, leugnete er, auch dann noch, als die Polizei unter seiner Matratze das Prepaidhandy mit den Nachrichten an

Daniel gefunden hatte, worin er das Treffen in der Seitengasse arrangiert hatte.

Stattdessen schob Doug die Schuld auf alle anderen: auf Logan und Greta, sogar auf Neil. Doch nachdem die thailändischen Polizisten ihn tagelang verprügelt und Gott weiß was sonst noch mit ihm angestellt hatten, gab er schließlich zu, Daniel ermordet zu haben. Und er gab auch eine Erklärung ab, wie das alles angefangen hatte.

Logan hatte mit Jacinta eine Affäre begonnen. Als Jacinta dahintergekommen war, dass Logan in einer festen Beziehung war, hatte sie gedroht, Cass alles zu sagen. Irgendwie war es Logan gelungen, sie zu besänftigen und zu einer morgendlichen Wanderung auf den Khrum Yai zu überreden. Als dann die Sonne über der glitzernden Oberfläche des Golfs von Thailand aufgegangen war, hatte er ihr einen Stoß versetzt, sodass sie in die Tiefe gestürzt war.

Als dann immer wieder neue Fragen im Zusammenhang mit Jacintas Tod aufgetaucht waren, hatte Logan die anderen Permanenten gebeten, ihm zu helfen. Sie waren bereit gewesen, alles zu tun, was nötig war, um öffentliche Aufmerksamkeit zu vermeiden. Doug bestätigte auch, dass Greta Lucy während der Vollmondparty ertränkt hatte. Und dann gab er schließlich zu, dass Daniel ihn mit dem Video erpresst hatte. Er hatte Geld verlangt, um endgültig untertauchen zu können und nie wieder nach London zurückkehren zu müssen. Doug hatte ein Treffen arrangiert, aber anstatt Daniel das verlangte Geld zu geben, hatte er Daniel überwältigt und ihm mit einem Messer aus dem Tauchladen die Kehle aufgeschlitzt.

Besonders betrüblich daran war, dass Daniel das Verbrechen, weswegen er in London verurteilt worden war, gar nicht begangen hatte. Seine Ex-Freundin – die eine Gelegenheit für ihre fünfzehn Minuten Berühmtheit gewittert hatte – hatte in einem der schlechteren englischen Boulevardblätter gestanden, dass sie Daniel nur deshalb der sexuellen Belästigung beschuldigt hatte, weil er sich ziemlich abrupt von ihr getrennt hatte.

Ich bekam nicht auf alle meine Fragen eine Antwort, beispielsweise die, wer an dem Tag, als ich den Post veröffentlicht habe, in mein Zimmer eingebrochen war. Aber nach allem, was Doug auf dem Kerbholz hat, kann ich eigentlich kaum anders, als ihm das auch noch in die Schuhe zu schieben.

Nachdem die Sonderermittler Doug und Greta auf die Wache geschafft hatten, hatten sie anschließend einen Sengphet mit dick geschwollenen blauen Augen und zahlreichen Prellungen am ganzen Körper aus seiner Gefängniszelle entlassen. Als Entschädigung für das »Missverständnis« und als Dank für Sengphets Bereitschaft, gegenüber den Medien zu schweigen, ließ die thailändische Regierung seine Frau und seinen kleinen Sohn nach Thailand einfliegen, stattete sie mit den für eine Einbürgerung notwendigen Papieren aus und ermöglichte ihnen die Umsiedelung nach Koh Phi Phi, einer etliche Stunden entfernt liegenden Insel.

Doug und Greta waren in der Nacht des Sturms nicht als Einzige verhaftet worden. Als sie nämlich auf der Polizeiwache von Koh Sang eintrafen, war Frederic bereits dort. Er gab irgendwann zu, dass er alles in seiner Macht Stehende getan hatte, um die Geschehnisse auf der Insel zu vertuschen. Und erst vor Kurzem hat die Polizei in einer Pressemitteilung bekannt gegeben, dass Frederic in zahlreiche finanzielle Unregelmäßigkeiten sowohl auf Koh Sang als auch in Bangkok, wo er gerade ein zweites Resort eröffnen wollte, verstrickt war. Aber da er schon immer gern andere beschuldigt hatte, um seine eigene Haut zu retten, übergab er seinerseits der thailändischen Antikorruptionskommission eine Liste mit den Namen aller Polizisten auf Koh Sang, die er regelmäßig bestochen hatte.

Alani hatte das Ganze einigermaßen unversehrt überstanden, zumindest körperlich. Lucys Eltern waren nach Koh Sang gekommen, um den Leichnam ihrer Tochter abzuholen und Alani nach Hause zu begleiten. Und anders, als Alani befürchtet hatte, gaben sie ihr nicht die Schuld an Lucys Tod, ganz im Gegenteil. Sie waren ihr vielmehr dankbar, dass sie die wahren Umstände von Jacintas Tod aufgedeckt und versucht hatte, ihre jüngere Tochter zu beschützen. Ich habe sie auch kennengelernt. Wir vier – Lucys Eltern, Alani und ich – haben mehrere gemeinsame Abende am Strand verbracht und auch mehr als einen Sonnenaufgang auf dem Gipfel des Khrum Yai erlebt. Dort haben wir ihrer beider Töchter gedacht, so, wie diese es sich gewünscht hätten.

Vor zehn Tagen bin ich aus der Krankenstation von Koh Sang entlassen worden. Meine körperlichen Wunden sind dabei, zu verheilen. Die Ärzte haben mir versprochen, dass die Stiche, mit denen sie die Wunde an meinem Kopf genäht haben, mit der Zeit ganz verschwinden werden, und die vielen blauen Flecken an meinen Beinen verblassen zusehends.

Aber seit Cass' Tod ist keine Minute vergangen, wo ich nicht an sie gedacht habe. Ich klammere mich an den einen Moment im Schlamm vor dem Frangipani, als sie sich bei mir entschuldigt hat. Gleichzeitig macht mir das schlechte Gewissen sehr zu schaffen, schließlich habe ich sie an den Pranger gestellt, während sie ihr Leben für mich geopfert hat. Ob mich das je wieder loslassen wird? Ich habe keine Ahnung.

Am Tag meiner Entlassung durfte ich Cass ein letztes Mal sehen. Da sie keine Angehörigen in den USA und auch kein Testament gemacht hatte, wurde sie auf Kosten des thailändischen Staates einem Krematorium übergeben. Aber angesichts der Umstände war die Polizei bereit, eine Ausnahme zu machen und mir einen Besuch zu gestatten.

Wie sie da auf der Bahre lag, die Augen geschlossen und die

Haare zurückgestreift, sah sie aus wie ein Kind, ganz ähnlich wie Robin vor Jahren auf den Fotos in den Zeitungen. Ich blieb mehrere Minuten lang bei ihr und ließ alles raus, was ich ihr zu Lebzeiten nie hatte sagen können. Die Entschuldigungen, die Erklärungen und wie sehr ich mich in ihr getäuscht hatte. Und das war nicht wenig. Trotzdem habe ich seit meiner Ankunft auf Koh Sang irgendwo im tiefsten Inneren immer gewusst, dass Cass ein guter Mensch war, auch wenn ich versucht habe, dieses Wissen so gut wie irgend möglich zu verdrängen.

In den Tagen nach dem Showdown im Frangipani veröffentlichte eine beharrliche Journalistin schließlich auch einen emotionalen Bericht über das, was wirklich in diesem Hotelzimmer im Bundesstaat New York geschehen war, und stellte damit die jahrelangen Lügengeschichten richtig, in denen Cass als die Mörderin des Hudson-Massakers gebrandmarkt worden war. Die Journalistin hatte Cass' Aussage von damals ausgegraben, in der sie den Ablauf der Ereignisse ausführlich geschildert hatte. Die vertauschten Gläser, der Herzfehler ihrer Schwester, Cass' Notwehr.

Und obwohl sie in allen Medien zur Mörderin abgestempelt worden war, hatte sie sich nie zur Wehr gesetzt. Sie hatte all die Anschuldigungen, die Ausgrenzung, die Schmerzen einsam und allein erduldet, als hätte sie geglaubt, dass sie genau das verdient hatte. Sie war stärker, als ich jemals geahnt habe.

Während ich schluchzend neben ihrem Leichnam stand, vergab ich ihr erneut, was sie mir im Schwimmerhaus angetan hatte, und auch alles andere, was danach passiert war. Mir wurde klar, dass ich sie als Hassobjekt benutzt habe, um meiner überschäumenden Wut auf Eric ein Ziel zu geben. Aber sie war damals nur ein junges Mädchen gewesen. Ein Mädchen mit Problemen, von denen ich nichts geahnt habe. Und zum Schluss hat sie all ihre Verfehlungen mehr als wiedergutgemacht.

Koh Sang verschwindet allmählich am Horizont. Trotz allem

ist der Strand immer noch gut gefüllt, kann ich immer noch ein paar Stand-up-Paddler sehen. Der Tourismus hat unter dem, was geschehen ist, gar nicht so sehr gelitten wie alle befürchtet hatten. Wenn überhaupt, dann hat Koh Sang dadurch eine neue, düstere Anziehungskraft auf viele Rucksackreisende entfaltet.

Das Resort jedenfalls kann sich vor Anfragen kaum retten.

Jetzt höre ich ein Geräusch hinter mir, Schritte dringen in meine Erinnerungen ein. Ich spüre eine Hand an meiner Hüfte und verspanne mich instinktiv, bevor meine aufsteigende Panik dem Wohlbehagen über die zarten Küsse auf meiner Schulter weicht.

»Hey, du«, sage ich leise und fahre mit den Fingern durch sein wuscheliges Haar. Neil schmiegt sich an mich, und ich spüre, wie sein kratziger Gips an meinem Bein entlangstreift. Endlich hat er auch wieder ein bisschen mehr Farbe im Gesicht – in den ersten Tagen nach dem schrecklichen Abend im Frangipani waren die Zwischenräume zwischen seinen Sommersprossen furchtbar blass gewesen. Nach den Festnahmen hatte die Polizei ihn schnellstens in die improvisierte Krankenstation der Insel gebracht. Aber da der Strom erst am nächsten Tag wieder richtig funktionierte, hatten die Ärzte nicht viel mehr tun können, als seine Schusswunde zu verbinden und zu versuchen, die Blutung zu stillen.

Schlussendlich hatte einer der Ärzte Neils Bein geschient und die Kugel herausoperiert. Anschließend hatte er mehrfach betont, wie viel Glück Neil gehabt hatte, dass keine Hauptschlagadern oder Sehnen verletzt worden waren. Er würde zwar noch eine ganze Weile nur mühsam gehen können, aber bleibende Schäden waren nicht zu befürchten.

Ich bettelte die Krankenschwestern so lange an, bis sie mich aufstehen ließen, dann setzte ich mich neben ihn und wich nicht mehr von seiner Seite. Ich konnte es kaum glauben, wie sehr mich sein Leiden mitnahm. Mir war zwar klar, dass ich mit meinem

Post auch ihn verraten hatte, aber das Risiko, dass ich ihn ganz verlieren könnte, war mir erst bewusst geworden, als ich die Kugel in seinem Bein gesehen hatte. Die Angst, die mein Herz dann ergriffen – oder besser: umklammert und nicht mehr losgelassen – hatte, hatte sich zu einem anderen Gefühl gewandelt. Vielleicht noch nicht Liebe, aber zumindest eine tiefe Zuneigung.

Als der Arzt dann endlich die gute Nachricht verkündet hatte, dass Neil wieder ganz gesund werden würde, habe ich meinen Stuhl so dicht wie nur möglich an das sperrige Krankenhausbett gezogen und einfach nur zugehört, während Neil mir ausführlich von seiner Zeit auf der Insel berichtete.

»Alles, was ich dir über meine Vergangenheit erzählt habe, ist wahr«, sagte er. »Meine harte Kindheit, die Selbstmordversuche und dass ich hier auf der Insel eine Familie gefunden habe. Ich hatte Angst, das alles aufgeben zu müssen, aber ich hab's versucht, immer wieder. Ich habe Logan, Doug und Greta gesagt, dass ich den ersten Mord anzeigen werde, dass ich der Polizei haarklein berichten werde, was mit Jacinta passiert ist. Aber sie haben gesagt, dass sie mich dann mit reinziehen würden. Als es immer mehr Leichen gab, habe ich ihnen wieder gedroht, aber sie haben nicht zugelassen, dass ich etwas sage. Du hast ja selbst erlebt, was sie dir antun wollten. Und ich war in genau derselben Lage, bloß dass mich niemand beschützt hätte. Sie haben genau gewusst, wie sie mir schaden können, und sie haben mich oft genug daran erinnert.

Ich konnte hier nicht weg. Greta hat sogar meinen Reisepass irgendwo bei sich im Haus versteckt, so wie sie es auch mit Alice gemacht hat. Und trotz allem habe ich die drei wirklich sehr geliebt«, stieß er mit tränenerstickter Stimme hervor. »Es ist schwer zu erklären, aber sie waren immer noch meine Familie.«

Ich kann mir kaum vorstellen, wie schwer ihm das alles gefallen sein muss. Zwei seiner besten Freunde waren tot, zwei saßen im

Gefängnis – und dann noch zu erkennen, dass er sie alle eigentlich nie wirklich gekannt hatte … Ich habe gesehen, wie er im Frangipani, kurz bevor er auf die Trage gehoben und zum Krankenwagen gebracht wurde, nach Greta gerufen hat. Die Polizei hat ihr gestattet, zu ihm zu gehen, und wir anderen haben ihnen ein wenig Raum gelassen. Ich stand etliche Schritte entfernt, sodass das Regenrauschen jedes Wort verschluckt hat. Aber ich konnte den kurzen Wortwechsel beobachten und habe auch die Tränen in Neils Augen gesehen, als Greta ihm für immer den Rücken gekehrt hat.

Ich hatte schreckliche Angst davor, dass er mir meinen Instagram-Post niemals verzeihen würde, aber als wir dann im Krankenhaus beisammengesessen haben, hat er mir in die Augen gesehen und meine Hand gedrückt. »Wenn du nicht getan hättest, was du getan hast, dann wäre ich niemals hier weggekommen. Du hast mich gerettet.« Und ich habe ihm mit jeder Faser meines Körpers geglaubt.

Er wird wieder ganz gesund werden und ich auch. Wir können jetzt nach vorne blicken, ohne ständig von Geistern verfolgt zu werden. Wir können reisen, arbeiten, leben. Zusammen.

Die Polizei hat ihn ausführlich befragt. Die Ermittler haben sich, genau wie ich, Stühle an sein Krankenbett geholt und mich stundenlang aus seinem Zimmer verbannt. Nach etlichen von großer Nervosität geprägten Tagen war dann endlich klar, dass keine Anklage gegen Neil erhoben werden würde. Die Polizei hatte so viel belastendes Material für Greta, Doug und Frederic gefunden, dass Neil freigelassen wurde. An diesem Abend haben wir gemeinsam viel geweint. Ich hatte die Arme um ihn geschlungen, bis seine Lippen wieder meine berührten. Und in diesem Augenblick kam es mir so vor, als sei es das alles wert gewesen.

Neil und ich sind übereingekommen, dass wir es langsam angehen wollen. Ich will auf jeden Fall weiter reisen, und er will das auch. Nach dem ganzen Medienhype rund um die Insel ist mein

Postfach mit Jobangeboten geradezu überschwemmt worden, und ich habe beschlossen, das Angebot einer amerikanischen Zeitschrift anzunehmen: eine feste freie Stelle als Reisejournalistin. Der einzige Haken ist, dass ich über Südostasien berichten soll, aber ich habe mich trotzdem riesig gefreut. Irgendwie hat sich diese Region in meinem Herzen eingenistet, und ich habe das Gefühl, als wäre ich es mir selbst schuldig, sie noch länger zu erkunden. Und Neil ist einverstanden.

Wir wollen gemeinsam reisen und wohnen und dadurch Geld sparen, aber unsere Beziehung soll sich in ihrem eigenen Tempo entwickeln. Das ist vielleicht nicht besonders konventionell, aber das sind wir schließlich auch nicht.

Schweigend sehen wir die Berge in immer weitere Ferne rücken. Meine Augen beginnen zu brennen, als ich an all die Leben denke, die ich hier zurücklasse, und an die Frauen, die es niemals schaffen werden, die Vergangenheit hinter sich zu lassen. Aber gleichzeitig spüre ich die Wärme, die der verschließbare Plastikbeutel in meiner Tasche verströmt. Der Beutel mit Cass' Asche.

Als der Polizei klar geworden war, dass Cass keinerlei Angehörige mehr hatte, haben sie mir die Asche überlassen, wenn auch sehr zögerlich. Ich habe Cass versprochen, dass sie mich auf meinen Abenteuern begleiten kann. Ich wollte sie in andere Länder bringen und sie an Stränden und auf Bergen verstreuen, von denen sie und ihre Schwester immer nur geträumt hatten.

Eine Träne dringt mir aus dem Augenwinkel, und ich spüre, wie Neil meine Hand ergreift.

»Alles wird gut«, sage ich laut und er nickt. Er versteht, was ich meine. Es ist ein Versprechen, das ihm und mir gleichermaßen gilt.

Und zum allerersten Mal glaube ich tatsächlich selbst daran.

EPILOG

NEIL

»Leg dich ruhig noch ein bisschen schlafen. Die Fahrt zum Festland ist lang«, sage ich und streiche ihr übers Haar. Brooke stellt sich auf Zehenspitzen und gibt mir ein Küsschen, bevor sie in die Kabine geht. Ein kleiner Funke durchzuckt mich, während ich ihr mit Blicken folge. Nicht unbedingt Glück, aber so was Ähnliches. Ein Gefühl des Sieges.

Nicht einmal in meinen wildesten Träumen hätte ich mir ein besseres Ende wünschen können. Alles ist perfekt gelaufen, der Fall ist abgeschlossen, alle Löcher sind gestopft. Die Polizei hat mir meine Geschichte zu hundert Prozent abgenommen, genau wie die Ärzte. Und Brooke.

An diesem Abend im Frangipani hatte ich Doug und Greta gebeten, die ganze Sache in die Hand zu nehmen. Es war klar, dass ich besonders vorsichtig sein musste, weil Brooke diesen Instagram-Post abgesetzt hatte. Also wollte ich mich so lange wie möglich zurückhalten und erst eingreifen, wenn es nicht anders ging. Aber dann ist alles sehr schnell, viel zu schnell, aus dem Ruder gelaufen. Sie haben Brooke unterschätzt – wir alle haben Brooke unterschätzt –, und wer hätte geglaubt, dass Cass tatsächlich so viel Mumm in den Knochen hat, sich für einen anderen Menschen eine Kugel einzufangen? Kaum hatte ich das gesehen, war mir klar, dass das Blatt sich gewendet hatte. Und während die anderen sich alle um die vor unseren Augen verblutende Cass gekümmert haben, hab ich Scheinwerfer gesehen. Ich wusste, was das zu bedeuten hat. Höchste Zeit für die Ratten, das sinkende Schiff zu verlassen. Ich war natürlich vorbereitet und hatte eines der Tauchermesser aus dem Laden eingesteckt. Logan zu erstechen, war riskant. Aber ich hab getan, was ich tun musste, so wie immer.

Und wie immer hat es funktioniert.

Ich hab weder Cass noch Brooke widersprochen, als sie mit ihren wilden Theorien über die Morde rausgeplatzt sind. Ich hab genickt, als sie Logan für Jacintas Tod verantwortlich gemacht haben. Und als Brooke gefragt hat, wer Daniel ermordet hat, da hab ich mit voller Absicht Doug einen Blick zugeworfen. Danach war nicht mehr viel Überzeugungsarbeit nötig.

Es war fast schon *zu* einfach. Logan hat Jacinta geküsst und Cass hat es gesehen. So eine Scheiße schreibt sich doch von selbst. Wie jämmerlich. Dieses Arschloch war kurz davor, sich zu verloben, aber kaum hatte er Jacinta gesehen, konnte er seinen Schwanz nicht mehr in der Hose behalten. Ich meine, na klar, sie war ein absoluter Hingucker, aber Logan war immer schon zu weich. Sie hat mir am selben Tag noch von dem Kuss erzählt. Logan hatte sie zum Mittagessen eingeladen und dann wollte er ihr die Zunge in den Mund schieben. Sie war zunächst mal wie gelähmt, bis sie ihn schließlich von sich weggeschoben hat.

Das alles hat sie mir am Abend erzählt. Wir haben zusammen gegessen und darüber gelacht, dass Logan so dämlich ist, dass er nicht mal gemerkt hat, dass Jacinta nur Augen für mich hat.

Und dann, nachdem wir ein paar Stunden lang im Frangipani gesessen und getrunken hatten, hab ich ihr den romantischsten Sonnenaufgang ihres Lebens versprochen, wenn sie mich schon vor der Dämmerung auf eine Wanderung begleitet. Zu dem Zeitpunkt hat sie mir bereits aus der Hand gefressen. Als wir dann auf dem Gipfel des Khrum Yai waren und die Sonne gerade die ersten Strahlen übers Meer geschickt hat, da hab ich ihr einen Schubs gegeben.

Ich weiß ja, man soll niemals dort scheißen, wo man auch isst, aber ich hatte mich schon so lange zurückgehalten.

Und es war alles so verdammt einfach. Nichts weiter als ein rascher Stoß, und schon hatte ich den Drang, der in mir tobt, besänftigt. Ich hab zugesehen, wie sie über den Klippenrand gefallen ist, wie ihre Knochen auf die zerklüfteten Felsen unterhalb geprallt sind. Es war wirklich wunderschön.

Und dann ist diese kleine Schlampe Lucy auf die Insel gekommen und hat angefangen, dämliche Fragen zu stellen. Ich hab den anderen klargemacht, wie schlecht das für uns alle ist, und ich musste sie nicht lange überreden. Verdammt noch mal, Greta ist sogar ganz alleine mit Lucy fertiggeworden. Ich hab wirklich gestrahlt vor Stolz, als ich sie dort am Strand neben Lucys leblosem Körper gesehen habe.

Bei Logan musste ich mich ein bisschen mehr anstrengen. Er wollte niemandem wehtun, hat er mir gesagt. Weichei. Also hab ich ihm erzählt, was ich wusste. Dass er Jacinta, keine zwölf Stunden bevor ihr Leichnam gefunden worden war, geküsst hat und dass er kein Alibi für den Zeitpunkt ihres Todes hat. Ich hab ihm klargemacht, wie das in den Augen der Polizei aussehen würde, nämlich wie die Rache eines verschmähten Mannes.

Das war die Gelegenheit, auf die ich gewartet hatte. Denn jetzt hat Logan sich mir gegenüber verpflichtet gefühlt und ich hab ihn die Drecksarbeit für mich machen lassen. Ich habe ihm Dougs schwarzes Sweatshirt geliehen, damit er in Lucys Hotelzimmer einbricht und uns die Informationen besorgt, die wir brauchten, um das Ganze zu vertuschen. Aber das hat er natürlich vermasselt. Und als Gegenleistung dafür, dass ich Cass nichts gesagt habe, hat er mir versprochen, sie im Blick zu behalten. So hab ich die Idee in Umlauf gebracht, dass *sie* womöglich hinter den Morden stecken könnte, und dafür gesorgt, dass sie den Mund gehalten hat. Und als ich gemerkt hab, dass auch Brooke überall rumschnüffelt und irgendwelche Fragen stellt, obwohl sie mir versprochen hat, dass sie das lässt, hab ich ihn in ihr Zimmer einbrechen lassen. Natürlich hat er sich zuerst gesträubt, gegen alles. Aber mehr als eine sanfte Erinnerung an all das, was ich über ihn wusste, war nicht nötig.

Natürlich hab ich Daniel eigenhändig erledigt. Das wollte ich so. Das Arschloch hat versucht, uns zu erpressen, also habe ich ihn mit einem Prepaidhandy, das ich später unter Dougs Matratze versteckt hab, angerufen und ein Treffen arrangiert. Wir haben uns in dieser Gasse getroffen und angefangen zu reden. Als er dann kurz auf sein Handy geschaut hat, hab ich das genutzt und in dem Moment, als er sein Handy wieder eingesteckt hat, das Messer gezogen, das ich mir im Tauchladen besorgt hatte. Das, mit dem ich später auch Logan erstochen hab. Ich hab Daniel damit die Kehle durchgeschnitten. Und ich hab es extra so aussehen lassen wie bei dem Mord an diesem Typen auf Koh Samui, der die Mafia ausgetrickst hatte. Sehr hübsche Idee, wie ich finde. Aber dann hab ich auch schon Schritte kommen hören. Ich bin losgelaufen und hab zum Glück an die Biegung am hinteren Ende der Gasse gedacht, die auf die Hauptstraße führt. Dort hab ich schnell mein Shirt gewechselt und das blutige in den Mülleimer einer Dönerbude geworfen. Erst dann bin ich auf die Hauptstraße abgebogen. Eigentlich wär ich gerne noch einmal zurückgegangen, um mir Daniels Handy zu schnappen, aber das wollte ich nicht riskieren. Nicht dass mich noch jemand bei seiner Leiche sieht. Stattdessen hab ich gehofft, dass die Polizei Daniels Videos von der Vollmondparty gar nicht erst entdeckt. Das war kein allzu großes Risiko, wenn man bedenkt, wie unfähig die dort alle sind. Also bin ich so schnell wie möglich zurück zum Tauchladen gelaufen und zusammen mit den anderen dort angekommen.

Ich hätte Brooke niemals zugetraut, dass sie sich tatsächlich Daniels Handy krallt, aber so ist sie nun mal.

Und sie hat mir alles abgekauft, sogar diese Tränendrüsengeschichte von meiner schweren Kindheit in Bristol. In den Grundzügen stimmt sie sogar, auch wenn ich das mit den Selbstmordversuchen erfunden habe. Aber mir war schon nach einem Blick auf ihre Armbänder klar, was sie darunter versteckt, und dann gab es einfach keine bessere Möglichkeit, um mir ihr Vertrauen zu sichern. Einige der grässlicheren Details aus meiner Kindheit hab ich ihr allerdings verschwiegen. Die Ermordung meiner Eltern zum Beispiel und die verzweifelten, aber erfolglosen Versuche der Polizei, mir die Tat nachzuweisen. Das Heim, in das ich anschließend verlegt wurde, wo die anderen Kinder kurz nach meiner Ankunft immer häufiger irgendwelche Verletzungen hatten. Hier ein gebrochener Arm, dort ein blaues Auge … bis ich irgendwann abgehauen bin.

An dem letzten Abend im Frangipani hab ich mir ein paar Tränen abgerungen. Aber um ehrlich zu sein: Ich musste mich nicht allzu sehr anstrengen. Die Ärzte zu Hause in Bristol haben behauptet, dass ich unfähig sei, Gefühle zu empfinden, aber das stimmt nicht. An diesem Abend war ich glücklich. Die Tränen des Triumphs kamen genau zum richtigen Zeitpunkt. Ich wollte Greta noch mal sprechen, bevor die Polizei mich in den Krankenwagen geschoben hat. Dabei hab ich hübsch weiter geweint, sodass es ausgesehen hat wie ein sentimentaler Abschied. Ich hatte sie ohnehin schon belastet, weil ich meinen Reisepass in ihrem Apartment versteckt hab. Und dann hab ich ihr gesagt, dass ich, falls sie je auf die Idee kommen sollte, meine Rolle bei diesen Morden auch nur mit einer Silbe zu erwähnen, Alice in Schweden ausfindig machen würde. Sie ist der einzige Mensch, für den Greta jemals so etwas wie Liebe empfunden hat. Und dass ich sie anschließend umbringen würde.

Sie hat genau gewusst, dass ich es ernst meine.

Um Doug musste ich mir keine Gedanken machen. Die Polizei hat diesem Schwachkopf sowieso kein Wort geglaubt. Und die anderen sind tot. Also alles in Butter.

Ich werde die Insel vermissen. Sie hat mir gutgetan. Eine Art Zufluchtsort, an dem ich so sein konnte, wie ich wirklich bin. Wo ich meine Triebe nicht zu verstecken brauchte. Aber ich bin optimistisch. Brooke und ich haben jede Menge Länder vor uns. Zahllose vertrauensselige Frauen, die keine Ahnung haben, und korrupte Polizisten, die sich ohne große Mühe von sorgfältigen Ermittlungen abhalten lassen. Und jetzt habe ich auch noch eine feste Freundin und damit die perfekte Fassade.

Also dann, auf Wiedersehen, Koh Sang. Und hallo, Welt der Möglichkeiten.

DANKSAGUNGEN

Die Vorstellung, einen Roman zu schreiben – gar nicht zu sprechen davon, dass er auch veröffentlicht wird –, ist mir immer wie eine Fantasie erschienen. Und dabei wäre es auch geblieben, wenn mir nicht so viele Menschen mit ihrer Unterstützung, ihrer Kompetenz und ihren ermutigenden Worten zur Seite gestanden hätten.

Finn Cotton, mein fantastischer Lektor bei Transworld: Du hast dieses Buch zu etwas gemacht, von dem ich nur träumen konnte. Hab tausend Dank für dein Engagement und deine kreativen Ideen sowie dafür, dass du so viel Leidenschaft für *Das Paradies – Hier kannst du glücklich werden. Oder sterben …* entwickelt hast. Ich hätte mir keinen einfühlsameren und hilfsbereiteren Lektor als dich wünschen können.

Ein weiterer riesiger Dank geht an meine unglaubliche Agentin Kate Burke, die in meinem Manuskript etwas gesehen hat, um mir anschließend dabei behilflich zu sein, dieses leicht aufzupolieren und zu *Das Paradies – Hier kannst du glücklich werden. Oder sterben …* werden zu lassen. Die Zeit und die Unterstützung, die ihr beide in dieses Buch gesteckt habt, ist ehrlich gesagt absolut atemberaubend, und ich bin euch unendlich dankbar dafür. Womit habe ich solch ein Glück bloß verdient?

Ebenfalls großer Dank gebührt dem erweiterten Team bei Transworld. Julia Teece, Hayley Barnes und Becky Hunter waren für das Marketing und die Öffentlichkeitsarbeit genau die Unterstützerinnen, die eine in puncto Selbstdarstellung minderbegabte

Autorin braucht. Herzlichen Dank an Laura Ricchetti, Tom Chicken und Emily Harvey für eure harte Arbeit hinter den Kulissen und ein besonderer Dank an Charley Chapman, Barbara Thompson, Josh Benn, Bella Bosworth, Georgie Polhill und Joanne Hill für eure Adleraugen beim Korrekturlesen. Es macht mich überglücklich, dass ich mit einem solch hochbegabten und großartigen Team zusammenarbeiten durfte.

Auch dem Team bei der Literaturagentur Blake Friedman bin ich sehr dankbar dafür, dass sie mir eine Chance gegeben haben. Mein besonderer Dank gilt Sian Ellis Martin für ihre unfassbar hilfreichen Anmerkungen und ihre Unterstützung, Julian Friedman und Anna Myrmus, die sich mit so viel Begeisterung für die Veröffentlichung dieses Buches eingesetzt haben, sowie James Pursey und Hana Murrell für ihre unermüdlichen Bemühungen, um *Das Paradies – Hier kannst du glücklich werden. Oder sterben …* möglichst weltweit zu verbreiten.

Außerdem gebührt mein Dank den Mitarbeiterinnen und Mitarbeitern bei Sourcebooks, meinem Verlag auf der anderen Seite des großen Teichs, sowie besonders MJ Johnston, meiner großartigen US-amerikanischen Lektorin.

An dieser Stelle möchte ich nicht versäumen, die großartigen Buch-Blogger, Instagramer und Rezensenten sowie die zahlreichen anderen Kolleginnen und Kollegen zu erwähnen, die dazu beigetragen haben, dass *Das Paradies – Hier kannst du glücklich werden. Oder sterben …* das Licht der Welt erblicken konnte. Ich fühle mich sehr geehrt, Teil einer so hilfsbereiten und zugewandten Gemeinschaft sein zu dürfen.

Das Paradies – Hier kannst du glücklich werden. Oder sterben … ist ein Produkt meiner Fantasie, wurde aber stark beeinflusst durch meine eigene Reise nach Thailand im Jahr 2015. Und die wäre ohne meine beiden guten Freunde Patrick Reagin und Bobby Ross mit Sicherheit weit weniger unterhaltsam und längst nicht so un-